ESSEN WIE IN
CHINA

ESSEN WIE IN CHINA

KEN HOM'S BERÜHMTE REZEPTE

BECHTERMÜNZ VERLAG

Genehmigte Lizenzausgabe für
Bechtermünz Verlag im
Weltbild Verlag GmbH, Augsburg 1996

Die Originalausgabe unter dem Titel „The Taste of China"
wurde erstmalig 1990 im
Verlag Pavilion Books Ltd., London veröffentlicht.

Umschlagmotiv: Leong Ka Tai
Umschlaggestaltung: Adolf Bachmann, Reischach
Gesamtherstellung: New Interlitho S.P.A.
Printed in Italy
ISBN 3-86047-282-8

INHALT

*Dieses Buch ist in Liebe und Zuneigung Martha Casselman gewidmet,
ohne deren Hilfe dieses und viele andere Projekte
nicht möglich gewesen wären,
und
dem chinesischen Volk*

ANMERKUNG DER ÜBERSETZER

Die Regierung der Volksrepublik China führte zum 1. Januar 1979 die *pinyin*-Transkription zur Umschreibung chinesischer Schriftzeichen in fremdsprachigen Veröffentlichungen ein. Chinesische Wörter und Namen in diesem Buch wurden nach dem *pinyin*-System in die lateinische Schrift übertragen, mit Ausnahme einiger weniger im Deutschen geläufiger Namen wie Peking und Kanton.

VORWORT

Dieses Buch hat mich sehr beschäftigt und tief berührt. In China wurde ich mit echter Herzlichkeit und Wärme empfangen. Die Menschen boten mir ihr Zuhause an, führten mich in ihre Lieblingsrestaurants, halfen mir, weitere wertvolle Kontakte zu knüpfen und teilten mit mir bisweilen gar die kostbare Ernte aus ihren Gärten. Ich reiste durch fast alle Gegenden Chinas, in bekannte Großstädte und entlegene Dörfer, auf diese Weise konnte ich etwas von der Geschichte, der Kultur und dem Leben der Chinesen erahnen. Nach den Erfahrungen, die ich auf diesen Chinareisen gesammelt habe, freue ich mich auf jeden weiteren Besuch in diesem großen und vielseitigen Land.

Dieses Buch ist kein allumfassendes und endgültiges Werk über die chinesische Küche, so etwas wäre niemand imstande zu schreiben. Was ich hier niedergeschrieben habe, sind meine Erlebnisse und Erfahrungen mit der heutigen chinesischen Eßkultur. Manchmal aß ich in Restaurants oder war zu Gast bei einer Familie, manchmal, wenn ich Glück hatte, konnte ich mich an der Zubereitung der Mahlzeiten beteiligen.

Unbeeindruckt ließen mich die bekannten »offiziellen« Gerichte, Zutaten und Zubereitungsarten vieler staatlicher Restaurants. Den größten Teil der Touristenmenüs kann ich nicht empfehlen, glücklicherweise bot man mir auch nicht eines jener zwar aufwendig dekorierten, doch zumeist faden Gerichte an, die nur in illustren Büchern zu existieren scheinen, die in China für das Ausland verfaßt werden.

Unvergessen bleiben mir hingegen die einfachen Mahlzeiten, die mir in guten privaten Restaurants, zu Hause bei Familien und überall an Straßenständen angeboten wurden. In vielem, was es dort zu essen gab, erkannte ich ein Symbol für das Wesen Chinas: kraftvoll, wohlschmeckend, natürlich, sinnlich, geradezu schlicht im Äußeren, überraschend einfach im Geschmack. Diese Eindrücke sind in diesen in China gesammelten Rezepten eingefangen. Ich habe sie zu Hause ausprobiert; sie lassen sich mit wenigen Ausnahmen leicht nachkochen.

Mein Freund, der Photograph Leong Ka Tai, hat nicht versucht, minutiös unsere täglichen Erlebnisse zu dokumentieren, sondern jene Stimmung photographisch umzusetzen, in der ich das Land erlebt habe.

Als ich zum erstenmal zu einem längeren Aufenthalt von Kalifornien nach China reiste, hoffte ich, die echte chinesische Küche kennenzulernen, in ihren traditionellen Zubereitungsarten und ohne Effekthascherei, und ich hatte Glück. Lassen Sie sich ein Stück unverfälschter chinesischer Eßkultur zeigen, ich lade Sie herzlich dazu ein!

Ken Hom
Oktober 1989

1. Kapitel

EINE PERSÖNLICHE ODYSSEE

Als Kind ging ich von zu Hause fort, jetzt kehre ich wieder heim
Ich spreche noch die gleiche Sprache, mein Haar aber ist schon grau
Die Kinder im Dorf kennen mich nicht, fragen lachend:
Woher kommst du, Fremder?

He Zhizhang, Tang-Dynastie (618–905)

Was und wo ist »zu Hause«? Auf diese Frage kann ein Chinese, der in Amerika oder sonst irgendwo im fernen Ausland lebt, nur mit zwiespältigen Gefühlen antworten. Erfahrungsgemäß fühlen sich Auslandschinesen in ihrer Wahlheimat als Besucher: Ganz gleich, welcher wirtschaftliche Erfolg ausgewanderten Chinesen beschieden ist, es wird sie immer sehr in ihre Heimat zurückziehen. Allzuoft waren die ihnen entgegengebrachten Vorurteile, ihre eigene kulturell tief verwurzelte Beziehung zur Familie und ihre Ahnenverehrung für Exilchinesen der Grund, fast ein Zwang, in einer der vielen tausend Chinatowns auf der Welt zusammenzuleben. Dort träumen sie davon, eines Tages wieder in ihre Heimat zurückzukehren.

Dies war auch meine Erfahrung. Ich wuchs in Chicago auf, und schon als kleiner Junge hörte ich meine Mutter immer wieder sagen, wir müßten eines Tages einmal *gu xiang* (im Dialekt von Kanton heißt es *heung ha*), das »Dorf unserer Ahnen«, wiedersehen. Auch wenn ich in der westlichen Welt groß geworden bin, konnte ich mich doch nicht der Gefühlskraft und dem Reiz dieser Idee entziehen. Wo meine Vorfahren gelebt haben und gestorben sind, wo unsere kleinen Familienschreine aufbewahrt werden, wo die Wurzeln unserer Familie liegen – all das ist auch mir wichtig. Meine Mutter bestand darauf, in das *gu xiang* unserer Familie zu reisen, bevor sie zu alt dazu sein würde. Sie bestand auch darauf, daß es trotz meiner westlichen Erziehung meine Pflicht als Sohn sei, sie zu begleiten. Als die Zeit für meine eigene Odyssee gekommen war, gab ich ihrer Bitte nach.

Die familiären Verbindungen meiner Verwandten mütterlicherseits hatten sich durch jene Kriegswirren und unruhigen Zeiten aufgelöst, die Chinas Schicksal in diesem Jahrhundert prägten. Trotz dieser Unruhen gelang es meiner Mutter, den Kontakt zu der einzigen Person herzustellen, die noch eine Verbindung zum Dorf unserer Ahnen darstellt, einem Cousin väterlicherseits. Sein Haus sollte nun das Ziel unserer Reise sein, die uns über Hongkong und Macao in das Dorf Kaiping führte, das nahe der Stadt Foshan in der Provinz Guangdong liegt.

Auf mein Bitten erzählte mir meine Mutter während unserer Reise von Amerika nach China noch einmal alles, was sie von unserer Familie und unseren Vorfahren wußte. Man hatte ihr gesagt, daß unsere Ahnen ursprünglich aus Gansu im Nordwesten Chinas stammten. Von anderen

Seite 8: *Fluß in Kaiping in der Provinz Guangdong*

Farbenprächtige Türgötter beschützen das Haus der Vorfahren und Verwandten der Familie Hom

Verwandten habe ich erfahren, daß wir auch Angehörige in Peking haben, mit denen wir aber nicht mehr in Kontakt stehen. Dies kann durchaus sein, denn der Diener eines Tempels in der Nähe unseres Heimatdorfes erzählte mir, daß viele Leute aus unserer Gegend ursprünglich aus dem Norden kamen. In diesem Tempel ist übrigens das Bild eines gewissen Guan Jingqi zu sehen, der, so glaubt man, vor mehr als 900 Jahren mit seiner Großfamilie dorthin gezogen war. Finanziert wurde der Tempel durch ausgewanderte Chinesen in den USA, die Geld »nach Hause« schickten, um ihm auf diese Weise als Gründungsvater aller Familien der Gegend ihre Ehre zu erweisen.

Welche Mythen sich um die Herkunft unserer Familie auch ranken mögen, meine Mutter wurde jedenfalls am 24. April 1924 in Kaiping geboren. Auf den ersten Blick scheint ihr Vater das typische Beispiel eines kaiserlichen Beamten gewesen zu sein. Er war der erste aus seiner Gegend, der einen Universitätsabschluß hatte. Das Studium wurde ihm durch die großzügige finanzielle Hilfe seines Großvaters väterlicherseits ermöglicht, der schon vor langer Zeit nach San Francisco emigriert war und dort eine Firma gegründet hatte, die zu einem blühenden Import-Export-Unternehmen anwuchs. Nach dem Studium an der Universität von Peking wurde er zuerst nach Peking, dann nach Shanghai in das Salzmonopol berufen, das zu seiner Zeit eine mächtige staatliche Institution darstellte.

Das Schicksal meines Großvaters ist beispielhaft für den Übergang vom alten zum modernen China. Früher waren Kaufleute in China gering angesehen und hatten keine Macht, die chinesische Gesellschaft wurde von kaiserlichen Beamten und vom Landadel beherrscht. Offizielle Ideologie und Statussystem hielten die Händler auf der untersten Ebene des sozialen Gefüges. Landadel und Beamte emigrierten niemals. Nur bedürftige Bauern und Arbeiter nahmen den beschwerlichen Weg zu den »Goldenen Bergen« auf sich, die sie verheißungsvoll in Singapur, Amerika oder Australien wähnten. Im 19. Jahrhundert trieben Krieg, Naturkatastrophen, Überbevölkerung und eine stagnierende Wirtschaft Millionen von Chinesen aus dem Land, meist nach Singapur oder in andere Gegenden Südostasiens. Die weitaus meisten Emigranten dieser ersten chinesischen Auswanderungswelle kehrten nach Hause zurück, sobald ihre finanzielle Lage es erlaubte.

Die Gegend, aus der unsere Familie stammt, heißt Sze Yup, das bedeutet im Dialekt von Kanton »die vier Bezirke«. Was der steinige Boden dort an Eßbarem hergab, reichte immer nur für vier Monate im Jahr. Große Teile der Ernte – Obst, Indigo, Zuckerrohr, Tabak – waren nur zum erlösbringenden Export bestimmt, und das Geld floß in die Taschen des Landadels, der das Land besaß. Reis, das Hauptnahrungsmittel in Südchina, war schon immer teuer gewesen und in schlechten Zeiten fast nicht erhältlich. Um überleben zu können, wandten sich die Menschen anderen Möglichkeiten zu, reisten in die Hafenstädte Macao, Kanton und Hongkong, verdingten sich als Hausierer und Handwerker, eröffneten Läden oder arbeiteten schlicht als Tagelöhner.

In Kanton hatte man lange Zeit Beziehungen zu Ländern außerhalb Chinas gepflegt. Kanton war tatsächlich lange Zeit der einzige Hafen, dem Handel mit dem Ausland gestattet war. Es verkehrten dort auch stattliche Segelschiffe aus den Vereinigten Staaten, die aus dieser Stadt einen Hafen von Weltruf machten. Die Mär vom schnellen Reichtum und Wohlstand in Amerika gelangte von dort in das Hinterland zur bedürftigen Bevölkerung. Der Westen war daher für die Chinesen aus Kanton zwar eine Herausforderung, jedoch keine gänzlich unbekannte.

Aus meiner Heimatprovinz Guangdong kamen fast alle Chinesen, die nach Amerika auswanderten. Fast zwei Drittel von ihnen stammen aus dem Bezirk Taishan, der gleich neben dem Heimatbezirk meiner Familie liegt. Mein Urgroßvater war einer jener ehrgeizigen Bauern, die zu Händlern wurden und diese abenteuerliche Herausforderung annahmen. Trotz der Diskriminierungen und Vorurteile, die er wegen seiner Herkunft auf sich nehmen mußte, gelang es ihm, ein profitables Unternehmen in den USA aufzubauen. Zwar bewogen auch ihn – wie die meisten Auswanderer – die Anziehungskraft neuer Chancen im Ausland und der Druck der widrigen Umstände zu Hause, nach Amerika auszuwandern, aber er war einer derjenigen, die außerordentlich erfolgreich waren.

Mit dem Geld, das er seiner Familie in China schickte, konnte diese Land erwerben und zur Klasse der Wohlhabenden aufsteigen, eine Ausbildung genießen und sogar meinen Großvater auf die Universität schikken. Im China unter dem letzten Kaiser aber änderte sich vieles, es kamen neue, moderne Ideen und Bräuche in das Land. Mein Großvater, den man schon als einen aufgeklärten Menschen bezeichnen konnte, lehnte zum Beispiel die noch herrschende Sitte ab, seinen Töchtern die Füße zusammenzuschnüren oder sie zu isolieren, statt dessen ließ er ihnen eine Schulbildung angedeihen. Sie lebten in Kanton mit ihrer Mutter, die, wie mir meine Mutter erzählte, eine hervorragende Köchin war, und mein Großvater arbeitete in Peking und Shanghai. Meine Mutter setzte ihre Ausbildung in Kanton fort, bis Hongkong und die angrenzenden Gebiete von den japanischen Invasoren eingenommen wurden. Daraufhin kehrte die ganze Familie in das Dorf unserer Ahnen zurück und traf sich dort mit

Vor einem »paolou«, einem alten Wachturm in der Nähe des Anwesens seiner Familie in Kaiping, macht Ken Hom Notizen

unserem Großvater, der als Beamter der chinesischen Regierung von den Japanern Schlimmes zu befürchten hatte. Von Kaiping aus zog sie sich bis Shaoguan zurück, wo sie sich bis Kriegsende versteckt hielt. 1948 kehrte sie in Etappen nach Kanton zurück. Im selben Jahr begegneten sich meine Mutter und mein Vater zum erstenmal. Damals war er Anfang Dreißig und bereits Auslandschinese.

Er hatte gerade den Militärdienst bei der amerikanischen Armee in Europa absolviert und besuchte seine Familie in China. Seiner Familie war es ganz ähnlich ergangen wie der meiner Mutter. Auch sie kannte Armut und träumte vom Glück im Ausland. Der Großvater meines Vaters war ausgezogen, einen Ort zu suchen, an dem er ein besseres Leben führen oder zumindest ein wenig Geld für sich und seine Familie verdienen konnte. Er versuchte es zuerst in Singapur. Eine Eigenschaft aller ausgewanderten Chinesen ist jedoch ihr extrem ausgeprägtes regionales Zugehörigkeitsgefühl, das in der geographischen Herkunft, dem jeweiligen Dialekt und der Verbindung zur Familie begründet liegt. In der Gegend um Singapur waren vor allem Chinesen aus Fujian ansässig geworden; ein Chinese mit einem kantonesischen Dialekt hatte es daher dort unsagbar schwer. So ging mein Urgroßvater nach Amerika, wo er so gut zurechtkam, daß er seiner Familie Geld schicken konnte und sie ihr kleines Stück Land auf eine ansehnliche Größe erweiterte. Dann holte er seinen Sohn (meinen Großvater) mitsamt Familie nach Amerika und ließ einen Enkel (meinen Onkel) in China zurück, der den Familienbesitz überwachen und die Familientradition dort aufrechterhalten sollte. Mein einziger mir noch bekannter Verwandter in China ist mein Cousin, der Sohn dieses Onkels, den mein Urgroßvater vor so langer Zeit zurückgelassen hatte.

Nachdem mein Vater meine Mutter auf eine für chinesische Verhältnisse geradezu stürmische Weise umworben hatte, heirateten meine Eltern am 30. Juni 1948. Bald darauf erhielt meine Mutter vom amerikanischen Konsulat in Kanton die Einreiseerlaubnis. So kam es, daß ich im darauffolgenden Jahr in Arizona und nicht in einem Dorf in Guangdong geboren wurde. Nach all den Wirren, Entbehrungen und sozialen Unruhen im China der Nachkriegszeit war meine Mutter froh, ein neues Leben in Amerika beginnen zu können. Ihr eigener »amerikanischer Traum« blieb ihr indes verwehrt. Acht Monate nach meiner Geburt, im Dezember 1949, starb mein Vater.

Meine Mutter war damals in einer verzweifelten Situation. Sie war eine Fremde in einem ihr fremden Land, dessen Sprache sie nicht sprach, und sie war gezwungen, sich und ihr Kind mit einfacher und schlechtbezahlter Fabrikarbeit durchzuschlagen. Und auch nachdem sie zur Familie eines Cousins in Chicago gezogen war, mußte sie weiterhin sehr hart arbeiten. Ich verstand gut, warum meine Mutter so oft an das Leben in China zurückdenken mußte.

All dies ging mir bei unserer Abfahrt von Hongkong gegen Ende unserer Reise durch den Kopf. Beladen mit Geschenken für die Familie meines Cousins bestiegen wir das Tragflächenboot nach Macao. Dort gingen wir über die Grenze und mieteten einen Wagen mit Fahrer, der uns nach Kaiping fuhr, was ungefähr vier Stunden dauert. In dieser Gegend leben heute etwa 600000 Menschen. Es herrscht dort ein subtropisches Klima, ähnlich wie in Hongkong. Im Winter ist es mäßig warm, im Sommer sehr heiß und das ganze Jahr über feucht. Der Tan Jiang bietet mit seinen Nebenflüssen ein unerschöpfliches Wasserreservoir, und seine Flußlandschaften sind bezaubernd. Dort im satten, tiefen Grün kann bis zu dreimal im Jahr Reis geerntet werden. Am Tag unserer Ankunft fiel ein warmer, dunstiger Regen, der alles in einen feinen graublauen Nebel hüllte und unsere Reise wie einen Traum erscheinen ließ.

Als wir uns dem Dorf näherten, deutete meine Mutter aufgeregt auf mittelalterlich anmutende Festungstürme, *paulou* genannt, die überall in der Gegend verteilt sind und von denen man einen weiten Blick über die Reisfelder hat. Diese, erklärte mir meine Mutter, seien einst Wachtürme gewesen und hätten als Zufluchtsort gedient, wenn das Dorf von Piraten, Räubern oder Nachbarsippen überfallen wurde.

Der Fahrer fand das Haus unserer Familie, und wir gingen durch das Gartentor in den Hof, wo wir von unserer Verwandtschaft begrüßt wurden – voller Freude, scheu, unsicher, zurückhaltend und spontan zugleich. Es war eine schöne Heimkehr. Wir wurden in ein geräumiges Steinhaus geführt, mit einem alten Steinboden und dunklen Ziegelwänden; es war kühl und strahlte doch eine warme Herzlichkeit aus. Dort hingen Photos unserer amerikanischen Verwandten, die meine Mutter und andere Verwandte im Lauf der Jahre geschickt hatten. Um im ganzen Dorf unsere Ankunft kundzutun, zündeten mein Cousin und sein Sohn eine ganze Batterie von Feuerwerkskörpern. Es war eine freudvolle und tränenreiche Zusammenkunft. Noch heute denke ich daran, wie natürlich mir das alles schien. Ich sprach unseren kantonesischen Dialekt und fühlte mich in dieser Sprache, bei diesen Menschen, zusammen mit meiner Mutter dort fast wie zu Hause, ganz so, als ob ich schon einmal dort gewesen wäre.

Zubereitung von pfannengerührten Sojabohnensprossen in der Küche der Familie Hom

Der Höhepunkt des ersten Tages war ein Festmahl, das zu unseren Ehren zubereitet wurde. In China ist bei allen besonderen Anlässen das gemeinsame Essen ein wichtiger Teil der Feier. An diesem Tag konnte ich selbst erleben, was mir das Verhalten meiner Mutter immer vorgeführt hatte: Essen ist Teil der Kultur, sowohl Symbol als auch Nahrung, Sinnbild und Träger familiärer und sozialer Beziehungen.

Das Mahl begann mit dem rituellen Waschen des Reises. Man hatte den besten Reis aus dem Feld der Familie für diesen Anlaß beiseite gelegt. Er wurde gewaschen und man ließ ihn sorgfältig in einem flachen Bambuskorb abtropfen. Aus einer Wasserpumpe, die direkt mit dem Brunnenschacht unter dem Haus verbunden war, floß frisches Wasser in die Küche. Mein Cousin ging zu einem kleinen Teich in der Nähe und fing ein paar Graskarpfen – nur der frischeste Fisch war gerade gut genug!

Es war ein herrliches Festmahl mit elf Gängen, die getrennt in zwei großen Woks zubereitet wurden. Die meisten Zutaten stammten aus eigenem Anbau, und alle Verwandten, insgesamt zwanzig, hatten bei den Vorbereitungen geholfen. Da gerade Melonenzeit war und meine Mutter erzählt hatte, daß ich sehr gerne Melonen esse, gab es ein pfannengerührtes Gericht mit Bittergurke und magerem Schweinefleisch. Wir aßen frisch geernteten chinesischen Wasserspinat mit fermentiertem Tofu. Ein weiteres Gericht war mageres pfannengebratenes Schweinefleisch mit Sojabohnensprossen. Eigentlich wird dieses Gericht mit den Innereien vom Schwein zubereitet, doch da sie sich nicht sicher waren, wie weit ich mich ihren Eßgewohnheiten wohl anpassen könnte, verwendeten sie statt dessen Schweinefleisch.

Nach dem fünften Gang wurde ein köstlicher Eintopf aus getrockneten Austern und Tofustäbchen serviert. Es gab auch ein köstliches Gericht mit den besten Spargelbohnen, die ich je gegessen habe, mit »chinesischen Okras« (Schwammgurken) und knusprigen Wolkenohrpilzen. Zum Essen wurde als Getränk eine klare Kaninchensuppe mit Gewürzen und Heilkräutern gereicht – in China macht man keinen so strengen Unterschied zwischen Kulinarischem und Medizinischem. Nach einem weiteren Tofu-Gericht, diesmal mit rotem Tofu, folgte ein rotgeschmorter Karpfen, genau jener, der Minuten zuvor noch im nahegelegenen Teich geschwommen war. Zu den Reisspezialitäten aßen wir geschmorte Gans und Gerichte mit Schweine- und Entenbraten, die schon fertig zubereitet für das Festessen gekauft wurden, da man in China zu Hause nur selten Braten zubereitet. Diese Fülle an Fleisch und Geflügel war ein Zeichen dafür, daß es sich hier um einen ganz besonderen Anlaß handelte, bei dem der Genuß nicht zu kurz kommen sollte und das Essen außergewöhnlich sein mußte. Ich war tief beeindruckt, und wenn jemand diesen zauberhaften Nachmittag über alle Maßen genoß, dann war ich es.

Vor diesem denkwürdigen Festessen führten mein Cousin und ich ein anderes wichtiges Ritual aus. Anläßlich meiner Rückkehr und weil wir die beiden ältesten männlichen Familienmitglieder waren, gossen wir Wein in Becher, reichten ihn unseren Ahnen dar und verbeugten uns als Zeichen der Ehrerbietung dreimal vor dem Familienschrein. Ein Teil der Speisen wird bei diesem Ritual beiseite gestellt und so den Seelen der Verstorbenen angeboten; was sie übriglassen, wird dann von der Familie gegessen.

Die Verehrung der Vorfahren ist tief im religiösen Empfinden der Chinesen verwurzelt, sie war jahrtausendelang ein fester Bestandteil des traditionellen Familienlebens in China. Die Rituale der Ahnenverehrung sind eng verbunden mit Begräbnisriten, dem Betreuen von Gräbern und Altären und regelmäßigen Opfergaben. Essen und Weihrauch sind hierbei typisch: Der Rauch überbringt den Ahnen Botschaften. Die Familie meines Cousins vollführt regelmäßig solche Darbringungen, bei denen man sich vor den Gräbern verbeugt und mit inständigem Gebet die Vorfahren darum bittet, sich für die lebenden Nachkommen in dieser Welt einzusetzen.

In ländlichen Gegenden, wo sich die Bevölkerung hauptsächlich von der Landwirtschaft ernährt und das Leben der Menschen von den Unwägbarkeiten der Natur abhängt, sind solche Anrufungen der Verstorbenen verständlich. Man glaubt, daß die auf dem Familienbesitz begrabenen Toten oder deren Asche sich unter die Götter des Ackerbaus und die Geister der Erde mischen und diese freundlich stimmen. Auf diese Weise werden die Lebenden mit den Toten in einem gemeinsamen Anliegen verbunden. Die Toten können für die Lebenden Fürsprache halten, die Lebenden verehren die Toten und bringen ihnen Opfergaben. Diese Verehrungsrituale können das Schicksal der Toten auf ihren verschiedenen Stationen im Leben nach dem irdischen Tod erleichtern. Ein solches Zusammenspiel bewahrt den Fortbestand der Familien, indem es die Achtung und die Anerkennung der Familienstruktur immer wieder von neuem bestätigt. Daß es die dominierende Rolle der Männer und Väter festigt, ist nur ein Teil der Wahrheit. Es hält ebenso die Familie in guten wie in schlechten Zeiten zusammen. Opfergaben sichern die Zukunft der Fa-

Vorbereitung eines Trankopfers für die Ahnen: Wein wird in die Löffel gegossen

Am Küchenherd der Familie Hom wird mit drei Woks über offenem Feuer gekocht, ein Oberlicht sorgt für Beleuchtung

milie und erleichtern das Schicksal der Ahnen. Als ich an diesen Familienriten teilnahm, wurde mir ein wichtiger Teil meines kulturellen Erbes bewußt. Ich fühlte mich direkt mit der Vergangenheit meiner Familie verbunden und wußte doch, daß sie nie gänzlich zu meiner eigenen würde.

Nachdem ich mit meiner Mutter zwei Tage lang die Gegend erkundet hatte und wir wieder Abschied von unserer Familie nahmen, um nach Hongkong zu reisen, gingen mir viele Gedanken durch den Kopf. Unsere Familie, die immer noch im Dorf unserer Ahnen lebt, meine Verwandten, die mir so ähnlich und doch so fremd waren, die tiefe Freude meiner Mutter, als sie sah, wie ich mich vor unseren Ahnen verbeugte, das wunderbare Festmahl mit den feinsten chinesischen Speisen, das ich mit ihnen teilen durfte, das alles war wie ein Meer aus Gedanken, das mich mit Wärme erfüllte. Als wir dann auf dem Tan Jiang in Richtung Hongkong fuhren, stellte ich mir vor, wie meine Vorfahren oft genau diesen Weg genommen hatten, um China auf der Suche nach einem besseren Leben zu verlassen, wie sie ihre Kultur, ihre Eßgewohnheiten, ihre Geschichte und auch ihre Hoffnungen und Ängste mitnahmen. Und nachdem ich im Dorf meiner Vorfahren die Riten der Ahnenverehrung miterlebt hatte, wußte ich, wie schwer ihnen der Abschied vom Ort ihrer Ahnen gefallen sein mußte und wie sehr sie sich nach ihrer Heimat gesehnt haben mußten! Ich selbst fühlte mich durch diese sehr persönliche Reise unendlich bereichert. Ein Teil von mir wird immer in Kaiping bleiben.

Jiuwang Chao Dan

Rührei mit chinesischem Bleichschnittlauch

Bei den chinesischen Bauern sind pfannengerührte Eier ein sehr beliebtes Gericht. Kein Wunder – auf dem Land gibt es viele Hühner und Eier im Überfluß. Als ich meine Verwandten besuchte, haben wir genußvoll viele dieser köstlichen Eierspeisen gegessen. Das nachstehende Rezept stammt von der Frau meines Cousins und ist typisch für ihre Art zu kochen. Als Städter kommt man – sogar in China – höchst selten in den Genuß dieses Bleichschnittlauchs. Die Landbevölkerung baut ihn fast nur für den eigenen Gebrauch an, und es kommen nur geringe Mengen auf den Markt. Es handelt sich hierbei um eine hellere Variante des chinesischen Schnittlauchs. Bleichschnittlauch wird abgeschirmt vom Sonnenlicht gezogen. Dadurch wird die Bildung von Chlorophyll verhindert, und die Blätter färben sich nicht dunkelgrün. Die zarten flachen Blätter dieser Schnittlauchart schmecken leicht erdig und müssen sofort nach dem Schneiden verarbeitet werden. Ersatzweise kann man grünen chinesischen Schnittlauch – notfalls auch Frühlingszwiebeln – verwenden. Der hierzulande erhältliche Schnittlauch mit den röhrenförmigen Blättern schmeckt völlig anders und ist deshalb nicht zu empfehlen.

6 Eier, verquirlt
2 TL Sesamöl
Salz
200 g chinesischer Bleichschnittlauch
oder grüner chinesischer Schnittlauch
oder 4 Frühlingszwiebeln
1½ EL Erdnußöl
Salz

Hongshao Doufu
Rotgeschmorter Tofu nach Art des Hauses

In einer mittelgroßen Schüssel die verquirlten Eier mit dem Sesamöl und dem Salz verrühren und beiseite stellen. Den Schnittlauch oder die Frühlingszwiebeln schräg in 7 cm lange Stücke schneiden.

Einen Wok oder eine große Bratpfanne stark erhitzen. Öl, Salz, Schnittlauch oder Frühlingszwiebeln hineingeben und unter Rühren etwa 2 Minuten braten, bis der Schnittlauch oder die Frühlingszwiebeln zusammenfallen. Dann die Eier darübergeben und unter Rühren weitergaren, bis die Eimasse stockt. Das fertige Rührei in eine vorgewärmte flache Schüssel gleiten lassen und servieren.

Für 4 Personen als Teil eines chinesischen Menüs oder für 2 Personen als Hauptgericht.

Hongshao Doufu

Rotgeschmorter Tofu nach Art des Hauses

Tofu ist zum Schmoren wie geschaffen, denn er nimmt rasch Aroma und Farbe an. Ich persönlich gebe dem chinesischen Tofu – glatt und seidig in der Konsistenz und stets von gleichbleibender Güte – den Vorzug.

Besonders schmackhaft und einfach in der Zubereitung ist das folgende Gericht, das ich zum erstenmal bei meinen Verwandten in Kaiping probiert habe. Es war nur eines von vielen Beigerichten, aber seine Qualität hat mich sofort beeindruckt. Die Hoisin-Sauce verleiht dem Tofu die rötliche Farbe und einen leicht süßlichen Geschmack. Das Gericht läßt sich gut aufwärmen.

450 g fester Tofu
8 Frühlingszwiebeln
125 ml Erdnußöl
1½ EL Erdnußöl
2 EL grobgehackter Knoblauch
2 EL Reiswein
2 EL Hoisin-Sauce
1 EL helle Sojasauce
1 EL dunkle Sojasauce
1 TL Zucker
225 ml Hühnerbrühe
1 EL Sesamöl

Den Tofu-Block in 2 × 7 × 2 cm große Stücke schneiden und zum Abtropfen 10 Minuten auf Küchenkrepp legen. Die Fühlingszwiebeln schräg in 7 cm lange Stücke schneiden.

Einen Wok oder eine Bratpfanne stark erhitzen und 125 ml Erdnußöl hineingießen. Sobald das Öl heiß ist, die Tofu-Stücke dazugeben und von zwei Seiten goldbraun braten. Den Tofu herausnehmen und auf Küchenkrepp abtropfen lassen.

Das Öl abgießen und den Wok oder die Bratpfanne trockenreiben; wieder erhitzen und 1½ Eßlöffel Erdnußöl hineingeben. Die Frühlingszwiebeln und den Knoblauch dazugeben und 30 Sekunden unter Rühren braten. Die restlichen Zutaten – bis auf das Sesamöl – in die Pfanne geben und zum Kochen bringen. Die Tofu-Stücke wieder dazugeben und bei starker Hitze etwa 10 Minuten weitergaren, bis die Flüssigkeit fast vollständig vom Tofu aufgenommen worden ist. Das Sesamöl zugeben, die Tofu-Stücke noch einmal kurz darin wenden und servieren.

Ausreichend für 4 Personen als Teil eines chinesischen Menüs oder für 2 Personen als Zwischenmahlzeit.

Jiuhuang Rousi Chao Mifen

Reisnudeln mit Bleichschnittlauch und Schweinefleisch

Nachdem wir das zweite Mal bei unserer Familie Station gemacht hatten, wollten meine Mutter und ich mit dem Schiff nach Hongkong fahren. Das Schiff sollte erst am späten Nachmittag auslaufen, und so hatten wir noch Zeit, vorher eine Kleinigkeit zu essen. Das Hafenrestaurant machte nicht gerade einen vertrauenerweckenden Eindruck, und so waren wir, was das Essen betraf, auf das Schlimmste gefaßt. Sehr zu unserer Überraschung bekamen wir köstliche Reisnudeln serviert. Dieses leichte, schmackhafte Gericht war genau das richtige für die lange Überfahrt nach Hongkong. Dies ist ein Rezept für ein Mittagsmahl oder ein leichtes Abendessen, das keine aufwendige und komplizierte Zubereitung verlangt und auch aufgewärmt hervorragend schmeckt.

350 g Reisnudeln
250 g mageres Schweinefleisch
1 TL Reiswein oder trockener Sherry
1 TL helle Sojasauce
½ TL Sesamöl
½ TL Maisstärke
250 g chinesischer Bleichschnittlauch oder chinesischer Schnittlauch oder Frühlingszwiebeln
4 EL Erdnußöl
2 Knoblauchzehen, geschält und leicht zerdrückt
2 EL Austernsauce
1 EL Reiswein oder trockener Sherry
1 EL helle Sojasauce
1 EL dunkle Sojasauce
5 EL Hühnerbrühe oder Wasser
1 TL Salz
1 TL Zucker
1 EL Sesamöl

Die getrockneten Reisnudeln 20 Minuten in warmem Wasser einweichen und anschließend gründlich abtropfen lassen.

Das Schweinefleisch in dünne Scheiben schneiden, diese aufeinanderlegen und das Fleisch in feine Streifen schneiden. In einer kleinen Schüssel das geschnetzelte Schweinefleisch mit Reiswein oder Sherry, 1 Teelöffel heller Sojasauce, ½ Teelöffel Sesamöl und der Maisstärke vermischen.

Den chinesischen Schnittlauch oder die Frühlingszwiebeln in 7 cm lange Stücke schneiden.

Den Wok oder die Bratpfanne stark erhitzen, dann die Hälfte des Erdnußöls und die zerdrückten Knoblauchzehen hineingeben. Sobald der Knoblauch Farbe angenommen hat, das Schweinefleisch dazugeben und 2 Minuten unter Rühren braten. Dann das Schweinefleisch und den Knoblauch mit einem Schaumlöffel herausnehmen.

Den Wok wieder erhitzen und das restliche Erdnußöl hineingießen. Die Reisnudeln und den Schnittlauch in das sehr heiße Öl geben und 30 Sekunden unter Rühren braten. Dann Austernsauce, Reiswein oder Sherry, Sojasaucen, Hühnerbrühe oder Wasser, Salz und Zucker einrühren und bei mittlerer Hitze 5 Minuten unter ständigem Rühren weiterbraten. Nun das Schweinefleisch wieder dazugeben, alles gut vermischen und eine weitere Minute pfannenrühren. Zum Schluß das Sesamöl darüberträufeln. Das fertige Gericht in einer vorgewärmten flachen Schüssel anrichten und heiß servieren.

Für 4 Personen als Teil eines chinesischen Menüs oder für 2 Personen als Hauptgericht.

Hongshao Wanyu

Rotgeschmorter Graskarpfen mit Tangerinenschale

Unter allen Wassertieren nimmt der Karpfen in der chinesischen Küche eine Sonderstellung ein. Bereits zu Zeiten der Zhou-Dynastie, im zehnten Jahrhundert v. Chr., wurde der Karpfen »domestiziert«, das heißt, nach besonderen Kriterien in Fischteichen aufgezogen und gezüchtet. Heutzutage unterhält jeder chinesische Bauer nach Möglichkeit einen Fischteich, in dem der Karpfen prächtig gedeiht, jeder andere Fisch aber leider nur geringe oder gar keine Überlebenschancen hat. Kein Wunder also, daß der Karpfen ein Symbol für Kraft, Ausdauer und Stärke ist. Er gilt auch als Zeichen des Respekts, und so wurde uns die Ehre zuteil, daß mein Cousin mehrere Karpfen zum Festmahl anläßlich der Heimkehr meiner Mutter in ihren Geburtsort stiftete. Die Fische bereitete er nach dem untenstehenden Rezept zu.

»Rotschmoren« bezeichnet das Schmoren in einer kräftigen rötlichen Sauce. Diese Garmethode wird vornehmlich für Fleisch verwendet, eignet sich aber auch bestens für alle frischen Fische mit festem weißem Fleisch.

15 g getrocknete Tangerinen- oder Zitrusschale
1,1–1,4 kg fester, weißfleischiger Fisch wie Karpfen, Kabeljau, Heilbutt, Schellfisch, Roter Schnapper oder Seezunge, ausgenommen, gesäubert und unzerteilt
2 TL Salz
4 EL Maisstärke
450 ml Erdnußöl
2 EL feingehackter Knoblauch
3 EL feingehackter frischer Ingwer
4 EL feingehackte Frühlingszwiebeln
3 EL Reiswein oder trockener Sherry
1 EL Gelbe-Bohnen-Sauce
2 EL dunkle Sojasauce
1 EL Zucker
6 EL Hühnerbrühe oder Wasser

Die Tangerinen- oder Zitrusschalen etwa 20 Minuten in warmem Wasser einweichen. Dann unter fließendem Wasser abspülen, ausdrücken, feinhacken und beiseite stellen.

Den Fisch auf jeder Seite drei- oder viermal leicht einschneiden, damit er rascher gart und die Aromen besser aufnimmt. Dann den Fisch auf beiden Seiten mit Salz einreiben und gleichmäßig rundum mit dem Stärkemehl bestäuben.

Einen Wok oder eine Bratpfanne stark erhitzen und das Öl hineingeben. Den Fisch von beiden Seiten 5–8 Minuten im heißen Öl fritieren, bis die Haut knusprig braun ist, dann herausnehmen und auf Küchenkrepp abtropfen lassen.

Das Öl bis auf 2 Eßlöffel abgießen und wieder erhitzen. Gehackte Tangerinenschale, Knoblauch, Ingwer und Frühlingszwiebeln in die Pfanne geben und 30 Sekunden pfannenrühren. Nun die restlichen Zutaten hineingeben. Den Fisch zurück in den Wok geben und mit der Sauce begießen. Zugedeckt bei schwacher Hitze 8 Minuten schmoren, bis der Fisch gar ist. Den Fisch vorsichtig auf eine vorgewärmte Platte gleiten lassen und servieren.

Für 8 Personen als Teil eines chinesischen Menüs oder für 4 Personen als Hauptgericht.

Doujiao Zai Chao Sigua Yuner
Pfannengerührte Spargelbohnen mit Schwammgurken und Wolkenohren

Doujiao Zai Chao Sigua Yuner

Pfannengerührte Spargelbohnen mit Schwammgurken und Wolkenohren

Eines der besten vegetarischen Gerichte, die ich je gegessen habe, stammt aus der Küche meiner Familie in Kaiping (Hoiping) und ist eine gelungene Mischung aus der kantonesischen Geschmacks- und Strukturvielfalt. Die dünnen, langen Bohnen kamen – knackig und sehr schmackhaft – erntefrisch vom Feld; die Schwammgurken hingegen waren weich und schmeckten leicht erdig, was einen angenehmen Kontrast zu ihrer rauhen Schale bildete. Nicht zu vergessen die weichen, doch elastischen Wolkenohren mit ihrem feinen Aroma. Rasch pfannengerührt, wurde daraus ein einzigartiges Gericht, das sich gut als vegetarischer Hauptgang oder als Beilage zu einer Fleischspeise eignet.

25 g getrocknete Wolkenohrpilze
230 g Spargelbohnen oder grüne Bohnen
460 g Schwammgurken oder Zucchini
2 EL Erdnußöl
2 EL feingehackte Schalotten
2 EL gehackter Knoblauch
2 TL feingehackter frischer Ingwer
2 EL Austernsauce
2 EL Reiswein oder trockener Sherry
2 EL helle Sojasauce
2 TL Salz
1 TL Zucker
125 ml Hühnerbrühe

Die Trockenpilze mindestens 15 Minuten in warmem Wasser einweichen, anschließend mehrmals unter fließendem kaltem Wasser abspülen, um Sandreste zu entfernen. Gründlich abtropfen lassen und beiseite stellen.

Bei Verwendung von Spargelbohnen die Enden abschneiden und die Bohnen in 7 cm lange Stücke schneiden. Von grünen Bohnen Spitze und Stielansatz abschneiden und die Hülsen halbieren.

Die harte Außenschale der Schwammgurken abschälen oder bei Verwendung von Zucchini Spitze und Stielansatz abschneiden. Dann das Gemüse schräg in 5 cm große Abschnitte teilen.

Einen Wok oder eine große Bratpfanne stark erhitzen und das Öl hineingeben. Schalotten, Knoblauch, Ingwer, Wolkenohren und Bohnen dazugeben und 1 Minute pfannenbraten. Dann die vorbereiteten Gemüse, Austernsauce, Reiswein oder Sherry, Sojasauce, Salz, Zucker und Hühnerbrühe hinzufügen. Bei starker Hitze in der offenen Pfanne etwa 5 Minuten dünsten, bis das Gemüse gar ist, und servieren.

Für 4 Personen als Teil eines chinesischen Menüs oder für 2 Personen als Hauptgericht.

Chao Douya

Sojabohnensprossen mit Schweinefleisch

Sojabohnensprossen sind nahrhaft und preiswert. In China werden sie als knackiges »Schnellgemüse« gehandelt, das Gerichten ein nussiges Aroma verleiht. Sie ähneln den Keimlingen von Mungobohnen, sind jedoch größer und haben einen großen gelben Bohnenkern. Frische Sojabohnensprossen werden in asiatischen Lebensmittelgeschäften und Naturkostläden angeboten; notfalls kann man auf die weitaus gängigeren Keimlinge von Mungobohnen zurückgreifen.

Seit über 3000 Jahren werden in China Sojabohnen angebaut, und so ist es kein Wunder, wenn man ihnen immer wieder in einer ihrer unzähligen Verarbeitungsformen begegnet. Die folgende Variante lernte ich bei meinem Cousin in Kaiping schätzen: Marinierte Schweinefleischstücke werden pfannengerührt, mit Shrimpspaste verfeinert und ergeben so eine köstliche und sättigende Mahlzeit. Shrimpspaste ist übrigens eine typische Würze der südchinesischen Küche. Der strenge Geruch verflüchtigt sich beim Kochen weitestgehend.

250 g mageres Schweinefleisch
1 TL Reiswein oder trockener Sherry
1 TL helle Sojasauce
½ TL Sesamöl
½ TL Maisstärke
700 g Soja- oder Mungobohnensprossen
2 EL Erdnußöl
2 Scheiben frischer Ingwer, geschält und zerdrückt
1 EL Erdnußöl
1 TL Shrimpspaste
2 TL helle Sojasauce

Das Schweinefleisch in mundgerechte Stücke schneiden und mit Reiswein oder Sherry, Sojasauce, Sesamöl und Stärkemehl in einer kleinen Schüssel vermischen.

Chao Douya
Sojabohnensprossen mit Schweinefleisch und Blutpudding

Die Bohnensprossen unter fließendem kaltem Wasser abspülen – dabei welke oder gelbliche Keimlinge aussortieren – und gründlich abtropfen lassen.

Einen Wok oder eine große Bratpfanne stark erhitzen, 2 Eßlöffel Erdnußöl und den Ingwer dazugeben. Sobald der Ingwer Farbe annimmt, die Stückchen mit dem Schaumlöffel herausnehmen. Das Fleisch dazugeben, 2 Minuten unter Rühren braten und anschließend mit dem Schaumlöffel herausnehmen.

Den Wok wieder erhitzen und das restliche Öl hineingießen. Sobald es raucht, die Shrimpspaste dazugeben und 10 Sekunden pfannenrühren. Dann die Bohnensprossen und die Sojasauce dazugeben und 4 Minuten unter ständigem Rühren weiterbraten. Die Fleischstücke wieder in die Pfanne geben, gut mit der Sauce vermischen und etwa 1 Minute weiterrühren. Zum Schluß nochmals alles kräftig durchmischen, in einer flachen Schüssel anrichten und servieren.

Für 4 Personen als Teil eines chinesischen Menüs oder für 2 Personen als Hauptgericht.

Zheng Ji

Gedämpftes Huhn

Als ich das Haus meiner Vorfahren zum erstenmal besuchte, mußte ich mich zum Zeichen der Ehrerbietung gegenüber den Ahnen vor dem Familienaltar niederwerfen. Während ich also den Ahnen die Ehre erwies, schlachtete mein Cousin im Hof ein Opferhuhn. Es wurde dann schnell

Zheng Ji
Gedämpftes Huhn und andere Opfergaben für die Ahnen; die Löffel enthalten ein Weinopfer

gerupft und ausgenommen, mit Salz eingerieben und gedämpft. Unter dreifacher Verbeugung brachten mein Cousin und ich das fertige Huhn unseren Vorfahren dar. Danach wurde es in kleine Portionen zerteilt und mitsamt der aromatischen Ingwer-Zwiebel-Sauce allen Familienmitgliedern serviert. Die Garflüssigkeit des Huhns wurde als zusätzliche Würze über den Reis gegossen. Auch ohne das Ritual der Ahnenverehrung schmeckt dieses Gericht köstlich.

1 Huhn (etwa 1,6 kg)
1 EL Meersalz

SAUCE

Zucker
½ TL Salz
2 TL helle Sojasauce
2 EL feingehackter Ingwer
5 EL feingehackte Frühlingszwiebeln
2 EL Erdnußöl
1 TL Sesamöl

Das Huhn unter fließendem kaltem Wasser waschen und gründlich mit Küchenkrepp trockentupfen, anschließend von innen und außen salzen. Das Huhn dann mit der Brustseite nach unten in eine hitzebeständige flache Schüssel legen und 15 Minuten beiseite stellen.

Einen Dampfkochtopf auf den Herd stellen oder einen Dämpfeinsatz aus Bambus in den Wok oder eine Bratpfanne setzen. Den Dämpfer etwa 5 cm hoch mit heißem Wasser füllen und dieses zum Kochen bringen. Dann die Schüssel mit dem Huhn auf den Dämpfeinsatz stellen und den Dämpfer fest mit dem Deckel verschließen. Das Huhn bei mittlerer Hitze 1 Stunde behutsam dämpfen und von Zeit zu Zeit Wasser nachfüllen. Die Schüssel mit dem gedämpften Huhn herausnehmen, und wenn es gar ist, die Flüssigkeit abgießen.

In einer kleinen Schüssel Zucker, Salz, Sojasauce, Ingwer und Frühlingszwiebeln gut verrühren. Erdnuß- und Sesamöl in einer kleinen Pfanne erhitzen, bis es raucht, und über die angerührte Ingwer-Sauce geben. Das Huhn in Portionen zerlegen und heiß mit der Sauce servieren.

Für 8 Personen als Teil eines chinesischen Menüs oder für 4 Personen als Hauptgericht.

2. Kapitel

CHINAS DÜFTE UND AROMEN

Gutes Essen duftet anders und sieht anders aus: klar und rein wie Wolken im Herbst, schön wie Bernstein; ein göttlicher Duft. Weder Zunge noch Zähne braucht man, um dessen Wohlgeschmack zu entdecken.

Menü von Su Yan, Yuan Mei, 1715–1798

China ist ein riesiges Land mit großen geographischen und klimatischen Unterschieden. Seine Geschichte ist Jahrtausende alt, und schon seit langem zählt sein Volk Hunderte von Millionen Menschen. Bis in dieses Jahrhundert war es politisch, sprachlich (in der geschriebenen Sprache) und in seiner Verwaltung seit 2000 Jahren mehr oder weniger geeint. Oft gab es Zeiten der sozialen und politischen Erneuerung und des Wandels, Zeiten der Toleranz und sozialer Mobilität, neuer Ideen und freien Handels. Heute, da dieses Buch geschrieben wird, ist wieder eine solche Zeit, in der Neues zugelassen und sogar gefördert wird. Die Ereignisse des Jahres 1989 haben allerdings gezeigt, daß sich dieser Wandel nicht auf das politische System erstreckt. Dennoch sind die wirtschaftlichen Liberalisierungstendenzen im chinesischen Alltag spürbar. Dies wird in Chinas Küche deutlicher als in anderen Bereichen seiner Kultur, wenn Einflüsse aus dem Ausland in ihre ehrwürdigen Traditionen und in den Glauben integriert und auf diese Weise von den Chinesen übernommen werden.

Chinas Küche hat sich so in einem Umfeld von Stetigkeit und Wandel, von uralten Traditionen und aufregenden Neuerungen entwickelt. Obwohl regelmäßig Naturkatastrophen – Überflutungen, Erdbeben, Dürreperioden – das Land heimsuchen und es dadurch auch verändern, ist den Menschen dort die »gute Erde« vertraut. Vom subtropischen Süden über die Zentralgebirge bis zum gemäßigten Norden wurden immer schon Ländereien, Fischgründe, Flüsse und Meere in vollem Umfang genutzt.

China ist stark bevölkert, doch es gibt nur relativ wenig fruchtbares Land, und so lernten die Chinesen schon früh, alles Eßbare als Nahrung zu verwenden. Um diese zu gewinnen und herzustellen, bedienten sie sich darüber hinaus genialster Methoden und waren der Überzeugung, daß menschlicher Wille über gottgesandtes Schicksal siegen kann. Kein Volk hat je mehr mit seinen Lebensmittelressourcen anzufangen gewußt, und die Bemühungen lassen hier nicht nach. In China leben 22 Prozent der Weltbevölkerung, und das Land muß mit nur sieben Prozent der Weltanbaufläche über eine Milliarde Menschen ernähren.

Im Lauf der Jahrhunderte haben die Chinesen beim Essen einen eigenen Stil, ihre eigene Auffassung und Philosophie entwickelt. Am auffälligsten ist ihre Vorliebe für extrem frische Zutaten und die Ausgewogenheit des Geschmacks. Gewürze und Aromen verwenden sie stets in Maßen. Ingwer, Frühlingszwiebeln, Knoblauch, Sojasauce, Chilisauce und andere Gewürze sind geschmacklich immer präsent, jedoch nie dominant. In dieser Hinsicht unterscheiden sich die Chinesen von ihren südostasiatischen Nachbarn, die, so sagen sie, ihr Essen unter Gewürzen begraben,

Seite 20: *Frisches Gemüse auf dem Markt*

Markt in Yi Liang Gou Jie, Provinz Yunnan

und von ihren japanischen und zentralasiatischen Nachbarn, deren Gerichte ihrer Meinung nach zu mild und fad schmecken. Frische, Ausgewogenheit, Reinheit, Klarheit und Struktur sind ihnen beim Essen und im Leben wichtig. Überall in China, auf Märkten, in Restaurants und in Familien traf ich auf Vielfalt und eine prickelnde Atmosphäre voller Düfte und Aromen. So wurden beispielsweise in den Läden und an Straßenständen fast aller Gegenden Dutzende von verschiedenen Chili-Bohnen-Pasten und -Saucen angeboten. In Kanton brachten die Leute Flaschen in die Gewürzläden mit und ließen sich ihre persönliche Mischung abfüllen. Die Zahl der Gewürze war unfaßbar groß. Stundenlang hätte ich dort stehen und zusehen können.

Durch die Liberalisierung des Handels in China sind heute Zutaten ohne weiteres erhältlich, die noch vor einigen Jahren kaum oder überhaupt nicht zu bekommen waren. Eine der bedauernswerten Auswirkungen der Kulturrevolution war die Einrichtung einer gleichgeschalteten Lebensmittelproduktion und die Abschaffung privater Gärten. Nach vielen Jahren können die Chinesen nun wieder Lebensmittel ihrer Wahl anbauen, kaufen und zubereiten. Frische Gemüse, Gewürze und andere traditionelle Zutaten sind allmählich leichter erhältlich, es gibt immer mehr private Restaurants und Imbißstände. Kochschulen werden wieder eröffnet, wo junge Leute die fast schon vergessene chinesische Kochkunst und deren Techniken lernen. Es gibt noch viel aufzuholen, doch die erreichten Fortschritte machen mich zuversichtlich.

Auf meinen Reisen durch China beeindruckte mich die große Vielfalt der Speisen und Zutaten. Trotz regionaler Unterschiede war jedoch immer eine gewisse Gemeinsamkeit zu spüren, die von Chinas einzigartigen Zubereitungsarten, Düften und Geschmacksnuancen herrührt. Dies kommt weder ausschließlich daher, daß mit Vorliebe Ingwerwurzeln,

Frühlingszwiebeln und Knoblauch, das Dreigestirn der chinesischen Kunst des Würzens, verwendet werden, noch läßt sich dies nur mit dem Gebrauch von Sojasauce erklären.

Ich sah Leute, die zwei- oder dreimal am Tag einkaufen gingen, nicht nur, weil sie keine ausreichenden Kühl- und Lagermöglichkeiten hatten, sondern auch, weil sie nur absolut frische Zutaten verwenden wollten. Wenn dies mit mehreren Einkaufsgängen verbunden ist, so soll es daran nicht scheitern. In China sind die frischesten Zutaten die besten, und die Chinesen krönen sie mit den jeweils passenden Gewürzen und Saucen. Man könnte meinen, daß sich aus dieser einfachen und doch meisterhaften Kombination nur eine begrenzte Anzahl von Gerichten zubereiten läßt, doch auf meinen Reisen erlebte ich immer wieder Überraschungen. Alle für die Rezepte in diesem Buch benötigten Zutaten erhält man in gutsortierten großen Supermärkten und Geschäften, die chinesische oder asiatische Lebensmittel führen. Für den Fall, daß bestimmte Produkte nicht erhältlich sind, habe ich jeweils ein passendes Ersatzprodukt angegeben. In diesem Buch finden Sie Ratschläge, worauf beim Kauf dieser exotischen Zutaten zu achten ist, wie man sie verwendet und lagert.

Heilkräutermarkt in Sichuan

Noch ein Wort zu Monosodium Glutamat, auch bekannt unter dem Namen Geschmacksverstärker. Es wurde vor über 50 Jahren von japanischen Wissenschaftlern entwickelt, inzwischen produziert man jährlich 250 000 Tonnen. Die Wissenschaftler sind sich noch nicht einig, wie dieser Stoff genau wirkt, aber er betont den natürlichen Salzgeschmack und kann das Aroma von faden Speisen und alten Gemüsen auffrischen und beleben. Manche Menschen leiden nach dem Genuß von mit Glutamat zubereiteten Speisen an Unwohlsein, dem sogenannten »Chinarestaurant-Syndrom«, aber es ist nicht weiter gefährlich. Leider wird es in China in den staatlichen Restaurants häufig verwendet, wohl auch wegen der beschränkten Verfügbarkeit bestimmter Zutaten. Die besten Köche und Restaurants hingegen vermeiden den Gebrauch von Glutamat und verlassen sich auf die Frische und Qualität der Zutaten, und diese haben keine Geschmacksverstärkung nötig. Dem kann ich nur von ganzem Herzen zustimmen.

Die Märkte Chinas sind reich an exotischen Gemüsen – Wildreis, Strohpilze, frische Bambussprossen, geräucherter Knoblauch, Bohnenkeimlinge, gelbe Gurken –, deren Vielfalt man im Westen nie finden wird. Die meisten Zutaten, Gewürze und Gemüse sind hier aber erfreulicherweise wegen des verstärkten Handels und der Internationalisierung des Kochens immer leichter erhältlich. Mit ein wenig Mühe kann man heute viele chinesische Köstlichkeiten recht einfach nachkochen. Alle Rezepte dieses Buches wurden mit leicht erhältlichen Zutaten ausprobiert.

TYPISCHE ZUTATEN

AUBERGINEN *(Solanum melongena)*

Auberginen sind ein in ganz China beliebtes und preiswertes Gemüse. Diese hübsch anzusehenden Früchte mit der violett gelackten Schale kommen in unterschiedlichen Größen auf den Markt. Neben den größeren Früchten, die mittlerweile in jedem Gemüsegeschäft zu bekommen sind, gibt es noch die kleinen, dünnen Sorten mit dem feineren Aroma, die besonders in China geschätzt werden. Achten Sie beim Einkauf auf Früchte mit makelloser, straffer Haut.

Große Auberginen schneidet man nach Rezeptanweisung klein, salzt sie und läßt sie etwa 20 Minuten ziehen. Anschließend werden sie unter fließendem Wasser gewaschen und mit Küchenkrepp sorgfältig trockengetupft. Das Salzen entwässert die Auberginen und entzieht ihnen somit die Bitterstoffe. Außerdem wird dadurch verhindert, daß die Früchte beim anschließenden Garen zuviel Flüssigkeit aufnehmen. Bei Verwendung asiatischer Auberginensorten ist Salzen überflüssig.

Bambussprosse

Austern, getrocknet

Zum Verfeinern ihrer Speisen nehmen die Chinesen neben vielen anderen getrockneten Meeresfrüchten auch Austern. Die in allen Güteklassen und Größen erhältlichen Austern werden feingehackt an die Speisen gegeben und geben dem Gericht eine besondere Note. Wegen ihres ausgeprägten Aromas empfiehlt sich eine sparsame Dosierung. Vor der Verwendung werden sie mindestens eine Stunde, besser noch über Nacht, in warmem Wasser eingeweicht. Ersatzweise können geräucherte Austern aus der Dose verwendet werden.

Bambussprossen *(Dendrocalamus; Phyllostachys)*

Bambussprossen sind die eßbaren Schößlinge immergrüner Gräser, die verschiedenen botanischen Gattungen angehören. Es handelt sich hierbei allerdings um holzige Pflanzen, die strauch- oder baumartig wachsen. Von den annähernd 100 existierenden Sorten kommen mindestens zehn in den Handel. In der Regel unterscheidet man zwischen den größeren Frühlingsbambussprossen und den kleineren und zarteren Winterbambussprossen. Frische Bambussprossen sind teuer und werden in China nur saisonal angeboten. Wesentlich preiswerter ist die hier erhältliche Dosenware. Bambussprossen aus der Dose sind meist blaßgelb und knakkig und haben zuweilen einen köstlichen, kohlrabiähnlichen Geschmack. Sie kommen immer geschält als ganze Schößlinge oder als dicke Scheiben in den Handel. Vor der Verwendung werden sie gründlich abgespült, dann zwei Minuten in kochendem Wasser blanchiert und vor der Weiterverarbeitung in Scheiben geschnitten. Nicht verbrauchte Sprossen gibt man in ein Gefäß mit Wasser und stellt es in den Kühlschrank. Wird das Wasser täglich gewechselt, bleiben die Bambussprossen zwei bis drei Tage frisch.

Von frischen Bambussprossen entfernt man alle Blätter und schneidet den harten Boden ab. Dann schneidet man die vorbereiteten Sprossen in Scheiben und blanchiert sie mindestens fünf Minuten, damit sie ihren bitteren Geschmack verlieren. Danach sind sie küchenfertig.

Bittergurken *(Momordica charantia)*

Dieses ungewöhnliche Gemüse heißt bei uns auch Balsambirne, Karella oder Bittermelone. Hoch geschätzt von den einen, verabscheut von den anderen, ist es wirklich nur etwas für Kenner. Die Bittergurke hat eine runzlige dunkel- bis hellgrüne Schale und zeichnet sich durch einen leicht bitteren Chiningeschmack aus; im Mund entfaltet sich eine kühlende Wirkung. In manchen Teilen Chinas wird sie getrocknet als Heilmittel verwendet. Je grüner die Frucht, um so bitterer ist ihr Geschmack; daher bevorzugen viele Köche die milderen gelblich-grünen Sorten. Zum Kochen wird die Bittergurke halbiert, entkernt und von der Innenhaut befreit.

Der bittere Geschmack läßt sich mildern, indem man die vorbereitete Frucht je nach Rezeptanweisung blanchiert oder einsalzt. Zur Aufbewahrung legt man Bittergurken – locker eingewickelt in Plastikfolie oder Papier – in das Gemüsefach des Kühlschranks. Je nach Reifegrad bleibt sie dort drei bis fünf Tage frisch.

Bohnen, chinesische (s. Spargelbohnen, S. 41)

Gepreßter frischer Tofu

Bohnen, schwarze

Diese kleinen schwarzen Sojabohnen, auch unter der Bezeichnung »gesalzene schwarze Bohnen« oder »fermentierte schwarze Bohnen« bekannt, werden mit Salz und Gewürzen konserviert. Sie haben einen ausgeprägten, leicht salzigen Geschmack und duften angenehm würzig. Man verwendet sie, oft in Verbindung mit Knoblauch oder frischem Ingwer, zum Würzen. In dieser Kombination zählen sie zu den beliebtesten Würzmitteln im Süden Chinas. In der Regel werden immer nur kleine Mengen dieses preiswerten Würzmittels gekauft, das mittlerweile auch in vielen westlichen Supermärkten erhältlich ist, meist als Dosenware mit der Aufschrift »Schwarze-Bohnen-Sauce«. In China kommen sie meist als ganze Bohnen oder grobgehackt – und noch kräftiger im Aroma – auf den Markt. Manche Rezepte empfehlen, die Bohnen vor der Verwendung abzuspülen, aber ich habe festgestellt, daß sich die wenigsten chinesischen Köche daran halten. Kühl gelagert sind die Bohnen fast unbegrenzt haltbar.

Bohnensprossen *(Leguminosae phaseolus aureus; glycine max)*

Die Bohnensprossen, die heute in Reformhäusern, Naturkostläden, Gemüsefachgeschäften und Kaufhäusern als »Sojasprossen« angeboten werden, sind in der Regel die Keimlinge der grünen Mungobohne. Die echten Sojabohnensprossen mit den größeren gelben Samenkörnern findet man in chinesischen Supermärkten. Bohnensprossen sollten stets knakkig-frisch sein. Nicht verbrauchte Sprossen bleiben ein paar Tage frisch, wenn man sie lose in Küchenkrepp wickelt und in einem Plastikbeutel im Gemüsefach des Kühlschranks lagert.

Chili-Bohnen-Sauce (s. Saucen und Würzpasten, S. 37)

Chili-Öl / Chili-Dip-Sauce

Chili-Öl wird in China sowohl als Dip für knusprige Speisen als auch zum Würzen genommen. In der Regel ist es milder als das Fertigprodukt aus der Provinz Sichuan und bei weitem nicht so höllisch scharf wie das südostasiatische Chili-Öl. Bei der Vielzahl der Chilisorten ist es nicht verwunderlich, daß die daraus hergestellten Öle erheblich in Schärfe und Aroma variieren. Chili-Öl ist normalerweise in Chinaläden erhältlich. Die aus Thailand und Malaysia kommenden Sorten zeichnen sich durch eine feurige Schärfe aus; Produkte aus Taiwan und China sind dagegen vergleichsweise mild. Diese Fertigprodukte sind zwar durchaus akzeptabel, aber ich möchte Ihnen dennoch das folgende Rezept ans Herz legen, weil hausgemachtes Öl noch immer am besten ist. Wegen seiner intensiven Schärfe ist Chili-Öl zum Kochen weniger geeignet. Es darf immer nur sparsam verwendet werden, zum Beispiel in einer Dip-Sauce, als Würzmittel oder tropfenweise in Verbindung mit milderen Haushaltsölen. Das nachstehende Rezept habe ich – zwecks zusätzlicher Aromatisierung – um Pfeffer und schwarze Bohnen erweitert, damit das Öl auch als Dip-Sauce verwendet werden kann.

Im Schraubglas – kühl und dunkel gelagert – hält sich selbstgemachtes Chili-Öl einige Monate.

Eine dunkelgrüne Sorte der Bittergurke

180 ml Erdnußöl
2 EL gehackte getrocknete rote Chillies
1 EL ganze ungeröstete Sichuan-Pfefferkörner
2 EL ganze schwarze Bohnen

Einen Wok stark erhitzen, das Öl hineingießen und die restlichen Zutaten dazugeben. Die Mischung etwa 10 Minuten bei milder Hitze garen, anschließend auskühlen lassen und in ein Glas füllen. Die Mischung 2 Tage durchziehen lassen und dann das Öl durchseihen. Kühl gelagert ist es monatelang haltbar.

Bittergurke

Chilipulver

Chilipulver wird aus getrockneten roten Chilischoten hergestellt. Es ist scharf aromatisch bis brennend scharf und wird deshalb gern für stark gewürzte Gerichte genommen. In der Provinz Sichuan findet man es häufig in der Kombination mit gemahlenem geröstetem Sichuan-Pfeffer.

Chillies, frische *(Capsicum frutescens)*

Frische Chillies, die Samenhülsen der *Capsicum*-Gewächse, werden in der chinesischen Küche oft verwendet. Die in China am häufigsten anzutreffenden Chillies sind allerdings nicht so brennend scharf wie die gängigen Sorten in weiten Teilen Südostasiens und in den USA. Die ursprünglich aus Lateinamerika stammenden Chilischoten sind zwar eine relativ neue Zutat in der chinesischen Küche, aber sie haben sich innerhalb kürzester Zeit in ganz Asien ausgebreitet. Häufig verwendet werden Chillies in der Küche des westlichen und nördlichen China, weniger gängig sind sie in der Kanton- oder südchinesischen Küche. In China sind frische Chillies klein bis mittelgroß und in der Regel rot, wenngleich auch grüne Sorten auf den Markt kommen. Die größeren, längeren Schoten sind am beliebtesten. Im Geschmack reichen sie von mild-würzig bis brennend scharf; wegen ihrer frischen Farbe werden sie gern zum Garnieren verwendet. Gehackt oder in Scheiben geschnitten, sind die Schoten Zutaten zahlreicher Gerichte und Saucen.

Für die Rezepte in diesem Buch habe ich durchgängig die mildeste Chilisorte verwendet, die auf dem Markt ist. (Ersatzweise können auch Paprikaschoten verwendet werden.) Da die hier erhältlichen Sorten meist schärfer sind, habe ich die Mengen entsprechend reduziert. Beim Einkauf ist darauf zu achten, daß die Schoten fest und makellos sind und keine Druckstellen oder schwarzen Flecken aufweisen. Rote Schoten sind den grünen immer vorzuziehen, da sie in der Regel milder sind und durch das Reifen an Süße gewinnen.

Vor der Verwendung wäscht man die Schoten in kaltem Wasser. Dann schlitzt man sie mit einem kleinen, scharfen Messer der Länge nach auf und entfernt die Samen. Anschließend werden die Schoten gründlich unter fließendem kaltem Wasser gewaschen und je nach Rezeptanweisung weiterverarbeitet. Vor der Zubereitung anderer Lebensmittel muß man die Hände gründlich mit Wasser und Seife waschen und Messer und Arbeitsfläche sorgfältig reinigen. Außerdem ist beim Hantieren mit Chillies darauf zu achten, daß man sich nicht aus Versehen die Augen reibt. Die ätherischen Öle können zu gefährlichen Reizungen der Schleimhäute führen.

Chillies, getrocknete rote

Ein herrlicher Anblick sind die getrockneten roten Chilischoten, die, in langen Reihen aufgefädelt, in Lebensmittelläden, vor Restaurants und in den Häusern der Bewohner von Sichuan hängen. Die in anderen Landesteilen Chinas weniger gängigen Schoten sind in der Sichuan-Küche eine unentbehrliche Würze. Verwendet werden sie entweder ganz oder fein vermahlen. Manche Schoten sind sehr klein (etwa 1 cm lang) und dünn. In der Regel bleiben die getrockneten Chillies ganz; sie werden aber auch oft der Länge nach aufgeschnitten oder mitsamt den Samen feingemahlen. Ganze Schoten nimmt man zum Aromatisieren von Öl für pfannengerührte Gerichte, während aufgeschlitzte und feingehackte Schoten Saucen und Schmorgerichte würzen. In einem luftdicht verschlossenen Behälter sind getrocknete Chillies unbegrenzt haltbar. Sie können deshalb einen Vorrat davon anlegen. Am besten bewahrt man sie im Kühlschrank auf.

Frische rote Chilischote

Chinakohl *(Brassica pekinensis)*

Frische grüne Chilischoten

Chinakohl, entsprechend seiner Herkunft auch »Pekingkohl« genannt, ist in ganz China – und mittlerweile auch bei uns – weit verbreitet und kommt knackig frisch in verschiedenen Größen von schlank und zylindrisch über keulenförmig bis gedrungen auf den Markt. Alle Chinakohlarten haben feste, dichte Köpfe mit blaßgrünen (manchmal auch gelblichen), gekräuselten Blättern. Dieses vielseitige Gemüse wird in China als Suppeneinlage und zum Pfannenbraten mit Fleisch genommen, da es wegen seiner porösen Beschaffenheit andere Aromen leicht aufnimmt. Roh oder nur leicht gegart hat der saftige Chinakohl einen milden, senfartigen Geschmack, der aber in Verbindung mit anderen aromatischen Zutaten nicht sehr stark ist. Chinakohl wird wie gewöhnlicher Weißkohl im Kühlschrank aufbewahrt.

Chinesischer Blätterkohl *(Brassica rapa var. chinensis)*

Chinesischer Blätterkohl, auch bekannt unter der Bezeichnung *bok choy*, wird in China seit Jahrhunderten angebaut. Aus der Vielzahl der Sorten ist der Kohl mit den langen, glatten, milchig-weißen Stengeln und den großen, krausen, dunkelgrünen Blättern der bekannteste. An der Größe der Pflanze läßt sich die Zartheit des Gemüses ablesen – je kleiner die Pflanze, desto zarter der Kohl. Das leicht verdauliche Gemüse mit dem milden senfartigen Geschmack benötigt keine langen Garzeiten und wird in China als Suppeneinlage oder zum Pfannenrühren verwendet. Es wird mittlerweile auch in den Niederlanden angebaut und von dort unter den Bezeichnungen *paksoi* oder *pak choy* importiert. Beim Einkauf ist auf feste, knackig frische Stengel zu achten. Im Gemüsefach des Kühlschranks bleibt chinesischer Blätterkohl mehrere Tage frisch.

Chinesischer Blütenkohl
(Brassica chinensis var. parachinensis)

Chinesischer Blütenkohl fällt wie eine Reihe anderer Blattgemüse unter die Bezeichnung »Blattsenf«. In China, besonders in den südlichen Provinzen, ist er häufig anzutreffen und dort auch unter der weitaus geläufigeren kantonesischen Bezeichnung *choy sum* bekannt. Chinesischer Blütenkohl hat lange grüne Blattstiele und kleine gelbe Blüten, die mitgegessen werden.

Chinesischer Broccoli
(Brassica alboglabra)

Der chinesische Broccoli hat mit den europäischen Arten wenig gemein. Er ist sehr knackig, etwas bitter und erinnert im Geschmack an Mangold. Das köstliche Gemüse mit dem erdigen Geschmack bildet keinen geschlossenen Kopf, sondern fleischige Stengel mit ovalen, blaugrünen Blättern und weißen Blüten. In der Regel ist es nur in chinesischen Lebensmittelgeschäften erhältlich, doch selbst der weiteste Weg lohnt sich.

Getrocknete Chillies, im Mörser zerstoßen

Beim Einkauf ist auf feste Blütenstengel und frische, grüne Blätter zu achten. Chinesischer Broccoli wird genauso zubereitet wie unser Broccoli. Zur Aufbewahrung kommt er – in eine Plastiktüte verpackt – in das Gemüsefach des Kühlschranks; dort hält er sich mehrere Tage. Als Ersatz kann hiesiger Broccoli verwendet werden.

Chinesischer Schnittlauch *(Allium tuberosum)*

Dieser überall in China verbreitete Schnittlauch gehört wie der mit ihm verwandte hiesige Schnittlauch zur Familie der Liliengewächse. Seine flachen Halme sind intensiver im Geschmack als unser Schnittlauch – eher knoblauchähnlich –, und seine Blüten sind ebenfalls zum Verzehr geeignet. Allein oder zusammen mit anderen Lebensmitteln entfaltet er beim Kochen sein köstliches Laucharoma. Chinesischer Schnittlauch ist in Chinaläden erhältlich, läßt sich aber auch mühelos im heimischen Kräutergarten ziehen. Beim Einkauf ist auf breite, flache Halme mit weißen, sternförmigen Blüten zu achten. Ersatzweise können Frühlingszwiebeln verwendet werden, aber kein gewöhnlicher Schnittlauch. Zur kurzfristigen Aufbewahrung wird der chinesische Schnittlauch gewaschen, trockengetupft und anschließend – in feuchtes Küchenpapier eingewickelt – in einer Plastiktüte im Kühlschrank gelagert.

Chinesischer Bleichschnittlauch ist chinesischer Schnittlauch, der abgeschirmt vom Tageslicht wächst und deshalb blaßgelbe Halme ausbildet. Er schmeckt feiner als die grüne Sorte, hat aber trotzdem ein volles Aroma. Zum Kochen werden nur die frischesten Halme genommen und alle welken Teile abgeschnitten.

Chinesische Trockenpilze

Chinesischer Schnittlauch

Diese köstlichen Pilze sind in verschiedenen Güteklassen erhältlich und werden angeblich seit mehr als 1000 Jahren in Südchina kultiviert. Die schwarzen oder braunen Pilze verleihen vielen chinesischen Gerichten ein intensives Aroma. Die besten und beliebtesten Pilze in China sind die sehr großen, etwas helleren Blumenpilze mit starken Einkerbungen auf dem Hut; dies sind in der Regel auch die teuersten. Chinaläden, die sich auf Trockenprodukte spezialisiert haben, führen meist alle Güteklassen von Pilzen lose. Nur die teuersten Sorten werden abgepackt angeboten. Frische Pilze, hinreichend bekannt unter ihrer japanischen Bezeichnung *shiitake,* sind kein gleichwertiger Ersatz für Trockenpilze. Da getrocknete Pilze Flüssigkeit gut aufnehmen und beim Kochen schön saftig werden, gibt man den Trockenprodukten mit dem ausgeprägten Eigengeschmack und dem würzigen Aroma fast immer den Vorzug. Feingehackt dienen die Trockenpilze als Würze für Fleisch, Fisch, Schal- und Krustentiere. Trockenpilze werden am besten in Schraubgläsern aufbewahrt. Kühl und trocken gelagert, sind sie unbegrenzt haltbar.

Verwendung von chinesischen Trockenpilzen Die Trockenpilze etwa 30 Minuten in warmem Wasser einweichen, bis sie geschmeidig sind, dann gründlich unter fließendem kaltem Wasser abspülen, um Sandrückstände zu entfernen. Die Pilze leicht ausdrücken und die Stiele und holzige Teile abschneiden. Zum Kochen werden nur die Pilzhüte verwendet. Die Einweichflüssigkeit durch ein Sieb gießen, um Schmutzpartikel herauszufiltern, und für Suppen oder zum Reiskochen weiterverwenden.

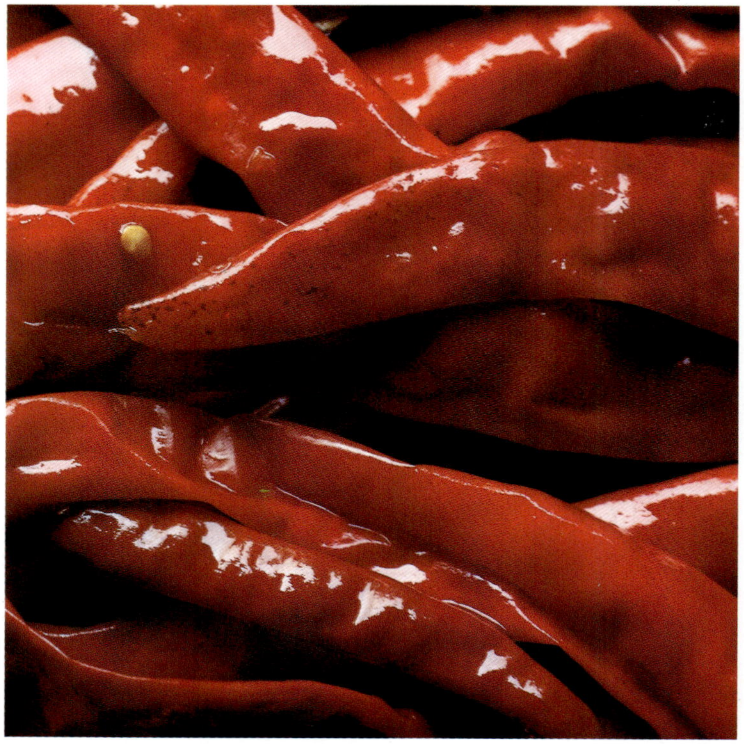

Eingelegte frische Chillies

Schwammgurken

Chinesischer Schnittlauch

Schalotten

Ananas

Früchte aus der großen Familie der Kürbisgewächse

Kohlrabi

Früchte eines Mispelbaumes

Spargelbohnen

Chinesische Holzohren

Bei diesen Pilzen handelt es sich um die größere Variante der unten beschriebenen Wolkenohren, und sie werden auch genauso vorbereitet. Durch das Einweichen plustern sie sich stark auf, so daß sie schließlich das Vier- bis Fünffache ihrer ursprünglichen Größe erreichen. Nach dem Einweichen müssen sie gut abgespült und geputzt werden.

Chinesische Wolkenohren

Diese Baumpilze werden getrocknet zu kleinen schwarzen Blättchen, und wenn man sie einweicht, plustern sie sich zu kleinen Wolken auf. Nach dem Einweichen werden sie gründlich abgespült und geputzt. Baumpilze werden wegen ihrer an Seetang erinnernden, faltigen, gekräuselten Beschaffenheit und wegen ihres leicht rauchigen Geschmacks geschätzt.

CILANTRO (s. Koriander, S. 32)

DAIKON-RETTICH *(Raphanus sativus)*

Diese weiße, asiatische Rettichsorte ist bekannt unter ihrer japanischen Bezeichnung *daikon*-Rettich. Der zu den Winterrettichen zählende *daikon*-Rettich wird bis zu 30 cm lang und hat die Form einer zu groß geratenen Möhre. Er übersteht selbst lange Garzeiten unbeschadet und nimmt beim Kochen andere Aromen auf, ohne seinen ausgeprägten Rettichgeschmack und seine knackige Konsistenz zu verlieren. In China findet dieses Wurzelgemüse vornehmlich in einfachen Speisen Verwendung, ähnlich wie bei uns Kartoffeln und Möhren. Vor der Zubereitung wird es immer geschält. *Daikon*-Rettich wird inzwischen auch bei uns – in gutsortierten Supermärkten und in den meisten asiatischen Lebensmittelgeschäften – angeboten. Die Rettiche sollten fest und schwer und vor allem unbeschädigt sein. Im Gemüsefach des Kühlschranks bleiben sie – in einer Plastiktüte verpackt – länger als eine Woche frisch.

Gebündelte Spargelbohnen

EIWEIß

In chinesischen Rezepten ist Eiweiß eine häufig verwendete Zutat in dünnflüssigen Teigen und Überzügen. Es bewirkt, daß Saft und Aroma erhalten bleiben und die Nahrungsmittel von einem leichten und doch schützenden Teigmantel umhüllt sind, wenn sie in das heiße Öl getaucht werden. Das Eiweiß eines großen Eies entspricht in etwa der Menge von zwei Eßlöffeln. Eiweiß ist auch gefriergeeignet. Man füllt es einfach in die einen Eßlöffel fassenden Fächer des Eiswürfelfaches und kann es dann portionsweise entnehmen.

ERDNÜSSE

Ungeröstete Erdnüsse verleihen den Speisen einen speziellen Geschmack, und sie erfreuen sich besonders in China großer Beliebtheit. Sie werden immer erst pfannengerührt, bevor sie unter die Speisen gemischt werden. Bereits aus der Schale gebrochene Erdnüsse sind in Naturkostläden, gutsortierten Supermärkten und in asiatischen Lebensmittelgeschäften erhältlich. Vor der Verwendung muß die dünne rote Außenhaut entfernt werden. Dazu werden Erdnüsse etwa zwei Minuten in kochendem Wasser blanchiert. Dann gießt man das Wasser ab und läßt die Erdnüsse abkühlen. Die Haut läßt sich dann leicht ablösen.

ESSIG

Essig wird in China ausgiebig zum Kochen und als Dip verwendet. Chinesischer Essig wird aus Reiswein gewonnen. Die diversen Sorten, die in China auf dem Markt sind, reichen im Aroma von mild-würzig und leicht säuerlich bis zu süß und scharf.

Roter Reisessig

Ein süßer, würziger Essig, der meist als Dip für Meeresfrüchte verwendet wird.

Schwarzer Reisessig

Ein violettschwarzer Essig, kräftig, aber dennoch mild im Geschmack, der für Schmorgerichte, Nudeln und Saucen verwendet wird.

Weißer Reisessig

Ein klarer, milder Essig, der schwach nach Klebreis schmeckt und für süße und salzige Gerichte verwendet wird.

Die genannten Essigsorten kann man in Chinaläden kaufen. Sie sind auch nach dem Anbruch unbegrenzt haltbar. Falls kein chinesischer Essig erhältlich ist, kann auch Cidre-Essig verwendet werden. Malz- und Weinessig sind wegen ihres stark ausgeprägten Geschmacks als Ersatz ungeeignet.

Fünfgewürzpulver

Das goldbraune Pulver ist eine Mischung aus Sternanis, Sichuan-Pfefferkörnern, Fenchel, Nelken und Zimt. Eine gute Mischung muß sowohl scharf und würzig als auch wohlriechend und leicht süßlich sein. Sparsam verwendet, verleiht sie vielen Gerichten eine höchst interessante Note. Mit etwas Glück findet man Fünfgewürzpulver in gutsortierten Lebensmittelabteilungen großer Kaufhäuser oder in asiatischen Lebensmittelgeschäften.

Chinesischer Blätterkohl

Goldnadeln (s. Lilienknospen, S. 32)

Haifischflossen

Eine exotische Delikatesse sind die Haifischflossen, die in vielfältigen Zubereitungen in den südchinesischen Restaurants und in den nobleren Restaurants anderer Landesteile auf den Tisch kommen. Haifischflossen, die getrockneten Muskelstränge der Rücken- und Bauchflossen aller größeren Haie, sind ein echter Luxus und dementsprechend sehr teuer. In China werden sie vornehmlich in Läden angeboten, die Trockenprodukte führen. Ihre Zubereitung erfordert lange Einweich- und Kochzeiten, wobei die Kochflüssigkeit mehrmals gewechselt werden muß. Doch dank moderner Technologien kann man mittlerweile auch küchenfertige Haifischflossen tiefgefroren in asiatischen Lebensmittelgeschäften kaufen.

Die nährstoffreichen Flossen haben wie die gleichermaßen begehrten Schwalbennester nur wenig Eigengeschmack, sind aber wegen ihrer gallertartigen Konsistenz eine hochgeschätzte Delikatesse. Serviert werden sie in einer Kraftbrühe – am bekanntesten ist die Haifischflossensuppe –, als Geflügelfüllung oder zusammen mit Eiern und Krabben.

Ingwersaft

Der aus frischem Ingwer gewonnene Saft wird zum Würzen von Marinaden verwendet. Er ist deutlich milder im Geschmack als feingehackter Ingwer. Für die Saftgewinnung wird eine frische, ungeschälte Ingwerwurzel in grobe Stücke geschnitten und anschließend in der Küchenmaschine zerkleinert. Oder man zerdrückt die Ingwerwurzel mit einem Fleischklopfer oder mit der flachen Klinge eines Hackbeils oder eines Messers, bis die Wurzel ganz zerfasert ist. Anschließend gibt man den zerkleinerten Ingwer in ein Baumwoll- oder Leinentuch und preßt den Saft von Hand aus.

Ingwerwurzel *(Zingiber officinale)*

Frischer Ingwer ist in der chinesischen Küche genauso unentbehrlich wie der Wok. Er schmeckt würzig-scharf und leicht süßlich und verfeinert mit seinem eigenwilligen Aroma Suppen, Fleisch- und Fischgerichte, Saucen und Gemüse. Der kantonesischen Ingwerwurzel wird das ausgeprägteste Aroma nachgesagt. Die gelblichen, von einer dünnen, hornartigen Rinde umgebenen knolligen Wurzeln kommen stückweise oder als ganzer Wurzelstock in den Handel. In China wird die frische Wurzel auch geschält angeboten. Ältere Exemplare mit stark ausgetrockneter Haut kocht man ab und verwendet den Sud zu medizinischen Zwecken. Frischer Ingwer sollte festes Fleisch und eine dünne Haut ohne Runzeln haben.

Im Frühjahr werden auf chinesischen Märkten die jungen, zarten Seitensprossen angeboten – eine Delikatesse, die hierzulande kaum zu bekommen ist. Die saftigen rosafarbenen Schößlinge sind – ungeschält – Bestandteil vieler pfannengerührter Gerichte, werden aber auch als Gemüse zubereitet. In China sind sie in der Regel auch eingelegt erhältlich. Zusammen mit den »Tausendjährigen Enteneiern« sind sie ein beliebter Snack für zwischendurch. In Restaurants, aber auch daheim, wird eingelegter Ingwer häufig als Vorspeise gereicht.

In Plastikfolie verpackt, hält sich frischer Ingwer im Kühlschrank bis zu zwei Wochen. Geschälter Ingwer wird in Reiswein oder trockenem Sherry eingelegt und fest verschlossen im Kühlschrank aufbewahrt. Auf diese Weise bleibt er monatelang haltbar, und als Zugabe erhält man so ganz nebenbei einen aromatisierten Wein.

Jinhua-Schinken (s. Yunnan-Schinken, S. 45)

Kassiarinde (s. Zimt, S. 45)

Knoblauch *(Allium sativum)*

Der scharfe Knoblauchgeruch ist fest verwoben mit der chinesischen Küche, und es wäre ein Unding, auf sein unvergleichliches Aroma und seinen aromatischen Duft und Geschmack zu verzichten. Knoblauch wird in unterschiedlicher Form verwendet: als ganze Zehen, feingehackt, zerdrückt und eingelegt. Ich habe ihn in China sogar geräuchert vorgefunden. Man bedient sich seiner Würzkraft zum Aromatisieren von Öl und würzigen Saucen und kombiniert ihn auch häufig mit anderen würzig-scharfen Zutaten wie Schalotten, schwarzen Bohnen, Curry, Shrimpspaste oder frischem Ingwer. Chinesen geben häufig eine zerdrückte Knoblauchzehe in heißes Öl und lassen sie leicht rösten. Das Öl erhält dadurch ein mildes Knoblaucharoma. Der Knoblauch wird nach dem Rösten wieder entfernt.

Frischer Knoblauch sollte fest und schwer sein, und die Zehen sollten möglichst rosa schimmern. Am besten bewahrt man ihn kühl und trocken auf, jedoch nicht im Kühlschrank, weil er dort leicht schimmelt.

Knoblauchtriebe

Auf chinesischen Märkten sieht man gelegentlich neben Frühlingszwiebeln und diversen Sorten von chinesischem Schnittlauch auch die jungen Triebe der Knoblauchpflanze, die noch keine Zehen ausgebildet hat. Die zeitig im Frühjahr geernteten Triebe mit ihrem feinen, milden Aroma sind eine Bereicherung für viele Speisen und als solche hoch geschätzt unter den chinesischen Feinschmeckern. In ihrem Aussehen erinnern die jungen Triebe an Frühlingszwiebeln; das Grün eignet sich gut zum Garnieren und Würzen.

Koriander, frischer *(Coriandrum sativum)*

Frischer Koriander, auch als »Cilantro« bekannt, zählt zu den wenigen Küchenkräutern, die in China, und dort vorwiegend in der südchinesischen Küche, verwendet werden. Manchmal wird er auch als »chinesische Petersilie« bezeichnet, obwohl er ein völlig anderes Aroma hat und deshalb auch nicht durch Petersilie ersetzt werden kann. Seine Blätter ähneln etwas der glatten Petersilie, schmecken aber säuerlich scharf. Frischer Koriander wird häufig zum Garnieren verwendet oder gehackt an Saucen und Füllungen gegeben. Beim Einkauf sollte man auf dunkelgrünes, frisches Kraut achten. Alle gelben und welken Blätter deuten auf Überlagerung hin.

Zur Aufbewahrung von frischem Koriander empfiehlt sich die erprobte Methode meines Kollegen, des Kochs Gordon Wing: Das Küchenkraut wird in kaltem Wasser gewaschen, gründlich trockengetupft oder trokkengeschleudert und dann zusammen mit feuchtem Küchenkrepp in eine saubere Plastiktüte gegeben. Im Gemüsefach des Kühlschranks bleibt frischer Koriander auf diese Weise mehrere Tage frisch.

Aubergine

Lilienknospen *(Lilium lancifolium)*

Die in der chinesischen Küche verwendeten Lilienknospen, auch »Goldnadeln« genannt, sind die getrockneten Blütenknospen der Tigerlilie. Man nimmt sie besonders gern für scharfe und saure Suppen, aber mit ihrem erdigen Geschmack können sie jedes Gericht bereichern. Vor der Verwendung muß man die Knospen etwa 30 Minuten in warmem Wasser einweichen. Dann entfernt man die harten Enden und zerkleinert die Goldnadeln nach Rezeptanweisung. Dieses relativ preiswerte Trockenprodukt wird in den meisten Asienläden angeboten. Luftdicht verschlossen und trocken aufbewahrt, ist es fast unbegrenzt haltbar.

Maisstärke

In China und im gesamten asiatischen Raum gibt es eine Vielzahl von Mehlsorten und Stärkemehlen, unter anderem Wasserkastanienmehl, Tarostärke und Pfeilwurzelmehl, die zum Andicken von Saucen und zum Anrühren von Ausbackteigen verwendet werden. Maisstärke ist inzwischen auch in der chinesischen Küche weit verbreitet, wenngleich traditionsbewußte Köche einem Stärkemehl aus Bohnen den Vorzug geben, da es die Speisen schneller und anhaltender bindet. Chinesische Saucen sind leicht und lassen Form und Farbe der Nahrungsmittel immer erkennen. Man wird nie Speisen in einer dicken Sauce »schwimmen« sehen. Als Bestandteil einer Marinade sorgt Maisstärke für einen gleichmäßigen Überzug der Nahrungsmittel und verleiht ihnen eine samtige Konsistenz. Ein mit Maisstärke angerührter Ausbackteig umgibt die Nahrungsmittel beim Fritieren mit einer schützenden Teighülle. Dieser Teigmantel verhindert ein Austreten der Säfte und bewirkt eine weitaus knusprigere Umhüllung als Ausbackteige mit gewöhnlichem Mehl. Außerdem wird Maisstärke als Bindemittel an feingehackte Füllmassen gegeben. Maisstärke wird immer mit kaltem Wasser zu einer glatten Paste verrührt und erst im letzten Moment an die Sauce gegeben. Die anfangs noch milchigweiße Flüssigkeit wird klar und durchscheinend, sobald die Sauce abgebunden ist.

Malzzucker (vgl. Zucker, S. 45)

Malzzucker in Form eines zähflüssigen Sirups süßt auf dezente Art Eintöpfe und Saucen. Der in asiatischen Lebensmittelgeschäften erhältliche Malzzucker wird bei Raumtemperatur gelagert. Als Ersatz läßt sich notfalls Honig verwenden.

Mehl

Klebreismehl

Das aus poliertem Rundkornreis hergestellte Mehl verleiht Teigzubereitungen eine zähe, gummiartige Konsistenz. In China wird es vor allem für

Gekochte Enteneier

die Zubereitung der gehaltvollen *dim-sum*-Pasteten verwendet. Klebreismehl ist kein vollwertiger Ersatz für gewöhnliches Reismehl. Es wird wie Weizenmehl gelagert.

Reismehl

Dieses Mehl wird aus unpolierten weißen oder braunen Reiskörnern gewonnen und zur Herstellung von Reisnudeln verwendet. Es wird wie Weizenmehl gelagert.

Nudeln

Nudeln werden in China zu jeder Tages- und Nachtzeit, in Restaurants und an Straßenständen gegessen, denn sie sind eine nahrhafte, schnelle und leichte Mahlzeit für zwischendurch und meist auch von guter Qualität. Verschiedene chinesische Nudelsorten haben inzwischen den europäischen Markt erobert, darunter auch die Eiernudeln – dünne Fadennudeln, die nach dem Kochen goldbraun und knusprig gebraten werden – und die bekannten dünnen Reisnudeln. Beide Sorten sind in chinesischen Lebensmittelgeschäften frisch und getrocknet erhältlich. Die folgende Liste nennt die wichtigsten chinesischen Nudelsorten.

Glasnudeln

Diese Nudeln werden nicht aus Getreide, sondern aus gemahlenen Mungobohnen hergestellt. Frisch zubereitet kann man sie in China gelegentlich wie Wäsche auf der Leine flattern sehen. In der Regel werden diese transparenten, dünnen Nudeln getrocknet in Chinaläden und gutsortierten Supermärkten angeboten, leicht erkennbar als feinsäuberlich geschnürte Bündel in Plastikverpackung. Glasnudeln werden als Suppeneinlage oder als Beilage zu Schmorgerichten verwendet, aber nie separat serviert. Fritierte Glasnudeln ergeben eine hübsche Garnierung. Vor der Verwendung müssen die Nudeln etwa fünf Minuten in warmem Wasser eingeweicht werden. Wegen ihrer beträchtlichen Länge schneidet man sie nach dem Einweichen auf eine handliche Länge. Zum Braten oder Fritieren werden die Nudelstränge vorsichtig geteilt; das Einweichen erübrigt sich. Stülpt man eine große Papiertüte über die Nudelstränge und zieht die Nudeln vorsichtig heraus, dann lassen sie sich besser handhaben.

Reisnudeln

Reisnudeln sind vor allem im südlichen China verbreitet. Man nennt sie nach dem Restaurant Sha He in Kanton, das für seine Nudeln berühmt ist, auch *sha-he*-Nudeln. Frische Reisnudeln werden nach einem speziellen

Verfahren zubereitet (s. Band-Reisnudeln). Die getrockneten Reisnudeln sind glasig-weiß und werden in diversen Formen angeboten. Zu den bekanntesten gehören die zarten, dünnen Reisnudeln in der Länge von Eßstäbchen. Sie werden in unterschiedlichen Stärken angeboten. Man sollte sich aber immer an die im Rezept angegebene Stärke halten. Reisnudeln sind kinderleicht in der Zubereitung. Man muß sie lediglich 20 Minuten in warmem Wasser einweichen, anschließend zum Abtropfen in ein Sieb geben, und schon sind sie gebrauchsfertig als Suppeneinlage oder zum Pfannenrühren.

Ingwerwurzel

Band-Reisnudeln

Aus Reismehl, Weizenstärke und Wasser bereiten die Chinesen große dünne Fladen zu. Die Reisnúdelblätter werden zuerst gedämpft und dann unmittelbar vor dem Verzehr zu Bandnudeln geschnitten. Frisch zubereitet sind sie – meist mit einer Sauce – ein beliebter Imbiß, der in den südlichen Provinzen Chinas an jeder Straßenecke angeboten wird.

Weizennudeln und Eiernudeln

Diese Nudeln werden aus Weizenmehl oder Hartweizengrieß und Wasser hergestellt. Unter Zugabe von Eiern dürfen sie als Eiernudeln bezeichnet werden. In gutsortierten Supermärkten und Feinkostgeschäften sind diese Teigwaren sowohl frisch als auch getrocknet erhältlich. Während flache Nudeln gern als Suppeneinlage verwendet werden, sind runde Nudeln die idealen Teigwaren zum Pfannenrühren und Braten. Frische Nudeln lassen sich gut tiefgefrieren, müssen aber vor dem Kochen vollständig aufgetaut werden.

Weizennudeln und Eiernudeln kochen Nudeln sind als Beilage zum Hauptgericht oft besser geeignet als Reis. Ich empfehle zu diesem Zweck getrocknete Weizennudeln oder frische Eiernudeln.

Bei Verwendung von frischen Nudeln die Teigwaren in kochendes Wasser geben und 3–5 Minuten kochen, gegebenenfalls auch etwas länger, falls sie nicht »al dente« gewünscht werden. Getrocknete Nudeln am besten nach der Anweisung auf der Verpackung oder 4–5 Minuten in sprudelndem Wasser kochen. Anschließend die Nudeln abgießen und servieren.

Nicht sofort benötigte oder zum Pfannenrühren bestimmte Nudeln nach dem Kochen und Abgießen mit 2 Teelöffeln Sesamöl beträufeln, gut vermischen und in eine Schüssel geben. Mit Frischhaltefolie abdecken und bis zu zwei Stunden im Kühlschrank aufbewahren.

Öle

Öle sind ein wichtiger Bestandteil der chinesischen Küche. Neben tierischen Fetten wie Schweineschmalz und Hühnerfett, die vor allem in den nördlichen Provinzen verwendet werden, ist Erdnußöl das bevorzugte, aber auch das teuerste Speiseöl.

Bei den im Rezeptteil aufgeführten Gerichten finden Sie einen Hinweis, ob das Öl wiederverwendet werden kann. Wann immer dies möglich ist, läßt man das Öl nach der Verwendung erkalten und gießt es dann durch ein Mulltuch oder ein feines Sieb in ein Schraubglas und bewahrt dieses kühl und trocken auf. Im Kühlschrank wird es mitunter zwar trüb und sogar fest, doch nimmt es bei Raumtemperatur wieder seinen ursprünglichen Zustand an. Wer den reinen, unverfälschten Geschmack wünscht, darf Öl nur ein einziges Mal zum Kochen nehmen. Mehr als zweimal sollte man ein Öl allerdings nicht verwenden, weil der Anteil der gesättigten Fettsäuren bei häufiger Wiederverwertung steigt. In den nobelsten Restaurants in China wird für jeden Kochvorgang frisches Öl verwendet.

Erdnußöl

Die Chinesen kochen am liebsten mit Erdnußöl, denn es hat einen sehr milden, unaufdringlichen Geschmack. Es läßt sich stark erhitzen und ist deshalb das ideale Öl zum Pfannenrühren und Fritieren. Bei den asiatischen Erdnußölen handelt es sich durchweg um kaltgeschlagene oder -gepreßte Öle mit dem Duft frisch gerösteter Erdnüsse. Wenn man Glück hat, findet man chinesische Marken in asiatischen Lebensmittelgeschäften; ansonsten nimmt man ein Erdnußöl aus dem Supermarkt.

Maiskeimöl

Maiskeimöl ist reich an mehrfach ungesättigten Fettsäuren und somit ein gesundes und in der Küche vielseitig verwendbares Speiseöl. Es hat außerdem den Vorteil, daß es sich stark erhitzen läßt. Ich verwende Maiskeimöl wegen seines etwas strengen Geschmacks nur sparsam. Es gehört in China zwar zu den gängigen Speiseölen, ist aber längst nicht so beliebt wie Erdnußöl oder andere Pflanzenöle.

Sesamöl

Dieses dickflüssige Gewürzöl wird aus gerösteten Sesamkörnern gewonnen, die dem Öl eine bernsteinartige bis dunkelbraune Farbe und ein nussiges Aroma verleihen. Das in der chinesischen Küche sehr beliebte Öl wird allerdings äußerst sparsam verwendet. Schon ein paar Tropfen genügen, um Marinaden und fertige Speisen nachhaltig, aber unaufdringlich zu würzen. Zum Kochen im allgemeinen ist Sesamöl wegen seines ausgeprägten Aromas nicht geeignet. Lediglich im nördlichen China wird es hin und wieder mit anderen Speiseölen vermischt und zum Kochen und Braten verwendet.

Andere Pflanzenöle

Zu den preiswerteren in China erhältlichen Pflanzenölen zählen Raps- oder Rüböl, Baumwollsaatöl, Sojaöl, Distel- oder Safloröl und Sonnenblumenöl. Alle genannten Öle sind hell in der Farbe, leicht im Geschmack und somit ideale Allzwecköle für alle Kochvorgänge. Allerdings haben sie den Nachteil, daß sie relativ schnell den Rauchpunkt erreichen. In China

Seite 35: *Spargelsalat, dessen Strünke und Blätter gegessen werden*

Chinesische Würzmittel und diverse Trockenprodukte

werden diese Pflanzenöle vorwiegend von den Straßenverkäufern und den Restaurants der unteren Preisklasse verwendet. Als gewöhnliche Speiseöle sind sie durchaus vertretbar, jedoch nicht zu vergleichen mit dem hochwertigen Erdnußöl.

PILZE (s. chinesische Trockenpilze, S. 27)

PORREE *(Allium porrum)*

Chinesischer Porree, der vorwiegend in Nordchina angebaut und verwendet wird, hat einen kräftigen, langen weißen Schaft und sieht aus wie eine riesige Frühlingszwiebel. Wegen seines milden, leicht süßlichen Zwiebelgeschmacks wird er gern an pfannengerührte Fleischgerichte gegeben. Der hiesige Porree oder Lauch ist ein gleichwertiger Ersatz. Zum Putzen werden zuerst die grünen Blattspitzen und die Wurzelverdickung abgeschnitten und die Porreestangen der Länge nach gespalten. Dann werden sie unter fließendem Wasser gründlich gespült. In Plastikfolie verpackt, kann man sie bis zur weiteren Verwendung im Gemüsefach des Kühlschranks aufbewahren.

REIS

Klebreis

Dieser asiatische Rundkornreis ist auch unter der Bezeichnung »klebriger Glutenreis« oder »weißer Klebreis« bekannt. Er hat einen höheren Kleberanteil als gewöhnlicher Rundkornreis und wird in China für Füllungen, Reispuddings und Gebäck verwendet. In Lotosblätter gehüllt, wird Klebreis als krönender Abschluß eines chinesischen Festmahls gereicht. Er wird außerdem für die Herstellung von chinesischem Reiswein und -essig benötigt. Der in den meisten Asienläden und in gutsortierten Supermärkten erhältliche Klebreis muß vor dem Kochen mindestens zwei Stunden, besser noch über Nacht, eingeweicht werden. Anschließend wird er wie Langkornreis gegart.

Langkornreis

Die Chinesen kochen am liebsten mit Langkornreis, der in einer Vielzahl von Sorten auf dem Markt ist. Nach alter Tradition wird der Reis vor der Zubereitung gewaschen. Bei Reis aus dem Supermarkt ist dies nicht erforderlich.

Rundkornreis

Der vorwiegend im nördlichen China verbreitete Rundkornreis ist die Grundlage für den Reisbrei, der traditionell zum Frühstück gegessen wird.

Reis waschen Dies ist ein freiwilliger Arbeitsschritt für alle, die es den Chinesen gleichtun möchten. Die benötigte Reismenge in eine große Schüssel geben, kaltes Wasser zugießen und den Reis mit der Hand waschen, dabei die Körner zwischen den Fingern reiben. Das trübe Waschwasser vorsichtig abgießen und von vorne beginnen. Den Reis so lange waschen, bis das Wasser klar bleibt.

Reiswein

Der aromatische Reiswein ist aus der chinesischen Küche nicht wegzudenken. In vielen Sorten erhältlich, wird er in ganz China getrunken und zum Kochen verwendet. Der bekannteste und beste Reiswein kommt aus Shaoxing in der östlichen Provinz Zhejiang und heißt dementsprechend auch *shaoxing*-Wein. Reiswein wird aus weißem Klebreis, Hefe und Quellwasser hergestellt. Außer zum Kochen verwenden ihn chinesische Köche in kleinen Mengen für Marinaden und Saucen. Der inzwischen auch bei uns in Chinaläden und gutsortierten Supermärkten erhältliche Reiswein sollte nach dem Anbrechen stets fest verkorkt bei Raumtemperatur gelagert werden. Er ist nicht zu verwechseln mit dem japanischen Reiswein *sake.* Notfalls kann man auf einen hochwertigen trockenen Sherry zurückgreifen, muß dann aber auf das vollmundige Aroma verzichten. Andere Weine westlicher Herkunft bieten keinen gleichwertigen Ersatz.

Rot-im-Schnee-Kohl

Diese winterharte Senfkohlart mit rötlichen Wurzeln und Stielen sprießt bereits im Vorfrühling aus der noch schneebedeckten Erde und hat von daher ihren Namen. Das knackige Gemüse ist eingelegt als Dosenware in asiatischen Feinkostgeschäften erhältlich. Als Würzmittel verleiht es vielen Speisen ein scharfes, leicht säuerliches Aroma. In größeren Mengen ist es eine beliebte Zutat in pfannengerührten Gerichten.

Salz

Speise- oder Tafelsalz ist ein besonders feingemahlenes Kochsalz. In der Gastronomie wird häufig koscheres Salz und Meersalz verwendet, weil es nach Meinung vieler Köche eine stärkere Würzkraft als gewöhnliches Tafelsalz besitzt. Meersalz ist in gutsortierten Supermärkten und Naturkostläden erhältlich. Aber auch grobes Steinsalz wird verwendet, vor allem in der südchinesischen Regionalküche.

Saucen und Würzpasten

Die chinesische Küche kennt eine Vielzahl von dickflüssigen Würzsaucen und Pasten, die bei keinem Gericht, und sei es noch so einfach, fehlen dürfen. Die wichtigsten Saucen sind inzwischen auch bei uns erhältlich und werden in Flaschen, Gläsern oder Dosen in Chinaläden und gutsortierten Supermärkten angeboten. Dosenware sollte nach dem Öffnen in ein Schraubglas umgefüllt werden. Im Kühlschrank sind die Saucen fast unbegrenzt haltbar.

Austernsauce

Diese beliebte Würzsauce aus den südchinesischen Fischerdörfern ist aus der kantonesischen Küche nicht wegzudenken. Die dickflüssige, nußbraune Sauce wird aus Austernextrakt, Stärke, Klebreis, Salz, Zucker und verschiedenen anderen Gewürzen hergestellt, schmeckt aber trotz ihres Namens nicht nach Fisch, sondern leicht süßlich. Die aromatische Sauce wird zum Kochen verwendet, ist aber auch, verdünnt mit etwas Öl, als Dip für Gemüse, Geflügel und Fleisch sehr begehrt. Austernsauce kommt in Flaschen abgefüllt auf den Markt und ist in Chinaläden und gutsortierten Supermärkten erhältlich. Wer eine qualitativ hochwertige Sauce wünscht, darf am Preis nicht sparen: Die teuersten Produkte sind in der Regel die besten.

Chili-Bohnen-Sauce

Diese dickflüssige, würzig-scharfe Paste wird aus gelben Sojabohnen, Chillies, Zucker und Salz hergestellt. Sie ist – in einer Vielzahl von Sorten und Qualitäten – vor allem in der Küche Westchinas stark verbreitet. Zur Aufbewahrung stellt man diese Paste gut verschlossen in den Kühlschrank. Sie ist nicht zu verwechseln mit der scharfen, roten und dünnflüssigeren Chilisauce, die keine Sojabohnen enthält und vorwiegend als Dip-Sauce Verwendung findet.

Chilisauce

Diese leuchtendrote, scharfe Sauce wird aus Chilischoten, Essig, Zucker und Salz hergestellt. Chilisauce wird in China weniger zum Kochen als zum Eintunken der zum Mund geführten Bissen verwendet. Gutsortierte Lebensmittelabteilungen großer Warenhäuser und Chinaläden führen im allgemeinen verschiedene Sorten Chilisauce (zum Beispiel in der Geschmacksrichtung süß-pikant oder scharf), und man sollte ruhig mehrere ausprobieren, bis man die Sauce seiner Wahl gefunden hat. Wem die Sauce zu scharf ist, der verdünnt sie mit heißem Wasser. Diese Sauce ist nicht zu verwechseln mit der Chili-Bohnen-Sauce.

Gelbe-Bohnen-Sauce

Diese dickflüssige Würzsauce ist das durch Fermentation entstandene Produkt aus gelben Sojabohnen, Weizenmehl, Salz und Wasser. Die fertige Paste ist reichlich salzig, doch sparsam dosiert verleiht sie chinesischen Saucen ein unvergleichliches Aroma und wird auch sonst gern zum Würzen in der chinesischen Küche verwendet.

Man unterscheidet zwei Sorten: eine dickflüssige Sauce aus ganzen Sojabohnen und eine Paste aus zerdrückten oder pürierten Bohnen. Ich bevorzuge die dickflüssige Variante mit ganzen Bohnenkernen, denn sie ist nicht ganz so salzig und hat eine schönere Konsistenz.

Hoisin-Sauce

Die dickflüssige, rotbraune Hoisin-Sauce ist eine vielverwendete Würzsauce in der südchinesischen Küche. Sie besteht aus Sojabohnen, Sesamöl, Knoblauch, Chilischoten, Essig, Salz und Zucker und ist süß und scharf zugleich. Bei uns wird sie oft anstelle der traditionellen süßen Bohnensauce zu Peking-Ente gereicht. Hoisin-Sauce wird in Dosen und Gläsern – zuweilen auch unter der Bezeichnung »Chinesische Grillsauce« – angeboten.

Sesampaste

Diese dicke braune Paste wird im Gegensatz zu *tahin,* der im Orient bevorzugten Paste aus rohen Sesamkörnern, aus den gerösteten, gemahlenen Samen der Sesampflanze hergestellt. Wenn sich die festen Bestandteile der Sesampaste am Boden abgesetzt haben sollten, gibt man den Glasinhalt in einen Mixer und rührt ihn kräftig durch, bis wieder eine homogene Masse entsteht. Chinesische Sesampaste, besonders beliebt im Norden und Westen Chinas, wird für warme und kalte Gerichte verwendet. Abgefüllt in Gläsern, ist sie in den meisten Chinaläden erhältlich. Falls man sie einmal nicht bekommt, aber dringend für ein Rezept benötigt, kann man sie durch cremige Erdnußbutter ersetzen.

Shrimpspaste

Die in Südchina häufig verwendete Paste verfeinert viele Gerichte und macht sie dadurch noch exotischer. Sie wird aus getrockneten und gemahlenen Shrimps hergestellt, die in einer Lake fermentiert werden, und riecht vor dem Kochen wesentlich intensiver, als sie später schmeckt. In ihrer Konsistenz ähnelt sie Anchovispaste. Shrimpspaste bekommt man in Chinaläden, wo sie meist in Gläsern angeboten wird. Fest verschlossen ist sie im Kühlschrank fast unbegrenzt haltbar.

Süße Bohnensauce

Diese Würzsauce wird in Nordchina traditionell als Dip zu Peking-Ente gereicht. Im Geschmack ist sie etwas salziger als Hoisin-Sauce. Sie wird aus fermentierten Sojabohnen, Salz, Zucker und anderen Gewürzen hergestellt.

Seite 38: *Verkaufswagen mit Rettichen*

Reiswein-Geschäft in Shaoxing

Schalotten

Die kleinen Schalotten mit der kupferfarbenen Außenhaut und dem häufig violetten Fleisch gehören wie die Küchenzwiebeln zu den Lauchgewächsen, schmecken aber aromatischer und feiner als gewöhnliche Zwiebeln. Da sie fast ganzjährig in den Handel kommen, sind sie der ideale Ersatz für frische chinesische Schalotten, die selbst in Chinaläden nur selten – und dann meist sehr teuer – angeboten werden. Allerdings sind diese Schalotten sparsam in der Verwendung; einige wenige genügen, um ihren sanft-aromatischen Geschmack beim Kochen auf andere Zutaten zu übertragen. Schalotten werden kühl und trocken – möglichst nicht im Kühlschrank – gelagert und nach dem Schälen wie gewöhnliche Zwiebeln in Scheiben geschnitten oder fein gewürfelt. In China werden Schalotten auch eingelegt angeboten und als würzige Beilage zu eingelegten Eiern gereicht.

Warensortiment eines chinesischen Lebensmittelgeschäfts

Schwalbennester

Die exotischen Schwalbennester zählen zu den begehrtesten Delikatessen in China. Früher waren sie hauptsächlich in der südchinesischen Küche anzutreffen; inzwischen schätzt man sie vor allem im wohlhabenden Hongkong und auf Taiwan. Es handelt sich hierbei tatsächlich um Vogelnester. Sie werden von einer südostasiatischen Seeschwalbenart aus vorverdautem Seegras und Speichel gebaut. Mit Hilfe hoher Bambusgerüste sammelt man sie aus Felshöhlen. Schwalbennester sind angeblich gut für die Haut und werden auch Kranken zur Kräftigung verordnet. In Hongkong und Taiwan gibt es Läden, die sich ganz auf Schwalbennester spezialisiert haben und Nester in unterschiedlichen Qualitäten anbieten. Ganze, unbeschädigte Nester, die sogenannten »weißen Nester« und die »rosa« oder »roten Nester«, sind qualitativ am besten und auch am teuersten. Die Nester kommen in der Regel vorgereinigt auf den Markt, das heißt, Federn und sonstige Fremdkörper werden vorher von Hand aussortiert. Da Schwalbennester nur getrocknet im Handel sind, müssen sie vor der Weiterverwendung eingeweicht werden. Das Ergebnis ist eine weiche, leicht knusprige, geleeartige Masse, die ähnlich wie Haifischflossen kaum Eigengeschmack hat, als Zutat in Suppen oder Brühen jedoch unvergleichlich schmeckt.

Schwammgurken *(Luffa acutangula)*

Diese langen, keulenförmigen Kürbisgewächse werden auch »chinesische Okra« genannt – in der warenkundlichen Literatur heißen sie »Gambas« –, haben eine harte Außenschale und von der Basis bis zur Spitze verlaufende Längsrippen. Sie gehören zu derselben Art, wie die *Luffa aegyptiaca,* aus deren Gefäßbündelnetz die Luffa-Schwämme gewonnen werden. In China sind sie sehr beliebt, hierzulande jedoch kaum erhältlich. Falls man doch welche bekommt, sollte man möglichst nur feste, makellose Früchte von dunkelgrüner Farbe kaufen. Die gerippte Schale wird in der Regel entfernt; bei jungem Gemüse kann man etwas Grün stehenlassen. Ältere Exemplare werden ganz geschält. Das Fruchtfleisch wird durch das Kochen weich und zart und saugt wie ein Schwamm die Aromen der mitgegarten Zutaten auf. Das fertig gegarte Gemüse schmeckt wie eine Kreuzung aus Gurke und Zucchini.

Schweine- und Rindernetz

Diese aus feinem Fettgewebe bestehende Eingeweidehaut des Bauchfells von Schwein oder Rind löst sich beim Kochen auf und hält Fleisch und Füllungen schön saftig. Da das fettige Gewebe leicht verderblich ist, sollte es nur in kleinen Mengen gekauft und möglichst bald verbraucht werden. Eine längere Lagerung ist nur durch Tiefgefrieren möglich. Zum Auftauen legt man das Netz in kaltes Wasser. Dadurch wird verhindert, daß das zarte Netzgewebe beim Teilen reißt. Schweine- oder Rindernetz ist auf Bestellung beim Metzger erhältlich.

Sesam

Sesamkörner sind die getrockneten ölhaltigen Samen der Sesampflanze. Ungeschält sind die Samenkörner weißgrau bis schwarz, geschält kommen winzige birnenförmige, leicht abgeflachte, cremig-weiße Samen zum Vorschein. Ob zu Öl oder Paste verarbeitet oder zum Würzen verwendet, Sesam erfreut sich im gesamten asiatischen Raum großer Beliebtheit. Kühl und trocken gelagert, ist er lange haltbar.

Sesamkörner rösten Eine Bratpfanne erhitzen, die Sesamkörner hineingeben und gelegentlich umrühren. Sobald sie Farbe annehmen, was nach etwa 3–5 Minuten der Fall ist, noch einmal umrühren und auf einen Teller geben. Den ausgekühlten Sesam in ein Schraubglas füllen und gut verschlossen an einem kühlen, trockenen Ort lagern. Das Rösten kann auch im Backofen erfolgen. Dazu den Backofen auf 170 °C (Gas Stufe 2) vorheizen, die Sesamkörner auf einem Backblech ausbreiten und 10 bis 15 Minuten im Backofen rösten, bis sie leicht gebräunt sind.

Shrimps, getrocknete

Meeresfrüchte in jeglicher Form, ob frisch oder getrocknet, stehen bei den Chinesen hoch im Kurs. Getrocknete Shrimps sind eine Bereicherung für gebratenen Reis und eine ebenso interessante Geschmacksvariante für viele Fleischgerichte. Die winzigen getrockneten Shrimps kommen abgepackt in den Handel und sind in der Regel in Asienläden erhältlich. Kaufen sollte man möglichst nur Shrimps von frischer rosa Farbe. Kühl und trocken in Schraubgläsern gelagert, sind sie unbegrenzt haltbar. Getrocknete Shrimps sind eine beliebte Würze für Saucen aller Art. Der strenge Geruch verliert sich beim Kochen.

Sichuan-Gemüse

Eingelegtes Gemüse gibt es in vielen Varianten in China. Eine der bekanntesten Zubereitungen ist das Sichuan-Gemüse aus der Provinz Sichuan, für das eine Senfkohlart mit Salz und scharfen Chillies eingelegt wird. Sichuan-Gemüse ist als Dosenware in chinesischen Lebensmittelgeschäften erhältlich. Seine knackige Konsistenz und sein würzig-scharfes Aroma sind eine Bereicherung für viele chinesische Speisen. Vor der Verwendung wird es in kaltem Wasser gewaschen und je nach Rezeptanweisung in Scheiben geschnitten oder feingehackt. Nicht verbrauchtes Gemüse füllt man am besten in ein Schraubglas um. Fest verschlossen ist es im Kühlschrank fast unbegrenzt haltbar.

Sichuan-Pfeffer

Sichuan-Pfeffer ist in China auch unter der Bezeichnung »Blütenpfeffer« bekannt, weil die Pfefferkörner wie Blütenknospen aussehen, die sich gerade öffnen. Die rotbraunen Samenschalen unterscheiden sich durch ihren intensiven Duft deutlich von den im Geschmack schärferen schwarzen Pfefferkörnern. Im Grunde genommen sind es keine echten Pfefferkörner, sondern die getrockneten Beeren des in Asien heimischen Strauches *Zanthoxylum piperitum.* Ihr Duft erinnert an Lavendel, und ihr Geschmack ist eher aromatisch als pfeffrig. Sichuan-Pfeffer wird in einer herkömmlichen Pfeffermühle gemahlen oder im Mörser zerstoßen. Damit sein spezielles Aroma besser zur Geltung kommt, empfiehlt es sich, die Körner vor dem Mahlen zu rösten (s. unten). Sichuan-Pfeffer, der zu den teuren Gewürzen zählt, wird in Chinaläden in Zellophan- oder Plastiktüten angeboten. Gut verschlossen sind die Körner unbegrenzt haltbar.

Sichuan-Pfeffer rösten Einen Wok oder eine schwere Pfanne erhitzen, die Pfefferkörner hineingeben (nie mehr als 1/4 Tasse pro Röstvorgang) und etwa 5 Minuten bei niedriger Temperatur rösten. Während des Erhitzens ab und zu umrühren, bis sie Farbe annehmen, leicht duften und ein wenig Rauch aufsteigt. Die Pfanne dann sofort vom Feuer nehmen und die Pfefferkörner abkühlen lassen. Anschließend den Pfeffer in einer Pfeffermühle oder einer sauberen Kaffeemühle mahlen oder im Mörser zerstoßen. Den gemahlenen Sichuan-Pfeffer in ein Schraubglas füllen und trocken aufbewahren. Oder die ganzen gerösteten Pfefferkörner fest verschlossen aufbewahren und bei Bedarf die gewünschte Menge mahlen.

Gerösteter Sichuan-Pfeffer, ganz belassen und gemahlen

Sojasaucen

Sojasauce, die unentbehrliche Zutat in der chinesischen Küche, ist das Fermentationsprodukt einer gesalzenen und mit dem *Aspergillus*-Schimmelpilz geimpften Mischung aus gegarten Sojabohnen, Weizenmehl und Wasser, die man mindestens sechs Monate reifen läßt, bevor die Flüssigkeit abgefiltert wird. Sojasauce ist inzwischen auch bei uns in vielen Supermärkten erhältlich und wird in zwei Hauptsorten angeboten:

Dunkle Sojasauce

Da diese Sauce länger reift als helle Sojasauce, ist das Ergebnis eine verhältnismäßig dunkle, fast schwarze Sauce. Dunkle Sojasauce ist dickflüssig und wegen ihrer intensiven Würzkraft eher für deftige Gerichte geeignet. Als Dip wird sie der hellen Sojasauce meist vorgezogen.

Helle Sojasauce

Wie der Name bereits sagt, handelt es sich hierbei um die helle Variante der Sojasauce. Sie ist dünnflüssig und salziger als die dunkle Sojasauce und wird wegen ihres vollen Geschmacks vorwiegend zum Kochen – aber auch als Dip – verwendet.

Spargelbohnen *(Vigna sesquipedalis)*

Diese Bohnen sind in China sehr beliebt und werden infolgedessen in Hülle und Fülle angeboten. Sie können eine beachtliche Länge von bis zu 90 cm erreichen. Chinesische Spargelbohnen sind asiatischen Ursprungs, werden inzwischen aber auch in Afrika und Kalifornien angebaut und sind mit den hiesigen grünen Bohnen nicht verwandt. Der Handel unterscheidet zwei Sorten: die graugrünen und die superdünnen grünen Bohnen. Es empfiehlt sich, nur frische, leuchtendgrüne Bohnen ohne dunkle Stellen zu kaufen. Meist werden sie im locker verknoteten Bund angeboten. Das Abziehen der Fäden vor dem Kochen ist überflüssig. In China werden Spargelbohnen gern mit Fleisch oder fermentiertem Tofu pfannengebraten. In Geschmack und Konsistenz sind sie unseren grünen Bohnen sehr ähnlich, werden aber wesentlich schneller gar. Frische Bohnen halten sich – in Folie verpackt – bis zu vier Tagen im Kühlschrank.

Spinat

Spinat erfreut sich in China allgemeiner Beliebtheit. Wenngleich die hierzulande erhältlichen Sorten von den in China angebauten stark abweichen, sind sie doch ein passender Ersatz. Da Spinat in der Regel pfannengerührt wird, ist Tiefkühlware denkbar ungeeignet. Was in China als Spinat zubereitet wird, ist in der Regel »Wasserspinat« *(Ipomoea aquatica)*, den man hierzulande, wenn überhaupt, nur in asiatischen Lebensmittelgeschäften findet. Diese Pflanze mit den hohlen Stengeln und den zarten hellgrünen, spitz zulaufenden Blättern ist milder im Aroma als der hier angebaute Spinat. Chinesischer Spinat sollte möglichst erntefrisch zubereitet werden, da er schnell zusammenfällt und welk wird.

Schwammgurke

Sternanis

Sternanis ist die Frucht des immergrünen Sternanisbaumes. Die sternförmigen Früchte setzen sich aus mehreren winzigen Fruchtschalen zusammen, die die braunen, glänzenden Samenkerne enthalten. Sternanis ist geschmacklich mit dem Anis der Doldenpflanze verwandt und duftet auch wie Anis, schmeckt aber noch kräftiger und wesentlich feuriger. Das Gewürz ist fester Bestandteil des Fünfgewürzpulvers und wird gern für Schmorgerichte verwendet, in denen es sein ganzes Aroma entfaltet. Sternanis ist abgepackt in Chinaläden erhältlich und sollte stets gut verschlossen an einem kühlen, trockenen Ort aufbewahrt werden.

Tofu

Tofu ist nichts anderes als Sojabohnenquark, und dieser Bohnenquark spielt seit über 1000 Jahren eine wichtige Rolle in der chinesischen Küche, denn er ist nahrhaft, liefert hochwertiges Eiweiß und läßt sich gut mit anderen Nahrungsmitteln kombinieren. Sojabohnenquark ist bei uns unter dem japanischen Namen »Tofu« bekannt, seine chinesische Bezeichnung ist *doufu*. Typisch sind seine geschmeidige Konsistenz und sein fader, etwas langweiliger Geschmack im Rohzustand. Er hat die Eigenschaft, die Aromen der Zutaten aufzunehmen, mit denen er gegart wird. Tofu wird aus gelben Sojabohnen hergestellt. Dazu werden die zuvor eingeweichten Sojabohnen fein zerkleinert, mit Wasser aufgekocht und die ausgeflockten festen Bestandteile aufgefangen und gepreßt. Tofu wird hauptsächlich in festen kleinen Blöcken und als weiche, puddingähnliche Masse angeboten, ist aber auch getrocknet und fermentiert in verschiedenen Sorten erhältlich. Der weiche Bohnenquark, auch »Seidentofu« genannt, findet vornehmlich in Suppen und anderen Gerichten Verwendung, während die feste Tofu-Variante zum Pfannenrühren, Schmoren und Fritieren genommen wird. Marktbeherrschend in Deutschland ist fester Tofu, der vakuumverpackt (neutral, mariniert oder geräuchert), offen oder im Glas im Handel ist. Angebrochene Ware hält sich im Kühlschrank bis zu fünf Tagen, vorausgesetzt, das Wasser im Behälter wird täglich gewechselt.

Tofu, fermentiert oder eingelegt Dies ist ein käseähnlicher Tofu. Er kommt als Würfel in Gläser abgefüllt in den Handel. Fermentierter Tofu ist bei den Chinesen sehr beliebt. Er wird als Beilage zu Reis gegessen, aber auch zur Geschmacksverbesserung von gebratenen und gekochten Speisen und zum Würzen von Gemüse verwendet. Beim Kochen entfaltet er sein würziges Aroma und verfeinert jedes Gemüse. Fermentierter Tofu wird angeboten als roter fermentierter Tofu (roter Bohnenquark) in einer Salzlake mit »rotem Reis«, in Reiswein, manchmal auch mit zerstoßenen getrockneten Chillies sowie als weinfermentierter Tofu. Das angebrochene Glas mit fermentiertem Tofu ist nahezu unbegrenzt im Kühlschrank haltbar. Fermentierten Tofu findet man in asiatischen Delikatessengeschäften. Dieses Würzmittel mit dem charakteristischen Eigengeschmack ist durch nichts zu ersetzen.

Tofu, gewürzt und gepreßt Wenn frischem Tofu durch starkes Pressen Wasser entzogen wird, entsteht eine feste, kompakte Masse. Dieser stark gepreßte Tofu wird anschließend in einer Mischung aus Wasser, Sojasauce, Sternanis und Zucker bei milder Hitze gekocht und erhält so seine ungewöhnlich geschmeidige Konsistenz. Für pfannengerührte Gerichte mit Fleisch oder Gemüse schneidet man ihn in kleine Würfel; zum Kochen in einer Sauce bleiben die Stücke größer. Diese in China überaus beliebte Zutat ist in Deutschland kaum erhältlich, läßt sich jedoch leicht zu Hause aus frischem Tofu zubereiten. Ersatzweise kann frischer fester Tofu verwendet werden.

Wasserkastanien

Asiatische Wasserkastanien sind zwar nicht mit der Eßkastanie verwandt, werden aber ähnlich wie diese zubereitet. Die walnußgroßen Knollen einer schilfartigen Wasserpflanze haben ein weißes, nußartig festes Fleisch. Wasserkastanien werden seit Jahrhunderten in China verzehrt. Entweder werden sie in der Schale gekocht oder geschält in Zuckerwasser langsam gegart. Die Chinesen schätzen die Wasserkastanien als leichten Imbiß, verwenden sie aber auch gekocht in vielen Gerichten.

Frische Wasserkastanien sind im Westen allenfalls in asiatischen Lebensmittelgeschäften erhältlich. Die stärkehaltigen Knollen sollten fest

Seite 43: *Gekochte Bohnen*

sein und eine glatte, straffe Schale haben. Ältere Exemplare sind oft weich und haben häufig Druckstellen oder sind faulig. Geschälte Knollen bedeckt man mit kaltem Wasser – an der Luft werden sie schnell bräunlich und unansehnlich – und stellt sie bis zur Weiterverarbeitung in den Kühlschrank. Ungeschält halten sich die Knollen bis zu zwei Wochen, wenn sie in einer Papiertüte im Kühlschrank aufbewahrt werden.

Chinaläden und gutsortierte Supermärkte führen auch Dosenware, die jedoch mit frischen Wasserkastanien nicht konkurrieren kann, weil der aromatische Geschmack und die knackige Konsistenz beim Konservieren weitgehend verlorengehen. Dosenware muß vor der Verwendung gründlich gewaschen werden. Nicht verbrauchte Wasserkastanien werden – mit kaltem Wasser bedeckt – im Kühlschrank aufbewahrt. Wird das Wasser täglich gewechselt, halten sie sich mehrere Wochen. Wasserkastanien lassen sich gut durch frische Knollenrüben, die Wurzeln der Knollenbohne (Yamsbohne), ersetzen. Die knackig-saftigen Wurzeln mit der Konsistenz von Wasserkastanien sind fast ganzjährig in Läden erhältlich, die asiatische und spanische Produkte führen.

Weizengluten

Zur Gewinnung von Weizengluten, auch »Weizenfleisch« genannt, wird ein Teig aus Mehl und Wasser so lange in kaltem Wasser geknetet, bis sämtliche Stärke ausgewaschen ist und nur das eiweißhaltige Gluten übrigbleibt, das die Konsistenz eines sehr dichten, festen Schwamms hat. Gekocht oder fritiert wird aus diesem Gluten dann *seitan*, ein traditionelles chinesisches Nahrungsmittel, das bei Vegetariern als idealer Fleischersatz gilt. Weizengluten ist vorgekocht in Gläsern erhältlich. Es läßt sich auf vielerlei Art zubereiten und schmeckt gekocht, gebraten oder in Füllungen gleichermaßen köstlich.

Brauner Rohrzucker, zu runden Platten gepreßt

Weizenstärke

Weizenstärke ist ein mehlähnliches grobes Pulver, das als Nebenprodukt bei der Glutengewinnung aus Weizenmehl anfällt. In China wird es als Umhüllung für Klöße verwendet.

Die in Chinaläden erhältliche Stärke ist unbegrenzt haltbar, wenn sie nach dem Anbruch gut verschlossen an einem kühlen, trockenen Ort aufbewahrt wird.

Wasserkastanien

Won-tans

Won-tans sind hauchdünne Teigblätter aus Mehl und Ei, die frisch oder tiefgefroren in Chinaläden erhältlich sind. Gefüllt mit allerlei schmackhaften Zutaten wie Hackfleisch, Krabbenfleisch oder Gemüse werden die kleinen Teigtaschen entweder schwimmend in Öl ausgebacken, gedämpft oder in einer Brühe gekocht und als Suppeneinlage gegessen. *Won-tans* kommen in der Regel – folienverschweißt – als quadratische Teigplatten von etwa 7 cm Seitenlänge, manchmal auch etwas größer, in den Handel. Der Packungsinhalt schwankt je nach Hersteller zwischen 30 und 36 Platten. Frische *won-tans* halten sich etwa fünf Tage im Kühlschrank, wenn sie in Folie verpackt werden. Bei Verwendung von Tiefkühlware entnimmt man der Packung jeweils die benötigte Anzahl der Teigplatten und läßt sie vor dem Füllen ganz auftauen.

Yunnan- und Jinhua-Schinken

Zu den edelsten Schinkensorten in der ganzen Welt zählen die in China produzierten Yunnan- und Jinhua-Schinken (aus der Provinz Zhejiang), von denen man in China zuweilen ganze Keulen in den Lebensmittelgeschäften hängen sieht. Sie kommen aber auch in Konserven auf den Markt. Schinken, eines der beliebtesten Nahrungsmittel in China, wird zum Aromatisieren und Würzen der Speisen, aber auch als Hauptzutat in vielen chinesischen Gerichten verwendet. Da chinesischer Schinken hierzulande nicht erhältlich ist, muß man mit anderen Sorten vorliebnehmen, zum Beispiel mit dem italienischen Parmaschinken und dem amerikanischen Smithfield-Schinken – Sorten, die dem unvergleichlichen Geschmack des geräucherten chinesischen Schinkens am nächsten kommen.

Zimt und Kassiarinde

Der feinste Stangenzimt besteht aus der geschälten und getrockneten Innenrinde des in Ceylon heimischen Zimtlorbeerbaums; die hauchdünn geschälte Rinde rollt sich von beiden Seiten zusammen. Kassiazimt ist die dickere Rinde des in Südchina wachsenden chinesischen Zimtbaums; sie ist würzkräftiger und dunkler als Stangenzimt, wenn auch ihr Aroma nicht ganz so fein und ausgeprägt ist. Als Ersatz für Kassiarinde können ohne weiteres Zimtstangen verwendet werden. Zimtpulver hingegen ist zu geschmacksintensiv und daher kein gleichwertiger Ersatz. Damit Wohlgeruch und Aroma erhalten bleiben, bewahrt man Zimtstangen oder Kassiarinde am besten in luftdicht verschlossenen Behältern auf.

Zitrusschalen, getrocknet

Limetten sind in China auch frisch geschält auf dem Markt, und separat dazu gibt es die Schalen. Die besten Zitrusschalen stammen von den chinesischen Tangerinen mit dem süß-aromatischen Fruchtfleisch. Getrocknete Zitrusschalen sind in asiatischen Lebensmittelgeschäften erhältlich, lassen sich aber auch mühelos selbst herstellen. Die Frucht wird zunächst gründlich gewaschen und dann in acht gleich große Segmente zerteilt. Dann schneidet man das Fruchtfleisch mit einem scharfen Messer heraus und löst die weiße Innenhaut vorsichtig von der Fruchtschale ab. Anschließend breitet man die Schale auf einem Gitter aus und läßt sie an einem warmen Ort trocknen, bis sie hart und brüchig geworden ist. Luftdicht verschlossen ist getrocknete Zitrusschale monatelang haltbar. Vor der Weiterverarbeitung weicht man die Schale etwa 20 Minuten in warmem Wasser ein.

Zucker

Zucker – in kleinen Mengen – wird in der chinesischen Küche seit etwa 1000 Jahren zum Würzen pikanter Speisen verwendet. Übermäßiger Zuk-

Milchferkel auf dem Markt

kerkonsum ruiniert den Gaumen, wie jeder weiß, aber richtig dosiert, verbindet er die unterschiedlichen Aromen in Saucen und Speisen, so daß eine ausgewogene Mischung entsteht. In China ist aus Zuckerrohr gewonnener Zucker in dunkelbraunen Platten oder gelben Brocken sowie Malzzucker und -sirup im Handel. Ich bevorzuge den gelben Rohrzucker, denn er sorgt er für seidigen Glanz bei Schmorgerichten und Saucen. Chinesischer Zucker wird bei uns meist abgepackt in länglichen oder runden Blöcken oder in gelben unförmigen Brocken in asiatischen Lebensmittelgeschäften angeboten. Man zerkleinert ihn am besten mit einem Holzhammer oder Nudelholz. Falls dieser Zucker nicht erhältlich ist, kann der nicht raffinierte braune Rohzucker verwendet werden.

Zuckererbsen

Die kleineren Sorten sind nur in China erhältlich, wo sie auch »Schnee-Erbsen« heißen. Die Zuckerschoten, die bei uns in den Handel kommen, sind etwas größer. Beide Sorten schmecken ausgesprochen süß und sind zart und knackig, da sie keine Pergamenthaut in den Schoten ausgebildet haben. In China werden die Zuckerschoten gern mit wenig Öl und Salz, dazu etwas Knoblauch und Ingwer, im Wok pfannengerührt. Sie passen aber auch gut zu Fleischgerichten. Beim Einkauf auf feste, knackige Schoten mit kleinen und wenig ausgebildeten Samen achten, denn nur diese sind frisch und zart.

Küchengeräte

Die chinesische Küche in ihrer ganzen Geschmacksvielfalt beruht auf speziellen Garmethoden, für die wiederum entsprechende Gerätschaften vonnöten sind. Deshalb möchte ich an dieser Stelle die wichtigsten chinesischen Küchengeräte vorstellen. Selbstverständlich kann man auch ohne diese Utensilien chinesisch kochen, aber manche von ihnen erleichtern das Kochen sehr. Die meisten dieser Gerätschaften sind in der Anschaffung nicht allzu teuer und leisten über Jahre hinweg gute Dienste. Während man aus China importierte Küchenutensilien in vielen Asienläden findet, sind Nachbildungen in guten Haushaltsfachgeschäften und in vielen Kaufhäusern erhältlich.

Wok

Der Wok, eine große, hohe Pfanne mit gewölbtem Boden, ist das meistverwendete Kochgefäß in der chinesischen Küche und wie geschaffen für das traditionsreiche Pfannenrühren, denn man kann darin alle Zutaten rasch und bequem in ständiger Bewegung halten, ohne daß etwas danebenfällt. Auch für andere Garmethoden ist der Wok bestens geeignet, sei es zum Blanchieren von großen Spinatmengen oder zum Kochen und Dämpfen. Dank der gewölbten Form wird der Wok am tiefsten Punkt sehr heiß und leitet die Hitze rasch auf die Seitenwände weiter – eine Grundvoraussetzung für das Pfannenrühren oder -braten. Auch als ölsparende Friteuse läßt sich der Wok gut einsetzen.

Seite 46: *Eine Bäuerin beim Reiskochen in der Provinz Sichuan*

Chinesische Küchen unterscheiden sich grundlegend von europäischen Küchen. In den meisten Haushalten in China wird der Wok direkt über die Glut von Holz oder Holzkohle gestellt, damit die zum Kochen benötigten hohen Temperaturen erreicht werden. Das soll nicht heißen, daß man außerhalb Chinas nicht richtig chinesisch kochen könnte.

Tips zum Kauf eines Woks Aufgrund meiner langjährigen Erfahrung als Koch, Leiter von Kochkursen und bei Kochvorführungen empfehle ich für europäische Küchen einen Wok mit einem etwa 30–36 cm langen Holzgriff und einem leicht abgeflachten Pfannenboden, der für sicheren Halt auf der Herdplatte sorgt. Dieser Wok weicht zwar etwas von der traditionellen Form mit dem gewölbten Boden ab, aber wenn man außerhalb Chinas lebt, sind gewisse Abänderungen von der Urform eben unumgänglich. Für den Hausgebrauch reicht ein Wok von 30–36 cm Durchmesser mit hohen Seitenwänden. Von relativ flachen Woks mit kaum gewölbtem Boden ist abzuraten, denn dann kann man sich auch gleich mit einer großen Bratpfanne behelfen. Ein Wok sollte schwer und möglichst aus Eisen oder Stahl gefertigt sein, wenngleich inzwischen auch bewährte Edelstahlmodelle im Handel sind. Woks aus Aluminium sind weniger geeignet, da sie den hohen Temperaturen beim Pfannenrühren nicht standhalten und die Speisen darin leicht ansetzen. Auch Woks mit antihaftversiegelter Bratfläche kann ich nicht weiterempfehlen. Erstens sind sie recht teuer, und zweitens können sie auch nicht wie ein gewöhnlicher Wok vorbehandelt und gepflegt werden und Patina ansetzen. Denken Sie stets daran, daß es sich mit wenig Zutaten in einem mittelgroßen Wok besser kochen läßt als mit einer großen Menge in einem kleinen Wok.

Pflege eines Woks Alle Woks (mit Ausnahme der beschichteten) müssen vorbehandelt und später entsprechend gepflegt werden. Bei einem Wok aus Eisen oder Stahl muß zunächst der für den Versand aufgebrachte Schutzfilm aus Schmieröl entfernt werden. Dies ist das einzige Mal, daß der Wok geschrubbt wird, es sei denn, er setzt Rost an. Vor dem ersten Gebrauch wird der Wok also gründlich mit heißem Wasser unter Zusatz eines Spülmittels abgewaschen. Ist der Schmierfilm weitgehend entfernt, wird der abgetrocknete Wok auf kleiner Flamme erhitzt. Nun gibt man zwei Eßlöffel Öl hinein und streicht das Öl mit Küchenkrepp gleichmäßig im Wok aus. Dann wird der Wok 10 bis 15 Minuten auf kleiner Flamme erhitzt und anschließend mit sauberem Küchenkrepp ausgewischt. Das Papiertuch wird sich von den Schmierölresten schwarz färben. Diesen Vorgang mehrmals wiederholen, bis das Papier sauber bleibt. Nach dieser Vorbehandlung wird die Oberfläche des Woks mit der Zeit nachdunkeln. Diese Patina ist ein gutes Zeichen und darf auf keinen Fall entfernt werden, denn sie verhindert ein Ansetzen des Garguts am Pfannenboden.

Ein derart vorbehandelter Wok darf nicht mehr geschrubbt werden. Er wird nach dem Gebrauch lediglich mit heißem Wasser – ohne Spülmittel – abgespült. Den gründlich abgetrockneten Wok läßt man, wenn möglich, einige Minuten auf kleiner Flamme nachtrocknen. Dies soll verhindern, daß der Wok Rost ansetzt. Falls er dennoch rostet, schrubbt man ihn erneut mit Spülmittel und heißem Wasser ab und wiederholt die einzelnen Schritte der Vorbehandlung. Wer nur unregelmäßig mit dem Wok arbeitet oder in einem feuchten Klima lebt, sollte den Wok nach dem Waschen vorsichtshalber immer leicht einölen.

Wok-Zubehör

Wok-Ring

Diesen Metallring benötigt man ausschließlich für den traditionellen Wok mit gewölbtem Pfannenboden. Er gibt dem Wok die nötige Standfestigkeit auf dem Herd.

Wok-Deckel

Ein Wok-Deckel ist eine kuppelförmige Abdeckung, die beim Dämpfen zum Einsatz kommt. Die meist aus Aluminium gefertigten Kuppeldeckel sind relativ preiswert und werden in der Regel beim Kauf eines Woks mitgeliefert, sind aber auch separat in China- oder Asiengeschäften erhältlich. Ein großer gewölbter Topfdeckel, der genau auf den Wok paßt, erfüllt den gleichen Zweck.

Wok-Spatel oder Pfannenheber

Ein mit einem langen Griff versehener schaufelartiger Metallspatel, der besonders beim Pfannenrühren verwendet wird. Ersatzweise kann ein langstieliger Holzlöffel verwendet werden.

Untersatz oder Dreibein

Zum Dämpfen im Wok oder in einem großen Topf benötigt man einen Untersatz aus Holz oder Metall oder ein Dreibein, damit das auf einem Teller oder einem Siebeinsatz liegende Gargut nicht mit der Flüssigkeit in Berührung kommt und der Einsatz sicheren Halt findet. Bei manchen Woks wird ein Metallständer gleich mitgeliefert. Die meisten Asiengeschäfte, Kaufhäuser oder Haushaltswarengeschäfte führen aber auch Holzständer, runde Metalluntersätze oder Dreibeine speziell zu diesem Zweck. Notfalls kann man sich mit einer leeren Konservendose von entsprechender Größe behelfen, die man umgekehrt in den Topf stellt.

Wok-Bürste

Mit dieser harten Bürste aus feingespaltenem Bambusrohr wird der Wok gesäubert, ohne daß dabei die Patina auf der Oberfläche Schaden nimmt. Ein weicher Schwamm erfüllt den gleichen Zweck.

Küchenbeile

Jeder chinesische Koch, der etwas auf sich hält, benutzt ein Küchenbeil – niemals ein Messer. Diese schweren Küchenwerkzeuge finden in der chinesischen Küche vielseitige Verwendung: angefangen bei den unterschiedlichen Schneidetechniken über Feinhacken bis zum Spalten von Knochen. Ein chinesischer Koch arbeitet in der Regel mit drei verschiedenen Ausführungen: Zum Schneiden feiner Zutaten einschließlich Gemüse benutzt er ein leichtes Schneidbeil mit einer schmalen Klinge; zum Schneiden, Hacken und Zerdrücken nimmt er ein Hackbeil mittlerer Größe und für extrem kraftaufwendiges Hacken ein extraschweres Hackbeil. Die erforderlichen Küchenarbeiten lassen sich natürlich auch mit

Chinesische Küchenutensilien

scharfen Qualitätsmessern ausführen, doch wer sich zum Kauf eines Küchenbeils entschließt, der wird sich wundern, wie leicht das Beil mit etwas Übung zu handhaben ist.

Empfehlenswert für den Hausgebrauch ist ein Hackbeil mittlerer Größe aus rostfreiem Stahl.

Hackbrett

Als Arbeitsunterlage beim Hacken verwenden die Chinesen einen Hackblock oder Hackklotz aus Weichholz. Da ein solcher Block aber nicht nur schwer zu handhaben, sondern außerdem noch ein beliebter Tummelplatz für Bakterien ist, bevorzuge ich einen Hauklotz aus Hartholz oder ein weißes Kunststoff-Schneidbrett. Diese Arbeitsunterlagen sind stabil, leicht zu reinigen und unverwüstlich. Da es bei der Zubereitung von asiatischen Gerichten immer sehr viel zu schneiden und zu hacken gibt, empfiehlt sich die Anschaffung eines großen Hackbretts, das in der Küche fest

Tontöpfe über dem Holzkohlefeuer einer Straßenküche

installiert wird. Aus hygienischen Gründen sollte kein gegartes Fleisch auf dem Brett geschnitten werden, das zuvor zum Hacken von rohem Fleisch oder Geflügel benutzt wurde. Zu diesem Zweck sollte ein Ersatzbrett bereitstehen. Nach dem Gebrauch sind die Hackbretter immer gründlich zu säubern. Essig oder Zitronensaft leisten hierbei gute Dienste. Es können aber auch schärfere Mittel verwendet werden.

Dämpfkörbe

Diese aus Bambus gefertigten Behälter zählen zu den ältesten chinesischen Küchenutensilien. Die hübsch anzusehenden, korbähnlich geflochtenen Gefäße sind in verschiedenen Größen erhältlich. Für den Hausgebrauch reichen Dämpfkörbe von 25 cm Durchmesser. Zum Dämpfen werden die mit dem Gargut gefüllten Körbe auf einen Untersatz in einen Wok oder einen Topf mit siedendem Wasser gestellt. Die Dämpfeinsätze haben den Vorteil, daß sie stapelbar sind. Man bekommt sie in Asienläden und gut sortierten Kaufhäusern und Haushaltswarengeschäften. (Ersatzweise können auch weite Siebeinsätze aus Metall verwendet werden.) Vor dem ersten Gebrauch muß der Bambusdämpfer abgespült und etwa 5 Minuten ohne Inhalt gedämpft werden.

Tontöpfe

Diese hübschen Tongefäße werden auch »Sandtöpfe« genannt, weil sich ihre unglasierte Außenseite wie rauher Sand anfühlt, und sie sind tatsächlich aus einem Ton-Sand-Gemisch hergestellt. Innen sind die Tontöpfe glasiert, damit sie die Wärme besser leiten und keine Flüssigkeit nach außen dringen kann. Sie werden in unterschiedlichen Formen und Größen angeboten, ausgestattet mit fest schließenden Deckeln, in die eine kleine Öffnung für den Dampfabzug eingelassen ist. Mitunter sind sie von einem Drahtgeflecht umgeben. Die Tontöpfe sind für den Gebrauch auf offenem Feuer bestimmt (da die meisten Chinesen keine Gas- oder Elektroherde besitzen) und werden zum Reiskochen, Schmoren und zum Kochen von Suppen verwendet. Gerichte aus dem Tontopf sind sehr wohlschmeckend und aromatisch.

Ein leerer Tontopf darf niemals auf die offene Feuerstelle gestellt werden; ebensowenig darf ein heißer Tontopf auf einer kalten Oberfläche abgestellt werden, weil das Kochgeschirr sonst zerspringt. Andererseits sind die Tontöpfe gegen die starke Hitze von Gasherden relativ unempfindlich. Wer auf einem Elektroherd kocht, sollte einen Hitzeverteiler verwenden, damit der Tontopf nicht unmittelbar mit der heißen Kochplatte in Berührung kommt. Beim Kochen mit einem Tontopf sollte man außerdem darauf achten, daß sich stets eine kleine Flüssigkeitsmenge am Topfboden befindet. Da beim Abnehmen des Deckels heißer Dampf entweicht, sollte man den Topf immer zur abgewandten Seite öffnen.

Stäbchen

Stäbchen werden in der chinesischen Küche nicht nur zum Essen benutzt, sondern auch zum Kochen und Rühren. Zu diesem Zweck gibt es extralange Stäbchen; man kann sich aber auch mit langen Kochlöffeln, Spateln oder Gabeln behelfen. Chinesische Eßstäbchen werden in vielen Warenhäusern, Asienläden und in gutsortierten Supermärkten angeboten. Auch in China-Restaurants sind sie auf Anfrage erhältlich. Ich benutze am liebsten Holzstäbchen, in China hingegen wird aus hygienischen Gründen meistens mit Plastikstäbchen gearbeitet.

Sonstiges Küchenzubehör

Ein Sieblöffel, bestehend aus einem groben Drahtgeflecht mit einem Holz- oder Bambusgriff, notfalls auch ein Schaumlöffel, erweist sich als sehr praktisch beim Herausheben des Fritierguts aus dem Wok. Da in diesem Buch wiederholt auf die Wiederverwendung von Öl hingewiesen wird, benötigt man zum Filtern ein gutes Küchensieb – rund oder spitz – und zum Auffangen des Öls eine Edelstahlschüssel. Im Grunde sollte jede Küche mit einem ganzen Satz solcher Schüsseln ausgestattet sein, denn Schüsseln sind unentbehrliche Helfer beim Kochen.

无限美景

3.
Kapitel

KLEINE GESCHICHTE DER CHINESISCHEN KOCHKUNST

Guter Wein in Bechern aus Jade
Ich wünscht', das Trinken nähm' kein Ende
Doch man ruft uns zu den Waffen
Kein' Aufschub duldet der Befehl
Sollt' trunken ich sein im Gefecht,
so bete, und verhöhn' mich nicht
Viele zogen einst zu Felde,
doch wie viele kehrten heim?

Wang Han, 1333–1378

Hohe Kochkunst sucht sich immer das Beste aus den vielen fremden Einflüssen aus, mit denen sie in Berührung kommt, verfeinert es und verbindet es mit anderem. Auf meiner Entdeckungsreise durch die Restaurant- und Familienküchen in ganz China stellte ich immer wieder beeindruckt fest, wieviel Gemeinsames und Ähnliches es zwischen der chinesischen Küche und den kulinarischen Gepflogenheiten anderer Länder gibt. Zutaten, Gerichte und Rezepte, von denen ich annahm, sie wären vor langer Zeit nach China gebracht worden, wie zum Beispiel Reis, kommen ursprünglich aus China. Andererseits habe ich auch erfahren, daß einige »traditionelle« chinesische Gerichte eigentlich aus dem Ausland kommen. Tomaten beispielsweise findet man in ganz China, und so nahm ich an, sie hätten schon immer zur chinesischen Küche gehört, tatsächlich wurden sie aber aus Lateinamerika eingeführt. Das gleiche gilt für so bekannte Zutaten wie Mais, Kürbis und Chilischoten, die alle erst vor relativ kurzer Zeit nach China kamen. In der Zeit der Tang-Dynastie (618–907) wurden aus dem Nahen Osten Spinat, Kopfsalat, Mandeln, Zuckerrüben und Feigen übernommen.

Die Entlehnungen der Küchen anderer Länder aus der chinesischen Küche sind aber mindestens ebenso zahlreich. Das Essen in den übrigen asiatischen Ländern ist stark von chinesischen Einflüssen geprägt, vor allem in Japan und Korea, in Vietnam, Malaysia und Thailand. Und dies kommt nicht von ungefähr. Chinesische Händler und Auswanderer verbreiteten dort ihre traditionellen Gerichte und Zubereitungsarten. Diejenigen, die später wieder nach China zurückkehrten, brachten neue Gerichte und Rezepte mit. Gleiches gilt für die ausländischen Händler, die nach China kamen. Durch diese mal langsamere, mal schnellere Austauschbewegung entstand im Lauf der Jahrhunderte die chinesische Küche in ihrer heutigen Form. Ihre wichtigsten Elemente sind eindeutig chinesisch und waren bereits am Ende der Song-Dynastie (960–1279) festgelegt, es gab aber immer wieder interessante Variationen. Vieles in

Seite 50: *Zum Trocknen aufgehängter Mais in der Nähe von Heishui*

der Geschichte Chinas, seiner Nachbarn und der jeweiligen kulinarischen Kultur spiegelt sich in der Tat im Strom der Menschen von und nach China und im Landesinnern wider.

China ist umgeben von einer natürlichen Grenze aus Meer, Wüste und Bergen. Wo dieser natürliche Schutz fehlt, wurde auf über 6000 Kilometern vom Golf von Bo Hai bis zur Wüste Gobi die Chinesische Mauer errichtet, die Invasoren und ausländische Einflüsse wirksam fernhielt. Mit ihr wurde China per Anordnung von der Außenwelt abgeschnitten, jegliche »Barbaren« und »fremdländischen Teufel« wurden vom Land ferngehalten, die meinten, der kaiserlichen Kultur Chinas etwas bieten zu können. So jedenfalls scheint es. In Wahrheit stand China der Außenwelt 2000 Jahre lang offen, wenn auch auf seine eigene Art.

Über Jahrhunderte hinweg waren die Meere für China nicht nur eine natürliche Grenze, sie waren auch das Tor zum Land, und durch die Wüsten und Berge zogen zahlreiche Karawanenpfade, von denen die Seidenstraße einer der bekanntesten ist. Sogar in der Chinesischen Mauer gab es an einigen Stellen einen Durchlaß, durch den die Händler zogen. Während der Tang-Dynastie beispielsweise füllten Händler aus vielen Ländern und Gegenden – Japan, Korea, Arabien, Indien und Persien – die chinesischen Häfen, lieferten Waren und tauschten sie gegen wertvolle chinesische Erzeugnisse.

Später, vom 12. bis zum 15. Jahrhundert, war Chinas Kriegs- und Handelsflotte im Vergleich zu allen europäischen und asiatischen Flotten zahlenmäßig und in ihrer wirtschaftlichen Bedeutung mit Abstand am größten. Im 13. Jahrhundert pflegten chinesische Kaufleute regelmäßige Handelsbeziehungen mit Indien. Ihre Schiffe waren die größten auf See, und der Handelsweg war mit einer langen und gefährlichen Reise verbunden. Noch bis ins 19. Jahrhundert hinein waren die chinesischen Dschunken das Rückgrat des gesamten asiatischen Seehandels. Erst das Aufkommen der Dampfschiffahrt und der westliche Imperialismus führten zum Nie-

Eßstand auf der Straße in Urumqi in der Region Xinjiang

dergang der einst so stattlichen chinesischen Handelsschiffahrt. Heute hat China jedoch wieder einen Platz unter den zehn tonnagestärksten Flotten der Erde.

Jahrtausendelang herrschte ein starker kommerzieller, religiöser und militärischer Austausch zwischen China und dem Ausland. Schon vor Chinas erster Konsolidierung unter der Zentralregierung im dritten Jahrhundert wurde während der Han-Dynastie die sagenumwobene Seidenstraße erstmals benutzt. Dieser Handelsweg, der sich von Lanzhou in der Provinz Gansu über Yumen am westlichen Ende der Chinesischen Mauer durch die Wüstenhochebenen und Gebirge bis nach Samarkand erstreckt, war zusammen mit einigen parallel verlaufenden Straßen und Entlastungswegen bis in das 13. Jahrhundert Chinas wichtigster Kontakt zu Zentralasien und Indien.

Ursprünglich war diese Straße zu militärischen Zwecken angelegt worden: Sie sollte das im Westen Chinas expandierende Reich schützen und den Kontakt mit potentiellen Verbündeten erhalten, um sich gegen die Bergnomaden an der Nordwestgrenze zu wappnen. Über diese geschützte Straße gelangte der Buddhismus in das Land, und sehr bald entwickelte sich über sie auch der Handel. Auf diese Weise gelangten chinesische Seide und andere Waren in römische Städte und so entlegene Gegenden wie Sibirien. Noch im 19. Jahrhundert wurde ein Großteil von Chinas Handelskontakten mit anderen Ländern über diese bedeutende Straße abgewickelt.

Im Norden konnte selbst die monumentale Chinesische Mauer China nicht völlig abschirmen. Der Handelsverkehr von und nach Korea und der Mandschurei durfte passieren. Die Nomadenstämme, welche durch die Mauer eigentlich ferngehalten werden sollten, tauschten ihre einzige wichtige Ware, die Pferde, gegen chinesische Waren auf den Märkten auf der »falschen« Seite der Mauer.

Es geschah auch, daß die Chinesische Mauer militärisch überwunden wurde. Im Jahr 1279 fielen die Mongolen unter Kublai-Khan in China ein, das bis 1368 unter deren Herrschaft blieb. Der mongolische Chauvinismus ließ nicht zu, daß sich die Mongolen mit der chinesischen Kultur »beschmutzten«, statt dessen behielten sie die meisten ihrer Bräuche bei, einschließlich ihrer kulinarischen.

Die Chinesen setzten sich schließlich erfolgreich gegen die mongolische Herrschaft zur Wehr, die Mongolen zogen sich in ihre zentralasiatischen Steppen zurück und ließen nur ein kleines kulinarisches Erbe zurück, das aus ihrer Vorliebe für Joghurt, Wild, Ziege, Hammel und *koumiss,* ein Stutenmilchprodukt, bestand. Fachleute glauben, daß eben diese drei Nahrungsmittel die mongolische Küche von der chinesischen trennen. Man geht aber nicht davon aus, daß es die Mongolen selbst waren, die Stutenmilch, Butterfett (aus Stuten- oder Kuhmilch) und Hammelfleisch in China einführten. Zwischen Peking und Kunming konnte ich an vielen Orten diesen mongolischen Einfluß erleben. In Kunming zum Beispiel erinnerten die Restaurants, in denen Hammelfleisch und Ziegenkäse – im Wok pfannengebraten – serviert wurden, daran, daß man ein solches Gericht wohl zu Zeiten Kublai Hans so zubereitet haben mochte.

Umgekehrt hat China diejenigen Kulturen, von denen es Anleihen genommen hat, auch beeinflußt, und der nachhaltige Eindruck der chinesischen Eßkultur auf die seiner Nachbarn ist klar erkennbar. Dies rührt vor allem von den vielen Reisen der Überseechinesen her, jener Chinesen mit Unternehmergeist, die schon lange einen Ruf als geschickte und gute Geschäftsleute hatten.

Sammelstelle für Yakmilch in Tibet

Trotz der eigenständigen kulinarischen Kulturen Japans, Koreas und Thailands ist der chinesische Einfluß auf diese Länder unverkennbar. Das wahrscheinlich wichtigste Geschenk, das ihnen die chinesischen Einwanderer machten, ist der Reis. Er ist das Grundnahrungsmittel Ostasiens, die dort vielleicht wertvollste und nützlichste Pflanze. Reis wurde zuerst in China angebaut, etwa 3000 Jahre bevor er auch anderswo Verbreitung fand. Von der chinesischen Küche und ihren Zubereitungsarten lernten die Koreaner, wie man bei Fleischgerichten – meist Schwein und Rind – Gewürze wie Knoblauch und Chilipfeffer verwendet. Auf Umwegen kehrten diese Einflüsse wieder nach China zurück; in Nordchina sah ich, wie

Spargel, eine Neuheit in der chinesischen Küche

an Marktständen oft eindeutig koreanische Gerichte angeboten wurden, mit eingelegten Gemüsen und deren charakteristischem Geschmack nach Knoblauch und Chili.

Die Art, wie auf den Philippinen gekocht wird, ist ebenfalls stark von der chinesischen Küche beeinflußt. Man sagt, daß China die philippinische Küche dauerhaft geprägt habe und sozusagen der Geburtshelfer der hohen philippinischen Kochkunst sei. Es gibt wirklich kaum ein traditionelles philippinisches Essen, bei dem nicht ein oder mehrere Gerichte chinesischen Ursprungs wären.

Auch bei den Koch- und Eßutensilien haben beispielsweise Löffel und Eßstäbchen, die beide aus China kommen, in ganz Asien Verbreitung gefunden, ebenso der Wok, dieses verblüffend vielseitige Kochgerät, das man in vielen asiatischen Küchen findet. Die bekannte indische Köchin Madhur Jaffrey meint, daß die alten Chinesen wohl nach Kerala in Indien gekommen sein mochten, um schwarzen Pfeffer zu kaufen, doch im fairen Austausch hätten sie dafür auch ihre Woks, Hackmesser, Teller, Einmachgläser und Konstruktionspläne für Dächer und Flußschiffe hinterlassen. Auf diese und andere Weise machte sich der Einfluß des Reichs der Mitte in der ganzen Welt bemerkbar.

Von der Chinesischen Mauer und der Politik einmal abgesehen, sind die Chinesen weder nationalistisch noch fremdenfeindlich, vor allem, wenn es um Essen und Küchentechniken geht. Wenngleich ihre Nahrung in der Hauptsache aus Tieren und Pflanzen besteht, die in China heimisch sind und dort auch in großen Mengen gedeihen, wurden doch nach und nach Gerichte, Gewürze, Kräuter, Zubereitungsarten und kulinarische Ideen aus dem Ausland übernommen, wenn sie brauchbar erschienen. Schon in der Han-Dynastie (206 v. Chr. – 220 n. Chr.) stellten chinesische Köche zum erstenmal nach ausländischen Rezepten Nudeln und Plätzchen aus Weizenmehl her

Die Tang-Dynastie (618–907) – das Goldene Zeitalter Chinas – war eine Zeit, in der man dem exotischen Geschmack frönen durfte, und so kamen die goldenen Pfirsiche aus Samarkand und vieles andere nach China, unter anderem Trauben, Spinat, Kopfsalat, Feigen, Kohlrabi, Zuckerrüben, Lauch und Schalotten, ferner wurden auch schon Pinienkerne, Mandeln und Pistazien erwähnt, und es ist kein Zufall, daß gerade zu dieser Zeit das erste Buch über Ernährung erschien. Obgleich Tee schon lange vorher bekannt war, erreichte er erst während der Tang-Dynastie seinen jetzigen Bekanntheitsgrad. Der wachsende Einfluß des Buddhismus und die mit ihm verbundene Bedeutung vegetarischer Kost hatten zur Folge, daß man neue Verwendungsmöglichkeiten für Weizenmehl fand und daraus zum Beispiel Klöße, Teigtaschen und gebackene Teigstreifen machte. Beides trifft man heute noch überall in China an – am Stand auf der Straße, im Restaurant und zu Hause.

Während der Song-Dynastie (960–1279) entwickelte sich die chinesische Küche zu einer eigenständigen und dauerhaften Form. In diesen 300 Jahren kreierten Chinas Köche, seine Kochbuchautoren, Ernährungsfachleute, privilegierten Konsumenten, Händler und Lebensmittelverkäufer ganz bewußt einen eigenen Koch- und Eßstil. Sie schufen eine Reihe von Regeln und Wertmaßstäben bezüglich des Essens und seines gesellschaftlichen Wertes, setzten diese in die Praxis um und trugen so zur Menge und Vielfalt der Zutaten bei. Chinas Küche wurde bis zum Ende der Song-Ära immer weiter verfeinert und differenziert. Diese hohen Maßstäbe behielt man fortan bei, neue Ideen und Anregungen blieben dabei jedoch nicht ausgeschlossen, einzige Bedingung war, daß neue Gerichte Augen und Gaumen gefällig sein mußten.

Der nächste Zeitabschnitt, in dem China in größerem Umfang fremde Eßkultur integrierte und sich die ersten Einflüsse aus Südeuropa bemerkbar machten, war die Ming-Dynastie (1368–1644). Portugiesische und spanische Forschungsreisende brachten Anfang des 16. Jahrhunderts aus der Neuen Welt auf ihren Reisen nach Indien, China und den Philippinen Früchte wie Erdnüsse, Süßkartoffeln und Mais mit. Zuerst betrachtete man sie lediglich als »Notessen«, nur allmählich wurden sie auch als vollwertige Kost akzeptiert. Am Ende der Ming-Periode, knapp 100 Jahre später, waren sogar bei den Yao, einem Volk, das fernab in den südchinesischen Bergen lebt, Kartoffeln und Bataten zu einem Hauptnahrungsmittel geworden.

Frischer Wasserspinat

Chinas Bevölkerung, die jahrhundertelang unverändert bei ungefähr 150 Millionen Menschen lag, vervierfachte sich in der Zeit von 1700 bis 1850. Mais, Erdnüsse, Süßkartoffeln und Kartoffeln, die zu dieser Zeit schon überall verbreitet waren, lieferten die Kalorien, die man bei diesem außergewöhnlichen Bevölkerungswachstum dringend benötigte. Diese »neue« Kost aus dem Westen wurde vor allem von den Armen, und das bedeutet von der großen Mehrheit, gegessen. Die große Masse der Bevölkerung lebte von einer zwar ausreichenden, aber dennoch beschränkten Kost; die Elite des Landes, die zwar zahlenmäßig groß war, jedoch immer noch eine Minderheit darstellte, konnte sich an einer erstaunlichen Vielfalt feinster Speisen laben. In diesem Teil der Bevölkerung wurde das entwickelt und überliefert, was wir heute unter chinesischer Küche verstehen, und diese Art zu kochen, mit ihren sowohl bodenständigen als auch exotischen Einflüssen, lernte ich beim Besuch der Heimat meiner Vorfahren kennen.

Yangrou Xiangcai

Pfannengerührtes Ziegenfleisch mit frischem Koriander

Der Südwesten Chinas ist zwar gebirgig und bisweilen unwegsam, er zeichnet sich aber durch ein angenehm gemäßigtes Klima aus. Dies ist eine der interessantesten und exotischsten Regionen Chinas, nicht zuletzt, weil sie von mehr als 24 verschiedenen Volksstämmen bewohnt wird. Aufgrund des hohen moslemischen Bevölkerungsanteils besteht ein reichhaltiges Angebot an Rind-, Hammel- und auch Ziegenfleisch, obwohl andere ethnische Gruppen Schweinefleisch hier ebenso schätzen wie die restliche chinesische Bevölkerung.

In einem Hotel-Restaurant in Kunming hatte ich einmal das Vergnügen, an einem üppigen Bankett teilzunehmen, bei dem Ziegenfleisch in allen Variationen gereicht wurde. In der Regel besteht ein solches Festmenü aus 40 verschiedenen Zubereitungen mit Ziegenfleisch; ich konnte dort sogar zwischen 54 Gerichten wählen! Ein köstliches und sättigendes Gericht, das es mir besonders angetan hatte, möchte ich Ihnen hier vorstellen. Der strenge Eigengeschmack des Ziegenfleisches wird weitgehend durch die Zugabe frischer Korianderblätter gemildert.

450 g Filet oder Lende von der Ziege oder vom Lamm

MARINADE

2 TL dunkle Sojasauce
2 TL Reiswein oder trockener Sherry
1 TL Sesamöl
½ TL Salz
½ TL frisch gemahlener schwarzer Pfeffer
2 TL Maisstärke

100 g frische milde Chilischoten
2 EL Erdnußöl
Eine Handvoll frische Korianderblätter, gewaschen

Das Fleisch in dünne Scheiben schneiden und in einer kleinen Schüssel mit Sojasauce, Reiswein oder Sherry, Sesamöl, Salz, Pfeffer und Stärke-

Ein Festbankett aus Ziegenfleisch in vielen Variationen

中國風味

mehl vermischen. Das Fleisch 30 Minuten in der Marinade ziehen lassen.

Die Chilischoten entkernen und in feine Streifen schneiden.

Einen Wok stark erhitzen und das Öl hineingießen. Sobald das Öl raucht, das Fleisch dazugeben und etwa 2 Minuten unter Rühren braun braten. Die Fleischscheiben mit einem Schaumlöffel herausnehmen.

Die Chillies in das heiße Öl geben und 2 bis 3 Minuten pfannenrühren. Die Korianderblätter dazugeben und weitere 2 Minuten unter Rühren braten. Dann das Fleisch wieder in den Wok geben, alles gut durchmischen und heiß servieren.

Für 4 Personen als Teil eines chinesischen Menüs oder für 2 Personen als Hauptgericht.

Gan Bian Niurou

Knuspriges Rindfleisch in Chilisauce

Bedingt durch ihre Geschichte, ihre Art der Nutztierhaltung und ihre Lebensphilosophie, essen die Han-Chinesen sehr wenig Rindfleisch, dafür aber um so mehr Schweinefleisch. Moslemische Chinesen dagegen verschmähen Schweinefleisch in jeder Form und lassen sich dafür Rindfleisch gut schmecken. Ein besonders schmackhaftes Rindfleischgericht lernte ich auf einer Reise durch die südwestlichen Provinzen kennen, als ich in dem islamischen Restaurant »Mosilinl Arge« einkehrte, das einem großen Hotel in Kunming angegliedert war. Das Rindfleisch wurde zunächst durch einen leichten Ausbackteig gezogen und dann zweimal fritiert, bis es schön knusprig war. Anschließend wurde es in einer feurig-süßen Chilisauce geschwenkt. Obwohl ich bereits von der Vorspeise gut gesättigt war, konnte ich der Versuchung dann doch nicht widerstehen.

450 g Steak vom Rind
450 ml Erdnußöl

MARINADE

1 EL helle Sojasauce
2 TL Reiswein
1 TL Sesamöl
½ TL Salz
3 EL Maisstärke
1 EL Mehl

SAUCE

5 getrocknete Chilischoten, halbiert
1 ½ EL Erdnußöl
3 EL hauchdünne Knoblauchscheibchen
1 TL Salz
3 EL Zucker
½ Tasse Wasser
1 TL Maisstärke, mit 1 TL Wasser angerührt

Das Fleisch etwa 20 Minuten im Gefrierfach anfrieren lassen, bis es fest ist. Zuerst quer zur Faser in Scheiben, dann in dünne Streifen schneiden. Die Zutaten für die Marinade miteinander verrühren und das Fleisch darin 30 Minuten ziehen lassen.

Die getrockneten Chilischoten in warmes Wasser legen, bis sie weich sind, und anschließend halbieren.

Einen Wok oder eine Bratpfanne stark erhitzen und das Erdnußöl hineingießen. Sobald es raucht, das Fleisch in zwei Etappen fritieren. Mit einem Schaumlöffel herausnehmen und zum Abtropfen in ein Sieb geben.

Gan Bian Niurou
Knuspriges Rindfleisch in Chilisauce

Für die Sauce 1 ½ Eßlöffel Erdnußöl in einem kleinen Topf erhitzen, Knoblauch und Chilischoten dazugeben und 20 Sekunden unter Rühren braten. Dann die restlichen Zutaten hinzufügen, die Sauce 2 Minuten köcheln lassen und warm halten.

Das Öl im Wok wieder stark erhitzen. Das vorfritierte Rindfleisch noch einmal eine weitere Minute fritieren, bis es sehr knusprig ist. Anschließend mit einem Schaumlöffel herausnehmen, auf Küchenkrepp abtropfen lassen und in einer flachen Schüssel anrichten. Die Sauce vorsichtig unter das Fleisch mischen und das fertige Gericht servieren.

Für 4 Personen als Teil eines chinesischen Menüs oder für 2 Personen als Hauptgericht.

Yumi Zhou

Pikanter Reisbrei mit Mais und Sichuan-Pfeffer

Während der nahrhafte und geschmacksneutrale Reis seit Menschengedenken zu den Grundnahrungsmitteln Chinas zählt, gelangte der Mais erst im frühen 16. Jahrhundert mit den portugiesischen Seefahrern nach China. Er ist somit noch relativ neu in der chinesischen Küche. Die Begeisterung für die neue Kulturpflanze kannte jedoch keine Grenzen, und heute ist Mais landesweit die drittwichtigste Getreidepflanze nach Reis und Weizen. Reis und Mais ergänzen sich beim Kochen wunderbar; sie er-

Paprikaschoten

geben nahrhafte und sättigende Speisen für die ganze Familie. Diese vielseitig verwendbare Mischung ist für die Zubereitung kleiner Zwischengerichte, aber auch für Vorspeisen oder Hauptgerichte geeignet. Das nachfolgende Rezept stammt aus Chengdu in der Provinz Sichuan, und das Gericht wurde mir im dortigen Einkaufszentrum serviert.

- 1,5 l Wasser
- 2 TL Salz
- 200 g Rundkornreis
- 300 g frische Maiskörner (etwa 2 Maiskolben) oder Dosen- oder Tiefkühlware
- 3 EL feingehackte Frühlingszwiebeln
- 1 EL Chili-Bohnen-Sauce

GARNIERUNG

- 2 TL gerösteter und gemahlener Sichuan-Pfeffer

Das Wasser in einem großen Topf zum Kochen bringen, dann das Salz und den Reis dazugeben. Wieder aufkochen lassen, mehrmals umrühren, den Deckel lose auflegen und den Reis 40 Minuten auf kleinster Flamme köcheln lassen.

Dann den Mais dazugeben und alles 20 Minuten bei milder Hitze weitergaren. Zum Schluß die Frühlingszwiebeln und die Chili-Bohnen-Sauce hineinrühren. Vor dem Servieren mit Sichuan-Pfeffer bestreuen.

Für 4 Personen als Teil eines chinesischen Menüs oder für 2 Personen als Hauptgericht.

YUMI CHAO LAJIAO

Mais mit frischen Chilischoten

Mais, den ich sehr gern esse, konnte ich in den verschiedenen Regionen Chinas in immer wieder neuen Zubereitungen kennenlernen. Das folgende Gericht aß ich in einem der vielen nichtstaatlichen Restaurants in Kunming, Yunnan, die seit Anfang der achtziger Jahre wie Pilze aus dem Boden schießen. Die frischen milden Chillies harmonieren gut mit dem knackigen, feinaromatischen Zuckermais. Diese Maiszubereitung ergibt eine leichte Beilage zu allen Fleischgerichten.

Yumi Chao Lajiao
Mais mit frischen Chilischoten

- 300 g frische Maiskörner (etwa 2 Kolben) oder Dosen- oder Tiefkühlware
- 1 ½ EL Erdnußöl
- 2 kleine milde rote Chilischoten, entkernt und feingehackt
- ½ TL Salz
- ¼ TL frisch gemahlener weißer Pfeffer
- 1 TL Zucker
- 50 ml Hühnerbrühe

Bei Verwendung von Tiefkühlware die Maiskörner 10 Sekunden in kochendem Wasser blanchieren und dann abtropfen lassen.

Einen Wok oder eine große Bratpfanne stark erhitzen und das Öl hineingeben. Chillies, Maiskörner und Salz hinzufügen und 1 Minute unter Rühren braten. Pfeffer, Zucker und Hühnerbrühe dazugeben und weitere 3 Minuten pfannenrühren. Auf eine Platte geben und servieren.

Für 4 Personen als Teil eines chinesischen Menüs oder für 2 Personen als Beilage zu einem Fleischgericht.

Chao Lajiao

Gemüse von bunten Chilischoten

Dieses köstliche Gericht verspeiste ich auf der Bahnfahrt von Hangzhou nach Suzhou, das wegen seiner vielen Kanäle als Venedig Chinas bezeichnet wird. Es war das erste und einzige Mal, daß ich ein Gericht mit ganzen Chilischoten als Hauptzutat aß. Es bekam mir ausgezeichnet.

Weltweit gibt es über zweihundert verschiedene Paprika- und Chilisorten, die im Geschmack von süß über pikant bis höllisch scharf reichen. Chillies sind mehr als nur ein Würzmittel; sie sind überaus nahrhaft, enthalten reichlich Vitamin A und C und sind reich an Eisen, Kalzium und Spurenelementen. In den Gebirgsregionen der Provinz Sichuan, wo kein Kohl- und Batatenanbau möglich ist, liefern Chilischoten die lebensnotwendigen Vitamine.

- 350 g frische milde Chilischoten (möglichst unterschiedliche Farben)
- 2 EL Erdnußöl
- 1 TL Salz
- 2 EL gehackter Knoblauch
- 1 EL helle Sojasauce
- 2 TL Zucker
- 125 ml Hühnerbrühe

Die Chilischoten ganz belassen, waschen und trockentupfen.

Einen Wok oder eine große Bratpfanne stark erhitzen. Öl, Salz und Knoblauch hineingeben. Die Chillies dazugeben und 1 Minute unter Rühren braten.

Sojasauce und Zucker hinzufügen, mit Hühnerbrühe aufgießen und weiterrühren, bis die Flüssigkeit größtenteils verdampft ist. Die Chillies auf einer vorgewärmten Servierplatte anrichten und auftragen.

Für 4 Personen als Teil eines chinesischen Menüs.

Yuxiang Qiezi
Fischduft-Auberginen mit Schweinefleisch

Yuxiang Qiezi

Fischduft-Auberginen mit Schweinefleisch

Das folgende Gericht hat keinen Fischgeschmack, es wird nur genauso gewürzt und aromatisiert wie Fisch, das heißt, alle Geschmackskomponenten von scharf über salzig und süß bis sauer sind hier vertreten. Das klingt (und schmeckt) nicht nur sehr nach Sichuan-Küche, das ist die Sichuan-Küche in höchster Vollendung. Diese köstliche Speise stammt aus dem Shu Feng Yuan Restaurantkollektiv in Chengdu in der Provinz Sichuan und wird dort im Gegensatz zu anderen Varianten, die ich aus Europa, den USA und Hongkong kenne, mit ganzen Auberginen zubereitet. Am schmackhaftesten sind die in China verwendeten kleineren Auberginensorten in unterschiedlichen Farben.

700 g chinesische oder gewöhnliche Auberginen
450 ml Erdnußöl
450 g Schweinefleisch, feingehackt
2 EL feingehackter Knoblauch
2 EL feingehackter frischer Ingwer
3 EL feingehackte Frühlingszwiebeln
2 EL dunkle Sojasauce
3 EL Reiswein oder trockener Sherry
3 EL chinesischer schwarzer Reisessig
2 EL Zucker
1 EL gerösteter, zerstoßener Sichuan-Pfeffer
2 TL Chilipulver
125 ml Hühnerbrühe

Bei Verwendung von handelsüblichen Auberginen die Früchte der Länge nach vierteln. Einen Wok oder eine große Bratpfanne stark erhitzen, das Öl hineingießen und die Auberginen darin fritieren. Mit einem Schaumlöffel herausnehmen und auf Küchenkrepp abtropfen lassen.

Das Fritieröl bis auf 3 Eßlöffel abgießen und den Wok wieder erhitzen. Hackfleisch, Knoblauch, Ingwer und Frühlingszwiebeln hineingeben und 30 Sekunden pfannenrühren. Die restlichen Zutaten bis auf die Hühnerbrühe dazugeben. Etwa 2 Minuten bei starker Hitze weiterrühren, dann die Brühe zufügen und das Ganze weitere 3 Minuten köcheln lassen. Die fritierten Auberginen hineingeben und 3 Minuten in der Sauce ziehen lassen. Auf eine vorgewärmte Platte geben und servieren.

Für 6 Personen als Teil eines chinesischen Menüs oder für 3 Personen als Hauptgericht.

Chao Nai

Würziger Milchpudding mit Garnelen und Schweinefleisch

Dieses schmackhafte Gericht wird in Hongkong und in der südlichen Provinz Guangdong häufig gegessen. Obwohl ich es in vielen Abwandlungen kennengelernt habe, ist mir die Variante aus dem Quing Hui Yuang Restaurant in Shunde in bester Erinnerung geblieben. Die »Milch« ist eine dicke Masse, die mit Garnelen, chinesischem Röstfleisch und Pinienkernen pfannengerührt wird, und somit werden Geschmack und Konsistenz der Zutaten in höchster Vollendung kombiniert.

Chao Nai
Würziger Milchpudding mit Garnelen und Schweinefleisch

Chinesisches Röstfleisch, »Char-siu«, ist eine Spezialität der Kanton-Küche. Schweinefleisch, in 250-Gramm-Stücke zerlegt, wird etwa vier Stunden eingelegt in einer Marinade aus Hoisin-Sauce, Gelbe-Bohnen-Sauce, heller Sojasauce, Zucker, Reiswein oder trockenem Sherry und Salz und sollte alle halbe Stunde gewendet werden. Anschließend wird das Fleisch über einem mit etwas Wasser gefüllten Tropfblech in den vorgeheizten Backofen (190 °C/Gas Stufe 3) geschoben und etwa ½ Stunde geröstet, dann wird es gewendet, mit der Flüssigkeit aus dem Tropfblech bestrichen und nochmals ½ Stunde geröstet.

450 ml Milch
1 TL Salz
½ TL frisch gemahlener weißer Pfeffer
4 EL Maisstärke
1 EL Erdnußöl für die Backform
1 ½ EL Erdnußöl
1 TL Salz
230 g chinesisches Röstfleisch (s. o.) oder Kochschinken, grobgehackt
350–375 g rohe ungeschälte Garnelen mittlerer Größe (ohne Köpfe) oder 100 g rohe geschälte Garnelen, grobgehackt
100 g Pinienkerne

Milch, Salz, Pfeffer und Stärkemehl in einen Topf mittlerer Größe geben, glattrühren und bei milder Hitze etwa 8 Minuten köcheln lassen, bis die Masse dick wird und die Konsistenz von weichem Rührei hat. Eine Backform einfetten, die Milchmischung hineingeben und auskühlen lassen.

Mit Frischhaltefolie abdecken, in den Kühlschrank stellen und kühlen, bis die Masse eine feste Konsistenz hat. Dieser Arbeitsgang kann bereits am Vortag ausgeführt werden.

Einen Wok oder eine große Bratpfanne stark erhitzen und das Öl und das Salz hineingeben. Chinesisches Röstfleisch (oder Schinken) und Garnelen darin 1 Minute pfannenrühren. Die Milchmischung und die Pinienkerne hinzufügen und etwa 3 Minuten unter Rühren braten. Heiß servieren.

Für 4 Personen als Teil eines chinesischen Menüs oder für 2 Personen als Hauptgericht.

Hongshao Yangrou

Geschmortes Ziegenfleisch mit Sternanis und Zimt

Obwohl Ziegenfleisch vielerorts erhältlich ist, sind die meisten Chinesen nicht gerade begeistert davon. Größtenteils wird es im Westen Chinas gegessen, was sicherlich auf den islamischen Einfluß zurückzuführen ist. Für das nachfolgende Rezept aus der westlichen Provinz Yunnan wird Ziegen- oder auch Lammfleisch mit einer Vielzahl von Gewürzen geschmort. Der deftige Fleischtopf ergibt durchaus eine eigenständige Mahlzeit, paßt aber auch gut als Beigericht in ein größeres Menü. Da das Gericht aufgewärmt genauso köstlich schmeckt, kann man es gut im voraus zubereiten und bis zur weiteren Verwendung tiefgefrieren.

- 1,4 kg Schulter von der Ziege oder vom Lamm (ohne Knochen und Schwarte)
- 4 Frühlingszwiebeln
- 4 Scheiben frischer Ingwer, geschält
- 3 EL fermentierter Tofu
- 4 EL Reiswein oder trockener Sherry
- 3 EL helle Sojasauce
- 2 EL dunkle Sojasauce
- 4 ganze Sternanishülsen
- 3 EL Zucker
- 2 EL Sichuan-Pfeffer, geröstet
- 2 Stück Zimtrinde oder 2 Zimtstangen
- 3 EL Hoisin-Sauce
- 2 TL Salz
- 1 TL frisch gemahlener schwarzer Pfeffer
- 350 ml Hühnerbrühe
- 900 ml – 1 l Wasser (gegebenenfalls etwas mehr)

Das Fleisch in 5 cm große Würfel schneiden und 5 Minuten in kochendem Wasser blanchieren. Die Fleischwürfel aus dem Kochtopf nehmen und das Wasser weggießen.

Das Fleisch mit allen Zutaten in einen großen Topf oder eine Kasserolle geben und, falls nötig, Wasser zugießen, bis die Würfel ganz von Flüssigkeit bedeckt sind. Zum Kochen bringen. Fett oder Schaum von der Oberfläche abschöpfen und die Hitze reduzieren. Das Fleisch zugedeckt etwa 2 Stunden schmoren lassen, bis es sehr zart und weich ist. Das Fett von der Oberfläche abschöpfen und heiß servieren.

Für 10 Personen als Teil eines chinesischen Menüs oder für 5 Personen als Hauptgericht.

Yangru Bing

Gegrillter Ziegenkäse

Käse wird selten, wenn überhaupt, mit der chinesischen Küche in Verbindung gebracht. Obwohl Milch und Milchprodukte nicht mit Tabus belegt sind, werden sie in China selten gegessen. Zum einen spielen geschichtliche Aspekte eine große Rolle, denn traditionell betreiben die Han-Chinesen Ackerbau und die Nomadenstämme Viehwirtschaft; zum andern sind in weiten Landesteilen die geographischen und klimatischen Bedingungen ungünstig für die Milchwirtschaft. Daneben gibt es aber auch andere Gründe, zum Beispiel produzieren die Chinesen – und mit ihnen die Mehrheit der Weltbevölkerung – ab dem sechsten Lebensjahr das milchzuckerspaltende Enzym Laktase nicht mehr, das für die Verdauung von Milch und unbehandelten Milchprodukten benötigt wird.

In manchen Provinzen kommen erst jetzt Molkereiprodukte wie Kondensmilch in verschiedenen Fettstufen sowie gezuckerte Kondensmilch und milde Käsesorten in den Handel, während bei den islamischen Volksgruppen und ethnischen Minderheiten im Südwesten Chinas, vor allem in der Provinz Yunnan, Vollmilch, Joghurt und insbesondere Ziegenkäse schon seit Jahrzehnten zum täglichen Speiseplan gehören.

Durch Freunde wurde ich auf die folgende Käsespezialität im Kang-Le-Xiao-Wu-Restaurant in Kunming aufmerksam. Leicht gegrillt ließen wir uns den festen milden Käse als Hors d'œuvre schmecken.

Gefüller Ziegenkäse

Frischer Ziegenkäse

230 g fester milder Ziegen- oder Schafskäse
Frisch gemahlener schwarzer Pfeffer

Den Ziegenkäse zuerst in 0,5 cm dicke Scheiben schneiden und dann etwa in 5 × 7 cm große Stücke aufteilen.

Den Grill vorheizen. Die Käsestücke auf ein Backblech legen, dieses unter den Grill schieben und den Käse etwa 5 Minuten grillen, bis die Oberfläche leicht gebräunt ist. Den Käse wenden und auf der anderen Seite ebenfalls bräunen. Mit schwarzem Pfeffer bestreuen und warm servieren.

Für 4 Personen als Teil eines chinesischen Menüs oder für 2 Personen als Zwischengericht.

Yan Jian Rou

Chilifleisch aus dem Wok

Die Küche der Provinz Sichuan ist bekannt für ihr scharfes, stark gewürztes und die Sinne ansprechendes Essen, und Chillies spielen dabei eine wesentliche Rolle. Dort sucht man in den Restaurants vergeblich nach Chillies in Öl oder Chilipaste zum Nachwürzen; die Speisen kommen nämlich bereits fertig gewürzt auf den Tisch. Duftender Sichuan-Pfeffer und zerstoßene getrocknete Chilischoten geben ihnen die nötige Schärfe. Aber längst nicht alle Chillies sind scharf. Im nachstehenden Rezept werden milde Chilischoten mit hauchdünnen Schweinefleischstreifen kombiniert. Das Ergebnis ist ein nahrhaftes, wohlschmeckendes Gericht, das auch farblich gut harmoniert. Ich entdeckte es im Shu-Feng-Yuan-Restaurantkollektiv in Chengdu in der Provinz Sichuan.

450 g mageres Schweinefleisch
1 EL helle Sojasauce
2 EL Reiswein oder trockener Sherry
Salz
2 TL Sesamöl
230 g frische milde Chillies
3 EL Erdnußöl
3 EL feingehackter Knoblauch
1 TL Chilipulver
1 TL gerösteter, zerstoßener Sichuan-Pfeffer
3 EL Wasser
1 EL helle Sojasauce
2 TL Zucker

Das Schweinefleisch in hauchdünne Streifen von etwa 7 cm Länge schneiden und mit 1 Eßlöffel Sojasauce, 1 Eßlöffel Reiswein, einer Prise Salz und dem Sesamöl vermischen.

Yan Jian Rou
Chilifleisch aus dem Wok

Auf einem Fleischmarkt in Yunnan feilgebotenes Rindfleisch

Die Chilischoten der Länge nach durchschneiden und entkernen. Einen Wok oder eine große Bratpfanne stark erhitzen. 1 ½ Eßlöffel Erdnußöl hineingeben und das Schweinefleisch darin 1 Minute unter Rühren braten. Anschließend die Fleischstreifen mit einem Schaumlöffel herausnehmen.

Den Wok wieder erhitzen und das restliche Erdnußöl hineingeben. Sobald das Öl sehr heiß ist, die frischen Chillies, den Knoblauch, das Chilipulver und die zerstoßenen Pfefferkörner dazugeben und 30 Sekunden pfannenbraten. Mit dem Wasser, 1 Eßlöffel Reiswein oder Sherry und 1 Eßlöffel Sojasauce ablöschen, den Zucker dazugeben und 30 Sekunden weitergaren.

Das Fleisch hineingeben und erhitzen. Alles gut durchrühren, auf einer vorgewärmten Servierplatte anrichten und auftragen.

Für 4 Personen als Teil eines chinesischen Menüs oder für 2 Personen als Hauptgericht.

JIDAN CHAO XIHONGSHI

Rührei mit Tomaten

Wer in die entlegeneren Teile Chinas reist, der muß auf so manche Überraschung gefaßt sein. Mir erging es da nicht anders, als ich das Dörfchen Yi Liang Gou Jie besuchte, ein kleines Nest, das selbst meine Freunde, die in der dortigen Region leben, noch nicht kannten. Dieser farbenprächtige Ort ist voller Leben und mutet dennoch wie aus dem 16. Jahrhundert an. Wo auch immer unsere Gruppe – bestehend aus dem Photographen, seinem Assistenten, dem Fahrer und mir – auftauchte, wurden wir von der Menge umringt und wie »Außerirdische« bestaunt. Zu Recht, denn mit unserer westlichen Kleidung, unserer High-Tech-Ausrüstung und der fremden Sprache wirkten wir auf die Dorfbewohner recht seltsam. Unser Lächeln quittierten sie mit einem fröhlichen Lachen.

Nach stundenlangem Herumlaufen waren wir hungrig wie die Wölfe,

und zufällig stießen wir auf ein einfaches Teehaus. Es besaß zwar kein Türschild, das es als Restaurant auswies, aber draußen vor der Tür hatte ein Gast seine Ziege angebunden. Wir traten also ein und bestellten die Spezialität des Hauses, Yunnan-Ente, verschiedene Gemüsegerichte der Saison sowie Rührei mit Tomaten. Letzteres erwies sich als sehr delikat, denn das feine Aroma der frischen Eier und die angenehme Säure der vollreifen Tomaten ergänzten einander vortrefflich. Wir staunten nicht schlecht über das üppige Mahl, das uns hier im namenlosen Gasthaus am Ende der Welt geboten wurde.

6 Eier, verquirlt
2 TL Sesamöl
1 TL Salz
450 g frische vollreife Tomaten
6 Frühlingszwiebeln
1 ½ EL Erdnußöl
½ TL Salz

Die verquirlten Eier mit dem Sesamöl und dem Salz in einer mittelgroßen Schüssel verrühren und beiseite stellen.

Die Tomaten zuerst vierteln und dann achteln. Die Frühlingszwiebeln mit der flachen Seite eines Küchenbeils oder eines Messers zerquetschen und dann feinhacken.

Einen Wok oder eine große Bratpfanne stark erhitzen und das Öl hineingießen. Salz und Zwiebeln dazugeben und 30 Sekunden pfannenbraten. Dann die Tomaten und die Eier hinzufügen und unter ständigem Rühren etwa 5 Minuten braten, bis die Eimasse gestockt ist.

Rasch auf eine vorgewärmte Platte gleiten lassen und servieren.

Für 4 Personen als Teil eines chinesischen Menüs oder für 2 Personen als Hauptgericht.

Yak-Käsestand in Tibet

Xiao Long Yan Rou

Gedämpftes Lamm in würzigem Maismehl-Mantel

Dieses Rezept stammt aus den nördlichen Provinzen und wird dort traditionell mit Ziegenfleisch zubereitet. Junges zartes Ziegenfleisch wird mit gewürztem Maismehl bestäubt, dann behutsam gedämpft und in dem mit einem Leinentuch ausgelegten Bambusdämpfer serviert. Anstelle des etwas derben Ziegenfleisches habe ich Lammfleisch genommen, aber Ziege ist allemal einen Versuch wert.

60 g gelbes Maismehl
2 TL Fünfgewürz-Pulver
2 TL gerösteter und gemahlener Sichuan-Pfeffer
1 TL Salz
450 g mageres Lammfleisch (Filet oder Keule)
3 EL feingehackte Frühlingszwiebeln
2 TL feingehackter Knoblauch
2 TL feingehackter frischer Ingwer
1 EL Reiswein oder trockener Sherry
1 EL helle Sojasauce
2 TL Sesamöl

Maismehl, Fünfgewürz-Pulver, Sichuan-Pfeffer und Salz in einer mittelgroßen Schüssel gut verrühren und beiseite stellen.

Das Lammfleisch in etwa ½ cm dünne Streifen von 7 cm Länge schneiden. In einer großen Schüssel das Fleisch mit Zwiebeln, Knoblauch, Ingwer, Reiswein oder Sherry, Sojasauce und Sesamöl vermischen.

Das Fleisch auf ein großes Backblech legen, mit der Mischung aus Maismehl und Gewürzen bestäuben und das Blech hin und her rütteln, bis das Fleisch gleichmäßig von dem Maismehl umhüllt ist. Dann die Lammstreifen auf einer hitzebeständigen Platte anrichten.

Einen Metalldämpfer verwenden oder den Sockelteil eines Bambusdämpfers in einen Wok oder einen hohen Topf stellen. Den Dämpfer 5 cm hoch mit heißem Wasser füllen. Das Wasser zum Kochen bringen und die Platte mit dem Fleisch in den Dämpfeinsatz oder auf den Bambusdämpfer stellen. Den Deckel fest verschließen und bei mittlerer Hitze 30 Minuten behutsam dämpfen. Das Wasser im Dämpfer gegebenenfalls von Zeit zu Zeit auffüllen.

Auf einer vorgewärmten Servierplatte anrichten und servieren.

Für 4 Personen als Teil eines chinesischen Menüs oder für 2 Personen als Hauptgericht.

4. *Kapitel*

DAS ERBE DER KAISER

Um festzustellen, ob das Essen des Kaisers vergiftet sei, wurden eigens zwei Eunuchen in der Hofküche beauftragt, sein Essen zu kosten, bevor man es ihm servierte. Wie schön mußte es sein, noch vor dem Kaiser jedes Gericht und aus jeder Schale etwas zu kosten. Für einen Feinschmecker ist diese Arbeit fürwahr ein Fest!

Aisin Gioro Pu Jie, Bruder des letzten Kaisers von China

Der Hof des Kaisers war wie die Verbotene Stadt eine von der Außenwelt abgeschlossene Einheit. Der erste Kaiser, Qin Shihuang, unterdrückte wie seine Nachfolger jede abweichende Meinung. Seit der Zeit der Einigung Chinas im Jahr 221 v. Chr. mußten die Chinesen eine starke Einschränkung ihrer politischen Freiheit hinnehmen. Um überleben zu können, mußten die Chinesen in all den Jahrhunderten ihre politische Tatkraft und ihr gesellschaftliches Engagement in andere Bereiche übertragen. Ihre kreative Kraft setzten sie daher in Kunst, Literatur, religiöser Philosophie und eben auch in der Kochkunst ein. Wer in China als Koch in seinem Metier Hervorragendes leistete, wurde dafür auch belohnt. Die innovativsten, experimentierfreudigsten und kreativsten unter ihnen stiegen bis in die höchsten Ränge des kaiserlichen Hofes auf, und ihre ungebremste, aber politisch ungefährliche Kreativität konnte in viele Bereiche der chinesischen Gesellschaft hineinwirken. Ihr Einfluß ist heute noch spürbar.

Während ihrer zweitausendjährigen Herrschaft verlangten Chinas Kaiser von ihren Untertanen stets außerordentliche Loyalität oder zumindest Gehorsam, und dies, obwohl sie nicht gerade Milde walten ließen. Die Kaiser betrieben eine umfangreiche Nutzbarmachung des Landes, und Menschen wurden zu Arbeiten an Bewässerungsanlagen, Dämmen und Wasserwegen zwangsverpflichtet, aber davon konnten letztendlich viele Chinesen profitieren. Die Herrschaft der Kaiser trug zwar sehr autokratische Züge, aber sie war dennoch ein Fortschritt im Vergleich zu Piraterie und Räuberei, die während der Zwischenregierungen und der Bürgerkriege immer wieder aufkamen. Sie war der Rahmen, in dem die breite Masse der Bevölkerung, wenngleich nicht ohne Zwänge, so doch in Frieden leben und in den Bereichen, die ihr zugänglich waren, ihr tägliches Dasein gestalten konnte.

Das Kaiserreich dauerte bis in das 20. Jahrhundert; und es gibt heute noch Chinesen, die sich gerne und in allen Einzelheiten daran erinnern, wie sie mit dem letzten Kaiser »den Tisch teilten«, mit ihm zusammen speisen durften. Hier gibt es natürlich vieles, an das man sich erinnern könnte. Die kaiserlichen Empfänge, Festessen und Feiern drangen an die Öffentlichkeit; und welche Speisen die kaiserliche Tafel gewöhnlich zierten, war gewiß kein Staatsgeheimnis. Die Speisen, Getränke, Gerätschaften und Zubereitungsarten der kaiserlichen Küchenmeister wurden auch außerhalb der Verbotenen Stadt bekannt, und jede Neuerung verbreitete sich schnell und gelangte in die Küchen und Restaurants überall in China.

Seite 64: *Die Verbotene Stadt, Sitz der Kaiser*

Jedermann wußte auch, welcher Koch gerade in der Gunst des Kaisers stand.

Doch auch in der anderen Richtung war der kaiserliche Hof »durchlässig«. Wie sehr er auch von der Realität ferngehalten wurde und vom täglichen Leben abgeschnitten war, der Hof war von der Außenwelt abhängig, die täglich und regelmäßig Schlachtvieh, landwirtschaftliche Produkte, Fische, Meeresfrüchte, Geflügel, Reis, Wein und Weizen in die Verbotene Stadt lieferte. Auf der Höhe seines Glanzes und Überflusses beschäftigte der Kaiser Tausende von Dienern, die ständig in der Hofküche arbeiteten oder die Speisen auftrugen. Die kaiserlichen Diener waren speziellen und effizient arbeitenden Abteilungen zugeordnet und hatten dafür zu sorgen, daß dem Sohn des Himmels, seinem Hof und seinen Gästen die besten und frischesten Lebensmittel stets zur Verfügung standen. Lieferungen kamen aus ganz China und oft auch aus dem Ausland. Die Küche des Kaisers war ebenso wichtig für die Aufrechterhaltung der Bürgertreue wie die kaiserliche Armee und die Beamten. Das Darbringen von Speiseopfern zur Besänftigung überirdischer Mächte beherrschte damals das höfische Leben und spielt heute noch in der chinesischen Gesellschaft eine wichtige Rolle.

In früheren Zeiten gestattete die Tradition nur dem Kaiser als dem Sohn des Himmels die Darbringung solcher Opfer. Die Rituale mußten strikt nach Vorschrift durchgeführt werden und waren nur insofern öffentlich, als der ganze Hof in die Zeremonie einbezogen werden konnte. Viele Kaiser widmeten einen großen Teil ihrer Zeit rituellem Brauchtum, und bei vielen Zeremonien spielten Darbringung und Verzehr von Speisen eine Rolle.

Es wurde dafür gesorgt, daß Chinas Kaiser vom Bereich der gewöhnlichen Sterblichen getrennt wurde. Öffentlicher und privater Bereich des kaiserlichen Lebens sollten verdeutlichen, welch hohe und unnahbare Stellung der Kaiser innehatte, und zur Stärkung seiner göttlichen Macht beitragen. Der Kaiser residierte in völliger Abgeschiedenheit in den innersten Räumen des Palastes, wo man ihn von allen weltlichen Einflüssen fernhielt, wie ein Gott auf Erden – fernab, unnahbar und mächtig.

Natürlich standen bei ihm keine hilfreichen Engel in Diensten, sondern gewöhnliche Sterbliche, meist Eunuchen. Die Eunuchen und andere Diener des Kaisers hatten oft höchste Ämter in Hof und Regierung inne. Aristokratische Höflinge, Militärexperten, Wissenschaftler, Techniker, Philosophen, Dichter, Beamte jeglicher Art und nicht zu vergessen auch Meisterköche und deren Gehilfen standen dem Kaiser zu Diensten. Die Kaiserinmutter, die Kaiserin, die anderen weiblichen Mitglieder der kaiserlichen Familie sowie die kaiserlichen Konkubinen hatten alle jeweils ihre eigenen Diener, Eunuchen und Hofdamen. Man kann sich nur schwer vorstellen, wie in diesem Umfeld mit so vielen Menschen in Hof und Küche die tägliche Zubereitung des Menüs geplant und durchgeführt werden konnte.

Die Speisen des Kaisers wurden zuerst von einem offiziell bestellten Vorkoster probiert, um zu prüfen, ob sie vergiftet wären, aber auch, ob sie gut schmeckten. Die Kaiser pflegten, wenn sie allein oder mit wenigen engen Vertrauten zu Tisch gingen, oft nur einfache Kost zu essen. Bei offiziellen Anlässen, Geburtstagen, Feiertagen oder Botschaftsempfängen, bei denen der Kaiser anwesend sein mußte, wurden jedoch die üppigsten Gerichte zubereitet. Angetan mit feinster Seide und bestem Damast, mit kostbaren Juwelen geschmückt, führte er Aufsicht über eine komplizierte Folge von Zeremonien, in deren Mittelpunkt stets großangelegte und unendlich komplexe Mahlzeiten und Speiseopfer standen.

Die kaiserlichen Rituale haben sich erst im Lauf der Zeit entwickelt, doch der bronzene Kochkessel war schon immer ein Staatssymbol. In der ersten von der Geschichtsschreibung erfaßten Dynastie, der Shang-Dynastie (1523–1027 v Chr.), sollen 2000 Personen in den kulinarischen Diensten des Kaisers gestanden haben, und einer seiner Premierminister war ursprünglich Koch.

Während der Han-Dynastie (206 v. Chr. – 220 n. Chr.) machte die Landwirtschaft in China entscheidende Fortschritte. Niedrige Steuern, Landzuteilungen und staatliche Maßnahmen führten zu einem steilen Anstieg der Produktivität. Der Staat förderte die Verbreitung landwirtschaftlichen Wissens. Wichtige Nutzpflanzen, wie die Luzerne (Alfalfa) und die Weinrebe, wurden aus dem Ausland eingeführt, und Kaiser Wen führte höchstpersönlich Pflügezeremonien durch. Auch der Wok und die Technik des Pfannenrührens kamen in der Han-Periode auf. Historiker haben die hochentwickelte Zubereitung der Gerichte und die damit verbundenen Zeremonien am Hof der Han-Kaiser mit der Kochkunst in Versailles zu den Glanzzeiten des Sonnenkönigs verglichen.

Nach einer Zeit der Unruhe folgte die Tang-Dynastie (618–907), die ein goldenes Zeitalter der chinesischen Zivilisation einläutete. Zu dieser Zeit wurden aus dem Nahen Osten Spinat, Zuckerrüben, Kopfsalat, Mandeln und Feigen nach China gebracht. Datteln, Palmzucker, Jams, Kardamom, neue Reisarten, Zitronen, Litschi und andere Nutzpflanzen fanden weitere Verbreitung. Die Handelsstraßen wurden immer belebter, und die Kontakte zu anderen Kulturen erweiterten sich rasch. Exotisches wurde zur täglichen und vertrauten Nahrung: Kohlrabi aus Tibet, Hirse aus der Mandschurei, koreanische Pinienkerne und indischer Pfeffer. Tee entwickelte sich in dieser Zeit zum Nationalgetränk.

Wir wissen heute auch, daß in der Tang-Periode die Rituale und Zeremonien des kaiserlichen Hofs noch weiter verfeinert wurden. Bei offiziellen Feiern bediente man sich zwar immer noch bekannter und vertrauter Riten und Gerichte, doch diese wurden nun weiterentwickelt. Die Ahnen, vor allem die der Kaiser, verehrte man weiterhin, aber fortan pflegten die Kaiser vor zeremoniellen Festen eine Fastenzeit als Akt der Reinigung einzuhalten. Alle Einzelheiten der Rituale und Opferzeremonien wurden in die Öffentlichkeit getragen und in Gesetzen festgeschrieben. Die Teilnahme des Kaisers an diesen Zeremonien, seine öffentlich praktizierte Ahnenverehrung und seine hochentwickelten Riten wurden noch großartiger und pompöser in Szene gesetzt.

Es ist verständlich, warum die herrschende Schicht in China glaubte, sie würde im Reich des Himmelssohns leben. Im ersten Jahrtausend n. Chr. erhielt das chinesische Kaiserreich von allen Ländern, mit denen es damals bekannt war, Abgaben. Reichtümer aller Art flossen in das innere Reich, und kulinarische Genüsse aus ganz Asien und dem Nahen Osten waren für die Elite des Kaiserreichs eine Alltäglichkeit geworden. China stand der Außenwelt auf seine ganz eigene Weise offen – und schließlich: Wer nicht zu den Han-Chinesen gehörte, der war ganz einfach ein Barbar.

»Baozi«, ein brötchenähnlicher Imbiß mit Fleischfüllung, Peking

Die Song-Dynastie (960–1279), vor allem die Periode der Südlichen Song (1127–1279), ist bekannt für die Verfeinerung der kaiserlichen, aristokratischen und bürgerlichen Eßgewohnheiten. Die wirtschaftlichen Aktivitäten verlagerten sich während dieser Zeit von Westen und Norden nach Süden und Osten, da nun Korea, Japan und Südostasien den chinesischen Handel zu beherrschen begannen. Der Warenverkehr auf der alten Seidenstraße war mit großen Kapitalinvestitionen verbunden, und der Überseehandel stand jetzt auch den weniger betuchten Kaufleuten offen. Auf diese Weise entstanden regionale Mittelschichten. Da diese neuen Mittelschichten nun ein teilweise frei verfügbares Einkommen hatten und dem Genuß ebenso zugeneigt waren wie die Kaiser, ließen sie sich das Essen etwas kosten und verlangten vorzügliche Qualität.

Die Hauptstadt der Südlichen Song war Hangzhou, das in der Nähe von Shanghai im Yangtze-Delta liegt, einer der landwirtschaftlich wertvollsten Gegenden Chinas. Der Buddhismus gab der chinesischen Küche mit einfallsreichen und schmackhaften vegetarischen Gerichten entscheidende Impulse. Hangzhous unerschöpfliche kulinarische Vielfalt hatte einen so guten Ruf, daß einer der Song-Kaiser seinen Palast verließ, um persönlich auf den Märkten der Stadt zu sehen, was man dort alles kaufen konnte. Die Festbankette der Song-Periode dürften wohl nie übertroffen worden sein. Es sind komplizierte Regeln überliefert, wie das Essen zuzubereiten und zu servieren war, und die Anzahl der Gerichte wie auch die extravagante Art der Darreichung läßt erkennen, wie pompös und phantasievoll dies alles war.

Diese kulinarische Zurschaustellung hatte auch eine politische und eine religiöse Seite. In Überlieferungen ist von aufsehenerregenden kaiserlichen Festessen mit 30 Gängen und Hunderten von Gerichten die Rede, die mit geradezu militärischer Präzision serviert und abgeräumt

Einflüsse aus der kaiserlichen Küche beim Anrichten der Speisen: Garnitur mit Eiern und kalter Schweinswurst, Teil des großen Ziegenfleisch-Banketts

wurden. Jeder Bereich der amtlichen Hierarchie, jeder ausländische Botschafter bekam genau die Anzahl und Art von Gerichten, die im Protokoll vorgesehen war. Frische und eingemachte Früchte, in Honig fritierte Gerichte, konserviertes Fleisch, Spieße, Wein in Hülle und Fülle, 50 verschiedene Desserts, Gerichte auf Eis, das über Hunderte von Kilometern herbeigeschafft wurde, die prachtvolle Umgebung des Palastes mit seinen wunderbaren Stoffen, mit edlen Hölzern, wertvollen Bronzearbeiten, funkelnden Juwelen, Möbeln, Wandteppichen, mit silbernen und goldenen Bestecken und Geschirr – das ganze Ambiente dieser öffentlichen Spektakel demonstrierte Macht und Reichtum des Himmelssohns und sollte bekräftigen, daß er, der Kaiser, der Verfechter der großen chinesischen Traditionen ist.

Der derzeitige Vorsitzende des »Vereins zur Pflege der Küche der Südlichen Song-Dynastie« versucht, heute diesen Teil kaiserlicher Tradition zu erhalten und zu neuem Leben zu erwecken. Sein Restaurant Bagua Lou in Hangzhou bietet viele Gerichte aus dieser Zeit an, die nach alten Rezepten gekocht werden. Wer dort zu Tisch sitzt, mag etwas vom früheren Glanz der Song-Dynastie erahnen.

In den Zeiten kaiserlichen Pomps und allgemeinen Wohlstands entwikkelte die Mittelschicht ihren eigenen kulinarischen Stil in Anlehnung an höfische Gepflogenheiten, ohne diese jedoch nachzuahmen. Anstatt die barocke Art der kaiserlichen Küchenchefs zu übernehmen, schuf sie ihren eigenen Stil aus gegensätzlichen Elementen und nutzte die üppige Vielfalt des Angebots, entwickelte jedoch einfachere und ausgewogenere Gerichte. Hier kommt zum erstenmal – in der Verbindung von Strengem und Mildem, von Exotischem und Alltäglichem – deutlich jene kreative Spannung zwischen Reichtum und Schlichtheit zum Ausdruck, die so typisch für die chinesische Küche ist.

Politisch stark dominierend war die unter mongolischer Herrschaft stehende Yuan-Dynastie (1271–1368); ihr Einfluß auf die chinesische Gesellschaft war größtenteils jedoch nur vorübergehender Natur. Die nicht sehr verfeinerte Küche des ursprünglich aus den asiatischen Steppen stammenden Nomadenvolkes der Mongolen bestand hauptsächlich aus Hammel, Schaf und Molkereierzeugnissen wie Joghurt und *koumiss* (ein fermentiertes Getränk aus Stutenmilch). Diese Lebensmittel waren in China auch schon vor der mongolischen Invasion bekannt gewesen, hatten nun aber sozusagen den offiziellen Segen des Kaisers und wurden zu einem festen Bestandteil der chinesischen Küche. Während meiner Reise durch China fiel mir auf, daß Gerichte wie Mongolischer Feuertopf (ein Gericht, bei dem dünne Scheiben Hammelfleisch in kochendem Gewürzwasser gegart werden) sich überall großer Beliebtheit erfreuen, auch in Kanton. Die mongolischen Kaiser kamen, eroberten das Land und zogen wieder ab, bleibende Eindrücke hinterließen sie hauptsächlich in der chinesischen Küche.

Nachdem die Kaiser der Ming-Dynastie (1368–1644) die Mongolen aus dem Land vertrieben hatten, wurden die alten Traditionen wieder gepflegt. In der Ming-Zeit arbeiteten Zehntausende von Dienern in den kaiserlichen Küchen, bereiteten Bankette vor, organisierten prunkvolle Feste und vollführten spektakuläre Opfer- und Gedenkzeremonien. Die wichtigsten kulinarischen Ereignisse waren wie in vergangenen Zeiten politisch, religiös und ideologisch motiviert und zugleich Anlässe, Gaumenfreuden zu genießen. Wenn ein Mitglied der kaiserlichen Küche aus irgendeinem Grund den Hof verließ, arbeitete es weiterhin in dem Metier, das es für den Kaiser ausgeübt hatte: Einen ehemaligen Koch des Kaisers in der Küche zu haben war für ein Restaurant schon damals eine gute Werbung.

In der Zeit der letzten Dynastie, der Qing- oder Mandschu-Dynastie (1644–1911), erfuhren die kulinarischen Zeremonien der früheren Kaiser eine feste Verankerung in der Gesellschaft. Gewicht und Ausstrahlung von über 2000 Jahren chinesischer Geschichte und das Streben nach Anerkennung führten schließlich dazu, daß die mandschurischen Fremdherrscher es den Han-Chinesen gleichtun wollten.

Kaiserliche Zeremonien, bei denen das Essen eine wichtige Rolle spielte, wurden im gleichen Stil weitergeführt. Es war nicht die Zeit der großen Innovationen, sondern eine Zeit, in der Vergangenes bewahrt, zusammengetragen und systematisiert wurde, in der historische Analysen und Interpretationen betrieben wurden. In der Qing-Dynastie wurde die Geschichte der chinesischen Küche in all ihren Einzelheiten niedergeschrieben. Fast könnte man meinen, die Mandschu wollten ihre Herrschaft legitimieren und ihre Zukunft sichern, indem sie die Vergangenheit festhielten. Eine Zeitlang verlief alles weiter wie zuvor. Die Zeremonien des kaiserlichen Hofes und somit auch die Gepflogenheiten der Küche wurden noch weiter verfeinert, noch spektakulärer, stilvoller, greller und entfernten sich immer weiter vom täglichen Leben der meisten Chinesen.

Im 19. Jahrhundert hingegen standen die Zeichen auf Veränderung. Ein Prozeß der Verwestlichung und Säkularisierung begann, eine Entwicklung zum Neuen, ein geradezu revolutionärer Prozeß, der bis heute noch nicht abgeschlossen ist. Obwohl die Kaiserdynastien der Vergangenheit angehören, ist ihr Erbe auch im ausgehenden 20. Jahrhundert noch in der chinesischen Küche sichtbar.

Trotz einiger lobenswerter Bemühungen, etwas vom ehemaligen Glanz der kaiserlichen Küche wieder einzufangen, sind die Zeiten der Bankette mit 30 Gängen und 200 Gerichten endgültig vorbei. Regierungsverordnungen, die Menüs in der Art der früheren Kaiser verbieten, sind mit Sicherheit überflüssig. Versuche, den kaiserlichen Stil wieder aufleben zu lassen, taugen allenfalls als touristische Attraktion. Gewiß, die technischen Möglichkeiten, extravagante Menüs wie einst zusammenzustellen, sind durchaus vorhanden, doch der religiöse und symbolische Bezug dieser Feste ist verschwunden. Was wirklich von den Traditionen der Kaiser übriggeblieben ist, findet sich ausschließlich in den Zubereitungsarten, Rezepten und Gerichten, die der Nachwelt und der chinesischen Küche als Erbe hinterlassen wurden, und dieses Vermächtnis ist dauerhafter als jedes Kaiserreich.

Mongolischer Feuertopf in einem Lokal in Peking

Doufu Chai

Kohl mit Tofu

Ob im kaiserlichen Bankettsaal oder in der einfachen, bescheidenen Bauernküche, vegetarische Gerichte durften bei keinem Festmahl fehlen. Dieses Rezept stammt aus dem Long Yin Si Tempel in Hangzhou, der ehemaligen Hauptstadt der Südlichen Song-Dynastie (1127–1279 n. Chr.). Die Tempelküche stand unter dem Einfluß des Buddhismus und des Taoismus. Sie war aber auch davon abhängig, was es an Gemüsen gerade auf dem Markt gab. Im folgenden Gericht zeigt sich die erstaunliche Vielseitigkeit von Tofu in Verbindung mit dem geschätzten Chinakohl.

450 g fester Tofu
450 g Chinakohl
125 ml Erdnußöl
1 ½ EL Erdnußöl
3 EL feingehackte Frühlingszwiebeln
2 EL grobgehackter Knoblauch
2 EL Reiswein oder trockener Sherry
1 EL helle Sojasauce
½ TL Salz
2 TL Zucker
1 EL Sesamöl

Den Tofu in 2,5 cm große Würfel schneiden, gut abtropfen lassen und anschließend weitere 10 Minuten zum Abtropfen auf Küchenkrepp legen.

Den Kohl in 0,5 cm breite Streifen schneiden und beiseite stellen.

Einen Wok oder eine große Pfanne stark erhitzen und 125 ml Erdnußöl hineingießen. Sobald es heiß ist, die Tofuwürfel hineingeben und unter Rühren braten, bis sie auf beiden Seiten goldbraun und knusprig sind. Auf Küchenkrepp abtropfen lassen.

Das Öl abgießen und wegschütten. Den Wok oder die Pfanne auswischen, wieder erhitzen und die 1 ½ Eßlöffel Erdnußöl hineingeben. Die Zwiebel und den Knoblauch hinzufügen und 30 Sekunden pfannenrühren. Dann die Kohlstreifen und die restlichen Zutaten – bis auf das Sesamöl – dazugeben und 2 Minuten unter Rühren braten. Die gebratenen Tofuwürfel hinzufügen und alles bei starker Hitze weitere 5 Minuten pfannenrühren, bis der Kohl gar ist. Mit Sesamöl beträufeln, gut durchmischen und servieren.

Für 4 Personen als Teil eines chinesischen Menüs oder für 2 Personen als Hauptgericht.

Zha Li Rou

Knusprige marinierte Schälrippchen

Kulturgeschichtlich und auch kulinarisch erlebte China unter der Südlichen Song-Dynastie (1127–1279 n. Chr.) einen seiner Höhepunkte. Nicht selten wurden am kaiserlichen Hof Bankette mit Hunderten von Gerichten gegeben, darunter auch so erlesene Köstlichkeiten wie die deftigen, mit Honig marinierten Schälrippchen, die zuerst geschmort und anschließend fritiert werden. Die in einem Restaurant in Hangzhou nach alter Tradition zubereiteten und von mir mit Wonne verspeisten Rippchen lassen die Vielfalt der kulinarischen Genüsse aus einer längst vergangenen Epoche erahnen.

Kohlmarkt in Peking

700 g Schälrippchen

MARINADE
1 EL Honig
1 ½ EL Reiswein oder trockener Sherry
2 EL helle Sojasauce
1 EL chinesischer schwarzer Reisessig
1 EL Zucker
2 TL gerösteter, gemahlener Sichuan-Pfeffer
1 TL Salz
350 ml Hühnerbrühe
450 ml Erdnußöl

Die Rippchen 5 Minuten in einem großen Topf mit siedendem Wasser blanchieren. Die gut abgetropften Rippchen mit der Marinade bestreichen und 30 Minuten bei Raumtemperatur ziehen lassen.

Die Hühnerbrühe mit den marinierten Schälrippchen in einen Tontopf oder eine Kasserolle mittlerer Größe geben, die Flüssigkeit zum Kochen bringen und zugedeckt etwa 15 Minuten leise köcheln lassen. Dann die Rippchen mit einem Schaumlöffel herausnehmen. Die Flüssigkeit im Topf 15 Minuten bei starker Hitze reduzieren, bis eine dicke, sämige Sauce entstanden ist. Die Rippchen wieder dazugeben und mit der Sauce überziehen. Anschließend die Rippchen wieder herausnehmen und etwa 30 bis 60 Minuten an der Luft trocknen lassen.

Einen Wok oder eine große Pfanne erhitzen und das Öl hineingeben. Dann die Rippchen schwimmend im heißen Öl ausbacken, bis sie rundherum goldbraun und knusprig sind. Auf Küchenkrepp abtropfen lassen und servieren.

Für 4 Personen als Teil eines chinesischen Menüs oder für 2 Personen als Hauptgericht.

Ji You Cai Xin

Chinakohl in Hühnercremesauce

Vegetarische Gerichte sind in ganz China weit verbreitet, zum einen, weil religiöse Einflüsse und Rituale eine bedeutende Rolle in der Ernährung spielen, zum anderen, weil so viele verschiedene Gemüse – vor allem aber Sojabohnen – fast ständig auf dem Markt sind. Für dieses traditionelle Gericht wird der Chinakohl zuerst pfannengerührt und dann in Hühnerbrühe gegart. Das Originalrezept sieht weiter vor, die Brühe zu reduzieren, anzudicken und anschließend mit Hühnerfett abzurunden. Ich habe das Hühnerfett weggelassen, weil das Gericht auch ohne diese Zutat sehr schmackhaft ist. Die cremige Sauce entsteht durch das Andicken mit Maisstärke. Das Gericht ist zwar recht einfach, aber einem traditionellen Festbankett durchaus würdig.

Eingelegter Kohl, in Chilipulver gewälzte Kohlküchlein

450 g Chinakohl
1 ½ EL Erdnußöl
2 Knoblauchzehen, geschält und zerdrückt
350 ml Hühnerbrühe
½ TL Salz
½ TL frisch gemahlener weißer Pfeffer
1 TL Maisstärke, angerührt mit 1 TL Wasser

Den Chinakohl in 0,5 cm breite Streifen schneiden.

Einen Wok oder eine große Pfanne erhitzen. Das Öl und den zerdrückten Knoblauch hineingeben und 30 Sekunden unter Rühren braten, dann den Knoblauch herausnehmen und wegwerfen. Den Kohl, die Hühnerbrühe, Salz und Pfeffer dazugeben und 1 Minute pfannenrühren. Die Hitze reduzieren und den Kohl zugedeckt etwa 10 Minuten weitergaren, bis er weich und zart ist. Die Kohlstreifen mit einem Schaumlöffel herausnehmen.

Die Kochflüssigkeit bei starker Hitze zur Hälfte einkochen lassen, die angerührte Maisstärke dazugeben und kurz aufkochen lassen. Den Chinakohl auf einer Platte anrichten, die Sauce darübergeben und sofort servieren.

Für 4 Personen als Teil eines chinesischen Menüs oder für 2 Personen als Zwischenmahlzeit.

Leng Yacai

Bohnensprossen-Salat

Was als Bohnensprossen auf den Markt kommt, sind in der Regel die Keimlinge der Mungobohnen, die in fast allen Landesteilen Chinas angebaut werden. Die knackigen Sprossen mit dem mild-aromatischen Geschmack erfreuen sich allgemeiner Beliebtheit, denn sie sind nährstoff- und vitaminreich und dazu noch recht preiswert. Auf den zahlreichen Märkten, die ich in China besucht habe, wurden sie allerdings nur selten angeboten, weil die nötige Kühlvorrichtung fehlte. Nach dem Keimen müssen die zarten Sprossen möglichst bald verbraucht werden, weil sonst Geschmack und Frische leiden. Eine besonders köstliche Zubereitung aus Bohnensprossen aß ich im Bagua Lou Restaurant in Hangzhou, und das Rezept hierfür möchte ich Ihnen nicht länger vorenthalten. Der Geschäftsführer des Restaurants hat es sich zur Aufgabe gemacht, die traditionsreichen Gerichte der Südlichen Song-Dynastie (1127–1279 n. Chr.) wieder aufleben zu lassen. Als Beispiel sei der nun folgende Salat genannt – erfrischend und delikat im Geschmack, und trotz seiner Einfachheit eine raffinierte Komposition, die leicht zuzubereiten ist und vorzüglich schmeckt.

450 g frische Bohnensprossen	1 ½ EL Zucker
3 EL weißer Reisessig	1 TL Salz

Samenschale und Wurzel der Bohnenkeimlinge entfernen und die Sprossen kalt abspülen, dann 20 Sekunden in kochendem Wasser blanchieren. Die Bohnensprossen mit dem Schaumlöffel herausnehmen und sofort in Eiswasser abschrecken. Anschließend gut abtropfen lassen.

Essig, Zucker und Salz in einer kleinen Schüssel gut verrühren, bis die Salz- und Zuckerkristalle vollkommen aufgelöst sind. Die Bohnensprossen mit dem Dressing anmachen und servieren oder – mit Frischhaltefolie abgedeckt – bis zu 2 Stunden im Kühlschrank aufbewahren.

Für 4 Personen als Teilgericht eines chinesischen Menüs oder für 2 Personen als Zwischenmahlzeit.

Leng Donggua
Wintermelonensalat

Die Wintermelone, seit alters her als Nahrungsmittel bei den Asiaten bekannt, wird heutzutage fast nur noch als Zutat in Suppen verwendet. Um so erstaunter war ich, als ich zum erstenmal diesen ungewöhnlichen, doch überaus köstlichen Wintermelonensalat im Bagua Lou Restaurant am Rand von Hangzhou aß. Wintermelonen werden sehr groß, aber man kann sie in China auch scheibenweise nach Gewicht kaufen. Ihr Fruchtfleisch ist sehr saftig und vitaminreich, hat aber wenig Eigengeschmack. Der Salat kann ersatzweise auch mit Wassermelone zubereitet werden.

700 g frische Wintermelone	1 EL Zucker
1 TL Salz	1 EL weißer Reisessig

Die Wintermelone entkernen und das grobfaserige Fruchtfleisch aus der Mitte entfernen. Mit einem scharfen Messer die Melone schälen und das Fruchtfleisch gründlich unter kaltem Wasser abwaschen, dann in lange Streifen schneiden.

Die Melonenstreifen salzen und 10 Minuten in einem Sieb über einer Schüssel ziehen lassen. Anschließend kalt abspülen, trockentupfen und mit Zucker und Essig anmachen. Bis zum Servieren 1 Stunde im Kühlschrank durchziehen lassen.

Für 4 Personen als Beigericht oder für 2 Personen als erfrischende Zwischenmahlzeit.

Yunnan Kao Ya
Knusprig gebratene Yunnan-Ente

Jede chinesische Provinz hat ihre eigene Enten-Spezialität – auch Yunnan macht da keine Ausnahme. Draußen vor den Straßenrestaurants in den ländlichen Gegenden sieht man zuhauf rohe und gebratene Enten hängen, und die Stein- und Lehmöfen werden Tag und Nacht in Gang gehalten, so daß jederzeit Enten darin garen können. Die Zubereitung nach Yunnan-Art ist typisch chinesisch, das heißt, die Enten werden mit einer Würzflüssigkeit bestrichen und dann mehrere Stunden zum Trocknen an die Luft gehängt – eine unerläßliche Maßnahme, die bewirkt, daß die Enten später beim Braten die herrlich knusprige Haut erhalten und das Fleisch zart und saftig wird. Was die Yunnan-Ente zu so einer erlesenen Delikatesse werden läßt, ist die Kombination von Würzmitteln und Gewürzen, die zum Dippen bereitstehen: süße Bohnensauce mit Chili, dazu ein Würzsalz aus Salz und Pfeffer, für das anstelle von Sichuan-Pfefferkörnern schwarzer Pfeffer verwendet wird, und schließlich mundgerechte Bissen von Frühlingszwiebeln. Was fehlt, sind die Mehlpfannkuchen und die gedämpften Brötchen, die normalerweise als Beilage gereicht werden. Im Kang-Le-Xiao-Wu-Restaurant habe ich einmal eine ganz vorzügliche Yunnan-Ente gegessen, zubereitet vom Küchenchef Wen Hongchun höchstpersönlich. Allerdings wurde die Ente zu meiner Überraschung nicht mit Mehlpfannkuchen oder gedämpften Weizenbrötchen serviert, sondern mit Reis. Dieses Rezept möchte ich Ihnen hier vorstellen. Das köstliche Gericht eignet sich hervorragend als Hauptgang für eine Dinnerparty im großen Stil.

Ein chinesischer Junge beim »Aufblasen« einer Ente (Yunnan)

Seite 72/73: *Der Sommer-Palast in Peking*

Knusprige Enten, frisch aus dem Ofen

1 Ente, frisch oder tiefgefroren (etwa 1,6–1,8 kg)
Salz
Frisch gemahlener schwarzer Pfeffer
850 ml Wasser
3 EL dunkle Sojasauce
3 EL Honig
2 EL weißer Reisessig

ZUM DIPPEN

5 EL Hoisin-Sauce, vermischt mit 2 EL Chili-Bohnen-Sauce
2 EL Salz, vermischt mit 2 TL frisch gemahlenem schwarzem Pfeffer
6 Frühlingszwiebeln, in 5 cm lange Stücke geschnitten

Eine tiefgefrorene Ente vollständig auftauen lassen. Die Ente gründlich waschen, mit Küchenkrepp trockentupfen und innen mit Salz und Pfeffer einreiben. Dann am Hals einen Fleischerhaken einstechen.

Wasser, Sojasauce, Honig und Reisessig in einem großen Topf zum Kochen bringen. Die Ente mehrmals mit dieser sirupartigen Mischung begießen, bis sie ganz damit überzogen ist. Dann die Ente etwa 4–5 Stunden – möglichst noch länger – an einem kühlen, luftigen Ort zum Trocknen aufhängen (oder vor einen laufenden Ventilator hängen). Die Ente ist ausreichend getrocknet, wenn sich ihre Haut wie Pergament anfühlt.

Den Backofen auf 240 °C (Gas Stufe 5–6) vorheizen. Die Ente mit der Brust nach oben auf den in der Fettpfanne stehenden Rost legen. 125 ml Wasser in die Fettpfanne gießen. Die Ente in den Backofen schieben und 15 Minuten braten, dann die Hitze auf 180 °C (Gas Stufe 2–3) reduzieren und die Ente weitere 50 Minuten braten, bis sie gar und ihre Haut sehr knusprig ist. In der Zwischenzeit die Dips zubereiten.

Die Ente aus dem Ofen nehmen, 10 Minuten stehenlassen und dann tranchieren. Dazu die Ente mit einem Küchenbeil oder einem scharfen Messer zunächst in vier gleich große Stücke zerteilen und diese anschließend in mundgerechte Bissen schneiden. Dazu die Saucen reichen.

Für 6–8 Personen als Teil eines chinesischen Menüs oder für 2–3 Personen als Hauptgericht.

5.
Kapitel

DIE BERÜHMTE KANTON-KÜCHE

Viele halten die heutige südchinesische Küche für die beste der Welt. Das Essen in Südchina ist vielfältig, von hoher Qualität und hat für die menschliche Ernährung günstige Eigenschaften, daher können dort mehr Menschen pro Hektar Ackerland versorgt werden als irgendwo anders auf der Welt. Es ist anzunehmen, daß in Südchina, zumindest im kommerziellen Bereich, wahrscheinlich mehr Nutzpflanzen als in irgendeiner vergleichbaren Gegend angebaut werden. Fest steht, daß es in dieser Region eine Fülle von einheimischen oder vor langer Zeit eingeführten Feldfrüchten gibt und neue dort immer rasch in die landwirtschaftliche Produktion aufgenommen wurden. Dies zeigt sich am jüngsten Beispiel aus Taiwan, wo jetzt auch Spargel und Pilze aus Europa angebaut werden. Außer den in China kultivierten Pflanzen und gezüchteten Tieren (von mikroskopisch kleiner Hefe bis zu riesigen Palmen, vom Karpfen bis zum Wasserbüffel) trugen auch wilde Gewächse (vor allem Kräuter) und frei lebende Tiere (Fische und Wild) in großem Umfang zur Ernährung bei. In Südchina findet man die außerhalb der Tropen vielfältigste Flora überhaupt. Es ist eine mit Regen und Wärme gesegnete, vielseitige, hügelige und zerklüftete Gegend, in der sich eine ungeheure Vielfalt entwickeln konnte, von der die Menschen dort geschickt Gebrauch machten. Sie entwickelten einen noch größeren Artenreichtum, indem sie aus allen großen Gegenden der Welt anpassungsfähige Pflanzen in Südchina heimisch machten. Tiere wurden zwar nicht in gleichem Ausmaß wie Pflanzen eingeführt, es gibt dort dennoch eine große Zahl domestizierter Arten. Das Essen in Südchina ist besser, braucht weniger Land und ernährt mehr Menschen als irgendeine andere Kost auf der Welt.

Anderson und Henderson: Food in Chinese Culture (Essen in der chinesischen Kultur)

Ein bekanntes chinesisches Sprichwort lautet: »In Suzhou geboren zu sein (das bekannt ist für seine Schönheit und die Anmut seiner Frauen), in Kanton zu essen (wo man nach landläufiger Meinung am besten kocht), sich in Hangzhou zu kleiden (dort bekommt man die schönsten Stoffe und die feinste Seide) und in Luzhou zu sterben (wo es das edelste Holz für Särge gibt), das sind die größten Wünsche, die man im Leben haben kann.« Ich wurde in den USA als Kind kantonesischer Eltern geboren, meine Mutter kochte die köstlichsten kantonesischen Gerichte, und so wuchs ich in der Überzeugung auf, die Küche in Kanton sei die beste der Welt. Zwar weiß ich auch die anderen Regionalküchen Chinas bestimmt zu schätzen, doch was Kanton, die Hauptstadt der blühenden und von Menschen wimmelnden Provinz Guangdong, zu bieten hat, bleibt für mich das Beste.

Dies hat gute Gründe, die ich kurz erwähnen möchte. Nur wenige Köche bestehen mit dem gleichen Nachdruck auf Frische und Qualität der Zutaten wie die kantonesischen. Nirgendwo sonst verbindet man so

Seite 76: *Eine Bäuerin bei der Arbeit auf dem Feld*

bewußt und so gewissenhaft die praktischen und theoretischen Aspekte der Kochkunst mit den spirituellen und weltlichen. In keiner anderen Küche spielt die Zeit beim Kochen eine so wichtige Rolle: Der Bruchteil einer Sekunde kann darüber entscheiden, ob ein Gericht eine Delikatesse oder eine Katastrophe wird. Kantonesische Kochlehrlinge müssen lernen, wie man »hört«, daß Krustentiere, Gemüse oder andere Gerichte rasch von der Flamme genommen werden müssen, sie müssen »zuhören« lernen, wie der Wok zischend und gurgelnd mit ihnen »spricht«.

Die kantonesische Küche sucht sich gern das Beste aus fremden Küchen aus; sie ist experimentierfreudig und innovativ. Ihre Köche verwenden deswegen auch eine große Vielfalt von Zutaten, die traditionell aus dem ganzen Land und seinen Nachbarländern kommen, heutzutage sogar aus der ganzen Welt. Und doch bleiben Kantons Köche ihren Traditionen treu: Jedes Gericht, ganz gleich welches, behält immer seinen typisch kantonesischen Charakter. In Kanton gibt es ein Curry-Gericht mit Rindfleisch und Kartoffeln, doch bei diesem Eintopf verwendet man in Kanton lediglich einen Hauch von Curry, was ihn ganz anders schmecken läßt als ein vergleichbares indisches Mahl.

In Kanton verstehen sich die Köche auf so viele Garmethoden wie kaum irgendwo sonst. Fritieren, Pfannenrühren, Kochen, Grillen und deren Variationen und Kombinationen sind nur einige wenige Zubereitungsmöglichkeiten. Sogar das Backen, wie man es im Westen kennt, wurde in die kantonesische Küche aufgenommen. Ein Restaurantwirt in Kanton entschuldigt sich für seine spärliche Speisekarte, wenn er »nur« rund 500 Gerichte anbietet. Ich gebe gern zu, daß die Suppen in Fujian besser sein mögen als die kantonesischen, daß die Desserts in Kanton das dort vorhandene bescheidenere Interesse an diesem Teil des Menüs erkennen lassen, doch etwas Schöneres als »in Kanton zu essen« kann man sich eigentlich nicht wünschen.

Auf meinen Reisen durch China, bei Gesprächen mit Freunden und Bekannten, bei zufälligen Begegnungen mit chinesischen Arbeitern, Bauern und Lehrern stellte ich fest, daß alle übereinstimmend der Meinung waren, Kanton habe die beste aller Regionalküchen. Bei meinem ersten Gang durch die Straßen dort sah, roch und schmeckte ich sofort, weshalb Kanton diesen Ruf hat: »Alle fünf Schritte ein Restaurant« – dieses kantonesische Sprichwort ist fast wörtlich zu nehmen.

Die weitläufigen Märkte von Kanton sind eine Augenweide. Jeden Tag werden dort unzählige Arten und Sorten von frischen und getrockneten Waren angeboten. Restaurants, Imbißstände, Spezialitätengeschäfte für Fleisch und Fisch und Konditoreien locken dort die Passanten mit üppig ausgelegten Waren an. Am liebsten gehe ich in Gewürzgeschäfte. Gerne sehe ich den Kunden aus dem Stadtviertel zu, wie sie sich ihre Lieblingssauce in eine Flasche abfüllen lassen. Es gibt zahlreiche Arten von Sojasaucen, Chilipaste, Austernsauce, Pflaumensauce und Hoisin-Sauce, alle sind frisch und zudem unerläßliche Zutaten der kantonesischen Küche. Was mir auch sehr gefällt, sind die zahllosen Imbißstände, von denen die stets überfüllten Straßen gesäumt sind. Dort werden zu jeder Tageszeit schnelle, einfache Snacks angeboten sowie kleine, gute Mahlzeiten, die alle außergewöhnlich schmackhaft und deliziös sind. Wenn man die Straßen und Gassen entlanggeht, kann man oft einen Blick in die Restaurants und in die Küchen der Häuser werfen, und immer wird irgendwo gerade

Seeschnecken

Essen zubereitet. Konserviertes wird dabei kaum, Fertigkost überhaupt nicht verwendet.

Im Gegensatz zu vielen anderen Städten in China kann man in Kanton zu fast jeder Tageszeit Essen gehen. Es gibt einige Nachtrestaurants, und manche Eßstände sind bis in die frühen Morgenstunden geöffnet. Dort findet man immer eine lebendige Schar von Gästen mit Kindern versammelt. In der für die Chinesen typischen Manier reden und scherzen die Erwachsenen lautstark miteinander, und man spürt geradezu, wie sie es genießen, hier zu essen. Bei einem kleinen Spaziergang trifft man auf Imbißkarren, die fritierte Leckerbissen wie Krustentiere, Tintenfisch oder mit Hackfleisch gefülltes Gemüse anbieten. Kanton ist in meinen Augen die belebteste Stadt in ganz China und übertrifft sogar Shanghai.

Meine Freunde und Verwandten konnten es kaum erwarten, mir zu verraten, welche Restaurants und Imbißstände gerade die besten oder

Chinesische Würste, eine Spezialität aus Südchina

einladendsten waren. Jedesmal, wenn wir eines der Lokale besuchten, versetzten mich der Anblick der Umgebung und die wehenden Düfte zurück in meine Kindheit, in die Küche meiner Mutter. Auch die Gespräche mit meinen Freunden aus Kanton über das Essen und dessen Zubereitung erinnerten mich an meine Familie: Dies war bei uns zu Hause immer Anlaß für ein Gespräch gewesen. Daher waren meine Besuche in Kanton für mich wie eine Heimkehr in die Eindrücke und Sinnesfreuden der kantonesischen Küche.

Nicht zufällig hat die kantonesische Kochkunst ein so hohes Niveau erreicht. Menschlicher Einfallsreichtum, geschichtliche Entwicklung und geographische Lage haben dort einen einzigartigen Stil geschaffen. Kanton ist eine sehr alte Stadt, ihre Gründung liegt fast 3000 Jahre zurück. Diese Zeit war gewiß lang genug für eine kulturelle Weiterentwicklung, auch in der Kunst des Kochens. Darüber hinaus war und ist Kanton als Provinzhauptstadt von Guangdong ein Anziehungspunkt für Menschen und Waren aller Art.

Einer Legende nach flogen im Jahr 887 v. Chr., während der Zhou-Dynastie, fünf Unsterbliche auf einer Wolke nach Kanton und ritten dabei auf fünf Widdern, die Reiskörner im Maul hatten. Sie segneten die Einwohner der Stadt und versprachen ihnen für alle Zeit reiche Ernten, damit niemand mehr hungern müsse. Fortan war Kanton bekannt als Stadt der Reiskörner oder Stadt der Widder.

Einer anderen Legende zufolge hat der gute Ruf der Kanton-Küche in jener Zeit seinen Ursprung, als die Ming-Dynastie gestürzt wurde (1644) und die Köche des Kaisers nach Süden flohen. Sie brachten ihre Kochkunst und Rezepte mit und sollen, so wird bisweilen berichtet, auf diese Weise die kantonesische Küche begründet haben. Geschichtsschreibung und Stolz der Kantonesen hingegen lassen diese Darstellung nicht zu.

Gänsehirt

Anfangs war die Stadt ein Verwaltungszentrum, das aber bald eine rege Wirtschafts-, Produktions- und Handelstätigkeit entfaltete und zunehmend mehr Menschen aus dem Inland anzog. Kanton wurde bald ein wichtiger Zwischenhafen auf der sogenannten »Seidenstraße des Meeres«, die China mit Südostasien und später mit Europa verband. Um 1000 n. Chr. war Kanton Chinas südliches Handelszentrum und ein berühmter Hafen; dies hat sich bis heute nicht geändert.

Wohlstand und Bevölkerungswachstum hätten sich dort ohne die Fähigkeiten, ohne den Fleiß der Menschen und die klimatisch und topographisch günstige Lage nie derart entwickelt. Zur Provinz gehören etwa 160 Kilometer Seeküste mit vielen natürlichen Häfen, Buchten und Meeresarmen. Es gibt dort Hunderte von Bächen, Flüssen und Strömen. »Die Gewässer in und um Kanton sind ein wahrer Schatz, den es nur zu nutzen gilt«, ist in einem Reiseführer zu lesen. Dies darf durchaus so verstanden werden, daß dort der Fischfang Tradition hat.

Die Stadt liegt an idealer Stelle, dort, wo die drei Nebenflüsse des Perlflusses zusammenfließen: fruchtbarer Boden, der über Jahrhunderte gepflegt und behutsam bearbeitet wurde, mildes, sonniges, subtropisches Klima (es gibt nur ungefähr 25 kalte Tage im Jahr), viel Wasser, Ernten das ganze Jahr über, Tausende verschiedener Pflanzen und Bäume, Süßwas-

Seite 80: *Jeder Quadratmeter des fruchtbaren Landes wird genutzt*

Bauer in Kaiping mit seinem Wasserbüffel

ser- und Seefische in Hülle und Fülle, viele Tier- und Vogelarten – dies alles trägt zur vielseitigen und üppigen Natur Kantons bei. Angesichts dieser natürlichen Gegebenheiten ist es nicht verwunderlich, daß die erfindungsreichen und gewissenhaft arbeitenden Kantonesen ihre Kochkunst so perfektioniert haben, daß man sie mit Fug und Recht als die feinste und gesündeste bezeichnen kann.

Wie bei allen großen Küchen spielte auch in der Geschichte der kantonesischen Kochkunst die wohlhabende gesellschaftliche Elite eine wichtige Rolle, die sich ihre Vorliebe für feines Essen leisten und die exquisite Küche pflegen konnte. Regierungsbeamte, zu denen sich bald eine aufstrebende und größer werdende Schicht von Kaufleuten und Industriellen gesellte, förderten die Kunst der Tafelfreuden. Als der Wohlstand und die Bedeutung der Stadt und ihrer Umgebung zunahmen, konnte die Tradition hoher Kochkunst Fuß fassen. Küchenchefs wurden prominente Persönlichkeiten, Restaurants florierten, und Kochschulen wurden gegründet. In der Mitte des 19. Jahrhunderts war die kantonesische Küche schon international bekannt, und ihr Ruf gründete sich nicht nur auf Gerüchte.

Seit Jahrhunderten schon hatte Kanton weitläufige Beziehungen zum Ausland. Nach dem Opiumkrieg Mitte des letzten Jahrhunderts war Kanton lange Zeit der einzige chinesische Exporthafen. Auch heute noch stammen die meisten der in über 70 Länder ausgewanderten Chinesen

Seite 83: *»Straßenverkehr« in Kanton*

Entenmarkt in Kanton

aus Kanton. Es ist der Stadt mit Sicherheit zugute gekommen, daß sie weit von der politischen Kontrolle des Kaisers in Peking entfernt war. Die hochstilisierte Strenge des kaiserlichen Hofes hätte der Kreativität der Kantonesen sicher geschadet.

Was die besonderen Eigenheiten der Kanton-Küche anbelangt, decken sich meine persönlichen Erfahrungen mit denen der Gelehrten und Ernährungsexperten. Außer den schon erwähnten Faktoren spielt auch noch eine Reihe anderer Prinzipien eine wichtige Rolle; Einfachheit ist eines davon. In kantonesischen Rezepten kommen die schlichten, unkomplizierten Zubereitungsarten voll zur Geltung: Kochen, Dämpfen, Pfannenrühren. Dabei geht es immer darum, durch vorsichtiges Garen den Geschmack der frischen Zutaten einzufangen, sei es Fisch, der am häufigsten zubereitet wird, Gemüse, Geflügel oder Fleisch. Die richtige Zusammenstellung der Zutaten und Speisen sowie Struktur, Geruch und Farbe der Gerichte sind weitere wichtige Merkmale. Die Regeln über den richtigen Umgang mit diesen Eigenschaften sind zahlreich und erfordern Gefühl, man muß sie – wie fast alle Kunstfertigkeiten – erlernen.

Kantonesische Köche führten auch die Verwendung duftender, kräftig schmeckender Saucen und Dips ein und machten daraus eine Kunst. Würzende Zutaten wie Sojasauce, Austernsauce, Chilisauce, scharfen Senf, gemahlene Chilischoten, Sesamöl, gehackte Chilies in Sojasauce, weißen Pfeffer und vieles andere findet man in Kanton auf dem Eßtisch. Es bleibt jedem überlassen, sie nach Belieben zu verwenden. Gewürze wie auch Saucen werden jedoch nie so reichlich verwendet, daß sie ein Gericht geschmacklich »begraben«; sie sollen vielmehr den natürlichen Geschmack der jeweiligen Speisen hervorheben und ergänzen. Tafelsalz wurde von chinesischen Köchen in der Vergangenheit übrigens nicht sehr gerne verwendet, erst in jüngster Zeit tauchten Salzstreuer in chinesischen Restaurants auf, um dem Gaumen westlicher Besucher zu schmeicheln und eine Alternative zur stets vorhandenen Flasche mit Sojasauce anzubieten.

Authentische kantonesische Küche spiegelt sich am deutlichsten und häufigsten in Gerichten mit Fisch und Meeresfrüchten wider, hier legt man sehr viel Wert auf Klarheit, Schlichtheit, Frische im Geschmack und ästhetische Raffinesse. Huhn ist eine Speise für besondere Anlässe; es wird einfach zubereitet, wobei man die nötige Vorsicht walten läßt, damit das Fleisch zart bleibt. Schweinefleisch wird in der Kanton-Küche am häufigsten verwendet, mit ihm kommen die kantonesischen Zubereitungsarten voll zur Geltung: Es wird mariniert, gegrillt und mit Honig oder braunem Zucker kandiert; oder es wird gewürfelt und pfannengerührt; man kann es feinhacken und als Füllung oder Saucenbasis verwenden – es gibt unzählige Variationen, und sie alle sind köstlich.

Was exotischere Fleischarten wie Hund, Zibetkatze, Bärentatzen, Tiger,

Rückkehr vom Markt mit einer Fahrradladung Gänse

Mobiler Entenmarkt

Schlange oder Affe betrifft, ist meiner Meinung nach zuviel geschrieben und berichtet worden, obwohl diese nur einen sehr kleinen Teil der verwendeten Zutaten darstellen. Meist wird solches Fleisch auch eher für medizinische Zwecke verwendet als für kulinarische. Ich meine, daß die Menschen in Kanton (und die Chinesen allgemein) wenig Tabus hinsichtlich des Essens haben und daß sie alles probieren, wenn es nur gut zubereitet ist. Diese Offenheit wird noch durch die allgemein vertretene Meinung verstärkt, daß gutes Essen, Medizin und Ernährung drei Bereiche sind, die sich überschneiden oder gar identisch sind. Einiges ißt man aus bestimmten medizinischen Gründen, anderes wieder, so sagte man mir, weil es einfach gesund sei.

Von allen Gerichten, welche die kantonesische Küche zu bieten hat, sind die *dim-sum*-Gerichte, gedämpfte Teigtaschen und Klöße aller Art, wohl die bekanntesten der ganzen Provinz. Alle Chinesen essen gern *dim-sum*-Snacks und Suppen mit reichlich Nudeln, oft auch als vollwertige Mahlzeit. Durch Kantons Restaurants mit ihrer bekannt fröhlich-lärmenden Atmosphäre jedoch haben sich die *dim-sum*-Gerichte erst zu bekannten und geschätzten Mahlzeiten entwickelt. Gehacktes Shrimpsfleisch oder andere Zutaten, die in eine dünne Teighaut eingebacken werden, Fleischstückchen in Taroteig (hergestellt aus dem Mehl der Wurzelknollen der tropischen Sumpfpflanze), mit Fisch, Huhn oder Schweinefleisch gefüllte Klebreisklöße – die Zahl solcher *dim-sum*-Gerichte ist grenzenlos, und es gibt immer wieder neue Zusammenstellungen.

Die kantonesische Küche, die aus der Provinzhauptstadt selbst kommt, hat eine so beherrschende Stellung, daß die regionalen Arten der Kanton-Küche leicht in Vergessenheit geraten. Doch es gibt Gegenden in der Provinz Guangdong, deren Kochkunst einen Abstecher wert ist. Eine davon ist das Gebiet von Kaiping, aus dem meine Familie stammt. Dort werden in großen Mengen Gemüse aller Art angebaut. Viehwirtschaft wird in dieser Gegend nicht in nennenswertem Ausmaß betrieben, daher sind tierische Produkte eher seltene Zutaten oder werden nur in geringen Mengen zum Aromatisieren der Speisen verwendet. Die arme Bevölkerung dort bemüht sich, aus dem Vorhandenen das Beste zu machen. Dies hat dazu geführt, daß in der Region Gemüse und Nudeln in jeder erdenklichen Form miteinander kombiniert werden (zehn verschiedene Gemüsesorten in einem Gericht sind nichts Ungewöhnliches!). Fleisch wird als garnierende Beilage oder Saucengrundlage verwendet, denn tierische Proteine sind rar.

Wassermelonen sind im Sommer ein beliebter Leckerbissen

Die Menschen aus der Gegend von Kaiping machten aus der Not eine Tugend und spezialisierten sich auf den Anbau von Gemüse. Es ist das beste und frischeste, das man überhaupt bekommen kann. Da die Menschen in dieser Region arm waren, wanderten viele von ihnen aus. Die meisten kantonesischen Emigranten in den USA stammen, wie auch meine Eltern, aus diesem Teil der Provinz Guangdong. Diese Emigranten überlebten oft dadurch, daß sie einen eigenen kantonesischen Kochstil für das Land schufen, in das sie ausgewandert waren.

Die Mode der *chop-suey-chow-mein*-Gerichte in den chinesischen Restaurants außerhalb Chinas, die man einst für die kantonesische Küche schlechthin hielt, war glücklicherweise schon wieder weniger populär, als meine Generation der »Kanton-Amerikaner« geboren wurde. Heute fände ich ein solches Menü wenig verlockend, wenn nicht gar ungenießbar, denn seit meiner Reise in die Heimat meiner Vorfahren weiß ich, was es heißt, »in Kanton zu essen«!

Cong Chao Mian

Gebratene Nudeln mit Frühlingszwiebeln

Dieses Nudelgericht stammt aus einem meiner Lieblingsrestaurants in China, dem Bagua Lou. Dies ist ein Lokal, das sich auf die kulinarischen Genüsse der Südlichen Song-Dynastie spezialisiert hat. Leider war es mir nicht möglich, beim Geschäftsführer oder beim Küchenchef Näheres über die Entstehung des Gerichtes zu erfahren. Diese Kreation zeigte mir jedoch aufs neue, wie gut kantonesisches Essen schmecken kann. Da ich das Gericht öfter in Kanton gegessen hatte, konnte ich es ziemlich originalgetreu nachkochen. Die Nudeln sind schnell zubereitet und ergeben ein vorzügliches Beigericht. Als krönender Abschluß eines Menüs sind sie ebenfalls bestens geeignet.

450 g frische dünne chinesische Eiernudeln
8 Frühlingszwiebeln, feingehackt
2 TL Salz
3 EL Erdnußöl
Salz zum Abschmecken
2 EL schwarzer Reisessig

Die Eiernudeln 3 Minuten in siedendem Salzwasser blanchieren und gründlich abtropfen lassen. Dann die Nudeln auf einem Backblech ausbreiten, mit den feingehackten Frühlingszwiebeln vermischen und salzen.

Eine Bratpfanne von 30 cm Durchmesser mit der Hälfte des Öls erhitzen. Die Nudeln mit den Frühlingszwiebeln hineingeben, gleichmäßig in der Pfanne verteilen und leicht an den Pfannenboden pressen. Die Hitze reduzieren und die Nudeln auf kleinster Flamme 10–15 Minuten braten (gegebenenfalls von Zeit zu Zeit mit etwas Wasser besprengen), bis die Unterseite goldbraun ist. Die kompakte Nudelmasse vorsichtig wenden und auf der anderen Seite knusprig braun braten. Die fertigen Nudeln mit Salz und schwarzem Reisessig abschmecken, behutsam auf eine Platte gleiten lassen und servieren.

Für 4 Personen als Teil eines chinesischen Menüs oder für 2 Personen als Hauptgericht.

Gulao Rou

Schweinefleisch süß-sauer mit Fruchtsaft

Ein Gericht, das hierzulande immer wieder auf den Speisekarten zweitklassiger China-Restaurants auftaucht und dem Gast fast ausnahmslos als gummiartige Fleischklumpen in einer roten klebrig-süßen Pampe serviert wird. Wird es jedoch wie im nachfolgenden Rezept gekonnt und sorgfältig zubereitet, ist das Ergebnis ein wohlschmeckendes Gericht, das in China hoch geschätzt wird. Die Kombination von süß und sauer wird durch verschiedene Früchte, wie Pflaumen, Orangen und Beeren, in Verbindung mit gesüßtem Essig und anderen Gewürzen, erzielt. Für das nachfolgende Rezept habe ich frisch gepreßten Orangensaft mit Zucker

Wasserschildkröten

und Essig verwendet – Zutaten, die sich vortrefflich ergänzen – und dazu als kontrastreichen Gegenpart die aromatischen Schalotten.

700 g durchwachsener Schweinenacken (ohne Knochen)
½ TL Salz
1 EL helle Sojasauce
2 TL Reiswein oder trockener Sherry
2 TL Sesamöl
1 Ei, verquirlt
1 EL Maisstärke
2 EL Erdnußöl
250 g ganze Schalotten, geschält
2 EL Zucker
3 EL roter Reisessig
275 ml Orangensaft, frisch gepreßt
1 TL Maisstärke, angerührt mit 2 TL Wasser
Salz
Frisch gemahlener schwarzer Pfeffer
75 g ungebleichtes Weißmehl
75 g Maisstärke
450 ml Erdnußöl

Das Schweinefleisch in etwa 5 cm große Würfel schneiden. Aus Salz, Sojasauce, Reiswein oder Sherry, Sesamöl, Ei und Maisstärke eine Marinade anrühren, die Fleischwürfel hineingeben und etwa 30 Minuten darin ziehen lassen.

2 Eßlöffel Erdnußöl in einem kleinen Topf erhitzen, die Schalotten und den Zucker dazugeben und das Ganze bei schwacher Hitze etwa 2 Minuten garen. Essig und Orangensaft hinzufügen und die Sauce 4 Minuten leise köcheln lassen. Die angerührte Stärke hineinrühren, und sobald die Sauce abgebunden ist, mit Salz und Pfeffer abschmecken. Die Sauce vom Herd nehmen und warm stellen.

Mehl und Maisstärke vermischen und in einen großen Frischhaltebeutel geben. Die marinierten Fleischwürfel dazugeben und den Beutel kräftig schütteln, so daß sie gleichmäßig überzogen werden. Überschüssiges Mehl abschütteln.

In einem Wok oder einer großen Bratpfanne 450 ml Erdnußöl erhitzen und nacheinander jeweils eine Handvoll Fleischwürfel etwa 4 Minuten in dem sehr heißen Öl ausbacken, bis sie innen gar und außen schön knusprig sind. Mit einem Schaumlöffel herausnehmen und auf Küchenkrepp abtropfen lassen.

Das Öl abgießen, den Wok oder die Pfanne auswischen und wieder auf den Herd stellen. Die Sauce darin erhitzen, und dann das fritierte Schweinefleisch vorsichtig unter die Sauce heben, so daß die Fleischwürfel gleichmäßig mit Sauce überzogen sind. Sobald das Fleisch wieder heiß ist, auf einer Platte anrichten und servieren.

Für 6 Personen als Teil eines chinesischen Menüs oder für 3 Personen als Hauptgericht.

Chao Sansi

Dreierlei Geschnetzeltes

Dieses deliziöse Gericht steht stellvertretend für die berühmte kantonesische Küche, in der sich Geschmack, Konsistenz und Darreichungsform der Speisen vortrefflich ergänzen. Ich probierte es in einem kleinen Restaurant namens Qing Hui Yuan in der Stadt Shunde, einige Autostunden südwestlich von Kanton. Mein Freund Willie Mark, einer der führenden Gastronomie-Kritiker Hongkongs, bestand darauf, dieses Lokal aufzusuchen, weil es auf regionale Speisen spezialisiert ist und weil das Essen dort außergewöhnlich gut sein sollte. Das kann ich inzwischen nur begeistert bestätigen.

Das »dreierlei Geschnetzelte« bezieht sich auf die gebratene Ente, das Schweinefleisch und die Schweineleber, die in einer würzigen Sauce pfannengerührt werden. Angerichtet werden sie auf einem Bett von knusprig fritierten Eierfädchen. Vielleicht sollte dieses Gericht doch besser »viererlei Geschnetzeltes« heißen?

250 g frische Schweineleber
2 TL helle Sojasauce
1 TL Reiswein oder trockener Sherry
Salz
Frisch gemahlener schwarzer Pfeffer
1 TL Maisstärke
1 TL Sesamöl
250 g mageres Schweinefleisch (ohne Knochen)
1 TL helle Sojasauce
1 TL Reiswein oder trockener Sherry
Salz und Pfeffer
1 TL Maisstärke
1 TL Sesamöl
230 g Ente oder Huhn (bereits gegart, ohne Knochen)
4 Eier
1 EL Maisstärke, angerührt mit 1 EL Wasser
½ TL Salz
1 TL Sesamöl
450 ml Erdnußöl
1 ½ EL feingehackter Knoblauch
2 TL feingehackter Ingwer
4 EL feingehackte Frühlingszwiebeln
125 ml Hühnerbrühe
1 EL helle Sojasauce
2 TL dunkle Sojasauce
2 TL Maisstärke, angerührt mit 1 EL Wasser
2 TL Sesamöl

Die Leber zuerst in 5 cm breite Streifen und dann in dünne Scheiben schneiden. Die Leberscheiben 40 Sekunden in kochendem Wasser blanchieren, mit einem Schaumlöffel herausnehmen und sofort in Eiswasser abschrecken. Gründlich abtropfen lassen und mit Küchenkrepp trockentupfen.

Aus Sojasauce, Reiswein oder Sherry, Salz, Pfeffer, Maisstärke und Sesamöl eine Marinade anrühren, die Leberscheiben darin einlegen und beiseite stellen.

Das Schweinefleisch wie die Schweineleber in dünne Scheiben schneiden und in einer Marinade aus Sojasauce, Reiswein oder Sherry, Salz, Pfeffer, Maisstärke und Sesamöl ziehen lassen.

Das gebratene Geflügel wie die Leber und das Schweinefleisch vorbereiten und beiseite stellen.

Die Eier in einer kleinen Schüssel verquirlen und mit Salz, Sesamöl und der angerührten Maisstärke vermengen.

Chao Sansi
Dreierlei Geschnetzeltes

Einen Wok oder eine große Pfanne erhitzen und das Sesamöl hineingießen. Sobald das Öl heiß ist, jeweils kleine Mengen der Eimasse in ein Sieb geben und dieses kreisförmig über dem Wok bewegen, so daß sich die heruntertropfende Eimasse in dünnen Fäden auf dem Öl sammelt. Jede Portion etwa 15 Sekunden fritieren. Die Eierfäden mit einem Schaumlöffel herausnehmen und auf Küchenkrepp abtropfen lassen.

Auf einer Servierplatte anrichten und im Backofen bei niedriger Hitze warm halten.

Das Öl bis auf 2 Eßlöffel abgießen und den Wok wieder erhitzen. Knoblauch, Ingwer und Frühlingszwiebeln in das heiße Öl geben und 30 Sekunden unter Rühren braten.

Schweineleber und Schweinefleisch dazugeben und weitere 3 Minuten pfannenrühren.

Dann das gebratene Geflügel, die Hühnerbrühe und die Sojasauce dazugeben und nochmals 3 Minuten pfannenrühren. Die Sauce mit der angerührten Maisstärke binden, das Sesamöl unterrühren und alles gut vermengen. Auf den fritierten Eierfäden anrichten und servieren.

Für 5 Personen als Teil eines chinesischen Menüs oder für 3 Personen als Hauptgericht.

Qing Zheng Yu

Gedämpfter Fisch nach kantonesischer Art

Beim Fischessen halten sich die Kanton-Chinesen an das Motto: »Aus dem Wasser auf den Tisch.« Hierzulande sind nur wenige in der glücklichen Lage, fangfrischen Fisch zu essen. Der volle Fischgeschmack kommt am besten zur Geltung, wenn die Fische im ganzen zubereitet werden, und das zarte Fleisch bleibt schön saftig, wenn man die Fische auf kantonesische Art dämpft.

900–1100 g fester, weißfleischiger Frischfisch (z. B. Kabeljau, Heilbutt, Schellfisch, Roter Schnapper oder Seezunge), ausgenommen, geputzt und unzerteilt
1 TL Salz
3 Scheiben frischer Ingwer, in Streifen geschnitten
2 EL helle Sojasauce
4 Frühlingszwiebeln, in feine Streifen geschnitten
2 EL Erdnußöl

Den Fisch auf beiden Seiten drei- oder viermal leicht einschneiden, mit Salz einreiben und 20 Minuten ziehen lassen. Dann 2 Minuten in kochendem Wasser blanchieren, gut abtropfen lassen, auf eine feuerfeste Platte geben und mit den Ingwerstreifen belegen.

Einen großen chinesischen Dämpftopf mit Wasser aufsetzen oder einen Wok, Fischkessel oder einen beliebigen anderen großen Topf mit Einsatz 5 cm hoch mit heißem Wasser füllen und das Wasser zum Kochen bringen. Die Platte mit dem Fisch in den Dämpftopf oder auf den Untersatz im Wok oder Fischkessel stellen und den Fisch zugedeckt bei mittlerer Hitze 20 Minuten dämpfen.

Den gegarten Fisch mit der Platte herausnehmen und die Flüssigkeit abgießen. Den Fisch mit der Sojasauce beträufeln und mit den Zwiebeln garnieren. Zum Schluß das Öl bis zum Rauchpunkt erhitzen, über den Fisch geben und servieren.

Für 8–9 Personen als Teil eines chinesischen Menüs oder für 4–5 Personen als Hauptgericht.

Flußkrebse auf einem Markt in Kanton

Bai Zhuo Jiwei Xia

Gebrühte Garnelen

Dieses Gericht sollte möglichst nur mit fangfrischen Garnelen zubereitet werden. Für die Küchenchefs in Hongkong oder Kanton ist dies kein Problem, denn beide Städte liegen direkt am Südchinesischen Meer. Weiterhin gilt es zu beachten, daß Garnelen niemals übergart werden dürfen. Sie müssen genau zum richtigen Zeitpunkt aus dem siedenden Wasser genommen werden, damit ihr unvergleichliches Aroma erhalten bleibt.

In Hongkong werden die Garnelen mit einer Dip-Sauce aus frischen Chilischoten serviert. Ich bevorzuge die Variante, die das kantonesische Restaurant Liang Jing Ji anbietet – Garnelen mit einem Dip aus Sojasauce, Frühlingszwiebeln und heißem Öl – eine köstliche Vorspeise für jedes Gericht.

450 g frische, ungeschälte Garnelen
2 TL Salz

DIP-SAUCE

3 EL helle Sojasauce
1 EL dunkle Sojasauce
2 Frühlingszwiebeln, in feine Streifen geschnitten
1½ EL Erdnußöl

Die Garnelen gründlich unter fließendem kaltem Wasser abwaschen, mit Küchenkrepp trockentupfen und beiseite stellen.

Die Sojasauce und die Zwiebelstreifen in einer kleinen Schüssel vermischen. Das Öl bis zum Rauchpunkt erhitzen und über die Zwiebeln geben.

Einen großen Topf mit Salzwasser zum Kochen bringen, die Garnelen hineingeben und 4 Minuten kochen. Mit einem Schaumlöffel herausnehmen, auf einer Platte anrichten und mit der Dip-Sauce servieren.

Für 4 Personen als Teil eines chinesischen Menüs oder für 3 Personen als Vorspeise.

Qing Chao Bai Cai

Pfannengerührter chinesischer Blätterkohl

Frisches Gemüse, sparsam gewürzt und kurz vor dem Verzehr pfannengerührt, gilt in China als einfache, bewährte, schmackhafte und zugleich erfrischende Mahlzeit. Kantonesische Köche sind Meister, wenn es darum geht, das natürliche Aroma eines Gemüses voll zur Geltung zu bringen. Beim Garen im Wok verwenden sie nur wenig Öl, einige ausgesuchte Gewürze und ein paar Spritzer Wasser im rechten Augenblick. Besonders eindrucksvoll zeigt sich diese meisterhafte Zubereitungsart am Beispiel des chinesischen Blätterkohls – er heißt auch »Bok Choy« oder »Bai Cai«. Der in ganz China in vielerlei Sorten erhältliche »Bok Choy« erinnert im Geschmack an Mangold. Probieren Sie das folgende Rezept einmal aus, und Sie werden sehen, wie köstlich dieses Gemüse schmeckt.

450 g chinesischer Blätterkohl
1 EL Erdnußöl
2 Knoblauchzehen, zerdrückt
½ TL Salz
1 EL Wasser

Die Blattstengel vom Strunk lösen. Breite Stengel längs halbieren und den Kohl in 7 cm große Stücke schneiden. Den Strunk schälen und schräg in dünne Scheiben schneiden. Den Kohl mehrmals in kaltem Wasser waschen, abtropfen lassen und beiseite stellen.

Einen Wok oder eine große Pfanne erhitzen und das Öl hineingießen. Den Knoblauch dazugeben und 30 Sekunden unter Rühren braten. Den Kohl und das Salz hinzugeben und eine Minute bei starker Hitze pfannenrühren. Bei Bedarf das Gemüse mit dem Wasser befeuchten und weitere 4 Minuten pfannenrühren. Auf einer vorgewärmten Servierplatte anrichten und auftragen.

Für 4 Personen als Teil eines chinesischen Menüs oder für 3 Personen als Vorspeise.

Hongshao Ruge

Knusprig gebratene Täubchen

Die Kanton-Chinesen, zu Recht berühmt für die gekonnte Zubereitung von Vögeln, zerlegen das Geflügel vor dem Servieren in mundgerechte Stücke, so daß die Gäste beim Essen leicht das Fleisch von den Knochen lösen können.

Im nachfolgenden Rezept werden die Tauben nicht wirklich gebraten, sondern zunächst in einer würzigen Flüssigkeit gekocht, getrocknet und dann kurz vor dem Servieren in sehr heißes Öl getaucht. Die Haut wird dadurch sehr knusprig und wirkt wie lackiert, während das Fleisch zart, saftig und schmackhaft bleibt. Die Zubereitung erfordert etwas Zeit, doch bis auf das Fritieren können alle Arbeitsgänge im voraus erledigt werden. Die Mühe lohnt sich, und das Ergebnis ist eine delikate Speise.

2 junge Tauben (je 350–450 g)

WÜRZFLÜSSIGKEIT

2 Scheiben frischer Ingwer
3 Frühlingszwiebeln
3 EL helle Sojasauce
2 EL dunkle Sojasauce
2 EL Reiswein oder trockener Sherry
2 EL Zucker
1 EL Honig
1 TL Salz
700 ml Hühnerbrühe
450 ml Erdnußöl

Das Geflügel 2 Minuten in kochendem Salzwasser blanchieren, vorsichtig mit einem Schaumlöffel herausnehmen, in ein Sieb geben und gut abtropfen lassen.

Die Zutaten für die Würzflüssigkeit in einen mittelgroßen Topf geben und zum Kochen bringen. Die Tauben hineinlegen und zugedeckt 20 Minuten leise köcheln lassen. Die Tauben herausnehmen und etwa 1 Stunde trocknen lassen. Diese Arbeiten können bis zu 4 Stunden im voraus erledigt werden.

Kurz vor dem Servieren einen Wok oder eine große Pfanne erhitzen und das Öl hineingeben. Das Geflügel im heißen Öl schwimmend ausbacken, bis es goldbraun und knusprig ist. Auf Küchenkrepp abtropfen lassen und in mundgerechte Stücke schneiden.

Auf einer vorgewärmten Platte anrichten und servieren.

Für 4 Personen als Teil eines chinesischen Menüs oder für 2 Personen als Hauptgericht.

Lianggua Rouru He

Bittergurke mit Reisnudeln und Schweinefleisch

Das berühmte Sha-He-Restaurant in Kanton zieht Besucher aus ganz China an, weil es in dem Ruf steht, landesweit die besten Reisnudeln herzustellen. Das Lokal liegt unweit des Hafens, einer Gegend, die für ihren hervorragenden Reis und ihr gutes Wasser berühmt ist. Pro Tag werden in dem Restaurant über 1000 Pfund frische Reisnudeln zu 40 verschiedenen Gerichten verarbeitet.

Das nachfolgende Rezept konnte ich dem Küchenchef entlocken – eine gelungene Mischung aus Schweinefleisch, zarten Reisnudeln und dem eigenwilligen Geschmack der Bittergurke. Falls Ihr Chinaladen am Ort keine frischen Reisnudeln führt, verwenden Sie getrocknete. Dieses Gericht ist auf jeden Fall einen Versuch wert.

Lianggua Rouru He
Bittergurke mit Reisnudeln und Schweinefleisch

Frische Reisnudeln

450 g frische oder getrocknete Reisnudeln	250 g Schweinefleisch, feingehackt
450 g Bittergurke	2 EL helle Sojasauce
2 EL Erdnußöl	2 TL Zucker
2 EL feingehackter Knoblauch	1 TL Salz
	150 ml Hühnerbrühe

Getrocknete Nudeln 20 Minuten in warmem Wasser einweichen und gründlich abtropfen lassen.

Die Bittergurke längs halbieren, entkernen und feinhacken. Das Fruchtfleisch 2 Minuten in kochendem Wasser blanchieren und gründlich abtropfen lassen.

Einen Wok oder eine große Pfanne erhitzen. Das Öl und den Knoblauch hineingeben und 30 Sekunden unter Rühren braten. Das Hackfleisch dazugeben und weitere 2 Minuten pfannenrühren.

Zum Schluß Sojasauce, Zucker, Salz, Hühnerbrühe, Bittergurke und frische oder eingeweichte getrocknete Reisnudeln dazugeben und unter Rühren braten, bis die Nudeln gar sind und die Flüssigkeit weitgehend aufgenommen haben. Das fertige Gericht auf einer Platte anrichten und servieren.

Für 4 Personen als Teil eines chinesischen Menüs oder für 2 Personen als Hauptgericht.

FEN XIANG MAJIAN TANG HE

Süße Reisnudeln mit Sesampaste

Dieses appetitanregende Gericht aß ich ebenfalls im Sha-He-Restaurant in Kanton. Es duftete angenehm nach Erdnüssen und Zucker und bildete mit seiner dominanten Süße einen interessanten Gegenpart zu den anderen salzigen Reisnudelgerichten. Obwohl diese Speise in China nicht als Dessert serviert wird, ist sie bestens dafür geeignet.

450 g frische Reisnudeln oder getrocknete Band-Reisnudeln
125 ml Hühnerbrühe

SAUCE

5 EL Sesampaste oder Erdnußbutter
3 EL Zucker
5 EL warmes Wasser

ZUM GARNIEREN

3 EL Zucker

Getrocknete Band-Reisnudeln zuerst 20 Minuten in warmem Wasser einweichen.

Die Hühnerbrühe in einem Wok oder einer großen Pfanne erhitzen, die Nudeln dazugeben und so lange kochen, bis sie weich sind und die Flüssigkeit fast verdampft ist. Die fertigen Nudeln auf einer vorgewärmten Platte anrichten.

Während die Nudeln kochen, die Sauce zubereiten. Sesampaste oder Erdnußbutter mit Zucker und warmem Wasser im Mixer oder in der Küchenmaschine zu einer glatten Paste verarbeiten, gegebenenfalls mit etwas mehr Wasser verdünnen. Die Sauce über die Reisnudeln geben, mit Zucker bestreuen und servieren.

Für 4 Personen als Teil eines chinesischen Menüs oder für 3 Personen als Beilage zu einem Hauptgericht.

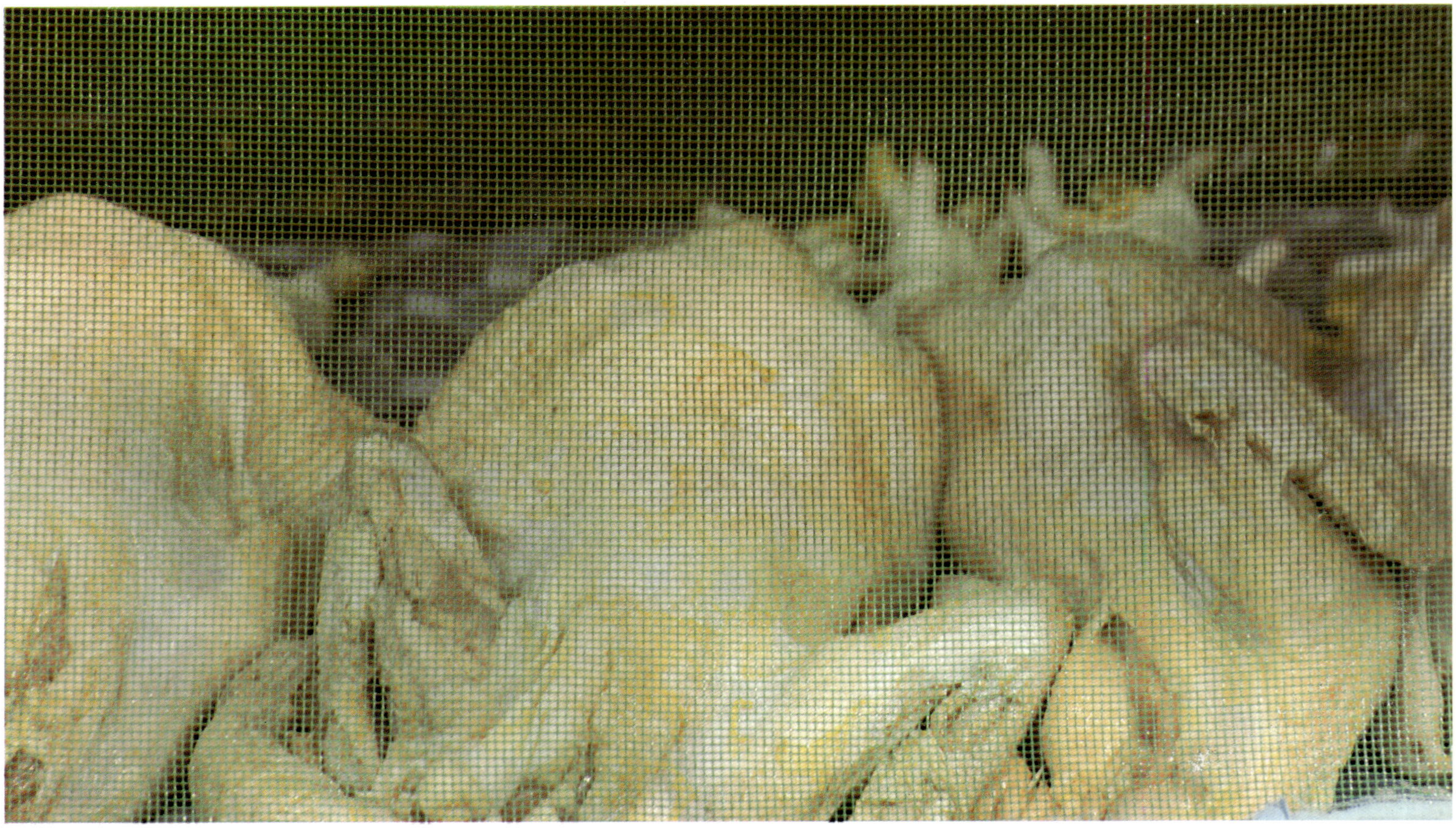

Küchenfertige Hühner werden zum Verkauf angeboten

Haoyou Sigua
Schwammgurken mit Austernsauce

HAOYOU SIGUA

Schwammgurken mit Austernsauce

Die klassische südchinesische Küche legt viel Wert auf den Erhalt der natürlichen Aromen und die zarte Konsistenz der Speisen. Auch die Frische der verwendeten Zutaten und die richtige Dosierung der dazugehörigen Würzmittel spielen dabei eine wichtige Rolle. Das folgende Gericht erfüllt all diese Kriterien. Die Schwammgurken – auch Gambas oder »chinesische Okras« genannt – verdanken ihren Namen dem weichen, schwammartigen Fruchtfleisch, das um so besser schmeckt, je jünger das Gemüse ist. Geschmacklich liegt es zwischen Zucchini und Gurke. Falls Schwammgurken nicht erhältlich sind, kann man sich mit Zucchini behelfen.

Das nachfolgende Rezept stammt aus dem Qing-Hui-Yuan-Restaurant in Shunde. Dort wird das Gemüse nicht so fein geschnitten wie in anderen Restaurants. Der Koch ist der Meinung, daß größere Gemüsestücke das Saucenaroma besser aufnehmen. Ob Sie das Gemüse feinschneiden oder in größeren Stücken garen – köstlich schmeckt es allemal.

700 g Schwammgurken oder Zucchini
2 EL Erdnußöl
2 EL feingehackte Schalotten
2 Knoblauchzehen, in Scheiben geschnitten
3 EL Austernsauce
125 ml Hühnerbrühe

Die harte Außenhaut der Schwammgurken sorgfältig abschälen, das Fruchtfleisch zuerst längs halbieren und dann in etwa 5 cm lange Stücke schneiden.

Einen Wok oder eine große Pfanne erhitzen und das Öl hineingießen. Schalotten, Knoblauch und Gemüse dazugeben und 2 Minuten unter Rühren braten.

Austernsauce und Hühnerbrühe hinzufügen und etwa 5 Minuten im offenen Wok köcheln lassen, bis das Gemüse gar ist und die Aromen der Zutaten aufgenommen hat. Auf einer vorgewärmten Platte anrichten und servieren.

Für 5 Personen als Teil eines chinesischen Menüs oder für 3 Personen als Beilage zu einem Hauptgericht.

6. Kapitel

FAMILIENTRADITIONEN

Der Mond scheint besonders hell mitten im Herbst.
Altes chinesisches Sprichwort

Die chinesische Küche ist ein Spiegel chinesischer Lebensgewohnheiten. Gestalt und Vielseitigkeit der chinesischen Küche haben sich im Laufe vieler Jahrhunderte durch hingebungsvollen Fleiß, Gefühl, zufällige Entdeckungen und die Improvisationskunst von Millionen Chinesen, meist Frauen, in den unzähligen Küchen privater Haushalte entwickelt. Ihre Fertigkeiten und Kenntnisse wurden durch die Jahrhunderte überliefert und haben allmählich in allen Dörfern und Regionen Verbreitung gefunden.

In keiner Zivilisation nimmt das Essen eine so zentrale Stellung im täglichen Leben und bei festlichen Anlässen ein wie bei den Chinesen. In der chinesischen Küche findet man derart viele symbolische, rituelle und soziale Elemente, die alle beim Essen eine Rolle spielen. Essen ist in China eine sehr vielschichtige Angelegenheit. Vieles, was die chinesische Küche so hervorragend und lebendig macht, hat sie der traditionellen Rolle zu verdanken, die sie bei Zeremonien und Festen in der Familie oder in der Öffentlichkeit spielt. Dies wird kaum irgendwo deutlicher als in der langen Tradition der Familienfeiern, bei denen fast ausnahmslos das Essen im Mittelpunkt steht.

Diese Traditionen bestehen in zwei verschiedenen Bereichen, die sich bisweilen überschneiden. Zum einen gibt es die »privaten« Festlichkeiten und Feiern. Als ich zum Beispiel mit meiner Mutter das Haus und den Ort meiner Vorfahren und meiner Familie in China besuchte, wurde zu unseren Ehren ein Familienfest gefeiert, an dem wir natürlich auch selbst teilnahmen. Man zelebrierte unsere Rückkehr mit einer ganzen Reihe von eigens für dieses Fest zubereiteten Speisen, mit denen symbolische Bedeutungen der Wiederkehr und der Ahnenverehrung verbunden sind. Solche Festessen im Kreis der Familie finden bei Geburten, Hochzeiten oder Begräbnissen statt.

Ein zweiter, ähnlicher Bereich der Festtradition hat mehr öffentlichen Charakter und besteht aus nationalen und regionalen Feierlichkeiten, wie dem Neujahrsfest (das auch Frühlingsfest genannt wird), dem Mondfest oder dem Drachenbootfest. Solch privates und öffentliches Festbrauchtum gibt es natürlich nicht nur in der chinesischen Kultur, doch in anderen Ländern sind diese Feste nicht so häufig. Darüber hinaus hat das Essen in nur wenigen Kulturen eine so vielfältige symbolische Bedeutung wie in China, wo es Ausdruck von Neuigkeiten, Wünschen und Hoffnungen sein kann und wo man in den Bezeichnungen vieler Gerichte und Speisen bedeutungsvolle Wortspiele findet.

Ob privat oder im Bereich des öffentlichen Lebens – bedeutende Ereignisse werden im allgemeinen mit Essenszeremonien begangen. Bei der Geburt eines Kindes wird etwas Besonderes zubereitet, um Freunde und Verwandte zu erfreuen, vor allem, wenn es ein Junge ist, denn in China, einem traditionell patriarchalischen Land, genießen Männer höhere Wertschätzung und werden bevorzugt. Dieser Entwicklung wurde zum einen dadurch Vorschub geleistet, daß China als ein größtenteils agrarwirtschaftliches Land immer Arbeiter brauchte, zum anderen durch die

Seite 94: *Auf dem Neujahrsmarkt in Peking*

Regelung der Erbschaft. Nur Söhne konnten Landbesitz erben und den Familiennamen weiterführen. Wenn man sich darüber hinaus die früher herrschende, erschreckend hohe Kindersterblichkeit vor Augen führt, wird der Sinn eines alten Sprichworts klar: »Ein Sohn ist kein Sohn, zwei Söhne ist ein halber Sohn, nur mit drei Söhnen kann man sicher sein, einen Sohn zu haben.«

Nichtsdestoweniger gab es bei jeder Geburt ein Fest, auch wenn es ein Mädchen war. Und dies ist bis heute so geblieben. Zu diesem Anlaß werden auch spezielle Gerichte serviert, die jeweils eine besondere symbolische Bedeutung haben. Wenn das Baby in einer feierlichen Zeremonie zum erstenmal gebadet wird, gibt man Jujuben (chinesische Brustbeeren) in das Badewasser, und jede der anwesenden Frauen versucht, möglichst viele davon aus dem Wasser zu fischen. Die Bedeutung dieses Wettstreits liegt in einem Wortspiel: Das chinesische Wort für Brustbeere *(tsao-tzu)* hat auch die Bedeutung »baldige Geburt eines Sohnes«. Mit diesem Spiel wird daher zum einen die Geburt des Kindes gefeiert, man wünscht sich zum anderen, vor allem, wenn es ein Mädchen ist, bald auch einen Sohn. Bei einem anderen Brauch, der *huantai* (Tauschen der Gebärmutter) genannt wird, bringt man einer Frau, die ein Mädchen zur Welt gebracht hat, eine Speise mit Schweinemagen, damit es das nächste Mal ein Junge wird.

Wenn eine Geburt bevorsteht, schicken Freunde der schwangeren Frau reifes Getreide als Symbol, daß die Zeit reif ist, oder sie bekommt gedämpftes Brot oder Teigtaschen, die man »den Schmerz teilen« nennt. Nach der Geburt muß die Mutter dann jeden Tag ein gekochtes Ei essen und Hühnersuppe zu ihren anderen Mahlzeiten. Im Brauchtum der Chinesen wie auch in der Medizin verkörpert das Huhn Gesundheit, Kraft und Fruchtbarkeit, und man hofft, daß sich diese Eigenschaften auf die junge Mutter übertragen. Der Vater verteilt gekochte und rotgefärbte Eier an Freunde und Nachbarn, denn Rot ist die Farbe für die freudigsten und erfolgreichsten Ereignisse. Diese Eier ißt man auch zusätzlich zu dem Festessen, das anläßlich der Geburt gegeben wird. Die sonst übliche Schlichtheit und Genügsamkeit läßt man bei diesen Anlässen außer acht; man trinkt viel Wein und scheut keine Kosten.

Hochzeiten werden ebenfalls immer mit aufwendigen Festen gefeiert. Während heutzutage die jungen Menschen in den Städten größere Freiheiten bei der Wahl ihrer Ehepartner haben, sind auf dem Land, wo die große Mehrheit der Chinesen lebt, immer noch die alten Traditionen wirksam. Horoskope über Braut und Bräutigam werden erstellt, Heiratsvermittler werden um Rat gebeten, und vor der Heirat treten die Familienoberhäupter in Kontakt miteinander. Wohlstand und Wohlbefinden bedeuten für die Chinesen das gleiche, und unter den Speisen bei Hochzeitsfeiern sind auch immer reichlich Huhn und Fisch, deren Bezeichnungen im Chinesischen doppelsinnig sind: Das Wort für Huhn *(ji)* bedeutet auch »viel Glück«, und Fisch *(yu)* kann auch »Reichtum« bedeuten – die symbolische Vielfalt dieses Anlasses spiegelt sich im Hochzeitsessen wider.

Traditionell feierten immer beide Familien der Brautleute anläßlich der Hochzeit zwei getrennte Feste, doch dies ist heutzutage nicht mehr unbedingt üblich, statt dessen feiern die Familien schon des öfteren zusammen ein großes Fest. Wenn die Frischvermählten aus wohlhabenden

Eierverkauf in der Provinz Yunnan

Verhältnissen kommen, kann es durchaus der Fall sein, daß das Fest mehrere Tage dauert. Das Festmahl der Familie des Bräutigams galt schon immer als das wichtigere von beiden. Es sollte so reichlich sein, daß die Gäste nicht imstande sind, alles aufzuessen. Im Mittelpunkt der Essensfolge steht ein in Dampf gegarter Kuchen, der »Honig paßt gut zu Öl« genannt wird und ein Sinnbild für eine glückliche Gemeinschaft der beiden Ehepartner aus den verschiedenen Familien darstellt. Der Kuchen wird an alle Verwandten und Freunde nach genauen traditionellen Richtlinien verteilt, die sich nach Alter und Grad des Verwandtschaftsverhältnisses richten. Jeder versteht und kennt das Protokoll, das genau eingehalten werden muß, damit die beiden Familien in Harmonie miteinander leben können. Bei der »Bräutigamfeier«, die gleich nach der Hochzeit stattfin-

Geflügelmarkt, Provinz Yunnan

det, wird die Braut offiziell und öffentlich in die Familie des Bräutigams aufgenommen.

Auch bei Todesfällen gibt es ganz bestimmte Zeremonien und Feiern. Verwandte, die schon vor langer Zeit gestorben sind, werden geehrt, indem man in bestimmten Zeitabständen Essen vor ihre Totenschreine oder an ihre Gräber stellt. Bei einem erst kürzlich Verstorbenen nimmt man anfangs die gleichen Essenszeremonien vor, die man bei seinem Weiterleben zelebriert hätte. Die Toten werden wie Lebende behandelt, was Furcht und Ängste mildert und die Familie weiterhin zusammenhalten läßt.

Der Glaube, daß die Toten eigentlich gar nicht tot sind und deshalb auch etwas zu essen brauchen, erklärt die jahrtausendealte Entwicklung der chinesischen Ahnenverehrung und Begräbnisriten. Die Speisen, die den Toten dargereicht werden, sollen auch die Fruchtbarkeit der Lebenden garantieren. In den Sarg legt man meist gekochten Reis, um die Toten zu ernähren und hungrige Geister fernzuhalten. In manchen Gegenden legt man auch Münzen oder andere Symbole des Wohlstandes in den Sarg. Diese Beigaben sollen den Toten helfen, ihre irdischen Besitztümer bereitwillig aufzugeben, die zwischen den Verwandten aufgeteilt werden. Manchmal bricht man auch die Reisschale des Verstorbenen entzwei als Zeichen der Trennung zwischen Lebenden und Toten.

Die nahen Verwandten widmen dem Verstorbenen ein Essen am Tag seiner Beerdigung. Es ist eine Feier in bescheidenem Rahmen, doch es werden viele Fleischgerichte aufgetragen. Sie sind ein Statussymbol und sollen die Toten ehren und herumirrende, hungrige Geister besänftigen. Oft geschieht es auch, daß die Trauerfamilie ein Huhn ißt, den Kopf des Huhns jedoch für den Verstorbenen übrigläßt – ein abgetrennter Kopf als eindringliche Darstellung der Trennung. Das Huhn ist für die Chinesen auch ein Sinnbild des Wohlstands und der Sicherheit, was in einer Zeit der Trauer willkommene Zeichen sind. Es ist bestimmt kein Zufall, daß die Bezeichnung für »Huhn« im Fujian-Dialekt *(ke)* auch die Bedeutung »Familie« haben kann. Zum Schluß wird dem Verstorbenen ein Trankopfer gebracht und Wein an der Grabstätte vergossen.

Kurze Zeit nach der Beisetzung veranstaltet die Familie eine große Begräbnisfeier für alle trauernden Freunde und Verwandten. Hierbei gibt es bestimmte traditionelle Regeln, deren Einhaltung den Anwesenden in einer Zeit schmerzlicher Gefühle ein Trost ist. Speiseopfer für die Götter bestehen ausschließlich aus Fleischgerichten, zu denen auch Wein ausgeschenkt wird. Zu Ehren der Ahnen werden *caifan*-Gerichte zubereitet, die aus Reis *(fan)* und Gemüse- und Fleischbeilagen bestehen. (Die Chinesen unterscheiden genau zwischen Ahnen und Geistern: Ungekochten Reis legt man aus, um die Geister zu besänftigen, gekochter Reis hingegen ist für die Ahnen bestimmt.) Während der Totenfeier werden jedoch auch einige üblicherweise für die Götter bestimmte Fleischgerichte zu Ehren des Verstorbenen gereicht. Diese bestehen oft aus einer Folge von vier Gerichten und symbolisieren den Übergang des Toten von den Geistern zu den Ahnen.

Diese Feiern zu Ehren eines Verstorbenen haben einen dreifachen Sinn: Erstens soll dafür gesorgt werden, daß der Verstorbene sich gut in der Welt der Ahnen und Geister einfügen kann, zweitens will man die Götter, Ahnen und Geister günstig stimmen, um auf Erden Harmonie und Wohlstand zu sichern, und drittens wird die Familie des Verstorbenen

Türgötter bewachen das Haus (Südwestchina)

durch die gelungene Erfüllung dieser ersten beiden Ziele wieder in das tägliche Leben der Dorfgemeinschaft eingegliedert. Bei der Verfolgung aller drei Ziele spielt das Essen eine tragende Rolle als Opfergabe, Botschaft und einendes Element.

Das Bedürfnis, die Ahnen zu verehren, ist nach wie vor groß, und so werden viele traditionelle Werte, Praktiken und mancher Glaube in China weitergeführt oder tauchen wieder auf. Da die staatliche Kontrolle in ländlichen Gebieten nicht mehr so streng ist, kann derartiges Brauchtum wieder gepflegt werden.

Die Grenze zwischen Öffentlichem und Privatem ist bei der ländlichen Bevölkerung Chinas nicht genau umrissen, doch es gibt viele Feierlichkeiten, die man insofern als »öffentlich« bezeichnet, als sie von jeder Familie auf mehr oder minder gleiche Art begangen werden. Das bedeutendste unter den chinesischen Festen ist das Neujahrsfest, das seit 1911 Frühlingsfest genannt wird. Von staatlicher Seite wurde nach dem Gregorianischen Kalender der 1. Januar als Neujahrstag festgelegt, das Neujahrsfest fällt aber nach dem traditionellen Bauernkalender auf einen Tag zwischen dem 21. Januar und dem 19. Februar, an dem die Rückkehr der Sonne und der Beginn des landwirtschaftlichen Jahres gefeiert wird. Ein solches Fest ist natürlich ein Ereignis voller Bedeutungen, Hoffnungen und Wünsche, auch eine unter den chinesischen Bauern häufig anzutreffende Schicksalsergebenheit läßt sich beobachten. Es ist ein Feiertag, dessen Charakter dem westlichen Weihnachtsfest, dem Neujahrsfest und einigen mehr heidnischen Elementen des Osterfestes ähnelt und der dementsprechend begangen wird; er ist aber insgesamt weniger religiös motiviert als die Feiern der westlichen Welt.

Selbst unter der strengen Regierung der Volksrepublik dauert das Neujahrsfest als einer von sieben offiziellen Feiertagen des Jahres drei Tage. Die Feiertage zum neuen Jahr sind für alle eine Zeit der sauberen Häuser, des Neubeginns, eine Zeit, in der »Altes hinaus muß und Neues hinein«, in der neue Vorsätze gefaßt werden und man auf Zeichen für die Zukunft hofft. Viele Paare heiraten während dieser Tage, alte Schulden müssen bezahlt werden, in den Häusern wird Großputz gemacht, denn der Staub der Vergangenheit soll nirgendwo mehr haftenbleiben. Man tauscht Geschenke aus, die Kinder bekommen ein wenig Taschengeld, und Familien und Verwandte treffen sich. Götter und Vorfahren versucht man günstig zu stimmen: Die Väter und Söhne gehen zum Familiengrab oder -schrein und laden die Seelen der Vorfahren in das Haus der Familie ein. Man hängt Bilder von den Verstorbenen auf, zündet davor Kerzen und Räucherstäbchen an, spricht Gebete und bittet um Frieden und Wohlstand. Vor allem aber freut man sich auf die vielen Mahlzeiten und Festessen mit besonderen Gerichten, die zu dieser Zeit überall zubereitet werden

Im Norden Chinas werden schon Wochen vor dem Neujahrsfest hierfür spezielle Gerichte zubereitet. Eines der typischsten besteht aus Teigtaschen oder Klößen mit Fleischfüllung, die *jiaozi* genannt werden: feingehacktes Schweinefleisch und Kohl, Salz, Ingwer, Schalotten und gemahlener weißer und schwarzer Pfeffer in einer dünnen Teighülle. In großen Haushalten werden manchmal Tausende von diesen Teigtaschen produziert. Falls es in einem Haus keine Kühlmöglichkeiten gibt, lagert man sie ganz einfach in Regalen in ungeheizten Räumen. Dort werden sie tiefgefroren, denn in Nordchina wird es im Winter sehr kalt. Sie lassen sich gut in kochendem Wasser auftauen und wieder aufwärmen und werden mit verschiedenen Tunken, mit Sojasauce und Beilagen serviert. In manchen Gegenden Südchinas werden die *jiaozi* in Form von Gold- und Silberbarren *(yuan bao)* gebacken, die im alten China als Zahlungsmittel benutzt wurden. Dies bringt Glück und verspricht gutes Essen für die Zukunft. *Jiaozi* werden gern als Vorspeise oder Beilage verwendet. Die meisten Familien schlachten anläßlich des Neujahrsfestes ein Schwein, bereiten Tofu und Würstchen zu und keltern einen speziellen Wein.

Gedämpfte »Baozi«, ein beliebtes Festtagsessen

Zu den regelmäßig abgehaltenen Märkten gesellen sich noch Hunderte von Imbiß- und Lebensmittelständen, um den Bedarf an *nian huo,* den »Neujahrswaren«, zu decken. Das eigentliche große Neujahrsmahl findet an Silvester statt und beginnt gewöhnlich am späten Nachmittag. Es wird viel Gemüse (Kohl, Rüben, getrocknete Pilze) serviert, man ißt Schweinefleisch, Huhn und Fisch (die chinesische »Dreieinigkeit«: Wohl-

Verkauf von Geschenkpaketen zu Neujahr in Peking

stand, Gesundheit und Glück), Schaltiere, die auf jede nur erdenkliche Art gewürzt werden, und Delikatessen wie feingeschnittenen Jellyfish (eine Quallenart) in Essig und Sojasauce. Bei wohlhabenderen Familien gibt es Seegurken, Haifischflossen, Schwalbennester und »Löwenköpfe«, das sind große Schweinefleischbällchen. Auch der »Acht-Pretiosen-Reis« ist ein traditionelles und beliebtes Gericht: Es besteht aus süßem Klebreis mit Lotussamen, Mandeln, in Scheiben geschnittenen roten Datteln, kandierten Früchten, süßer Bohnenpaste und braunem Zuckersirup. Weißer Reis wird ebenfalls beim Neujahrsfest gegessen, man trinkt Wein und andere alkoholhaltige Getränke. Wen wundert es da, daß man der Figur des Küchengottes nach chinesischem Brauch auch noch den Mund mit Honig bestreicht?

Das Silvestermahl ist das erste einer ganzen Reihe ausgiebiger Festessen, zu denen ferne Verwandte und gute Freunde von überall her kommen, um bei den Vorbereitungen der mehrtägigen Feierlichkeiten auszuhelfen. Zu dieser Zeit nimmt man auch gerne einen kleinen Imbiß zu sich, den es in vielen Variationen gibt: Samen von Wassermelonen, Süßigkeiten mit Sesam, gesalzene Eier in Scheiben, geröstete Erdnüsse sowie Birnen, Orangen und Gebäck. Während der Feiertage werden den Göttern und Ahnen noch häufiger und noch größere Opfer als gewöhnlich gebracht, als Dank dafür, daß die Menschen wieder einen Winter überstanden haben, und als Zeichen eines möglichst erfolgversprechenden Anfangs im neuen Jahr. Man hofft darauf, mit dieser Fülle von Darbringungen die Götter zu erfreuen und zu beeindrucken, damit sie den Menschen auch im kommenden Jahr Wohlstand bringen.

Auch im Süden, wo die jahreszeitlichen Unterschiede nicht so kraß sind, wird das Neujahrsfest gefeiert. In den Gegenden, wo Reis angebaut wird, wäscht man ihn vor den Feiertagen tagelang, bevor er zubereitet wird. Man nennt ihn »Essen für zehntausend Jahre«, und wer ihn während der Neujahrsfesttage ißt, hofft auf eine glückliche Zukunft. Mehr noch als im Norden gibt es zu dieser Zeit eine Fülle von Klebreispuddingen und Zuckerbäckereien aller Art. Der Neujahrskuchen *(nian gao)* ist ein unerläßlicher Teil der Feier. Jede Familie, die etwas auf sich hält, wird

Neuerdings gibt es auch Geburtstagstorten westlicher Art

davon mehrere backen, darunter auch einen pikanten, in Dampf gebackenen Kuchen, eine Rübentorte, eine »Neun-Schicht-Torte« und einen »klebrigen Kuchen«. Überall in China ißt man gemeinsam jede Menge Datteln und Kastanien, weil die chinesischen Wörter für diese beiden Früchte so klingen wie »bald« und »Geburt eines Sohnes«; und dies wünscht sich jede Familie.

Das in China zur Zeit herrschende Regime hat die Wiederaufnahme vieler alter Bräuche und Zeremonien gebilligt. Das Laternenfest, das lange Jahre verboten war, wird nun wieder gefeiert. Bei diesem Fest zu Beginn des neuen Jahres sieht man überall phantasievoll dekorierte Laternen in Tierform und in den leuchtendsten Farben. Feuerwerk wird abgebrannt, mit dem man symbolisch die Freude über die Rückkehr der Sonne mit ihrem Licht und ihrer Wärme zum Ausdruck bringt. Zwar mag es in Nordchina um diese Zeit noch sehr kalt sein, und die Laternen sind bisweilen gar aus Eis, doch jeder freut sich auf die Sonne.

Wie immer steht das Essen auch bei diesem Fest im Mittelpunkt. Nach einem Brauch soll man weichgekochten Taro (eine tropische Sumpfpflanze, deren stärkehaltige Wurzelknollen zubereitet werden) beim Schein der Laternen essen. In den wärmeren Gegenden Chinas, wo Baumwolle angebaut wird, macht man aus Weizenmehl sogenannte »Baumwollbällchen« und legt sie auf die Felder. Die Leute aus den Dörfern gehen dann mit ihren Laternen durch die Reihen der Baumwollsämlinge und bitten mit Weihrauch um eine gute Baumwollernte. Die »Baumwollbällchen« werden dann an die Dorfkinder verteilt; dies soll sie vor allen Gefahren schützen. Fast überall in China bereitet man zu dieser Zeit besondere Leckereien wie Kugeln aus Klebreis und Mehl mit einer süßen Füllung. Auch wenn die Lampions heutzutage oft elektrisch betrieben werden, wird das Laternenfest allem Anschein nach noch lange fortbestehen.

In China so bekannte Feste wie das Drachenbootfest, das Fest der Himmelsgabe oder das Mondfest sind nur ein Teil der zahlreichen und vielfältigen jahreszeitlichen Feste in China. Zwei von ihnen sind so bedeutend, daß ich gerne von ihnen berichten möchte. Das Mondfest, auch Mittherbstfest genannt, wird in der Erntezeit gefeiert und ist der schwächer werdenden Sonne gewidmet. Man möchte mit diesem Fest für die reiche Ernte danken, die nun als Vorrat für den Winter bereitliegt, und verabschiedet sich auch von der Sonne mit der Hoffnung, daß sie bald wiederkehren möge. Zu dieser Zeit des Jahres ist der Vollmond besonders hell; es ist die Zeit, in der, wie die Chinesen sagen, »der Mond vollkommen rund ist«. Im Mittelpunkt dieses Festes stehen scheinbar endlose Familientreffen, bei denen wie üblich gefeiert und gegessen wird, es werden auch Gedichte vorgetragen, und man trinkt ein wenig mehr Wein als sonst. Dies alles findet abends im Freien statt, damit man den Mond gut sehen und gebührend bewundern kann.

Dem Brauch zufolge legt man bei diesem Fest zu Ehren des Mondes Melonen und andere runde Früchte nach draußen. Man bringt dem Hasen, den die Chinesen in der Struktur des Mondes zu erkennen glauben, gelbe Bohnen dar. Das beliebteste und auch typischste Essen beim Mondfest aber sind die Mondkuchen. Sie haben eine hellbraune Kruste und sind mit einer süßen Paste aus roten Bohnen und Lotussamen gefüllt. Bisweilen können sie sehr groß sein, man erzählt sich, daß die Han-Krie-

Mondkuchen

Blutpudding und Chilischoten. Zutaten für die Sauer-Scharf-Suppe, ein bekanntes Gericht aus Sichuan

ger vor ihrem erfolgreichen Aufstand gegen die Mongolen ihre Waffen in solchen Kuchen versteckt hätten. Mondkuchen, in runder oder viereckiger Form, manchmal auch mit gesalzenem Enteneigelb, schenken sich Verwandte und Freunde und wünschen sich damit eine gute Herbstzeit und einen milden Winter. Es ist ein herzlicher Brauch.

Im Frühling findet das Totenfest (Qingmingjie) statt, ein Fest, das auch »strahlende Helligkeit« oder »Grabfegefest« genannt wird. Es hat einen engen Bezug zum Glauben an die Erneuerung des Lebens nach dem Tod und ist der Verehrung der Toten gewidmet, die sich für die Lebenden einsetzen können. Zu diesem Anlaß müssen die Gräber, die Grabsteine und Schreine der verstorbenen Ahnen gesäubert und frisch geschmückt werden. So wie der Boden, in den man aussät, kultiviert werden muß, sollen auch die Gräber mit ihren Toten gepflegt werden, damit man mit den zukünftigen Ernten zufrieden sein kann.

So feierlich dieser Anlaß auch sein mag, die Chinesen machen aus ihm wie so oft ein Fest, und auch das Essen kommt hierbei natürlich nicht zu kurz. Aus dem Gang zur Grabstätte wird ein Ausflug. Nach dem Frühstück zu Hause pilgert die ganze Familie zum Grab und nimmt Werkzeug und Körbe mit, um dieses herrichten zu können. Dort wird Weihrauch entzündet, und die Familie läßt Opfergeld am Grab zurück, um öffentlich kundzutun, daß sie ihre Pflicht erfüllt hat. Man legt Speisen, Tee und Wein für die Toten aus, jedes Mitglied der Familie huldigt dreimal den Toten vor den Gräbern, dann werden Knallkörper angezündet, um von dem Ereignis zu künden. Zu Hause feiert die Familie diesen Tag mit einem besonderen Essen als Zeichen der Erfüllung ihrer Pflichten gegenüber ihren Ahnen. Dieses Mahl muß zumindest ein Gericht mit Schweinefleisch und ein Gericht mit Körnern enthalten. Schweinefleisch ist das Symbol der Ehrerbietung für die Toten und ein Segenswunsch für die Lebenden, Körner sind ein Zeichen für Wachstum und Erneuerung. Das ganze Fest symbolisiert einerseits die Trennung der Lebenden von den Toten und andererseits auch ihre Einheit als Familie und geistige Gemeinschaft.

Ob der Anlaß fröhlich oder sehr feierlich ist, bei allen Festen in China verbindet Essen die Menschen, die Lebenden und die Toten, Einheimische und Weithergereiste, Familien, Freunde und Fremde. Mit der chinesischen Auffassung vom Essen läßt sich das Leben als ein Festbankett betrachten, das so lange währen sollte wie die ganze Menschheit.

Ma Po Doufu

Großmutter Chens pfeffrig-scharfer Tofu

Alten Überlieferungen zufolge ist Großmutter Chen die Erfinderin vieler klassischer Gerichte aus der Provinz Sichuan. Typisch für diese Gerichte ist die geniale Zusammenstellung der verwendeten Zutaten: würzig, pfeffrig-scharf, zart, erfrischend und herrlich duftend – alles ist hier in vollkommener Harmonie vertreten.

Als Beispiel sei das nachfolgende Rezept genannt. Sein Geheimnis liegt in der Wahl der Würzmittel, in der Qualität der Zutaten und im behutsamen Garen von Tofu und Rindfleisch. Der am Ende der Garzeit zugegebene Knoblauch betont die Ausgewogenheit der fertigen Speise.

450 g frischer weicher Tofu
2 EL Erdnußöl
250 g Rindfleisch, feingehackt
2 EL Gelbe-Bohnen-Sauce
2 EL dunkle Sojasauce
½ TL Salz
½ – 1 TL Chilipulver
350 ml Hühnerbrühe
2 EL grobgehackter Knoblauch
2 TL Maisstärke, angerührt mit 1 EL Wasser

ZUM GARNIEREN

1 EL gerösteter und feingemahlener Sichuan-Pfeffer

Den Tofu in 4 cm große Würfel schneiden.

Einen Wok oder eine große Pfanne erhitzen und das Öl hineingießen. Das Hackfleisch dazugeben und 2 Minuten unter Rühren braten, bis es halb gar ist.

Gelbe-Bohnen-Sauce, Sojasauce und Salz hinzufügen und eine weitere Minute pfannenrühren.

Das Chilipulver dazugeben und nochmals 30 Sekunden unter Rühren braten.

Mit der Hühnerbrühe aufgießen, die Tofu-Würfel dazugeben und das Ganze 3 Minuten garen. Den Knoblauch und die angerührte Maisstärke hinzufügen und 1 Minute weitergaren.

Das fertige Gericht in eine Schüssel füllen, mit dem Pfeffer bestreuen und servieren.

Für 5 – 6 Personen als Teil eines chinesischen Menüs oder für 3 Personen als Hauptgericht.

Jing Shao Doufu

Tofu in Ingwersauce

Trotz seiner Einfachheit gehört dieses Gericht zu den köstlichsten Speisen im Chen-Ma-Po-Doufu-Restaurant in Chengdu. Die samtig-weiche Konsistenz von frischem Tofu ist ein Hochgenuß für den Gaumen. Beim kurzen Schmoren in der würzigen Sauce nimmt der Tofu Farbe an und gewinnt zusätzlich an Aroma. Dazu empfehle ich Reis.

Ma Po Doufu
Großmutter Chens pfeffrig-scharfer Tofu

450 g frischer weicher Tofu
1 ½ EL Erdnußöl
1 EL feingehackter frischer Ingwer
2 TL feingehackter Knoblauch
2 EL dunkle Sojasauce
1 EL Gelbe-Bohnen-Sauce
1 TL Chili-Bohnen-Sauce
1 TL Zucker
2 TL Sesamöl

Den Tofu gut abtropfen lassen und in 5 cm große Würfel schneiden. Den gewürfelten Tofu auf Küchenkrepp nochmals weitere 5 Minuten abtropfen lassen.

Einen Wok oder eine große Pfanne erhitzen und das Öl hineingießen. Ingwer und Knoblauch dazugeben und 10 Sekunden unter Rühren braten. Die restlichen Würzzutaten hinzufügen und weitere 10 Sekunden pfannenrühren.

Die Tofu-Würfel behutsam unterheben und in der Sauce erhitzen. Bei mittlerer Hitze weitere 5 Minuten garen, damit er das fein abgestimmte Aroma aufnehmen kann. Das fertige Gericht in eine Schüssel füllen und servieren.

Für 4 Personen als Teil eines chinesischen Menüs oder für 2 Personen als Hauptgericht.

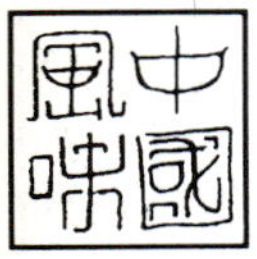

Zutaten für ein Geburtstagsessen

CHAO QINCAI
Pfannengerührter Stangensellerie

Dieses einfache und schnell zubereitete Gericht aus Sichuan kann man durchaus auch Gästen anbieten. Hiesiger Sellerie ist hierfür ebenso geeignet wie sein chinesischer Verwandter, der kleinere und etwas härtere Stengel ausbildet und seit 1500 Jahren in Asien kultiviert wird. Aus unerfindlichen Gründen heißt der europäische Sellerie in China »westliche Petersilie«. Traditionsbewußte Köche behaupten, daß europäischer Sellerie in der chinesischen Küche fehl am Platz sei. Dem kann ich nicht zustimmen. Die Herkunft des Gemüses spielt meiner Meinung nach keine Rolle, nur frisch sollte es sein.

700 g chinesischer oder europäischer Stangensellerie
2 EL Erdnußöl
1 TL Salz
3 EL feingehackter Knoblauch
125 ml Hühnerbrühe

Das Wurzelende abschneiden und die Stangen voneinander lösen. Bei den äußeren Stangen die gröbsten Fasern mit einem scharfen Messer abziehen. Anschließend die Stangen in 3 cm lange Stücke schneiden.

Einen Wok oder eine große Pfanne erhitzen und das Öl hineingießen. Salz und Knoblauch dazugeben und 20 Sekunden unter Rühren braten. Die kleingeschnittenen Selleriestangen dazugeben und weitere 2 Minuten pfannenrühren. Die Hühnerbrühe zugießen und den Sellerie weitergaren, bis die Flüssigkeit fast verdampft ist. Auf einer vorgewärmten Platte anrichten und servieren.

Für 4 Personen als Teil eines chinesischen Menüs oder für 3 Personen als Beilage zu einem Hauptgericht.

QINGGUA FENPI
Glasnudeln mit Gurken

Während man sich hierzulande mit getrockneten Glasnudeln zufriedengeben muß, bekommt man sie rund um Peking auch frisch und kann damit auf die schnelle eine schmackhafte Speise zubereiten, wie das nachfolgende vegetarische Gericht, das ich anläßlich eines Besuchs bei meinen Freunden serviert bekam. Die köstlichen Nudeln waren im Nu zubereitet und harmonierten gut mit den dünnen, knackig-frischen Gurkenstreifen, und nicht zuletzt war das Ganze genial gewürzt mit Sojasauce, Essig, etwas Zucker und einem Schuß Sesamöl.

125 g getrocknete Glasnudel-Blätter oder getrocknete Glasnudeln
450 g Salatgurken
1 EL Sesamöl
1 ½ EL dunkle Sojasauce
1 TL helle Sojasauce
3 EL weißer Reisessig
2 TL Zucker

Die Nudelblätter oder Glasnudeln 15 Minuten in lauwarmem Wasser einweichen. Falls Sie Nudelblätter verwenden, diese in 1 cm breite Streifen schneiden.

Die Gurken schälen und das Fruchtfleisch bis zur kernhaltigen Mitte in Streifen abschälen.

Die Glasnudeln 2 Minuten in siedendem Wasser blanchieren, abgießen und gründlich abtropfen lassen. Mit dem Sesamöl in eine große Schüssel geben und gut vermischen.

Gurkenstreifen, helle und dunkle Sojasauce, Essig und Zucker dazugeben und alles gut vermengen.

Auf einer Platte anrichten und servieren.

Für 4–5 Personen als Teil eines chinesischen Menüs oder für 3 Personen als Beilage zu einem Hauptgericht.

Schweinefleisch, eine Hauptzutat der chinesischen Küche, auf einem Straßenmarkt in der Provinz Yunnan

Chun Juan
Frühlingsrollen

Wie der Name bereits andeutet, symbolisiert dieser nahrhafte Imbiß das Herannahen des Frühlings. Und so wird er zum Gedenken an die wieder erwachende Natur traditionell zum chinesischen Neujahrsfest gegessen, das in Anlehnung an den chinesischen Mondkalender das Ende des Winters verkündet.

Die hauchdünnen und fast durchsichtigen Teighüllen enthalten eine Füllung aus allerlei köstlichen Zutaten, wie feingehacktem Fleisch, würzigen Fleisch-Gemüse-Mischungen und mitunter auch nur Gemüse. Da nach alter chinesischer Tradition an den ersten zwei Tagen des neuen Jahres nicht gearbeitet werden soll und dementsprechend auch keine Hausarbeit verrichtet werden darf, sind Frühlingsrollen eine geeignete Speise. Sie können im voraus zubereitet und gegebenenfalls tiefgefroren werden. In Nordchina, wo die Temperaturen im Februar unter den Nullpunkt sinken, werden die vorbereiteten Teigrollen auf Tabletts gelegt und bis zum Fritieren nach draußen in die Kälte gestellt.

Doch nicht nur zu Neujahr werden Frühlingsrollen mit Begeisterung gegessen. Als ich einmal im Frühsommer meine Freunde in Peking besuchte, überraschte ich sie mit dem nun folgenden Rezept. Die Teighüllen werden kaum noch selbst gemacht, sondern als Fertigprodukt gekauft. Meine Gastgeberin erzählte mir, daß sie für diese Teighüllen die gleiche Füllung verwendet wie für ihre Teigtaschen. Wer nun meint, daß diese Snacks mehr oder weniger gleich schmecken, der irrt, denn die unterschiedlichen Garmethoden wirken sich nicht nur auf den Geschmack, sondern auch auf die Konsistenz aus. Ganz vorzüglich schmecken die Frühlingsrollen mit einer würzigen Essigsauce.

250 g Kohl, feingehackt und blanchiert
125 g Schweinefleisch, feingehackt
125 g rohe Garnelen, geschält und feingehackt
25 g chinesische Trockenpilze, eingeweicht, entstielt und feingehackt
3 EL dunkle Sojasauce
1 EL Reiswein oder trockener Sherry
1 EL Sesamöl
1 TL Salz
1 TL frisch gemahlener schwarzer Pfeffer
1 Ei, verquirlt und mit 1 EL Wasser verrührt
1 Paket Teigblätter oder aufgetaute Tiefkühlware
850 ml Erdnußöl

Kohl, Hackfleisch, Garnelen, Pilze, Sojasauce, Reiswein oder Sherry, Sesamöl, Salz und Pfeffer in eine Schüssel geben und alle Zutaten gründlich vermischen.

Eine Hochzeitsgesellschaft in Shaanxi

Jeweils 4 Eßlöffel von der Füllmasse auf den Teigblättern verteilen. Das untere Teigende über die Füllung klappen, die Seiten von rechts und links darüberschlagen, anschließend die Ränder mit dem verquirlten Ei bestreichen und zusammenrollen.

Einen Wok oder eine große Pfanne erhitzen und das Öl hineingießen. Nach und nach die Frühlingsrollen etwa 4 Minuten schwimmend im heißen Öl ausbacken, bis sie außen goldbraun und knusprig und innen gar sind. Die Frühlingsrollen mit einem Schaumlöffel herausnehmen, auf Küchenkrepp abtropfen lassen und sofort servieren.

Ergibt 15–20 Frühlingsrollen.

Chao Doujiao

Grüne Bohnen mit Knoblauch und Ingwer

Zu den beliebtesten Schnellgerichten in China zählen pfannengerührte grüne Bohnen, die kräftig mit Knoblauch gewürzt werden. Dieses Gericht entspricht dem chinesischen Ideal vom einfachen, aber gesunden und schmackhaften Essen. Alle Sorten von grünen Bohnen können hierzu verwendet werden, wenngleich die Chinesen ihre langen Spargelbohnen bevorzugen.

450 g Spargelbohnen oder andere frische grüne Bohnen
1 ½ EL Erdnußöl
½ TL Salz
2 EL grobgehackter Knoblauch
1 TL feingehackter Ingwer
½ Tasse Hühnerbrühe

Chao Doujiao
Grüne Bohnen mit Knoblauch und Ingwer

Die Bohnen putzen, das heißt, Spitze und Stielansatz entfernen. Bei Verwendung von chinesischen Spargelbohnen die Schoten in 7 cm lange Stücke schneiden.

Einen Wok oder eine große Pfanne erhitzen und das Öl hineingießen. Salz, Knoblauch und Ingwer dazugeben und 30 Sekunden unter Rühren braten. Die grünen Bohnen und die Hühnerbrühe dazugeben und 4 Minuten weitergaren, bis die Bohnen soeben gar sind und die Flüssigkeit fast verkocht ist.

Auf einer Platte anrichten und servieren.

Für 4 Personen als Teil eines chinesischen Menüs oder für 2 Personen als Hauptgericht.

Yang Qiezi

Knusprig gebackene gefüllte Auberginen

Von den vielen Gerichten, die ich in Peking kostete, schmeckte mir das nun folgende mit am besten. Die in einer Vielzahl von Sorten erhältlichen Auberginen wurden vor vielen hundert Jahren, vermutlich aus Indien kommend, in China eingeführt. Sie sollten erntefrisch verwertet werden, denn bei längerer Lagerung werden sie bitter. Die Auberginen, die ich bei der Familie Qu aß, waren vollreif und aromatisch, denn es war gerade Saison für dieses Gemüse. In Verbindung mit einer würzigen Füllung entfalten die Auberginen beim Fritieren ihr spezifisches Aroma und erhalten eine knusprige Hülle. Direkt aus dem Wok schmecken sie am besten. Läßt man sie länger stehen, werden sie weich, behalten aber trotzdem ihr köstliches Aroma. Die Füllung kann im voraus zubereitet werden, aber die Auberginenscheiben sollten erst kurz vor dem Fritieren durch den Ausbackteig gezogen werden.

AUSBACKTEIG
4 EL Maisstärke
2 EL Mehl
2 Eier, verquirlt
2 EL Bier oder Wasser

FÜLLUNG
125 g Schweinefleisch, feingehackt
125 g rohe Garnelen, geschält und feingehackt
3 EL feingehackte Frühlingszwiebeln
2 EL dunkle Sojasauce
1 EL Reiswein oder trockener Sherry
1 EL Sesamöl
1 TL Salz
1 TL frisch gemahlener schwarzer Pfeffer
4 mittelgroße chinesische oder andere Auberginen (etwa 500 g)
850 ml Erdnußöl

Die Zutaten für den Ausbackteig in einer mittelgroßen Schüssel zu einer glatten Paste verrühren und 5 Minuten ziehen lassen.

Schweinefleisch, Garnelen, Zwiebeln, Sojasauce, Reiswein oder Sherry, Sesamöl, Salz und Pfeffer in eine Schüssel geben und gründlich vermischen.

Eine tibetische Familie hat sich zum Essen versammelt

Die Auberginen in etwa 0,5 cm dicke Scheiben schneiden. (Größere Früchte zuerst in Scheiben schneiden und dann vierteln.) Bei Verwendung chinesischer Auberginen entfällt das Einsalzen. Bei anderen Sorten die Auberginenscheiben beidseitig mit Salz einreiben und etwa 20 Minuten ziehen lassen. Anschließend unter fließendem Wasser waschen und mit Küchenkrepp sorgfältig trockentupfen.

Die Hälfte der Auberginenscheiben dünn mit der Füllmasse bestreichen. Dann die restlichen Scheiben darauflegen und festdrücken.

Einen Wok oder eine große Pfanne erhitzen und das Öl hineingeben. Mit einer Bratenzange oder langen Holzstäbchen die gefüllten Auberginenscheiben durch den Ausbackteig ziehen und dann vorsichtig in das heiße Öl gleiten lassen. Vorsicht, Spritzgefahr! Die gefüllten Auberginen nach und nach schwimmend im heißen Öl ausbacken, bis sie außen knusprig und innen gar sind. Die Hitze sollte so eingestellt sein, daß das Öl immer sehr heiß bleibt, aber nicht so heiß, daß die Auberginen verbrennen. Die Auberginenscheiben mit einem Schaumlöffel herausnehmen und auf Küchenkrepp abtropfen lassen.

Jeweils portionsweise ausbacken und sofort servieren, damit sie immer heiß und knusprig sind.

Für 4 Personen als Teil eines chinesischen Menüs oder für 2 Personen als Hauptgericht.

Leng Pan

Sommersalat mit Tomaten und Eiern

Das beste Essen in ganz Peking gab es bei Familie Qu. Aus den frischesten Zutaten entstanden einfache, klassische Gerichte, die aber allesamt sehr schmackhaft waren. Das freundliche Ambiente und die Gastlichkeit der Familie erhöhten den kulinarischen Genuß. An einem lauen Sommerabend bereitete Frau Qu einen herrlich erfrischenden Salat zu. Er enthielt frische Tomaten und zwei Sorten Eier – hartgekochte Hühnereier und eingelegte Enteneier, auch bekannt als »tausendjährige« Eier. Für diese chinesische Spezialität werden frische Enteneier hundert Tage in einer Mischung aus Kalk, Pinienasche, Salz und Tee in der Erde vergraben. Das Eigelb ist dann grünlich und von einer aspikähnlichen dunklen Masse umgeben, und die Eier haben einen pikanten, käseartigen Geschmack angenommen.

2 frische Hühnereier	450 g vollreife Tomaten
2 eingelegte (»tausendjährige«) Eier	1 ½ EL Zucker

Die Hühnereier 10 Minuten kochen. Mit einem Schaumlöffel aus dem siedenden Wasser herausnehmen, sofort in kaltes Wasser tauchen und die Schale mit der Unterseite eines Löffels rundherum leicht anschlagen. Anschließend die Eier mindestens 10 Minuten im kalten Wasser liegenlassen, währenddessen das Wasser zwei- oder dreimal wechseln. Die Eier behutsam aus der Schale lösen und mit einem scharfen Messer längs halbieren.

Die »tausendjährigen Eier« mit kaltem Wasser abspülen, schälen und wie die Hühnereier einmal längs durchschneiden.

Mit einem scharfen Messer die Tomaten in dünne Scheiben schneiden, auf einer großen Servierplatte anrichten und mit dem Zucker bestreuen. Dann abwechselnd eine gekochte und eine eingelegte Eihälfte kranzförmig um die Tomatenscheiben anordnen und servieren.

Für 4 Personen als Teil eines chinesischen Menüs oder für 2 Personen als leichte Mahlzeit.

Jiaozi-Goutie

Gekochte und geschmorte Teigtaschen

In der modernen chinesischen Ernährung ist gekochtes Getreide – vornehmlich Reis – der Hauptlieferant von Kalorien. In Nordchina ist Weizen das bevorzugte Getreide, und deshalb zählen dort Teigtaschen, ob gekocht oder geschmort, zu den Lieblingsspeisen. In der Regel wird dafür frisch gemahlenes Vollkornmehl aus Hartweizen verwendet und zu einem schmackhaften und gesunden Vollwertteig verarbeitet.

Ob im Restaurant oder zu Hause – Teigtaschen werden überall in Peking zubereitet. Ich halte diese kleinen Köstlichkeiten für weitaus besser und schmackhafter als so manches Essen, das den Touristen in den feineren Speiselokalen vorgesetzt wird.

Die besten Teigtaschen sind – wie sollte es anders sein – die selbstgemachten, und jede Familie in Peking rühmt sich ihrer eigenen Zubereitungsart mit einer ganz speziellen Füllung. Das folgende Rezept konnte ich meinen Freunden aus Peking, Familie Qu, entlocken, in deren kleiner Küche wir ausgiebig Gelegenheit hatten, über das Essen und Kochen zu philosophieren, während die ganze Familie – ich als Gast eingeschlossen – damit beschäftigt war, die Teigtaschen zuzubereiten.

In dieser Pekinger Familie lernte ich die zwei grundlegenden Garmethoden für Teigtaschen kennen: das Kochen und das Schmoren. Obwohl diese Teigtaschen das ganze Jahr über gern gegessen werden, gelten sie als traditionelle Speise zum chinesischen Neujahrsfest, an dem die Familien zusammenkommen, um gemeinsam große Mengen dieser Teigtaschen zuzubereiten und anschließend gemeinsam zu verzehren. In Übereinstimmung mit der chinesischen Auffassung, daß Essen in Gesellschaft genossen werden sollte, wird zu den Teigtaschen stets eine große Auswahl

Jiaozi-Guotie
Teigtaschen mit Fleischfüllung

an Dip-Saucen gereicht – unter anderem Essig, Sojasauce, Chili-Bohnen-Sauce und Chili-Öl –, die allen gemeinsam zum Eintunken ihrer Teigtaschen zur Verfügung stehen.

Die vorbereiteten Teigtaschen lassen sich gut einfrieren. Frau Qu benutzt während der langen Winter in Nordchina ihr Fensterbrett als »Gefrierschrank« für die Teigtaschen und holt sie bei Bedarf ins Haus, um sie vor der Weiterverarbeitung aufzutauen.

TEIG

275 g Vollkorn-Weizenmehl
225 ml kochendheißes Wasser

FÜLLUNG

250 g Kohl, feingehackt
125 g Schweinefleisch, feingehackt
125 g rohe Garnelen, geschält und feingehackt
25 g chinesische Trockenpilze, eingeweicht, entstielt, gewaschen und feingehackt
1 EL helle Sojasauce
1 EL dunkle Sojasauce
1 EL Reiswein oder trockener Sherry
1 EL Sesamöl
1 TL Salz
1 TL frisch gemahlener schwarzer Pfeffer
3 EL Erdnußöl für den Wok
250 ml kochendheißes Wasser für den Wok

ZUM DIPPEN

Chili-Bohnen-Sauce
Weißer Reisessig
Dunkle Sojasauce

Das Mehl in eine große Rührschüssel geben und das heiße Wasser langsam in einem Strahl zugießen, dabei die Flüssigkeit mit einer Gabel oder mit Holzstäbchen in das Mehl einarbeiten. Gegebenenfalls noch etwas Wasser zugießen. Der Teig sollte feucht sein, aber nicht kleben. Den Teig aus der Schüssel nehmen und etwa 5 Minuten auf einem bemehlten Brett kneten, bis er glatt ist und seidig glänzt. Den Teig zurück in die Schüssel legen und mit einem feuchten Tuch zugedeckt ruhen lassen.

Die Zutaten für die Füllung in einer mittelgroßen Schüssel gründlich vermischen und beiseite stellen.

Den Teig auf ein bemehltes Brett geben und nochmals gut durchkneten. Falls der Teig klebt, mit etwas Mehl bestäuben. Den Teig zu einer etwa 45 cm langen Rolle von 3 cm Durchmesser formen. Die Teigrolle mit einem scharfen Messer in vier gleich lange Stücke schneiden. Die einzelnen Stränge nochmals achteln, um 32 gleiche Teile zu erhalten.

Die Teigstücke mit dem Handballen flachpressen und zu Fladen von 9 cm Durchmesser ausrollen. Mit einem feuchten Tuch abdecken.

Den Rand eines Fladens an einer Seite in vier kleine Falten legen, so daß der Fladen sich wie eine Muschel wölbt. Etwa 2 Teelöffel der Füllmasse in die Mitte geben (die Wölbung sollte damit vollständig ausgefüllt sein) und die untere Teighälfte darüberklappen. Am Rand zusammendrücken, so daß eine halbmondförmige Teigtasche entsteht. Mit den restlichen Fladen ebenso verfahren. Die gefüllten Taschen können jetzt bis zur Weiterverwendung tiefgefroren werden.

Zum Schmoren der Teigtaschen einen Wok oder eine große Bratpfanne erhitzen. Das Erdnußöl hineingeben und die Teigtaschen mit der gefalteten Seite nach oben dicht nebeneinander in die Pfanne setzen. Die Teigtaschen bei mittlerer Hitze braten, bis sie auf der Unterseite leicht gebräunt sind. Das kochendheiße Wasser vorsichtig angießen und die Teigtaschen zugedeckt bei starker Hitze 2 Minuten kochen. Die Hitze reduzieren und die Teigtaschen weitere 8–10 Minuten leise köcheln lassen, bis die Flüssigkeit fast verdampft ist. Den Deckel abnehmen und die restliche Flüssigkeit verkochen lassen. Die Teigtaschen weiterbraten, bis sie unten goldbraun und knusprig sind.

Die fertigen Taschen auf einer vorgewärmten Platte anrichten und mit den Dip-Saucen sofort servieren.

Sollen die Teigtaschen gekocht werden, zuerst Salzwasser in einem großen Topf zum Kochen bringen, dann die gefüllten Taschen vorsichtig in das kochende Wasser geben und 2 Minuten kochen. Den Topf vom Feuer nehmen und die Teigtaschen weitere 15 Minuten im Wasser ziehen lassen.

Die Teigtaschen mit einem Schaumlöffel herausnehmen, auf einer Platte anrichten und servieren.

Ergibt 32 Teigtaschen.

Teigtaschen werden traditionell bei den Neujahrsfeiern gegessen

Frischer Tofu für Suppen und pfannengerührte Gerichte

Guizhou Lianai Doufu
»Liebes-Tofu«

Nichts gegen Restaurants, aber am besten habe ich immer noch bei den Chinesen daheim gegessen. Einmal wurde ich von der Familie Guan in Kunming (Provinz Yunnan) zu einem Festessen eingeladen. Von den zwölf – allesamt köstlichen – Speisen ist mir das Tofu-Gericht in bester Erinnerung geblieben. Frau Guan nennt dieses Gericht »Liebes-Tofu«, vielleicht seiner Weichheit und Würze wegen.

Der feste Tofu war gefüllt mit frischem Ingwer, Chillies, Knoblauch, frischen Korianderblättern, einem Schuß Sojasauce und einem Würzkraut, das sich »Yu dan cao« nannte. Das nur in China erhältliche Kraut verleiht der Speise ein eigentümlich scharfes Aroma, das noch am ehesten mit Frühlingszwiebeln zu erreichen ist.

Diese Speise eignet sich vorzüglich als Hauptgericht für Vegetarier, paßt aber auch gut zu einem Menü mit oder ohne Fleisch. Da dieses Tofu-Gericht auch aufgewärmt hervorragend schmeckt, kann es gut im voraus zubereitet werden. Wer es nicht so scharf mag, reduziert die Chilimenge um die Hälfte.

450 g fester Tofu
450 ml Öl zum Fritieren
½ TL Salz
½ TL Sesamöl

FÜLLUNG

1 EL Erdnußöl
3 EL feingehackter frischer Koriander
2 EL feingehackter Knoblauch
2 EL feingehackte Frühlingszwiebeln
1 ½ EL feingehackter frischer Ingwer
1–2 TL Chiliflocken oder ½–1 TL Chilipulver
1 EL dunkle Sojasauce
1 TL Zucker

SAUCE

1 EL Erdnußöl
1 EL feingehackter Knoblauch
1 EL feingehackter frischer Ingwer
1 EL dunkle Sojasauce
1 EL Reiswein oder trockener Sherry
2 TL helle Sojasauce
1 TL Zucker
250 ml Hühnerbrühe
1 TL Maisstärke, angerührt mit 1 TL Wasser
2 TL Sesamöl

Den Tofu abtropfen lassen und in quadratische Stücke von 5 cm Seitenlänge schneiden. Die Tofu-Würfel 10 Minuten auf Küchenkrepp abtropfen lassen.

Einen Wok oder eine große Pfanne erhitzen und das Erdnußöl hineingießen. Alle Zutaten für die Füllung in den Wok geben und 1 Minute unter Rühren braten, bis sich die Aromen vermischt haben. In eine Schüssel füllen und auskühlen lassen.

Den Wok oder die Pfanne wieder erhitzen und das Fritieröl hineingießen. Sobald es heiß ist, die Tofu-Würfel hineingeben und goldbraun fritieren.

Den Tofu herausnehmen, auf Küchenkrepp abtropfen und erkalten lassen. Das Öl wegschütten.

Jeden Tofu-Würfel mit einem Messer leicht einritzen und in die entstan-

Getrocknete Tofu-Blätter

denen Öffnungen jeweils vorsichtig 1 Eßlöffel von der ausgekühlten Füllung geben.

Den Wok auswischen, wieder erhitzen und das Öl für die Sauce hineingießen. Knoblauch und Ingwer dazugeben und 30 Sekunden unter Rühren braten.

Dann die restlichen Zutaten für die Sauce mit Ausnahme der angerührten Maisstärke und des Sesamöls dazugeben. Die Mischung zum Kochen bringen, die gefüllten Tofu-Würfel hineingeben und 3 Minuten bei mittlerer Hitze kochen.

Die Sauce mit der angerührten Stärke andicken, mit dem Sesamöl beträufeln und alles gut vermischen.

Das fertige Gericht in eine vorgewärmte Schüssel geben und servieren.

Für 4 Personen als Teil eines chinesischen Menüs oder für 2 Personen als Hauptgericht.

Mayi Shang Shu
»Ameisen auf dem Baum«

Mayi Shang Shu

»Ameisen auf dem Baum«

Dieses klassische Gericht aus der Provinz Sichuan trägt den seltsamen Namen »Ameisen auf dem Baum«, weil der Anblick von gebratenem Hackfleisch und Glasnudeln angeblich die Assoziation von krabbelnden Ameisen erweckt. Nachdem ich das Gericht viele Male in Restaurants gegessen hatte, kam ich zu guter Letzt auch in den Genuß einer hausgemachten Variante. Es schmeckte ausgezeichnet und war einfach und schnell zubereitet.

125 g getrocknete Glasnudeln
250 g Schweinefleisch, feingehackt
1 EL dunkle Sojasauce
2 TL Reiswein oder trockener Sherry*
2 TL Sesamöl
1 EL Erdnußöl
1 EL feingehackter frischer Ingwer
2 EL feingehackter Knoblauch
4 EL feingehackte Frühlingszwiebeln
2 EL dunkle Sojasauce
1 EL Chili-Bohnen-Sauce
½ TL Salz
2 TL Zucker
2 TL Sesamöl
450 ml Hühnerbrühe

ZUM GARNIEREN

3 EL feingehackte Frühlingszwiebeln

Die Glasnudeln 15 Minuten in einer großen Schüssel mit warmem Wasser einweichen. Sobald die Nudeln weich sind, das Wasser abgießen und die Nudeln abtropfen lassen.

Das Hackfleisch mit Sojasauce, Reiswein oder Sherry und Sesamöl vermischen.

Einen Wok oder eine große Pfanne erhitzen und das Erdnußöl hineingießen. Das Hackfleisch dazugeben und 2 Minuten unter Rühren braten. Ingwer, Knoblauch und Frühlingszwiebeln hinzufügen und weitere 2 Minuten pfannenrühren. Die restlichen Zutaten und die Glasnudeln dazugeben und das Ganze zum Kochen bringen. Unter Rühren so lange weiterkochen, bis die Flüssigkeit fast verdampft ist.

Die fertige Speise in eine Servierschüssel füllen, mit den Frühlingszwiebeln garnieren und auftragen.

Für 3 Personen als Teil eines chinesischen Menüs oder für 1 Person als Hauptgericht.

7.
Kapitel

ESSEN IN DEN STÄDTEN UND AUF DEM LAND

O Seele, komm zurück! Warum willst du in die Ferne? Dein ganzes Haus ist versammelt, dich zu ehren, allerlei feine Speisen stehen bereit: bitter, salzig, sauer, scharf und süß, ein jeglicher Geschmack.

Die Lieder des Südens, Ch'u Tz'u

China ist ein großes, endloses und unergründliches Land. Wollte ich es in seiner ganzen Größe sehen, müßte ich es wohl zehnmal ein ganzes Leben lang bereisen, bis ich auch das ganze Tibetanische Hochland und die Wüstenlandschaften der Inneren Mongolei kennengelernt hätte. Zwar habe ich nicht das ganze Land gesehen, ich hatte jedoch den Eindruck, daß die Menschen dort mit Armut, fehlender Industrie, teilweise unzulänglichen hygienischen Verhältnissen und anderen Problemen zu kämpfen haben, ihre Küchen manchmal kaum funktionsfähig eingerichtet sind. Ich hingegen konnte mir den Luxus eines Wagens mit Fahrer (der auch gleichzeitig unser Reiseführer war) leisten und hatte zu meiner Begleitung darüber hinaus meinen Freund, den Photographen Leong Ka Tai, und dessen Assistenten. Gelegentlich nahm ich auch das Flugzeug. Mit westlichen Maßstäben gemessen waren die Flugzeuge nicht gerade sauber, auch habe ich das System der Abflugs- und Ankunftszeiten nie richtig verstanden. Man sieht in den Flugzeugen, ähnlich wie in den überfüllten Zügen, die unterschiedlichsten Menschen: Geschäftsleute, Menschen auf Besuchsreise zu Verwandten und auch Studenten auf dem Weg nach Peking. Auf einer Flugreise begegnete ich einem wohlhabenden alten Bauern, der auf dem Weg zu seinen Enkeln war und vielleicht zum erstenmal im Leben ein Flugzeug benutzte.

Es hat mich immer wieder beeindruckt, wie sehr das Land durch eine gemeinsame bäuerliche Tradition beim Pflanzen, Ernten, bei der Viehhaltung, bei der Geflügel- und Schweinezucht verbunden zu sein scheint. Ich hatte den Eindruck, als seien ständig überall Karren und Wagen unterwegs und brächten Waren auf den Markt oder Lebensmittel nach Hause. Ich spürte, daß es trotz der Unterschiede zwischen der Minderheitenbevölkerung im Südwesten Chinas und der Mehrheit der Han-Chinesen, zwischen dem satten Grün des Südens und der trockenen Kargheit des Nordens etwas Gemeinsames gibt. Bestimmte Lebensmittel findet man selbst in den abgelegensten ländlichen Regionen Chinas, auch die Art, sie zu transportieren, ist oft dieselbe.

Die Menschen in den Städten sind sehr freundlich und hilfsbereit. Ihr Kleidungsstil mutet modern an und ist auch leicht vom Westen beeinflußt, bleibt aber dem chinesischen Stil treu. Annehmlichkeiten und technische Spielereien des 20. Jahrhunderts wie Radio, Fernsehen und Kühlschränke weisen scheinbar in eine materiell bessere Zukunft, doch

Seite 112: *Straßenhändlerinnen in Yi Liang Gou Jie*

Märkte und Imbißstände auf den Straßen beschwören die Zeiten des alten China. Das ganze Land ist voll von solch herrlichen Kontrasten.

Das bei weitem köstlichste Essen während meines jüngsten Aufenthaltes in China gab es bei Familien auf dem Land und in der Stadt. Alle Gerichte, die man mir dort anbot, waren mit Liebe und Sachkenntnis zubereitet. Sie waren je nach Ort oder Gegend verschieden, manches war auch nur zu bestimmten Jahreszeiten erhältlich, denn Kühlmöglichkeiten und konservierte Lebensmittel sind immer noch die Ausnahme: Nur zehn Prozent aller Haushalte in China haben einen Kühlschrank. Wenn man aber die häusliche Art des Kochens etwas näher kennenlernt, merkt man, daß sich vieles überall gleicht.

Ich hatte großes Glück, bei Familien und Freunden verweilen zu können und so direkt zu erfahren, wie sie ihr »tägliches Brot« zubereiten und essen. Zu Hause gibt es eine andere Kost als in den »offiziellen« staatlichen Restaurants oder bei den Musterfamilien, die der Staat auswählt, um zu zeigen, was das »neue« China zu bieten hat. Im Haus meiner liebenswürdigen und großzügigen Freunde und ihrer Familien durfte ich nicht nur deren Mahlzeiten, sondern auch die Hoffnungen und Sehnsüchte auf eine bessere Zukunft für ihre Kinder teilen.

Mein erster Eindruck von den chinesischen Großstädten war, daß es dort von Menschen wimmelt, daß sie schmutzig, laut und chaotisch sind. Leider stimmt dieser erste Eindruck. Die Großstadt, das ist ein unablässiges Hasten zahlloser Menschen, die in atemberaubendem Tempo ihr Auskommen bestreiten und dabei größte Schwierigkeiten zu überwinden haben. Glücklicherweise besitzt in China durch die verzögerte »Entwicklung« des Landes kaum jemand ein Auto, sonst wäre Peking eine so stark umweltbelastete Stadt wie Mexico City.

Chinas Bevölkerung hat sich von 500 Millionen im Jahr 1950 auf eine

Allerlei Gegrilltes im Straßenverkauf (Kanton)

Milliarde Menschen im Jahr 1985 verdoppelt. Jede Regierung hätte mit dieser enormen Bevölkerungsexplosion ihre Probleme gehabt. Durch die vorwärtsschreitende Mechanisierung in der Landwirtschaft und der daraus resultierenden wachsenden Zahl überschüssiger Arbeitskräfte auf dem Land zog es Hunderte von Millionen Bauern von Chinas Feldern in die Städte. Dort findet man eher Arbeit als auf dem Land; es gibt mehr Möglichkeiten, sich selbständig zu machen, zahlreichere und bessere Schulen, die medizinische Versorgung ist besser, und das kulturelle Leben ist intensiver. Verständlich, daß der Strom der Zuwanderer vom Land in die Stadt trotz staatlicher Kontrollbemühungen nicht abreißt.

Der durchschnittliche Lebensraum liegt in den kleineren chinesischen Städten bei ungefähr 19 Quadratmetern pro Person, in größeren Städten weit darunter, dort müssen sich durchschnittlich zwei Personen ein kleines Zimmer teilen. Oft wird die Küche in einer Wohnung von mehreren Familien benutzt. Elektrischer Strom ist meist vorhanden, wenn auch bisweilen rationiert, doch Badewannen sind selten, und in weniger als der Hälfte aller Fälle befindet sich die Toilette innerhalb der Wohnung. Darüber hinaus ist Wohnraum enorm knapp, junge Paare müssen oft jahrelang warten, bis sie eine Wohnung zugewiesen bekommen, in der sie ihren eigenen Haushalt gründen können. Fast alle Wohnungen befinden sich in staatlichem Besitz, und die Knappheit wird noch durch die künstlich niedrig gehaltenen Mieten verschärft, die nur ein bis fünf Prozent eines durchschnittlichen Arbeiterlohns betragen. Ein weiteres Problem ist der meist beklagenswerte Zustand des Wohnraums, für dessen Verbesserung die Regierung erst in den letzten zehn Jahren größere Mittel aufgewendet hat.

Es ist daher nicht überraschend, daß die Städter zumeist »auf der Straße« leben, vor allem in Gegenden mit gemäßigtem oder subtropischem Klima. Die Menschen strömen in Teehäuser, drängen sich auf Straßen und Plätzen, an Eßständen und in den Restaurants, sie unterhalten sich, spielen *mah-jongg* und Karten, gehen spazieren, und vor allem essen sie. In der Stadt wird mehr als die Hälfte des Haushaltseinkommens für Essen ausgegeben. Schon bei Sonnenaufgang verkauft man auf den Märkten Gemüse, das frisch von den Feldern kommt; daher gehen viele Familien täglich schon vor der Arbeit einkaufen, um möglichst frische Ware zu bekommen. Für die Berufstätigen gibt es eine zweistündige Mittagspause, und die meisten gehen zum Essen nach Hause. Moderne Haushaltsgeräte sind selten, und so wird auf die Zubereitung des Essens ein großer Teil der Zeit verwendet. Dies ist mühevoll, doch mich schaudert bei dem Gedanken, daß diese Zeit dazu verwendet werden könnte, sich irgendwelche Wiederholungssendungen im Fernsehen anzuschauen und dabei Fertigkost zu essen.

Meine Freunde, Familie Qu, sind das typische Beispiel einer städtischen Familie. Frau Qu ist Englischlehrerin im Ruhestand, Herr Qu arbeitet als stellvertretender Leiter der Chinesischen Akademie für Fischereiwissenschaft. Ihr Sohn ist in der Elektronikindustrie beschäftigt, und die Tochter ist Lehrerin. Sie wohnen in einer vergleichsweise geräumigen Dreizimmerwohnung in Peking. Da sie einen Farbfernseher und einen kleinen Kühlschrank besitzen, sind sie meiner Meinung nach relativ wohlhabend. Die ganze Familie hat ein monatliches Einkommen von 200 Yuan, hinzu kommt noch die Bezahlung für Frau Qus privaten

Familie beim Teigtaschenformen (Ansai in der Provinz Shaanxi)

Englischunterricht, die Miete beträgt aber lediglich fünf Yuan im Monat! Die Wohnungen im dortigen Häuserblock sind im Besitz der örtlichen Behörden.

Sie haben eine separate kleine Küche, in der man sich nur schwer mehr als einen einzigen Wok vorstellen kann, aber dort werden fast alle Mahlzeiten zubereitet. Die Qus haben zudem noch das Glück, daß sich ganz in der Nähe ihres Wohnblocks ein Markt befindet. Als wir dort hingingen, war gerade Saison für den beliebten Spargelsalat ([*stem lettuce*], diese Pflanze hat nichts mit Spargel zu tun; es handelt sich um ein mit dem Kopfsalat verwandtes Gemüse, dessen Strunk und Blätter gekocht oder roh verzehrt werden) und Auberginen, die frisch von den Feldern der Umgebung kamen; und wie das bei fast allen Märkten der Fall ist, konnten wir,

Beim Einkaufen mit meinem Freund Guan Yang auf einem Markt in Südwestchina

weil wir sehr früh dort waren, unter den besten Gemüsen auswählen. Das Essen bei Familie Qu ist vielseitig, gesund und wird mit Phantasie zubereitet. Ich kam in den Genuß köstlicher und raffiniert gewürzter *jiaozi* (Teigtaschen mit Fleischfüllung). Es waren die besten, die ich je gegessen habe. Fisch ißt man gelegentlich; er ist aber teuer und bleibt besonderen Anlässen vorbehalten. Schweinefleisch ist in jüngster Zeit leichter erhältlich, und es kommt bei den Qus regelmäßig auf den Tisch. Gemüse und Tofu jedoch machen den größten Teil ihrer Kost aus, ganz einfach weil sie frische Gemüse der Jahreszeit schätzen.

Ich durfte auch bei einer anderen Familie zu Gast sein, den Guans, die weitab im Südwesten des Landes leben, in Kunming in der Provinz Yunnan, einer Stadt mit über einer Million Einwohnern. In meinen Augen sind die Guans eine typische Familie des modernen China. An ihrer Art zu leben lassen sich die gesellschaftlichen Veränderungen ablesen, die China in den letzten 40 Jahren ereilt haben. Frau Guan ist in Guiyang geboren, dem Sitz der Kreisverwaltung von Guizhou, an der Grenze zwischen den Provinzen Hunan und Yunnan. Vor 40 Jahren war dies eine verschlafene kleine Provinzstadt, heute tummeln sich dort fast eine Million Menschen. Ihr Mann, Guan Nafen, stammt ursprünglich aus einer Bauernfamilie in Yuangguang in der Provinz Guangdong in der Nähe von Kaiping, wo meine Familie herstammt. Sein Großvater war genau wie meiner nach San Francisco ausgewandert; und als er nach ein paar Jahren wieder zurückkehrte, konnte er mit seinem gesparten Geld seiner verarmten Familie dort ein paar Parzellen Land kaufen. Dieses Land lag im Mündungsgebiet des Perlflusses, einem der wertvollsten und am besten bestellten Agrargebiete der Welt.

Obwohl es der Familie Guan immer besser ging, waren die Zeiten seit den zwanziger Jahren doch recht unruhig. Bürgerkrieg, Überfälle und wieder Bürgerkrieg herrschten in diesen Jahrzehnten. Herr Guang verbrachte einige Kriegsjahre in Hongkong und setzte seine Ausbildung so gut es ging fort. Wie so viele junge Männer enttäuschten ihn aber die herrschenden Zustände, und so ging er 1949 mit 18 Jahren zur Volksbefreiungsarmee. Mit der Armee marschierte er von Kanton nach Kunming. Dort traf er 1954 seine Frau, und sie heirateten 1958.

Während der Kulturrevolution mußte die Familie Nachteile hinnehmen, da Herr Guan Grundbesitzer war, und nur die Tatsache, daß Frau Guan eine einwandfreie bäuerliche Herkunft vorweisen konnte und er Mitglied der kommunistischen Partei war und in der Armee gekämpft hatte, bewahrte sie vor schlimmen Repressalien. Heute ist Herr Guan höherer Angestellter des Medizinischen Instituts von Yunnan und Abteilungsleiter, seine Frau ist Professorin für Augenheilkunde. Herr Guan berichtete von einigen regionalen Veränderungen der letzten Zeit, die den Menschen Vorteile gebracht haben. Durch erhöhte Produktivität in der Landwirtschaft und im produzierenden Gewerbe und durch den größer werdenden Touristenstrom ist das Angebot an Essen, Kleidung und Arbeitsstellen größer und vielfältiger geworden. Infolge der Lockerung staatlicher Kontrollen sind jetzt mehr örtliche Initiativen und Neuerungen möglich. Die Leute, sagte mir Herr Guan, sind jetzt zuversichtlicher als in den vergangenen Jahren.

Die Guans sind für chinesische Verhältnisse eine recht wohlhabende Familie. Sie wohnen in einer geräumigen Dreizimmerwohnung, zu der noch eine kleine Küche und ein Eßzimmer gehören. Ihr Sohn Guan Yuan hat vor kurzem geheiratet. Er lebt mit seiner Frau in derselben Wohnung, und sie warten auf die Zuweisung einer eigenen Wohnung. Die Tochter der Guans ist Krankenschwester und wohnt dort ebenfalls zusammen mit ihrem Mann und ihrem kleinen Sohn. In dieser Dreizimmerwohnung lebt so die ganze Großfamilie zusammen, wie dies in China schon seit Jahrtausenden der Fall ist. Der Arbeitstag beginnt um sechs Uhr morgens, von 12 bis 14 Uhr ist Mittagspause, ab dann wird wieder bis sechs Uhr gearbeitet. Alle fahren mit dem Fahrrad zur Arbeit, denn ein Auto kann sich so gut wie niemand leisten. Die Busse sind überfüllt und langsam, und die Guans fahren – außer bei starkem Regen – alle gerne mit dem Fahrrad

Ein gemeinsames Mahl mit Familie Guan in Kunming

Wie man schon aus der Geschichte der beiden Familien, aus denen Herr und Frau Guan stammen, ablesen kann, ist die Bevölkerung von Kunming und der Provinz Yunnan ein Gemisch aus ethnischen und regionalen Minderheiten. In der Provinz Yunnan weist diese Zusammensetzung die größten Unterschiede auf. Im Jahr 1949 war diese Region noch sehr spärlich besiedelt, die Menschen waren zumeist chinesische Minderheiten, das heißt keine Han-Chinesen. Seit 1949 gibt es ein Programm der Zentralregierung, das die Menschen in ganz China und vor allem im überfüllten Osten dazu bringen sollte, in die Gegend der Provinz Yunnan überzusiedeln. Diese Umsiedler brachten auch ihre jeweiligen Regionalküchen mit, daher die verschiedenen und miteinander vermischten Stilarten der chinesischen Küche, die man dort heute antrifft. Das Essen in Yunnan, zu Hause und in den Restaurants, ist eine Verbindung dieser verschiedenen Einflüsse, und diese Verbindung gibt dieser Gegend ihren besonderen Reiz.

Die Speisen der Familie Guan beispielsweise weisen immer noch deutliche Elemente der kantonesischen und der Yunnan-Küche auf, obwohl oder vielleicht gerade weil diese Verknüpfung vorsichtig und im Einklang mit der chinesischen Kochtradition geschaffen wurde. Beide, Herr und Frau Guan, besorgen das Kochen für die Familie, je nach dem, wer von beiden gerade weniger von seiner Arbeit in Anspruch genommen wird.

Die Gegend um Kunming ist sehr fruchtbar, und die Bauern können

Blumenkohlmarkt in Yunnan

ohne weiteres die kulinarischen Wünsche aller Minderheitengruppen der Region zufriedenstellen. Möglich wurde dies indes erst in den letzten Jahren. Nachdem die Zentralregierung ihre strengen Produktionsvorschriften und -kontrollen gelockert hatte, begannen Bauern mit Unternehmergeist spezielle Feldfrüchte anzubauen, die sich gewinnbringend verkaufen lassen.

Ich ging einige Male mit den Guans einkaufen und sah hierbei Spezialitäten wie frischen Ziegenkäse, getrockneten Ziegenkäse in Form gewellter Blätter sowie sogenannten »stinkenden Tofu«, den man fermentiert, bis er einen starken, käseähnlichen Geruch und Geschmack entwickelt. Während ich genüßlich an meinem milden Joghurt nippte, den ich bei einem Straßenhändler erstanden hatte, fielen mir eindeutig moslemische Einflüsse auf: Zu unserem Ziegenkäse und frischen Gemüsen gab es Ziegenfleisch und getrocknetes Rindfleisch. Zu einem besonderen Anlaß bereitete uns Frau Guan nach eigenem Rezept gedämpftes Huhn im Tontopf nach Yunnan-Art. Restaurants oder Imbißstände fügen bei der Zubereitung dieses Gerichts anfangs oft Wasser hinzu, in Frau Guans Rezept aber entsteht die Fleischbrühe ausschließlich aus dem Dampf, der sich im Tontopf bildet. Vier Stunden läßt sie das Huhn dämpfen. In der Zwischenzeit wird der getrocknete Ziegenkäse zum Einweichen in Wasser gelegt, danach mit einem Handtuch getrocknet, in Stücke geschnitten und pikant fritiert. Der Rest der Familie half bei der Zubereitung und kochte leckere Yunnan-Pilze, Reis und die anderen Gerichte des Zwölf-Gänge-Menüs, in dessen Mittelpunkt der köstliche Hühnertopf stand.

Ein anderes Mal gab es bei Frau Guan eine regionale Spezialität, die im Volksmund »Liebes-Tofu aus Guizhou« genannt wird. Dieser rotgekochte Tofu wird mit einer würzigen Mischung aus Chiliflocken, Sojasauce, Knoblauch, Ingwer und einem besonderen Heilkraut mit Namen *yu dan chao* vermischt. Er hat einen geradezu unwiderstehlichen, würzigen Geschmack, sättigt angenehm und soll darüber hinaus auch noch gesund sein.

Frau Guan fritiert Tofu

Mit Genuß aß ich auch des öfteren bei den Guans nach Familienrezept hergestellten milden Ziegenkäse mit Yunnan-Schinken, ebenfalls eine Spezialität der Region. Dazu gab es ausgezeichnetes gehacktes Schweinefleisch mit frischem Chili aus der Gegend. Als Imbiß gab es fritierten Ziegenkäse und eine ungewöhnliche Art von Chips aus Kichererbsenmehl. Besonders gern erinnere ich mich an ein kantonesisches Gericht aus gehacktem Schweinefleisch mit chinesischem Bleichschnittlauch und an die Rindfleischstreifen mit einer regionalen Broccolisorte, die ich viel überzeugender fand als die kantonesische. Herr Guan meinte, er habe nie Ziegenkäse probiert und habe sich auch nichts aus gutgewürzten Speisen gemacht, bevor er nach Yunnan kam. Die eben erwähnten Gerichte sind mit Sicherheit nicht typisch kantonesisch, es gibt jedoch andere, die mich sehr an Kanton erinnerten, wie pfannengerührte Zuckererbsen mit frischem Wasserspinat und Knoblauch.

Zu unseren Mahlzeiten tranken wir immer chinesisches Bier. Mit Bestürzung mußte ich aber sehen, daß viele junge Leute zum Essen Cola tranken. Bier enthält zwar ein wenig Alkohol, macht aber den Gaumen nicht taub für das Essen. Zum Schluß gab es frisches Obst, besonders süß und erfrischend waren die Wassermelonen aus der Gegend. Nach dem Essen wurde dann immer heißer Tee serviert.

In der winzigen Küche der Familie Guan gab es nur einen Kocher mit zwei Gasflammen. Daher mußte jeder Schritt bei der Zubereitung eines Essens sorgfältig im voraus bedacht werden. Das Pfannenrühren kurz vor dem Servieren wurde auf ein Minimum reduziert und die Zubereitungsschritte und -arten genau geplant. Familie Guan besitzt einen kleinen Kühlschrank, der im Eßzimmer steht; sie haben auch einen elektrischen Reiskocher, die Krönung der Küchenausrüstung eines Stadtchinesen. Der Kühlschrank ermöglicht ihnen, Essen vorzukochen, und der Reiskocher hält die Kochstelle für andere Gerichte frei.

Trotz dieser beschränkten Möglichkeiten zaubern die Guans gastronomische Köstlichkeiten. Ihre offene Gastfreundschaft und ihr ausgezeichnetes Essen machten meinen Besuch dort unvergeßlich. Ich wünschte, alle Chinesen könnten sich diese Annehmlichkeiten des städtischen Lebens leisten.

Von Kunming aus reiste ich in Richtung Norden nach Sichuan, der Heimat der bekannt scharfen und würzigen Küche. Obwohl ich mit der kantonesischen Küche aufgewachsen bin, hatte ich schon immer eine Schwäche für die feurigen und deftigen Gerichte aus Sichuan. So reiste ich bei meinem ersten Chinabesuch so bald wie möglich dorthin, um die Sichuan-Küche direkt und unverfälscht erleben zu können. Auf Märkten, an Imbißständen und in Restaurants konnte ich ausgiebig meiner Leidenschaft für diese so gut gewürzten Speisen nachgehen. Mir fiel auf, welch

In der Küche von Familie Guan wird gedämpftes Yunnan-Hühnchen zubereitet

knackig-beißendes Aroma der Sichuan-Pfeffer dort hat und wieviel er davon durch einen langen Schiffstransport verliert. In Sichuan schmeckten Pfefferkörner und getrocknete, gemahlene Chilischoten viel voller und intensiver als sonst irgendwo. Ich schloß daraus, daß diese beiden Zutaten grundlegend für die Küche in Sichuan sein müssen, und habe seit dieser Zeit auch immer wieder versucht, sie beim Kochen von Sichuan-Gerichten dementsprechend zur Geltung zu bringen.

Als ich wieder einmal, im Jahr 1989, dorthin zurückkehrte, versuchten mir meine Freunde das schwer zu vermittelnde Typische ihrer Kochkunst verständlich zu machen. Sie waren sehr hilfsbereit und zeigten mir vieles, unter anderem wurde ich auch zu einer Geburtstagsfeier in Boaguang mitgenommen, an die ich mich heute noch gerne erinnere. Boaguang liegt ungefähr eine Fahrstunde von Chengdu entfernt, der größten Stadt in Sichuan. Es wurde eine Einführung in einen weiteren und wiederum anderen Teil des chinesischen Alltags, denn ich lernte das Leben auf dem Land dort kennen.

Obwohl es in China 22 Städte mit mehr als einer Million Einwohnern gibt, ist das Land nach wie vor zum allergrößten Teil bäuerlich und von der Landwirtschaft geprägt. Der Versuch, das Leben einer so riesigen Bevölkerungsmenge in derart vielen und unterschiedlichen Regionen vereinfacht und verallgemeinert zu beschreiben, würde die Verhältnisse mit Sicherheit verfälscht widergeben. Nichtsdestotrotz gibt es im chinesischen Landleben bestimmte Strukturen und charakteristische Elemente, die sich überall gleichen.

Nach den Reformen der letzten zehn Jahre haben die Bauern jetzt ein wenig mehr Freiraum bei der Bearbeitung des Landes. Sie besitzen zwar das Land nicht, das sie bestellen, doch gewährt man ihnen eine Form von Besitzstand, die es ihnen erlaubt, über mehrere Jahre und Ernten hinweg sinnvoll zu planen und darüber hinaus auch materielle Vorteile aus ihrer eigenen Arbeit zu ziehen. Von staatlicher Seite wurde festgelegt, daß die Bauern frei entscheiden können, was sie anbauen oder produzieren wollen, vorausgesetzt, sie decken die staatlichen Quoten für bestimmte Grundnahrungsmittel ab. Dies brachte dann die »Kräfte des Marktes« ins Spiel, mit dem Ergebnis, daß diejenigen Obst- und Gemüsesorten und Spezialitäten, welche die Chinesen schon immer gern gegessen haben, nun in viel größerem Umfang produziert wurden. Auch der Transport und die Art des Warenverkaufs wurden verbessert, ein reger Handel vom Land in die Städte entwickelte sich.

Im Mittelpunkt des ländlichen Lebens steht nun wieder stärker die Familie, die auch als wirtschaftliche Einheit gegenüber der Dorfkommune an Bedeutung gewonnen hat. Diejenigen Familien, die in der Nähe städtischer Märkte oder Häfen leben, die Söhne haben, die das Land bestellen, die über fruchtbares Land verfügen oder die fleißiger, sparsamer und erfinderischer sind und auch das nötige Glück haben, können ihre materielle Situation verbessern. In den letzten zehn Jahren gab es auch eine Zunahme der sogenannten »Zehntausend-Yuan-Haushalte«, der »chinesischen Millionäre«. Es hat nicht den Anschein, als würde diese wirtschaftlich-gesellschaftliche Entwicklung demnächst enden; die jüngsten politischen Repressionen jedoch könnten zur Folge haben, daß die Zurschaustellung materiellen Wohlstands offiziell geächtet wird.

Weizenernte in Sichuan

Die große Mehrheit der Menschen sind bestimmt keine Millionäre und werden es auch nie werden; die meisten chinesischen Bauern sind bedürftig, und sie haben nur beschränkte Möglichkeiten, ihre Situation zu verändern. Aufgrund der gelockerten staatlichen Kontrolle ist es zumindest möglich, Traditionelles wieder aufleben zu lassen. Die chinesischen Dörfer, dieser Bereich zwischen Stadt und offenem Land, sehen heute noch genauso aus wie vor 50 Jahren. Das Leben der Menschen dort richtet sich nach den Gegebenheiten der Natur und den Gesetzen der Jahreszeiten. Wohlstand und Besitztum sind innerhalb der Dörfer, der Provinzen und der Regionen unterschiedlich. Die Bauern werden auch in Zukunft versuchen, alle neben ihrer Tätigkeit als Bauern erreichbaren Möglichkeiten in allen wirtschaftlichen Zweigen zu nutzen, um sich ein besseres Leben als die ihnen vorangegangene Generation leisten zu können. Stets

Seite 120/121: *Geflügelgroßhändler beim Aushandeln der Preise in der Provinz Hunan*

Hofleben auf dem Land

empfand ich diese Armut auf dem Land und die betörende Schönheit der Landschaft als traurigen Kontrast.

Auf dem Land ist die Kindersterblichkeit höher, die medizinische Versorgung teurer, und die Kosten für Schule und Ausbildung liegen ebenfalls höher. Die Frauen auf dem Land haben es zumeist viel schwerer als ihre Geschlechtsgenossinnen in der Stadt. Rein räumlich gesehen mag es auf dem Land mehr Lebensraum geben, doch in der Stadt bleibt für die Bedürfnisse des menschlichen Geistes mehr Raum.

Der Lebensstandard auf dem Land verbessert sich, aber eben nur sehr langsam. Die chinesische Nation muß heute eine harte Probe durchstehen, den Wandel von einer fast ausschließlich traditionell landwirtschaftlichen und ländlichen Gesellschaft zu einer mit mehr innovativem und städtischem Charakter. Die Größe dieser Aufgabe läßt sich kaum beschreiben. Es bleibt nur zu hoffen, daß das bei einer solch tiefgreifenden Umwälzung unausweichlich eintretende Trauma für die Menschen in China so gering und so wenig schmerzhaft wie irgend möglich sein möge. Sie hätten ein leichteres Schicksal wirklich verdient.

Diese Gedanken gingen mir durch den Kopf, als ich mit Freunden in einem gemieteten Wagen durch die Landschaft der Provinz Sichuan fuhr. Auf meinem Schoß hielt ich den Kuchen, den ich Huang Haijia mitbrachte, dessen Geburtstag wir an diesem Tag feiern wollten. Wir fuhren durch kilometerlange Reisfelder und kamen dann am Tor seines Anwesens an, durch das wir in einen großen Hof geführt wurden, der vor dem strohgedeckten Haus lag.

Mir war schnell klar, daß dies ein relativ gutsituierter Haushalt sein mußte. Später erfuhr ich auch, daß die Familie im Besitz von zwei Fernsehern und diversen Radios und Kassettenrekordern ist. Das Haus war recht groß, bescheiden eingerichtet, hatte drei Schlafzimmer, eine geräumige, aber sehr einfache Küche und ein kleines Eßzimmer. Der Hof diente zugleich auch als »Wohnzimmer«. Herr Huang und seine Frau, Ge Wenfeng, stammen aus der Gegend von Longhu und sind in Sichuan geboren und aufgewachsen. Ihren ausgeprägten Dialekt verstand ich nur mit einiger Mühe; doch die Familie hieß uns herzlich willkommen, und so fühlte ich mich gleich wie zu Hause. Die Huans haben fünf Kinder, die alle an diesem Tag erschienen waren, wie auch der Mann der ältesten Tochter, der bei den Essensvorbereitungen eine große Hilfe war.

Fleischtransport mit dem Fahrrad (Kunming)

Bei der Zubereitung der Speisen hatten alle bestimmte Aufgaben, die von Frau Huang verteilt wurden, denn sie leitete die Vorbereitungen zu diesem Essen. Die Küche war traditionell, dies bedeutet: sehr schlicht ausgestattet, und erinnerte mich an die Küche meiner Verwandten in der Provinz Guangdong. Es gab keinen Kühlschrank, alles war am Morgen frisch auf dem Markt gekauft worden und wurde mit Tüchern umwickelt und so gegen Hitze und Fliegen geschützt. Lebensmittel wurden in einem kleinen abgedeckten Vorratsbehälter aufbewahrt, der von der Decke hing, wahrscheinlich, um sie vor Ratten zu schützen. Der Raum wurde nur durch ein großes Oberlicht und eine einzige schwache Glühbirne beleuchtet. Die ganze Familie füllte das Haus, alle gingen geschäftig ein und aus, bereiteten das Essen vor und bedienten die beiden Woks auf dem Ofen, in den ständig Holzscheite, Reisstroh und duftende Bambusstäbe nachgelegt wurden.

Bei der Vorbereitung der Gerichte sah ich ganze Berge von gewaschenem chinesischem Bleichschnittlauch, Tomaten, Wolkenohren, die man schon zum Einweichen eingelegt hatte, und schließlich die entsprechende Menge Reis, die zum Waschen bereitlag. Frau Huang erzählte mir, daß sie meistens Reis und Gemüse äßen und sehr wenig Fleisch, doch da dieser Tag ein Geburtstag sei, gebe es Schweinefleischgerichte und Fisch. Viele Bauern können Schweine und Karpfen selbst züchten, aber die Huangs kaufen sie auf einem Spezialitätenmarkt ganz in der Nähe. Herr Huang und sein Sohn Kanze wurden zum Markt geschickt, wo sie mit dem Fahrrad das frische Schweinefleisch und die Karpfen holten, die munter in roten Eimern schwammen.

In einer ruhigen Minute fragte ich Herrn Huang, warum er keine Schweine züchtete. Er meinte, er hätte nicht genug Futter, um Tiere füttern zu können. Schweine seien wunderbare Tiere, doch sie fräßen dasselbe wie Menschen; und scherzend fügte er hinzu, daß sein Hof nicht noch mehr Esser gebrauchen könne. Er habe sich auf den Anbau von Chillies, Knoblauch und Gemüse für die Märkte in der Stadt spezialisiert. Diese Produkte seien sehr gefragt, meinte er, und bestimmt ist dieses Geschäft für ihn auch rentabel.

Herr Huang ist ein gutes Beispiel für einen bäuerlichen Geschäftsmann. Er arbeitete unter anderem als Kranführer, bevor er vor 20 Jahren wieder zur Landwirtschaft zurückkehrte. Nun geht es ihm und seiner Frau immer besser, ihre Kinder helfen ihnen; einige von ihnen arbeiten auf dem Hof, andere in der Fabrik.

Die Art, wie Familie Huang die rituelle Reiswaschung vollzog, hatte ich bisher noch nicht erlebt. Zuerst wurde der Reis in einem Wok in reichlich Wasser 15 Minuten gekocht. Anschließend ließ man ihn in einem Bambussieb abtropfen und entfernte sorgfältig Schmutz und Fremdkörper. Dann wurde er zurück in den Wok gegeben, zugedeckt und so lange vorsichtig gedämpft, bis er gar war. Während der Reis kochte, half ich Frau Huang, die Bohnen abzuziehen und in mundgerechte Stücke zu brechen. Alle um mich herum waren emsig und geschäftig. Der Hund der Familie, Hei Shi (»schwarzer Löwe«!), lag auf dem Boden, die Katze, deren Namen ich nicht erfuhr, tat so, als geschehe das Ganze nur ihretwegen. Jemand brachte aus dem Garten dicke, frisch und intensiv schmeckende Knoblauchzwiebeln, die geschält, zerstoßen und unter die Chilipaste gemischt wurden, eine Zutat, die in vielen Gerichten verwendet wurde. Frau Huang zeigte mir stolz ihren irdenen Topf, voll mit roten Chillies, die sie im letzten Jahr selbst eingelegt hatte. Ich sah zu, wie sie ein paar dieser Prachtstücke nahm und sie mit frischem Knoblauch in ihrem alten Mörser mit dem Stößel zu einer Chili-Knoblauch-Paste zerstampfte. Sie vermischte diese dann mit frisch geröstetem und gemahlenem Sichuan-Pfeffer. In dieser Atmosphäre, die so reich war an Natürlichem und Echtem, schien es mir, als erlebte ich die Neuerschaffung der Sichuan-Küche.

Das Essen, oder besser gesagt das Bankett hatte mindestens 16 Gänge. Es gab kaltes pikantes Huhn, gebratene Erdnüsse mit Salz und Sichuan-Pfeffer, zarten Schweinebauch mit einer würzigen Sauce, frische grüne Bohnen, pfannengerührt mit milden Chilischoten, geräuchertes Fleisch, Ente nach Sichuan-Art, pfannengerührten chinesischen Bleichschnittlauch mit Schweinefleisch, pfannengerührten Staudensellerie mit Schweinehackfleisch, Auberginen mit Schweinefleisch, Graskarpfen mit Chili-Bohnen-Paste, pfannengerührte Wolkenohren, eine feine Tomatensuppe und pfannengerührte Gurken mit Schweinefleisch. Vor dem Servieren wurden auf die meisten Gerichte geröstete Sichuan-Pfefferkörner gestreut. Ganz am Ende gab es dann noch ein Gericht mit Reis und Kohl. Der Kohl wurde in demselben Wasser gekocht, in dem zuvor das Fleisch gegart worden war.

Das Bankett fand im Hof statt, wir aßen und tranken fünf Stunden im warmen Licht der Sonne von Sichuan. Auch die Natur schien wohlwollend auf so ein fröhliches Zusammentreffen von Freunden und Bekannten herabzuschauen. Es waren so idyllische Stunden – ich wünschte, alle Menschen könnten so etwas Schönes erleben.

Als wir uns schließlich zögernd zum Aufbruch im Hof versammelten, bat ich Herrn Huang, ein letztes Mal das probieren zu dürfen, was so typisch für die Sichuan-Küche ist: ein ganz frisches Pfefferkorn. Er führte mich zu einem kümmerlichen Busch, von dem ich bisher kaum Notiz genommen hatte, und pflückte davon eine der rötlichen und runzligen Beeren. Ich biß hinein. Meine Zunge war zugleich überrascht und betäubt, den kräftig-scharfen Geschmack spürte ich noch lange am Gaumen. Genauso lange hätte ich auch gern die Zeit an diesem schönen Nachmittag festgehalten. Doch der Abschied nahte, und es gab viele Tränen, und die Tränen waren echt. Als wir abfuhren, spürte ich, daß ich mit dieser kleinen, unscheinbaren Beere aus einer Ecke des Hofes etwas vom Innersten Sichuans entdeckt hatte.

Die Küche der Familie Huang in Sichuan

Vorbereitung der Zutaten

Während des Kochens wird das Feuer geschürt

Donggu Shao Ji

Huhnkasserolle mit chinesischen Pilzen

Das Angebot an Frischpilzen ist in der Provinz Yunnan bedeutend größer als in den anderen Landesteilen Chinas. Wie ich erfuhr, wachsen dort über 200 verschiedene Speisepilze, von denen mich viele an den Steinpilz erinnerten. Ebenfalls stark verbreitet ist der Austernseitling, der inzwischen auch außerhalb Chinas kultiviert wird. Doch der berühmteste Pilz aus der Provinz Yunnan ist und bleibt der jizong *oder »Hühnerpilz«, der aussieht wie ein Hahnenkamm und die Konsistenz von Hühnerfleisch hat. Kein Wunder, daß er oft in Huhngerichten Verwendung findet.*

Das nachfolgende Gericht aß ich bei Familie Guan in Kunming. Mit frischen Pilzen vom Markt bereitete Frau Guan diesen deftigen Eintopf zu. Da diese speziellen Pilze außerhalb von Kunming kaum erhältlich sind, habe ich sie durch chinesische Trockenpilze ersetzt. Das rauchige Aroma dieser Pilze verleiht der Speise einen köstlichen Beigeschmack.

450 g Hühnerfleisch vom Schenkel, entbeint und enthäutet

MARINADE

1 EL helle Sojasauce
2 TL Reiswein oder trockener Sherry
1 TL dunkle Sojasauce
1 TL Sesamöl
½ TL Salz
1 TL Maisstärke

25 g chinesische Trockenpilze
2 EL Erdnußöl
6 Scheiben frischer Ingwer
1 EL Reiswein oder trockener Sherry
1 EL dunkle Sojasauce
1 TL helle Sojasauce
2 TL Zucker
250 ml Hühnerbrühe
1 TL Maisstärke, angerührt mit 1 TL Wasser

Das Hühnerfleisch in dünne Streifen von 7 cm Länge schneiden. Die Zutaten für die Marinade miteinander verrühren, das kleingeschnittene Fleisch hineingeben und 20 Minuten darin ziehen lassen.

Die Trockenpilze 20 Minuten in warmem Wasser einweichen, dann gründlich unter fließendem kaltem Wasser spülen, denn sie sind oft noch sandig. Mit einem scharfen Messer die Stiele abschneiden und wegwerfen. Die Pilzhüte halbieren und beiseite stellen.

Einen Wok oder eine große Pfanne erhitzen und das Öl hineingießen. Die Ingwerscheiben hinzufügen und 1 Minute unter Rühren braten. Dann das marinierte Hühnerfleisch dazugeben und 2 Minuten pfannenrühren. Den Wok-Inhalt in einen Tontopf oder eine Kasserolle umfüllen. Pilze, Reiswein oder Sherry, Sojasauce, Zucker und Hühnerbrühe dazugeben und das Ganze zum Kochen bringen. Die Hitze reduzieren und die Mischung zugedeckt 15 Minuten auf kleiner Flamme köcheln lassen. Dann die Flüssigkeit mit der angerührten Stärke binden. Die Ingwerscheiben vor dem Servieren herausnehmen.

Für 4 Personen als Teil eines chinesischen Menüs oder für 2 Personen als Hauptgericht.

Lajiao Shao Sijidou

Grüne Bohnen mit frischen Chilischoten

Im Gegensatz zu den Städtern kommen die Landbewohner in China häufiger in den Genuß von frischen Produkten, denn vieles wächst im hauseigenen Garten oder auf nahegelegenen Feldern. Da Kühlmöglichkeiten kaum oder gar nicht vorhanden sind, kommen die Erzeugnisse in der Saison frisch auf den Tisch, und was übrigbleibt, wird entweder getrocknet, eingelegt oder gesalzen. Diese im Laufe der Jahrtausende zu höchster Perfektion entwickelten Konservierungsmethoden erhalten weitestgehend die Nährstoffe und intensivieren in vielen Fällen das Aroma.

Einmal war ich bei der Familie Huang in Sichuan zu einem Festessen eingeladen. Eigens zu diesem Anlaß grub die Gastgeberin im Garten ein irdenes Gefäß aus, welches mit eingelegten Chillies aus dem Vorjahr gefüllt war. Sie zerstampfte die Chillies und vermischte die entstandene Paste mit gehacktem Knoblauch. Diese Mischung wurde dann mit frischem Gemüse der Saison – in diesem Fall mit grünen Bohnen – pfannengerührt. Zu Hause kochte ich das Rezept nach, verwendete aber statt dessen frische rote Chilischoten von milder Schärfe und gab noch einen Schuß Essig hinzu. Das Ergebnis war ein wohlschmeckendes, würzig-scharfes Gericht nach Art der Sichuan-Küche, das hervorragend zu einem chinesischen Menü paßt.

450 g grüne Bohnen
125 g frische milde (rote oder grüne) Chilischoten
1 ½ EL Erdnußöl
1 ½ EL feingehackter Knoblauch
1 TL Salz
2 EL Reiswein oder trockener Sherry

2 TL weißer Reisessig
2 TL Zucker
2 EL Wasser
1 TL gerösteter, gemahlener Sichuan-Pfeffer

Die Bohnen putzen und einmal durchbrechen. Die Chilischoten längs spalten und grobhacken.

Einen Wok oder eine große Pfanne erhitzen und das Öl hineingießen. Knoblauch und Salz dazugeben und 10 Sekunden unter Rühren braten. Die Chillies dazugeben und weitere 30 Sekunden pfannenrühren. Dann Bohnen, Reiswein oder Sherry, Essig, Zucker und Wasser hinzufügen und das Ganze weitere 5 Minuten garen. Gegebenenfalls noch etwas Wasser zugießen. Sobald die Bohnen gar sind, den gemahlenen Pfeffer unterrühren und servieren.

Für 4 Personen als Teil eines chinesischen Menüs oder für 2 Personen als Beilage zu einem Hauptgericht.

Seite 127: *Reges Treiben auf dem Kohlmarkt*

QING JIAO ROUSI

Mariniertes Schweinefleisch mit Chillies und Ingwer

Das Schwein, letztes Zeichen im chinesischen Tierkreis und Symbol für Fruchtbarkeit, Potenz und Glück, genießt in China höchstes Ansehen. Und so stammt der Chinesen liebstes Fleisch von besagtem Borstentier, von dem alles – bis auf sein Grunzen – verwertet wird. Anläßlich einer Geburtstagsfeier bei Freunden in Sichuan wurden verschiedene Gerichte mit Schweinefleisch serviert. (Bleibt zu erwähnen, daß die Fleischanteile im Verhältnis zum Gemüse immer sehr klein ausfielen, denn Fleisch, und sei es auch noch so beliebt, ist nie dominant in den Gerichten.)

Auch das nachfolgende Gericht wurde anläßlich einer Feier bei Freunden nach einem wohlgehüteten Familienrezept unter Beteiligung aller anwesenden Erwachsenen zubereitet. In der Provinz Sichuan, wo man gern feurig-scharf ißt, werden Chilischoten als Gemüse gehandelt, während sie in anderen Landesteilen vielfach nur Dekorationsfunktion haben. Bei dem oben erwähnten Festmahl wurden eingelegte Chillies aus eigener Herstellung verwendet, doch auch mit frischen milden Chilischoten wird dieses Gericht köstlich.

450 g mageres Schweinefleisch ohne Knochen

MARINADE

2 TL helle Sojasauce
1 TL dunkle Sojasauce
1 TL Reiswein oder trockener Sherry
1 TL Sesamöl
½ TL Maisstärke
125 g milde rote oder grüne Chillies

6 Frühlingszwiebeln
1 ½ EL Erdnußöl
1 EL feingehackter Knoblauch
2 TL feingehackter frischer Ingwer
1 TL Chiliflocken oder ½ TL Chilipulver
½ TL Salz
2 TL helle Sojasauce
2 TL Reiswein oder trockener Sherry
2 TL weißer Reisessig
1 TL Zucker

Das Schweinefleisch in 0,5 cm dünne und 7 cm lange Streifen schneiden. In einer mittelgroßen Schüssel Schweinefleisch, Sojasauce, Reiswein oder Sherry, Sesamöl und Maisstärke miteinander vermengen und beiseite stellen.

Die Chilischoten halbieren, entkernen und in dünne Streifen schneiden. Mit der flachen Seite eines Messers oder Küchenbeils die Zwiebeln flachdrücken und in dünne Scheibchen schneiden.

Einen Wok oder eine große Bratpfanne erhitzen und das Öl hineingießen. Dann Knoblauch, Ingwer, Chiliflocken und Salz zufügen und 10 Sekunden pfannenrühren. Das Schweinefleisch dazugeben und 1 Minute pfannenrühren. Nun Chillies und Frühlingszwiebeln hineingeben und 1 Minute weitergaren. Das Ganze mit Sojasauce, Reiswein oder Sherry, Essig und Zucker abrunden und weitere 2 Minuten köcheln lassen, bis die Flüssigkeit verkocht ist. Auf einer Platte anrichten und servieren.

Für 4 Personen als Teil eines chinesischen Menüs oder für 2 Personen als Hauptgericht.

Frische milde Chilischoten

Qing Shun Shao Rou

Spargelsalat mit Wolkenohren

Spargelsalat (s. Abbildung S. 35) ist ein typisch chinesisches Gemüse, das nichts mit Spargel zu tun hat, sondern ein Verwandter des Kopfsalats ist. Spargelsalat wird vorwiegend im Norden und Westen Chinas angebaut und besticht durch seine ungewöhnlich bizarre Form. Seine etwas schlaff wirkenden Salatblätter schießen rasch aus der Rosette heraus, während der Strunk (der bis zu 1,2 m hoch werden kann) ein spargelartiges Stengelgemüse liefert. Aus hygienischen und geschmacklichen Gründen verzehren die Chinesen dieses Gemüse selten im Rohzustand. Deshalb finden die Salatblätter Verwendung als Suppeneinlage, während die Stengel häufig eingelegt werden. Aber auch pfannengerührt schmeckt Spargelsalat ganz vorzüglich. Mit etwas Glück findet man ihn in der Saison in Chinaläden. Ansonsten kann man auf frische Broccoli-Stengel zurückgreifen.

Bei Familie Huang in Sichuan wurden die frischen Stengel des Spargelsalats geschält, in Scheiben geschnitten und zusammen mit Wolkenohrpilzen pfannengerührt. Besonders gelungen fand ich den Kontrast von Geschmack und Konsistenz. Zur Aromaverfeinerung wurde die Speise kurz vor dem Servieren mit geröstetem und gemahlenem Sichuan-Pfeffer gewürzt. Das Ergebnis war ein wahrhaft köstliches Gemüsegericht, das auch als Beilage zu Fleischgerichten vortrefflich schmeckt.

Qing Shun Shao Rou
Spargelsalat mit Wolkenohren

- 450 g Spargelsalat oder Broccoli-Strünke
- 25 g Wolkenohren
- 1 ½ EL Erdnußöl
- 1 EL feingehackter frischer Ingwer
- 1 EL feingehackter Knoblauch
- 2 EL feingehackte Frühlingszwiebeln
- 2 TL Chili-Bohnen-Sauce
- 1 EL Reiswein oder trockener Sherry
- 1 EL helle Sojasauce
- 2 TL dunkle Sojasauce
- 1 TL Zucker
- ½ TL Salz
- 3 EL Wasser
- 1 TL gerösteter, gemahlener Sichuan-Pfeffer

Die Strünke von Spargelsalat oder Broccoli schälen und die Stengel schräg in dünne Scheiben schneiden.

Die Wolkenohren 30 Minuten in warmem Wasser einweichen. Danach mehrmals mit kaltem Wasser waschen, um Sandreste herauszuspülen. Die Pilze gründlich abtropfen lassen und beiseite stellen.

Einen Wok oder eine große Pfanne erhitzen und das Öl hineingießen. Ingwer, Knoblauch und Zwiebeln dazugeben und 30 Sekunden unter Rühren braten. Die Pilze und das Gemüse hinzufügen und 1 Minute pfannenrühren. Dann die Chili-Bohnen-Sauce, Reiswein oder Sherry, Sojasauce, Zucker und Salz zugeben, 1 Minute pfannenrühren und das Wasser angießen. In der offenen Pfanne bei starker Hitze etwa 3 Minuten weitergaren, bis das Gemüse zart, aber noch bißfest ist. Den gemahlenen Sichuan-Pfeffer unterrühren und servieren.

Für 4 Personen als Teil eines chinesischen Menüs oder für 2 Personen als Hauptgericht.

Liang Ban Rou

Doppelt gegarter Schweinebauch

Dieses Gericht wird auch hierzulande in vielen chinesischen Restaurants angeboten, die sich auf die Sichuan-Küche spezialisiert haben. Doch meistens bekommt es der Gast in abgewandelter Form vorgesetzt. Das Originalrezept sieht nämlich fetten Schweinebauch vor, der im Westen nicht besonders beliebt ist. Das ist sehr bedauerlich, denn richtig zubereitet ist Schweinebauch ein Hochgenuß, zart und leicht bekömmlich.

Die besondere Zubereitungsart erfordert natürlich ihre Zeit. Bei Familie Huang konnte ich diesem Zeremoniell beiwohnen: Zuerst wurde der grob zerteilte Schweinebauch zusammen mit Frühlingszwiebeln und Ingwer in riesigen wassergefüllten Woks gekocht – eine Prozedur, die Stunden zu dauern schien. Dann wurden die Fleischstücke herausgenommen, nach dem Erkalten in dünne Scheiben geschnitten und erneut blanchiert. Anschließend kamen sie mit einer selbstgemachten scharfen Chilisauce auf den Tisch. Das Fleisch war zart und schmeckte vorzüglich; und das Fett und die Schwarte waren zu einem köstlichen Gelee verkocht. Ich habe dieses Musterbeispiel der ländlichen Küche etwas abgewandelt,

Liang Ban Rou
Doppelt gegarter Schweinebauch

indem ich das Fleisch im zweiten Garvorgang pfannenrühre statt blanchiere. Da das Gericht auch aufgewärmt gut schmeckt, kann ein Großteil der Küchenarbeiten im voraus erledigt werden.

900 g – 1,1 kg Schweinebauch
6 Frühlingszwiebeln (ganz belassen)
6 Scheiben frischer Ingwer
1 EL Salz
6 Frühlingszwiebeln
3 EL Erdnußöl
2 EL feingehackter Knoblauch
1 EL feingehackter frischer Ingwer
1 ½ EL Chili-Bohnen-Sauce
1 EL Reiswein oder trockener Sherry
1 EL helle Sojasauce
2 TL Zucker
1 TL Salz

Den Schweinebauch, die ganz belassenen Zwiebeln, den Ingwer und das Salz in einen Topf mit kochendem Wasser geben, den Deckel auflegen und das Ganze 1 ½ Stunden bei schwacher Hitze köcheln lassen. Anschließend das Fleisch mit einem Schaumlöffel herausnehmen und gut abtropfen lassen. Die Kochflüssigkeit wegschütten. Das erkaltete Fleisch in 0,5 cm dünne Scheiben schneiden.

Die übrigen Frühlingszwiebeln in 7 cm lange Stücke schneiden.

Einen Wok oder eine große Pfanne erhitzen und das Öl hineingießen. Das Fleisch dazugeben und unter Rühren braten, bis es rundum knusprig ist. Ausgebratenes Fett abschöpfen. Knoblauch und Ingwer hinzufügen und 10 Sekunden pfannenrühren. Die Zwiebeln hinzufügen und weitere 3 Minuten unter Rühren braten. Dann die restlichen Zutaten zugeben, nochmals 3 Minuten pfannenrühren und servieren.

Für 7 – 8 Personen als Teil eines chinesischen Menüs oder für 4 – 5 Personen als Hauptgericht.

Qing Lazi Chao Roupian

Schweinefleisch mit Chillies

Bei einem meiner Besuche in Kunming bereitete Frau Guan Shouhua sehr zu meiner Freude dieses scharf-würzige Gericht mit einer ordentlichen Portion Chillies zu. Diese Zubereitungsart ist typisch für ihre Heimat, die Provinz Guizhou, wo sie von klein auf an die stark gewürzten Speisen gewöhnt wurde. Die Chilischoten, die sie verwendete, waren zwar nicht so höllisch scharf wie die Sorten in Sichuan, hatten es aber dennoch in sich. Die Lebensmittelmärkte in Kunming werden von Bauernhöfen in der Umgebung stets mit allerlei Frischwaren beliefert, so auch mit einer großen Auswahl an frischen Chillies, die dank des reichhaltigen Angebots oft als Gemüse auf den Tisch kommen.

450 g Schweinefleisch, grobgehackt
2 TL Reiswein oder trockener Sherry
1 TL helle Sojasauce
½ TL Salz
350 g frische milde Chilischoten oder grüne Paprika
2 EL Erdnußöl
1 TL Salz
2 EL gehackter Knoblauch
1 EL helle Sojasauce
2 TL Zucker
2 TL Sesamöl

In einer mittelgroßen Schüssel das Hackfleisch mit Reiswein oder Sherry, Sojasauce und Salz vermischen.

Qing Lazi Chao Roupian
Schweinefleisch mit Chillies

Die Chilischoten waschen und trockentupfen. Dann längs halbieren, entkernen und in Streifen schneiden.

Einen Wok oder eine große Pfanne stark erhitzen und das Öl hineingießen. Salz und Knoblauch dazugeben und 10 Sekunden unter Rühren braten. Dann das Schweinefleisch hinzufügen und weitere 2 Minuten pfannenrühren. Die Chillies zugeben und 2 Minuten unter Rühren braten. Die Sojasauce angießen, den Zucker einstreuen und die Mischung weitergaren, bis die Flüssigkeit fast verkocht ist. Mit Sesamöl beträufeln und die Mischung gut durchrühren. Das fertige Gericht auf einer vorgewärmten Platte anrichten und servieren.

Für 4 Personen als Teil eines chinesischen Menüs oder für 2 Personen als Hauptgericht.

Huang Gua Chao Roupian

Pikante Gurken mit Schweinefleisch

Gelbe Gurken haben oft die Größe von Melonen und ein knackiges, erfrischendes Fruchtfleisch von mildem Geschmack. Sie werden oft pfannengerührt oder als Suppeneinlage verwendet. Von eingelegten Gurken wird die Schale meist mitgegessen. Da Gurken zu den »kühlenden« Nahrungsmitteln zählen, bekommt man ihre wohltuende Wirkung besonders an heißen Sommertagen zu spüren, wenngleich ich finde, daß sie auch im Winter vorzüglich schmecken. Das folgende Gericht aß ich im Sommer bei Familie Huang. Zusammen mit dem Schweinefleisch und der selbstgemachten Chilipaste wurden die gelben Gurken zu einer wohlschmeckenden und doch leichten Mahlzeit zubereitet. Gelbe Gurken sind bestenfalls in Asienläden erhältlich, ansonsten verwendet man Salatgurken, die im Geschmack sehr ähnlich sind.

250 g mageres Schweinefleisch ohne Knochen
2 TL helle Sojasauce
1 TL dunkle Sojasauce
1 TL Reiswein oder trockener Sherry
1 TL Sesamöl
½ TL Maisstärke
450 g Gurken
1 ½ EL Erdnußöl
1 EL Chili-Bohnen-Sauce
2 TL feingehackter Knoblauch
1 TL geröstete, gemahlene Sichuan-Pfefferkörner
½ TL Chiliflocken oder ¼ TL Chilipulver
½ TL Salz
2 TL helle Sojasauce
2 TL Reiswein oder trockener Sherry
2 TL weißer Reisessig
1 TL Zucker

Das Schweinefleisch in 0,5 cm breite und 7 cm lange Streifen schneiden. Sojasauce, Reiswein oder Sherry, Sesamöl und Maisstärke in einer mittelgroßen Schüssel verrühren, das Fleisch hineingeben und 30 Minuten ziehen lassen.

Die Gurken schälen, längs halbieren und die Kerne mit einem Löffel herausnehmen. Das Fruchtfleisch in feine Würfel schneiden.

Einen Wok oder eine große Pfanne erhitzen und das Öl hineingießen. Die Chili-Bohnen-Sauce, Knoblauch, Pfeffer, Chiliflocken und Salz dazugeben und 10 Sekunden unter Rühren braten. Dann das Schweinefleisch zugeben und pfannenrühren. Nach 1 Minute die Gurkenwürfel hinzufügen und 1 Minute unter Rühren braten. Sojasauce, Reiswein oder Sherry, Essig und Zucker unterrühren und etwa 2 Minuten weitergaren, bis die Flüssigkeit verkocht ist. Auf einer Platte anrichten und servieren.

Für 4 Personen als Teil eines chinesischen Menüs oder für 2 Personen als Hauptgericht.

Xi Hu Cu Yu

Karpfen in Reisweinsauce

Karpfen, die ihres schmackhaften Fleisches und ihrer glänzenden Schuppen wegen zu den begehrtesten Süßwasserfischen zählen, werden in China bereits seit vielen Jahrhunderten in besonderen Fischteichen gezüchtet. Um dem Fleisch Würze zu geben, aromatisieren die Chinesen den Karpfen gern mit Reiswein oder Essig oder mit einer Mischung aus beidem. Das nachfolgende Fischgericht habe ich im Lou Wai Lou Restaurant in Hangzhou gekostet, einer für ihre Karpfen berühmten Stadt in der Nähe von Shaoxing.

Es ist kein Zufall, daß der Fisch mit Reiswein und Reisessig zubereitet wird, denn die Provinz Zhejiang ist berühmt für beides, vor allem aber für den dort produzierten schwarzen Reisessig. Der würzige Essig wird – ohne weitere Zutaten – oft zum Eintunken von Wollhandkrabben aus den nahegelegenen Flüssen und Seen verwendet. In Verbindung mit Wein – wie im nachstehenden Rezept – wird daraus eine süß-saure Sauce von dunkler Farbe und vollem Aroma, die ideale Ergänzung zum Karpfen. Falls Karpfen nicht erhältlich ist, kann man auf Wels oder Forelle ausweichen.

1 frischer Karpfen oder Wels oder 3 Forellen (etwa 1,1–1,4 kg)
2 EL Reiswein oder trockener Sherry
3 EL helle Sojasauce
1 TL Salz
2 EL Erdnußöl
2 EL feingehackter frischer Ingwer
3 EL feingehackte Frühlingszwiebeln
3 EL schwarzer Reisessig
2 TL Reiswein oder trockener Sherry
2 EL Zucker
2 TL dunkle Sojasauce
125 ml Hühnerbrühe
2 TL Maisstärke, angerührt mit 2 TL Wasser

Den Fisch bereits im Fischgeschäft ausnehmen und schuppen lassen. Zu Hause gründlich unter fließendem kaltem Wasser waschen und mit Küchenkrepp trockentupfen. Anschließend den Fisch auf beiden Seiten viermal schräg einschneiden. Aus Reiswein oder Sherry, Sojasauce und Salz eine Marinade anrühren, den Fisch auf beiden Seiten damit bestreichen und 10 Minuten durchziehen lassen.

Einen Wok oder eine große Pfanne erhitzen und das Öl mit dem Ingwer und den Frühlingszwiebeln dazugeben. 30 Sekunden unter Rühren

中國風味

Xi Hu Cu Yu
Karpfen in Reisweinsauce

braten, dann Reisessig, Reiswein oder Sherry, Zucker, Sojasauce und Hühnerbrühe hinzufügen, die Flüssigkeit aufkochen lassen und mit der angerührten Stärke andicken. Die fertige Sauce in einen Topf umfüllen und warm stellen.

Den Wok oder die Pfanne auswischen, mit Wasser füllen und zum Kochen bringen. Den marinierten Fisch behutsam in die siedende Flüssigkeit legen und 5 Minuten leise köcheln lassen. Die Hitze reduzieren und den Fisch weitere 5 Minuten im Wasser ziehen lassen. Bei Forellen die Garzeit und das Ziehenlassen auf jeweils 3 Minuten verkürzen. Den Fisch mit einem Schaumlöffel vorsichtig aus dem Sud heben und gründlich abtropfen lassen.

Anschließend den Fisch auf einer vorgewärmten Platte anrichten, die Sauce darübergeben und servieren.

Für 6 Personen als Teil eines chinesischen Menüs oder für 3 Personen als Hauptgericht.

Li Yu

In Dampf gegarter »Mandarinfisch«

Die zahlreichen Flüsse und Seen in China sind die fast unerschöpflichen Lieferanten für so begehrte Fische wie den schmackhaften »Mandarinfisch« (Fluß- und Seebarsch) und den Karpfen. Im nachfolgenden Rezept wird der Fisch schonend im Dampf gegart und behält so seinen milden, delikaten Geschmack. Seefische stehen bei den Chinesen zwar hoch im Kurs, doch werden Süßwasserfische im allgemeinen bevorzugt. Probiert habe ich dieses Gericht in einem kleinen Lokal in Shaoxing. Der aus der dortigen Gegend stammende Reiswein bildet die Grundlage für die Sauce und verleiht ihr ein volles Aroma. Zusammen mit den Pilzen und den Bambusschößlingen wird daraus ein reichhaltiges und delikates Mahl, das sich für Familienfeiern geradezu anbietet. Besonders gut gelingt die Zubereitung mit einem »Mandarinfisch«.

25 g chinesische schwarze Trockenpilze
1 ganzer »Mandarinfisch« (Fluß- oder Seebarsch) oder ein anderer weißfleischiger Fisch wie Kabeljáu, Heilbutt, Schellfisch oder Scholle (etwa 450–700 g), ausgenommen und gesäubert
1 TL Salz
3 EL Reiswein oder trockener Sherry
2 TL helle Sojasauce
2 TL Zucker
25 g Bambussprossen aus der Dose, in feine Streifen geschnitten
3 Scheiben frischer Ingwer, in Streifen geschnitten
1 TL Maisstärke, angerührt mit 2 TL Wasser

Die Trockenpilze 20 Minuten in warmem Wasser einweichen, dann gründlich spülen, eventuell vorhandene Sandrückstände und Schmutzpartikel entfernen und abtropfen lassen. Die Stiele abschneiden und die Pilzhüte in feine Streifen schneiden.

Zum Trocknen ausgelegte Fische in Qinghai nahe der tibetischen Grenze

Den Fisch auf beiden Seiten mehrmals schräg einschneiden, damit er rascher gar wird und die Aromen besser verschmelzen. Anschließend den Fisch salzen und auf einen feuerfesten Teller legen.

Reiswein oder Sherry, Sojasauce und Zucker verrühren und den Fisch damit beträufeln. Die kleingeschnittenen Bambussprossen, die Pilze und den Ingwer über den Fisch geben und rundherum verteilen.

Einen Dämpfeinsatz in einen Wok oder eine hohe Pfanne stellen und das Kochgefäß etwa 5 cm hoch mit heißem Wasser auffüllen. Das Wasser zum Kochen bringen, den Teller mit dem Fisch auf den Einsatz im Wok oder in der Pfanne stellen. Den Deckel auflegen und den Fisch behutsam dämpfen, bis er gar ist. Flache Fische benötigen etwa 6 Minuten, dickere Exemplare wie Seebarsche etwa 15–18 Minuten.

Den Teller mit dem gedämpften Fisch herausnehmen und den ausgetretenen Saft in einen kleinen Topf gießen. Die Flüssigkeit aufkochen lassen und mit der angerührten Stärke andicken. Die fertige Sauce über den Fisch geben und servieren.

Für 5–6 Personen als Teil eines chinesischen Menüs oder für 3–4 Personen als Hauptgericht.

Mati Jiding

Würziges Hühnerfleisch mit Wasserkastanien

Während einer Bahnreise von Hangzhou nach Suzhou wurde ich plötzlich so hungrig, daß mir nichts anderes übrig blieb, als den Speisewagen aufzusuchen. Wider Erwarten wurde mir dort köstliches Hühnerfleisch mit Wasserkastanien in einer würzig-delikaten Sauce serviert. Wie es sich für einen Speisewagen gehört, brauchte ich nicht lange auf mein Essen zu warten und konnte obendrein meine Rezeptsammlung um eine weitere Köstlichkeit erweitern.

250 g Hühnerbrust, entbeint und enthäutet
1 Eiweiß
1 TL Salz
2 TL Maisstärke
250 g frische Wasserkastanien oder Dosenware
125 ml Erdnußöl
1 EL feingehackter Knoblauch
2 TL feingehackter frischer Ingwer
1 EL Chili-Bohnen-Sauce
2 TL dunkle Sojasauce
2 TL Reiswein oder trockener Sherry
2 TL Zucker
½ TL Salz
2 TL Sesamöl

Die Hühnerbrust in 1,5 cm große Würfel schneiden. Das Hühnerfleisch mit Eiweiß, Salz und Stärke in einer kleinen Schüssel vermischen und etwa 20 Minuten im Kühlschrank durchziehen lassen.

Frische Wasserkastanien schälen. Dosenware in kaltem Wasser waschen und gründlich abtropfen lassen. Anschließend die Wasserkastanien grobhacken.

Einen Wok oder eine große Pfanne erhitzen und das Öl hineingießen. Sobald es heiß ist, das gewürfelte Hühnerfleisch dazugeben und unter stetigem Rühren etwa 2 Minuten braten, bis es sich weiß färbt. Dann den Wok-Inhalt in ein Edelstahlsieb mit untergestellter Schüssel geben, so daß das Fleisch auf dem Sieb abtropfen kann und das Öl in der Schüssel aufgefangen wird.

Den Wok oder die Pfanne auswischen und wieder erhitzen. 2 Eßlöffel von dem abgegossenen Öl in den Wok geben, den Knoblauch und den Ingwer hinzufügen und 30 Sekunden unter Rühren braten. Dann die Wasserkastanien, Chili-Bohnen-Sauce, Sojasauce, Reiswein oder Sherry, Zukker und Salz dazugeben und 1 Minute pfannenrühren. Das Hühnerfleisch wieder in die Pfanne geben und weitere 2 Minuten garen. Das Sesamöl darüberträufeln, alles gut vermischen und servieren.

Für 3 Personen als Teil eines chinesischen Menüs oder für 1 Person als Hauptgericht.

You Bao Xia

»Explodierte« Garnelen

Dieses einfache, doch exquisite Gericht aß ich einmal im Lao Fandian Restaurant in Shanghai. Gewöhnlich wird es mit Süßwassergarnelen zubereitet, deren Schalen im wahrsten Sinne des Wortes »explodieren«, wenn sie mit dem sehr heißen Öl im Wok in Berührung kommen. Das rasche Garen und die sparsam dosierten Gewürze bewirken, daß der natürliche Geschmack der Garnelen nicht nur erhalten bleibt, sondern verstärkt wird. Falls Süßwassergarnelen nicht erhältlich sind, kann man das Gericht auch mit Kaisergranat zubereiten.

- 450 g Süßwassergarnelen oder Kaisergranat in der Schale, aber ohne Kopf, oder 350–400 g rohe geschälte Garnelen
- 1 TL Salz
- 2 TL Maisstärke
- 2 EL Erdnußöl
- 2 EL Reiswein oder trockener Sherry
- 1 TL Maisstärke, angerührt mit 2 TL Wasser

Von ungeschälten Garnelen die Schalen entfernen. Dann die Garnelen am Rücken flach einschneiden und den dunklen Darm herausziehen. Die Garnelen anschließend unter fließendem kaltem Wasser gründlich waschen, mit Küchenkrepp trockentupfen und mit Salz und Maisstärke einreiben.

Einen Wok oder eine große Pfanne erhitzen und das Öl hineingießen. Die Garnelen dazugeben und 1 Minute unter Rühren braten. Reiswein oder Sherry zugießen, mit der angerührten Stärke binden und 2 Minuten weitergaren. Auf einer Platte anrichten und servieren.

Für 4 Personen als Teil eines chinesischen Menüs oder für 2 Personen als Hauptgericht.

Furu Chao Tongcai

Chinesischer Wasserspinat mit fermentiertem Tofu

Im Süden und Südwesten Chinas gilt Wasserspinat, ob im Restaurant oder in der heimischen Küche, als sehr beliebtes Gemüse. Der chinesische Wasserspinat unterscheidet sich vom europäischen Spinat durch die hohlen Blattstiele und die spitz zulaufenden Blätter. Richtig zubereitet, sind die Blätter bereits schlaff und die Stiele noch schön knackig. Der fermentierte Tofu gibt dem Gemüse die nötige Würze, so daß daraus eine delikate Beilage für Fleischgerichte aller Art wird. Das Gemüse schmeckt auch sehr gut zu Reis.

- 700–900 g frischer chinesischer Wasserspinat oder hiesiger Spinat
- 2 EL Erdnußöl
- 3 EL roter fermentierter Tofu (mit Chillies) oder weißer fermentierter Tofu
- 2 EL Reiswein oder trockener Sherry
- 3 EL Wasser

Geburtstagsbankett: Ken Hom feiert zusammen mit Familie Huang den Geburtstag des Hausherrn

Den Wasserspinat gründlich waschen und abtropfen lassen. Die Stengel um etwa 5 cm kürzen, da sie unten meist hart sind. Die restlichen Blattstiele in 10 cm lange Stücke schneiden.

Einen Wok oder eine große Pfanne erhitzen und das Öl hineingießen. Den fermentierten Tofu hineingeben und mit einem Wok-Spatel oder Pfannenheber zerkleinern. Dann den Spinat dazugeben und alles 2 Minuten unter Rühren braten. Reiswein und Wasser angießen und 3 Minuten weitergaren. Das Gemüse auf einer vorgewärmten Platte anrichten und servieren.

Für 4 Personen als Teil eines chinesischen Menüs oder für 2 Personen als leichte Mahlzeit.

XIAMI BAICAI

Chinakohl mit getrockneten Shrimps

Erinnerungen werden durch nichts so prompt und lebendig wachgerufen wie durch Düfte und Geschmacksempfindungen. Als ich einmal im Chen Ma Po Doufu Restaurant in Chengdu (Provinz Sichuan) einkehrte, aß ich ein Gericht, das ich noch aus meiner Kindheit kannte. Der himmlische Duft und das würzige Aroma erinnerten mich an eine köstliche Mahlzeit, die meine Mutter des öfteren für mich zubereitet hatte. Sie verwendete dafür das gängigste und preiswerteste Gemüse, das in China auf dem Markt ist – Chinakohl –, und gab dem pfannengerührten Kohl mit getrockneten Shrimps eine würzige Note. Wie so viele bäuerliche Gerichte ergibt auch dieses eine nahrhafte Mahlzeit.

25 g getrocknete Shrimps
450 g Chinakohl
2 EL Erdnußöl
2 EL feingehackter Knoblauch
1 EL feingehackter frischer Ingwer
1 EL Chili-Bohnen-Sauce
1 EL dunkle Sojasauce
2 TL Zucker
125 ml Hühnerbrühe

Die getrockneten Shrimps zunächst 20 Minuten in warmem Wasser einweichen, dann gründlich abtropfen lassen und grobhacken.

Den Kohl in dünne Streifen schneiden.

Einen Wok oder eine große Pfanne erhitzen und das Öl hineingießen. Knoblauch und Ingwer dazugeben und 30 Sekunden unter Rühren braten. Shrimps, Kohlstreifen, Chili-Bohnen-Sauce, Sojasauce, Zucker und Hühnerbrühe hinzufügen und unter ständigem Rühren 5 Minuten bei starker Hitze garen. Das Gemüse auf einer vorgewärmten Platte anrichten und servieren.

Für 4 Personen als Teil eines chinesischen Menüs oder für 2 Personen als Beilage zu einem Hauptgericht.

Kohlhändler in der Provinz Yunnan

8.
Kapitel

RESTAURANTKÜCHEN

Wenn man sich auf die Kunst des Kochens versteht, kann aus einem Stück Sellerie oder gesalzenem Kohl eine wunderbare Delikatesse werden; wenn man diese Gnade nicht besitzt, sind alle Köstlichkeiten und Kostbarkeiten aus Wasser, Himmel und Erde ohne Wert.

Anmerkungen über den Koch des Kaisers, Yuan Mei

Restaurants tauchten erst relativ spät in der Geschichte Chinas auf; sie existieren seit ungefähr 1000 Jahren. Es waren wahrscheinlich Klöster, die damit begannen, Reisende und Pilgernde mit Essen zu versorgen, bald folgten auch weltliche Einrichtungen. Unter anderem wurde in den Weinschenken meist auch Essen angeboten, damit die Leute mehr tranken, Imbißstände wurden in allen städtischen Siedlungen eröffnet. Zur Zeit der Tang-Dynastie (618–907) gab es diese Eßstände schon fast im ganzen Land; vor allem aber in den großen Städten, Seehäfen und größeren Orten an den Handelsstraßen und Pilgerwegen waren sie eine verbreitete Einrichtung.

Während der Song-Periode (960–1279) wurden sichtlich »moderne« Restaurants eröffnet, die sich gut einführten und deren Gäste größtenteils Geschäftsleute oder Pilger waren. Die wachsende Zahl von Touristen unter den Restaurantbesuchern in den Stadtgebieten ist ein Zeichen dafür, daß in der Zeit der Song, als Wohlstand und Friede herrschte, die Menschen frei reisen konnten. Die Tradition der Restaurants wurde bis in unser Jahrhundert weiterentwickelt. Es entstanden Lokale, die regionale Spezialitäten anboten, in den Städten auch einfache Menüs. Ihr Angebot lockte vor allem Staatsbeamte, Gewerbetreibende, Pilger und Studenten, die gerne, auch als Trost für Leib und Seele, »wie zu Hause« essen wollten.

Als ob Krieg, Revolution und wirtschaftliche Umwälzungen in den letzten 30 bis 40 Jahren nicht schon genug die Tradition der Restaurantkochkunst erschüttert hätten, hatte die Qualität der Zutaten und der Zubereitung noch zusätzlich dadurch zu leiden, daß sich die offizielle Politik jahrzehntelang dagegen richtete, daß die Menschen Essen gingen, was als »dekadent« und »bourgeois« galt. Vor allem während der Kulturrevolution (1966–1976) wurden viele Restaurants geschlossen; Meisterköche wurden gezwungen, andere Arbeiten anzunehmen oder außer Landes zu gehen; Essengehen wurde rundweg diffamiert und sogar für ungesetzlich erklärt.

Daher erwartete ich auf meinen ersten Reisen nach China nicht unbedingt, gute Restaurants vorzufinden. Ich wurde enttäuscht, anders jedoch, als ich mir vorgestellt hatte, denn sie waren noch viel schlechter als erwartet. Von wenigen rühmlichen Ausnahmen abgesehen war es ein deprimierendes Erlebnis, in China Essen zu gehen. Staatliche Restaurants

Seite 136: *Mittagessen in einem privaten Restaurant in der Provinz Yunnan*

Kellerlokal in der Provinz Shaanxi

waren und sind noch immer allzuoft das kulinarisch Schlimmste, was ich je erlebt habe, und lassen sich allenfalls mit den gesammelten Schrecken aus George Orwells *»1984«* vergleichen. Das Essen ist von minderer Qualität, schlecht zubereitet, nachlässig serviert, und Ausländer bezahlen dafür auch noch einen hohen Preis. In den Speisesälen war es oft laut und nicht sehr sauber; häufig waren sie schwach beleuchtet, ästhetisch abstoßend und meist auch schlecht geführt. Manchmal hatten wir nur die Wahl zwischen solchen Restaurants und dem Hunger. Nachdem wir in der Schlange auf einen Platz im Restaurant gewartet hatten, wurde uns meist ein Platz zugewiesen, an dem sich noch die Abfälle von den vorherigen Gästen türmten. Die Leute, die in den Restaurants arbeiteten, waren oft übel gelaunt und unhöflich, zu Reisenden und Stammgästen gleichermaßen. Unter den Chinesen ist diese Art, Gäste zu behandeln, als »eiserne Reisschale« bekannt und beruht auf der Annahme, daß öffentliche Einrichtungen, und dazu zählen auch Restaurants, nicht dazu dienen, ihren Kunden etwas zu bieten, sondern Einkommen und Sicherheit der Angestellten zu garantieren. Oft erlebte ich, daß schon vor Feierabend die Lichter und Ventilatoren ausgeschaltet wurden, um uns zur Eile zu drängen, obwohl wir noch dabei waren, uns vorsichtig durch das Menü zu tasten.

Die Frage, ob sich hier die Dinge zum Besseren ändern, kann glücklicherweise mit »Ja« beantwortet werden. In zweierlei Hinsicht sind Verbesserungen zu melden. Regierung und staatliche Restaurants haben in den letzten Jahren erkannt, welchen wirtschaftlichen Wert eine gute Küche und hervorragender Service haben. Heute findet man in einigen Lokalen schon recht ordentliches Essen und einen ebenso ordentlichen Service, doch von guter Qualität kann noch lange nicht die Rede sein. Die Politik der Regierung unterstützt jetzt auch private Restaurants und Lokale, die als Kooperative betrieben werden. Der eindeutige Erfolg dieser neuen Etablissements ist auch ein Anreiz für die staatlich betriebenen Restaurants, Besseres zu bieten. Darüber hinaus hat der Staat seit ungefähr zehn Jahren Schulung und Lehre im Bereich des Kochens und der Gastronomie wieder zugelassen. Es gibt jetzt 130 solcher Akademien und Berufsbildungseinrichtungen für Köche und Hilfspersonal, 20 000 Studenten sind in diesen sehr renommierten Ausbildungsstätten eingeschrieben.

Als weiteres untrügliches Zeichen der neuen Politik in diesem Bereich ist zu bewerten, daß die Regierung die Veröffentlichung eines großen Werkes gefördert hat, einer neunbändigen Reihe mit dem Titel »Echte Chinesische Küche«. Es ist ein reich illustriertes Werk, das auf wissenschaftlichen Lehren und dem Wissen von Chinas fähigsten Köchen beruht, ein dauerhaftes Testament einer der besten Küchen der Welt. Die Regierung hat letztendlich erkannt, daß in einem an Ressourcen armen Land wie China die Kochkunst einer der wertvollsten Schätze ist. Darauf weist auch die regelmäßige Veröffentlichung von acht verschiedenen Zeitschriften über die chinesische Küche hin, wobei es in den verschiedenen Regionen noch spezielle Veröffentlichungen gibt.

Meiner Erfahrung nach wird sich die Qualität der chinesischen Restaurantküche in Zukunft am ehesten in denjenigen Lokalen entfalten, die von Familien oder Kooperativen geführt werden. Sie sind im Vergleich zu den staatlichen Restaurants sauberer, beweisen mehr Einfallsreichtum und sind auch komfortabler, warm im Winter und im Sommer so kühl wie möglich. Auf den Tischen liegen saubere Plastiktischdecken und keine verschmutzten Stofftischdecken. Gewöhnlich ist das Essen dort beträchtlich teurer, doch werden den Gästen auch keine Fischköpfe, Knorpel oder Gräten serviert.

Wie in früheren Zeiten kann man, wenn man umherreist und ausgetretene Pfade verläßt, Restaurants ausfindig machen, die sich auf etwas Bestimmtes spezialisiert haben. Ich besuchte auch das Restaurant Chen Ma Po Doufu in Chengdu in der Provinz Sichuan. Es ist in ganz China für seine pikanten Tofu-Gerichte bekannt und wurde gegen Ende der Qing-Dynastie (1644–1911) gegründet. Die Köche gaben die Rezepte immer nur von den Eltern an die Kinder weiter, niemals an jemand außerhalb der Familie. Indem dieses Restaurant seine Familienrezepte eifersüchtig hütete und immer bestrebt war, die hohe Qualität seiner Gerichte zu halten, die es so bekannt gemacht haben, konnte es seine herausragende Stellung behaupten. Zufällig erfuhr ich, daß demnächst in Japan ein zweites Lokal dieser Art eröffnet werden soll. Augenblicklich blüht das Geschäft, das Lokal gewinnt ständig neue chinesische und ausländische Gäste und erweitert sein Angebot. Krieg und Revolution scheinen weit entfernt, vor allem für die Menschen im Landesinnern.

Auffallend war auch, daß die Restaurants um so besser waren, je weiter wir uns von Peking entfernten. In Yunnan sind junge Köche darangegangen, regionale Gerichte, die man lange Zeit vernachlässigt hatte oder die schon vergessen waren, wieder zu neuem Leben zu erwecken. Fernab in einem kleinen Dorf namens Yi Liang Gou Jie entdeckten wir ein ungewöhnliches und wenig bekanntes Restaurant, das den Anschein eines sehr schlichten Lokals oder einer besseren Imbißbude machte. Vor dem Lokal hatte ein Gast eine Ziege angebunden. Das Essen war schlicht, aber köstlich. Ich aß eine hervorragende gebratene Ente, die frisch vom Feuer draußen kam; es war eines der geschmacklich besten Gerichte, das ich je

Mittagessen in einem staatlichen Restaurant in Peking

gegessen habe. Die Einrichtung hatte keine Spur von Prunk, doch die Ente war genau so zubereitet, wie sie zubereitet werden muß, ganz im Gegensatz zu den meisten berühmten Pekinger Entenrestaurants. Dort waren die Enten oft fett, nicht richtig gegart, und das ganze Essen war eine Katastrophe.

In manchen privaten Restaurants gibt es auch aufwendig zubereitete Gerichte. Solch ein Festessen erlebte ich im Spring-Happy-Restaurant in Kunming, wo ein Essen mit 54 Gängen serviert wurde, und bei fast jedem war in irgendeiner Form Ziegenfleisch verwendet worden. Dieses Mahl ist typisch für die Hui, eine ethnische Minderheit in dieser Region. Es ist bei ihnen Tradition, zu einem solchen Mahl Freunde einzuladen und mit ihnen zu essen. Die Inhaber des Spring-Happy-Restaurants sind gewissenhaft bemüht, diese eindrucksvolle Tradition zu bewahren. Zur Zeit meiner letzten Chinareise schwankte nach meiner Erfahrung die Qualität der Restaurants in Hangzhou von mittelmäßig bis sehr gut. In Shaoxing aß

Moslemische Restaurantküche in Kunming

ich sehr gute Gerichte mit einer Sauce, die mit dem berühmten Reiswein dieser Stadt zubereitet wird. Ein wenig enttäuschend fand ich die Restaurants in Shanghai. Einige private Lokale waren recht gut, die echte und feine Shanghai-Küche jedoch hat ihre Renaissance in den Restaurants der Stadt noch vor sich. Es gibt sie noch, und zwar in den Küchen der Familien, wo sie gut aufgehoben ist.

Die Restaurantküchen in China werden inzwischen von staatlichen Maßnahmen weniger eingeengt, und sie können wieder mehr auf Qualität achten. Ich glaube, daß sich der Aufschwung der letzten Jahre fortsetzen wird. China hat im Lauf der Geschichte oft Phasen von raschem Fortschritt erlebt und mußte häufig mit plötzlichen Rückfällen zurechtkommen; doch ich bin zuversichtlich, daß die jetzigen Verbesserungen in den Restaurantküchen von Dauer sein werden. Die vom Staat geführten Lokale sind schon annehmbarer geworden, die privaten sind im allgemeinen ohnehin schon gut und werden täglich besser. Wenn beide Fortschritte machen, kommt dies dem Tourismus, der Regierung und dem chinesischen Volk gleichermaßen zugute. Dies alles gibt Anlaß zu Hoffnung, sogar zu Optimismus, doch die Zukunft allein wird Gewißheit geben können.

Shen Tui

Geschmorter Schinken

Dieses Gericht kostete ich mit großer Begeisterung, denn es entsprach weitestgehend meinem Ideal von der chinesischen Kochkunst: einfache, behutsame Zubereitung und Ausgewogenheit der Aromen. Serviert wurde es mir und meinen Freunden in einem privaten Restaurant in Kunming in der Provinz Yunnan. Der geschmorte Schinken verströmte einen angenehm würzigen Duft. Die gehaltvolle Weinsauce und das feine Aroma der übrigen Zutaten harmonierten vortrefflich mit dem Schinkenfleisch, kurzum, das Essen war eine echte Gaumenfreude und wird mir wohl stets als kleines kulinarisches Meisterwerk in bester Erinnerung bleiben.

Die Zubereitung erfordert keine größeren Umstände und kann sehr wohl im voraus erfolgen. Der Schinken schmeckt aufgewärmt wie auch kalt und ist somit bestens geeignet für ein kaltes Buffet.

2,3 kg frischer Kochschinken
8 Frühlingszwiebeln
3 EL Erdnußöl
8 Scheiben frischer Ingwer
4 Knoblauchzehen, geschält und zerdrückt

ZUM SCHMOREN

1,1 l heißes Wasser
250 ml dunkle Sojasauce
250 ml Reiswein oder trockener Sherry
3 EL ganze geröstete Sichuan-Pfefferkörner
6 EL Block- oder gewöhnlicher Haushaltszucker
4 Sternanishülsen
2 Zimtstangen oder 2 Stückchen Zimtrinde
2 TL Fünfgewürzpulver
1 TL Salz

Den frischen Schinken mit Küchenkrepp trockentupfen und die Frühlingszwiebeln in 7 cm lange Stücke schneiden.

Geräuchertes Schweinefleisch

Einen schweren Topf von passender Größe erhitzen. Öl, Ingwer, Knoblauch und Frühlingszwiebeln hineingeben und 2 Minuten unter Rühren braten, dann alles an den Rand schieben und den Schinken 10–15 Minuten auf beiden Seiten anbraten. Das Öl abgießen.

Die Zutaten für die Schmorflüssigkeit in den Topf geben und zum Kochen bringen. Die Hitze reduzieren und das Fleisch zugedeckt etwa 4 ½ Stunden leise köcheln lassen. Den Schinken von Zeit zu Zeit wenden. Wenn das Fleisch zart ist, den Schinken mit einem großen Pfannenheber herausnehmen, er sollte buchstäblich zerfallen. Vorsichtig auf einer angewärmten Platte anrichten. Die Schmorflüssigkeit abseihen, überschüssiges Fett abschöpfen und die Flüssigkeit zu einer sämigen Sauce einkochen lassen. Die Sauce über das Fleisch geben und servieren.

Für 12–15 Personen als Teil eines chinesischen Menüs oder für 8–9 Personen als Hauptgericht.

Jiaoyan Pai Gu

Würzige Schälrippchen

Die Küchenchefs in Shanghai wissen sehr genau, wie sie dem Schweinefleisch seine besten Seiten abgewinnen können. Im nachfolgenden Rezept wird das Fleisch zuerst mariniert, dann fritiert und anschließend noch in einer kräftigen Würzmischung pfannengerührt. Das ursprünglich aus dem Lao Fandian Restaurant stammende Rezept habe ich aus praktischen Gründen leicht abgewandelt und mit Schälrippchen zubereitet. Der delikate Geschmack leidet darunter jedoch nicht.

450 g fleischige Schälrippchen ohne Knochen oder Schweineschulter
2 TL helle Sojasauce
2 TL Reiswein oder trockener Sherry
1 TL Salz
1 TL Sesamöl
2 TL Maisstärke
350 ml Erdnußöl
2 EL feingehackter Knoblauch
1 TL Salz
2 TL gerösteter, gemahlener Sichuan-Pfeffer
1 TL Fünfgewürzpulver
½ TL Chilipulver

Das Schweinefleisch in 2,5 cm große Würfel schneiden, eine Marinade aus Sojasauce, Reiswein oder Sherry, Salz, Sesamöl und Maisstärke herstellen und das Fleisch 15 Minuten darin ziehen lassen.

Einen Wok oder eine große Pfanne erhitzen, das Öl hineingießen und auf mittlere Hitze bringen. Die Fleischwürfel hineingeben und fritieren, bis sie rundherum goldbraun und knusprig sind. Die ausgebackenen Fleischwürfel mit einem Schaumlöffel herausnehmen und das Öl bis auf 2 Eßlöffel abgießen.

Den Wok oder die Pfanne wieder erhitzen, den Knoblauch zugeben und 10 Sekunden unter Rühren braten. Dann Salz, Pfeffer, Fünfgewürzpulver und Chilipulver hinzufügen und weitere 10 Sekunden pfannenrühren. Zum Schluß die fritierten Fleischwürfel wieder in die Pfanne geben und bei mäßiger Hitze etwa 3 Minuten weitergaren.

Für 4 Personen als Teil eines chinesischen Menüs oder für 2 Personen als Hauptgericht.

GUOQIAO MIXIAN

Zweierlei Fleisch mit Hühnerbrühe

Eine Delikatesse ganz besonderer Art stellt diese gehaltvolle Hühnerbrühe aus der Provinz Yunnan dar, zu der allerlei köstliche Beilagen gereicht werden: hauchdünne Scheibchen von Schweine- und Hühnerfleisch, chinesische Pilze, blanchierte Bohnensprossen, gekochter Schinken, Reisnudeln und Frühlingszwiebeln. Außerdem gibt es zum Dippen noch Chili-Öl, Chili-Bohnen-Sauce, Salz und Sojasauce.

Von der Entstehung dieses Gerichts erzählt die folgende Legende: Ein Gelehrter zog sich zur Vorbereitung auf die kaiserlichen Prüfungen auf eine Insel zurück, die über eine lange Brücke mit dem Festland verbunden war. Seine ihm treu ergebene Gattin war jedesmal traurig, wenn die sorgsam zubereiteten Mahlzeiten, die sie ihrem Mann über die Brücke brachte, unterwegs kalt wurden. So kam sie schließlich auf die geniale Idee, einen Topf heißer Brühe mit einer dünnen Schicht Pflanzenöl zu bedecken. Die Brühe blieb auf diese Weise kochendheiß; und auf der Insel angelangt, brauchte die Frau nur noch die übrigen Zutaten in den Topf zu geben, und sie wurden auf der Stelle gar. Der Mann labte sich an der heißen Suppe und bestand seine Prüfungen mit Erfolg.

Diese Suppe ist auch heute noch ein Hochgenuß. Sie wird dampfendheiß in Portionsschalen aufgetragen, und jeder Gast kann dann aus der Vielzahl der bereitgestellten Zutaten – Hühner- und Schweinefleisch, in hauchdünne Scheibchen geschnitten, Gemüse der Saison und frische Reisnudeln – das Gewünschte wählen und zum Garen in die heiße Brühe geben.

Es versteht sich von selbst, daß die Brühe kochendheiß serviert werden muß. Nach dem Garen taucht man das Fleisch und auch die anderen Zutaten in eine oder mehrere Würzmischungen, die getrennt in kleinen Schälchen gereicht werden.

Guoqiao Mixian
Zweierlei Fleisch mit Hühnerbrühe

200 g entbeinte Hühnerbrust, tiefgefroren
125 g mageres Schweinefleisch (ohne Knochen), tiefgefroren
125 g frische Bohnensprossen, gewaschen
25 g chinesische Trockenpilze, eingeweicht, gewaschen und entstielt
450 g frische oder getrocknete Reisnudeln
4 Frühlingszwiebeln
850 ml fette Hühnerbrühe

ZUM DIPPEN

5 EL feingehackte Frühlingszwiebeln
3 EL Chili-Bohnen-Sauce
2 EL Salz, vermischt mit 1 TL frisch gemahlenem schwarzem Pfeffer
5 EL dunkle Sojasauce

Hühner- und Schweinefleisch aus dem Gefrierschrank nehmen und bei Raumtemperatur 30 Minuten antauen lassen. Dann das Fleisch mit einem scharfen Küchenbeil oder Messer in hauchdünne Scheiben schneiden und auf einer Platte anrichten.

Bohnensprossen, Pilze und Reisnudeln auf einer zweiten Servierplatte anrichten. (Getrocknete Reisnudeln vorher 15 Minuten in heißem Wasser einweichen und gründlich abtropfen lassen.)

Die Frühlingszwiebeln schräg anschneiden, in 5 cm lange Stücke schneiden und in eine kleine Schale geben.

Die übrigen Würzmittel auf kleine Schälchen verteilen.

Den Backofen auf 140 °C (Gas Stufe 1) vorheizen und vier große feuerfeste Suppenschalen hineinstellen. Die Schalen 15 Minuten im Ofen vorwärmen.

Die Hühnerbrühe in einem mittelgroßen Topf zum Kochen bringen. Die Hitze reduzieren und die Suppe leise köcheln lassen.

Die Suppenschalen aus dem Backofen nehmen und mit der Brühe auffüllen. Fleisch, Gemüse und Würzmittel in die Tischmitte stellen, damit sich alle bedienen können.

Jeder bekommt eine Schale mit der dampfenden Suppe und gart zuerst das Fleisch und das Gemüse in seiner heißen Brühe. Diese wird im Lauf des Mahls immer würziger und gehaltvoller, weil sie die Aromen der Zutaten aufnimmt. Zum Schluß gibt man die Reisnudeln in die köstliche Brühe.

Für 4 Personen als Hauptgericht.

Guo Ba
Zischender Reis

Dieses Gericht heißt »zischender Reis« wegen des Geräusches, das entsteht, wenn gerösteter Reis – in diesem Fall Reiskuchen – mit dickflüssiger heißer Suppe in Berührung kommt – ein Schauspiel, das die Gäste bei Tisch immer wieder fasziniert beobachten. Ich aß dieses beliebte Gericht aus der Sichuan-Küche im Guihu Restaurant von Xindu. Trotz seiner Herkunft war es keineswegs zu scharf und zu stark gewürzt, sondern sehr nahrhaft und sättigend – alles in allem eine komplette Mahlzeit. Man kann den knusprigen Reiskuchen entweder selbst zubereiten oder getrockneten Reiskuchen aus dem Chinaladen besorgen.

50 g schwarze chinesische Trockenpilze
250 g mageres Schweinefleisch
1 EL helle Sojasauce
1 EL dunkle Sojasauce
1 EL Reiswein oder trockener Sherry
2 TL Maisstärke
250 g entbeinte Hühnerbrust
1 Eiweiß
½ TL Salz
2 TL Maisstärke
250 g Chinakohl
850 ml Hühnerbrühe
1 TL Salz
2 EL Reiswein oder trockener Sherry
2 EL helle Sojasauce
1 ½ EL Maisstärke, angerührt mit 2 EL Wasser
3 EL feingehackte Frühlingszwiebeln
1 EL Sesamöl
450 ml Erdnußöl
1 Reiskuchen (S. 160) oder 10 Stücke von getrocknetem Reiskuchen

Die Trockenpilze 20 Minuten in warmem Wasser einweichen, dann gründlich spülen und ausdrücken. Von den Pilzen die Stiele entfernen und die Pilzhüte vierteln.

Das Schweinefleisch in 0,5 cm breite und 5 cm lange Streifen schneiden. Aus Sojasauce, Reiswein oder Sherry und Maisstärke eine Marinade herstellen und das Fleisch darin ziehen lassen. Die Hühnerbrust ebenfalls in 0,5 cm breite und 5 cm lange Streifen schneiden, mit Eiweiß, Salz und Stärkemehl vermischen und 20 Minuten im Kühlschrank ziehen lassen.

Den Chinakohl waschen und in feine Streifen schneiden.

Die Hühnerbrühe zum Kochen bringen und Pilze, Kohl, Salz, Reiswein oder Sherry, Sojasauce und angerührtes Stärkemehl hineingeben. 5 Minuten leise köcheln lassen, dann die Frühlingszwiebeln und das Sesamöl hinzufügen. In der Zwischenzeit einen anderen Topf mit Wasser aufsetzen. Das Schweinefleisch und das Hühnerfleisch in das siedende Wasser geben und 30 Sekunden kochen. Den Herd ausschalten und das Fleisch noch 2 Minuten in der heißen Flüssigkeit ziehen lassen. Dann das Fleisch mit einem Schaumlöffel herausnehmen und in die heiße Suppe geben.

Einen Wok oder eine große Pfanne erhitzen und das Öl hineingießen. Die Reiskuchenstücke schwimmend in dem sehr heißen Öl ausbacken und kurz auf Küchenkrepp abtropfen lassen. Die fritierten Reiskuchenstücke in eine Suppenterrine oder eine tiefe Schüssel legen und die dampfende heiße Suppe darübergeben.

Für 4 Personen als Teil eines chinesischen Menüs oder für 3 Personen als leichte Mahlzeit.

Früh übt sich, wer ein Meister werden will

Dong Po Rou
Tung Po Schweinefleisch

Dieses köstliche Gericht verdankt seinen Namen dem berühmten Dichter, Staatsmann und Feinschmecker Su Dongpo aus der Song-Dynastie. In der chinesischen Geschichte war er durchaus nicht der einzige, der auf mehreren Gebieten geniale Leistungen vollbrachte. Ich persönlich schätze ihn wegen seiner Kochkünste und vor allem, weil er dieses würzige Gericht kreiert hat. Viele Restaurants in Hangzhou führen es als Spezialität des Hauses auf der Speisekarte, denn Su Dongpo war ehemals Statthalter in Hangzhou.

Durch das lange, sanfte Köcheln wird das Fleisch – in diesem Fall Schweinebauch – butterweich und zart, eine wahrhaft köstliche Gaumenfreude. Aus der Vielzahl der unterschiedlichen Zubereitungsarten bevorzuge ich die Variante, bei der das Fleisch zunächst rundherum angebraten wird; es bleibt zudem saftiger, wenn es in einem Stück gegart wird. Diese Zubereitungstechnik ist zwar zeitraubender, aber in der Durchführung relativ einfach. Das Gericht läßt sich gut aufwärmen und ist besonders schmackhaft mit Reis und pfannengerührtem Gemüse.

Ein privates Restaurant, das sich auf die Zubereitung von Yunnan-Huhn spezialisiert hat

900–1100 g durchwachsener Schweinebauch
3 EL Erdnußöl
6 Frühlingszwiebeln
6 Scheiben frischer Ingwer
125 g chinesischer Blockzucker, zerstoßen, oder 4 EL gewöhnlicher Haushaltszucker
125 ml dunkle Sojasauce
2 EL helle Sojasauce
125 ml Reiswein oder trockener Sherry
125 ml Wasser

Das Bauchfleisch 10 Minuten in kochendem Wasser blanchieren. Dann mit einem Schaumlöffel herausnehmen und mit Küchenkrepp trockentupfen.

Einen Wok oder eine große Pfanne erhitzen. Das Öl hineingießen, die Hitze reduzieren und das Bauchfleisch mit der Schwarte nach unten hineinlegen. Etwa 10–15 Minuten behutsam braten, bis die Schwarte goldbraun und knusprig ist. Das Fleisch aus dem Wok nehmen und das Fett mit Küchenkrepp abtupfen.

Die Frühlingszwiebeln in 7 cm lange Stücke schneiden. Das Fleisch mit Zwiebeln, Ingwer, Zucker, Sojasauce, Reiswein oder Sherry und Wasser in einen großen Schmortopf geben und zum Kochen bringen. Zugedeckt bei schwacher Hitze 3 Stunden köcheln lassen, bis das Fleisch butterweich und das Fett weitgehend verkocht ist.

Die Schmorflüssigkeit durchseihen und das Fett abschöpfen. Das Bauchfleisch in dünne Scheiben schneiden und auf einer vorgewärmten Platte anrichten. Mit der Sauce begießen und servieren.

Für 7–8 Personen als Teil eines chinesischen Menüs oder für 4 Personen als Hauptgericht.

LONG JING CHAO XIA

Garnelen mit Long Jing Tee

Dieses populäre Gericht kannte ich bereits als Kind vom Hörensagen, aß es aber zum erstenmal im namhaften Lou-Wai-Lou-Restaurant in Hangzhou. Es besteht aus pfannengerührten Süßwassergarnelen, die mit dem berühmten Long Jing Tee, auch »Drachenbrunnen-Tee« genannt, aus der Provinz Zhejiang aromatisiert werden. Die Blätter dieses grünen Tees werden speziell aufbereitet, sind aber nicht fermentiert. Im Frühling, bevor der Regen einsetzt, werden die besten Blattqualitäten gepflückt. Zu dieser Zeit haben die jungen Triebe erst eine einzige Blattknospe ausgebildet. Diese zarten Blattknospen garantieren den feinen Duft und den frischen Geschmack des Tees. Die Verbindung von Garnelen und Teeblättern mutet recht seltsam an, doch das Ergebnis ist – auch mit mittelmäßigem grünem Tee – eine erlesene und erfrischende Speise.

450 g rohe Garnelen in der Schale (ohne Kopf) oder 350–400 g geschälte rohe Garnelen
2 TL Salz
1 EL Long Jing Tee oder anderer chinesischer grüner Tee
250 ml kochendes Wasser
1 ½ EL Erdnußöl
1 EL Reiswein oder trockener Sherry

Die ungeschälten Garnelen aus der Schale nehmen, am Rücken flach einschneiden und den Darm entfernen. Die Garnelen kalt abspülen und mit Küchenkrepp trockentupfen. Anschließend mit dem Salz einreiben und beiseite stellen.

Speiselokal in Nanjing

Die Teeblätter in einen hitzebeständigen Meßbecher oder eine Teekanne geben und mit 250 ml kochendem Wasser überbrühen. Den Tee 15 Minuten ziehen lassen

Einen Wok oder eine große Pfanne erhitzen und das Öl hineingießen. Die Garnelen und den Reiswein oder Sherry dazugeben und 30 Sekunden unter Rühren braten. Den Tee zugießen, die Hälfte der Teeblätter dazugeben und 1 Minute weitergaren. Die Garnelen mit einem Schaumlöffel herausnehmen und auf einer vorgewärmten Platte anrichten. Die Flüssigkeit im Wok zur Hälfte verkochen lassen, die Sauce über die Garnelen geben und servieren.

Für 4 Personen als Teil eines chinesischen Menüs oder für 2 Personen als Hauptgericht.

ZHIMA HAIZHE

Quallenfleisch mit Sesam

Ob Seegurken, Napfschnecken, Seeschnecken, Entenmuscheln oder Seeschlangen – die Chinesen kochen alles, was im Wasser schwimmt und nicht als ausgesprochen giftig gilt. Davon sind auch Quallen nicht ausgenommen, die jedoch stets getrocknet, hier häufig unter der Bezeichnung »Jellyfish« (Geleefisch), in den Handel kommen. Gegartes Quallenfleisch enthält kein Fett, dafür aber viel Eiweiß und wird von den Chinesen gern als erfrischende Vorspeise gegessen. Mariniert und mit geröstetem Sesam vermischt, wird aus dem von Natur aus leicht salzigen Quallenfleisch eine erfrischende Delikatesse.

Die Vorspeise wird gewöhnlich ohne Beilage serviert. Die Zubereitung ist relativ einfach, denn der »Jellyfish« kommt mittlerweile auch küchenfertig in Streifen geschnitten in den Handel. Im Kühlschrank bleibt die fertige Speise stundenlang frisch.

250 g küchenfertiges Quallenfleisch in Streifen
2 TL helle Sojasauce
3 EL Sesamöl
2 TL weißer Reisessig
2 TL Zucker
3 EL weiße Sesamsamen, geröstet

Das Quallenfleisch unter fließendem kaltem Wasser waschen und abtropfen lassen. In eine Edelstahlschüssel geben und mit kochendem Wasser übergießen. Etwa 15 Minuten ziehen lassen, bis die Streifen weich sind. Das Quallenfleisch abtropfen lassen und noch mindestens sechsmal in frischem kaltem Wasser einweichen. Gründlich abtropfen lassen, mit Küchenkrepp trockentupfen und beiseite stellen.

Aus Sojasauce, Sesamöl, Essig und Zucker eine Marinade anrühren, das Quallenfleisch daruntermischen und mindestens 30 Minuten ziehen lassen. Die fertige Speise vor dem Servieren mit geröstetem Sesam bestreuen.

Für 4 Personen als Teil eines chinesischen Menüs.

Zao Liu Yu Pian

Fischfilets mit Wolkenohren und Gurken

Als Liebhaber der chinesischen Küche weiß man, daß China das Land der Pilze ist, und unzählige Rezepte belegen dies. Allerdings werden selten frische Pilze verwendet; man schätzt die Pilze getrocknet, denn sie haben ein ausgeprägteres Aroma und werden beim Kochen schön saftig. Die kommerzielle Züchtung von Pilzen begann in China bereits Mitte des siebten Jahrhunderts, während die europäische Pilzkultur erst 1000 Jahre später in Frankreich einsetzte.

In China gibt es schätzungsweise 300 verschiedene Pilzarten, von denen 83 als giftig eingestuft werden. Da erst der Verzehr der Pilze absolute Gewißheit über ihre Ungefährlichkeit brachte, können wir nur ahnen, wie die alten Chinesen im Lauf der Jahrhunderte bekömmliche Pilze von giftigen zu unterscheiden gelernt haben. Wie dem auch sei, Pilze zählen heute zu den beliebtesten Nahrungsmitteln der Chinesen, und die Produktion ist derart groß, daß China mehr Pilze als jedes andere Land exportieren kann.

Das folgende Rezept, das mir der Besitzer eines kleinen Restaurants in Kunming (Provinz Yunnan) anvertraute, enthält als kontrastierende Zutat zu dem delikat gewürzten Fischfilet Wolkenohren – die kleinere Variante der Holzohren – und knackige Gurken. In China habe ich dieses Gericht mit frischem Karpfen serviert bekommen; jeder andere feste, weißfleischige Fisch ist aber genauso gut geeignet.

700 g Filet von Fischen mit festem, weißem Fleisch (z. B. Kabeljau, Heilbutt, Roter Schnapper) oder 800 g Fischsteaks mit Mittelgräte
2 TL Salz
2 EL helle Sojasauce
1 EL Reiswein oder trockener Sherry
2 TL Maisstärke
25 g getrocknete Wolkenohren
1 Salatgurke (etwa 250 g)
3 EL Erdnußöl
½ EL feingehackter Knoblauch
1 EL feingehackter frischer Ingwer
1 ½ EL Reiswein oder trockener Sherry
2 EL helle Sojasauce
1 EL dunkle Sojasauce
250 ml Hühnerbrühe
2 TL Maisstärke, angerührt mit 1 EL Wasser

Die Fischfilets in mundgerechte Stücke schneiden und in eine Schüssel legen.

Salz, Sojasauce, Reiswein oder Sherry und Maisstärke miteinander verrühren, die Marinade über die Fischstücke geben und mindestens 1 Stunde ziehen lassen.

Die getrockneten Wolkenohren 30 Minuten in warmem Wasser einweichen. Anschließend mehrmals unter fließendem Wasser spülen, um Sandrückstände zu entfernen. Gründlich abtropfen lassen, Stiele abschneiden und beiseite stellen.

Die Gurke schälen, längs halbieren und die Kerne mit einem Löffel herausnehmen. Die Gurkenhälften ebenfalls in mundgerechte Stücke schneiden.

Einen Wok oder eine große Pfanne erhitzen und 2 Eßlöffel Öl hineingießen. Die Fischstücke hineingeben und etwa 2 Minuten rundherum anbraten. Mit einem Schaumlöffel herausnehmen und auf Küchenkrepp gründlich abtropfen lassen.

Den Wok oder die Pfanne mit dem restlichen Öl erhitzen. Pilze, Gurkenstücke, Knoblauch und Ingwer in das heiße Öl geben und 1 Minute unter Rühren braten.

Mit Reiswein oder Sherry, Sojasauce und Hühnerbrühe aufgießen und alles 3 Minuten köcheln lassen. Die Flüssigkeit mit dem angerührten Stärkemehl binden.

Zum Schluß die Fischstücke dazugeben und bei geringer Hitze wieder erwärmen.

Auf einer vorgewärmten Platte anrichten und mit Reis servieren.

Für 6 Personen als Teil eines chinesischen Menüs oder für 3 Personen als Hauptgericht.

Flußfische auf einem chinesischen Markt

中國風味

Essensvorbereitungen in einer Gemeinschaftsküche in Qinghai

BAN DOUFU

Tofu-Salat

Als Shanghai einmal von einer Hitzewelle heimgesucht wurde, hielt ich mich gerade in der Stadt auf. Müde und matt vom Wetter, sehnte ich mich nach einer kühlen Erfrischung, obwohl ich kaum Hunger verspürte. Ein Freund führte mich in ein kleines privates Restaurant, wo das Essen mit Ausnahme des köstlichen Tofu-Salates eher mäßig war.

Sojabohnen, aus denen der Tofu gewonnen wird, wurden in China bereits vor über 3000 Jahren kultiviert; und schon im ersten Jahrtausend v. Chr. zählten sie neben Rispenhirse, Weizenhirse, Weizen und Reis zu den fünf heiligen Feldfrüchten.

Das Kochen entfällt bei diesem Rezept. Tofu, der seidenweiche und von Natur aus etwas fad schmeckende Eiweißspender, hat die Eigenschaft, das Aroma der Zutaten aufzunehmen. Durch die Zugabe von getrockneten Shrimps und eingelegtem Gemüse wird er nach diesem Rezept zu einer köstlichen Vorspeise.

Der hierfür verwendete Tofu sollte absolut frisch sein. Gut gekühlt schmeckt der Salat am besten.

450 g frischer weicher Tofu
2 EL getrocknete Shrimps
2 EL eingelegtes Sichuan-Gemüse, abgespült und feingehackt
1 EL Chili-Bohnen-Sauce
1 ½ EL Sesamöl

ZUM GARNIEREN

1–2 Frühlingszwiebeln, gehackt

Den Tofu in kaltem Wasser einweichen, dabei das Einweichwasser mehrmals wechseln. Den Tofu dann gründlich abtropfen lassen und in 2 cm große Würfel schneiden. Die Würfel auf einer Platte anrichten und kühl stellen.

Die getrockneten Shrimps 20 Minuten in warmem Wasser einweichen und abtropfen lassen. Dann feinhacken und mit dem eingelegten Gemüse und der Chili-Bohnen-Sauce in eine kleine Schüssel geben und vermischen.

Diese Mischung gleichmäßig über den Tofu-Würfeln verteilen und mit Sesamöl beträufeln. Den Salat mit den gehackten Frühlingszwiebeln garnieren und servieren.

Für 4 Personen als Teil eines chinesischen Menüs oder für 2 Personen als Hauptgericht.

Ganbian Kugua

Bittergurke mit frischen Chillies

Die Sichuan-Küche ist bekannt für viele lobenswerte Eigenschaften, doch am berühmtesten ist sie für die phantasievolle Zubereitung scharfer und stark gewürzter Speisen. Stellvertretend für viele sei dieses Gericht mit Bittergurken genannt, das ich im Shu Feng Yuan Restaurant in Chengdu kennenlernte. Die frischen Chilischoten bilden hierbei einen reizvollen Kontrast zu dem erfrischenden Fruchtfleisch der Bittergurke.

Die heutzutage vorwiegend in Suppen und pfannengerührten Gerichten verwendete Bittergurke galt ursprünglich als Medizin, der man eine

Ganbian Kugua
Bittergurke mit frischen Chillies

blutreinigende Wirkung nachsagte. Verzehrt man sie unblanchiert (durch Blanchieren verliert sie weitgehend ihren Bittergeschmack), wird ihre heilkräftige und kühlende Wirkung auf den Körper offenkundig.

Wie viele andere heilkräftige Nahrungsmittel eroberte sich auch die Bittergurke ihren Platz in der Küche und erfreut sich heute allgemeiner Beliebtheit. Das Bittergurkengericht, das ich probierte, wurde mit erntefrischen, noch nicht ganz ausgereiften grünen Früchten zubereitet. Das Fruchtfleisch verliert selbst beim Blanchieren nichts von seiner Festigkeit, schmeckt aber ein wenig bitter. Voll ausgereifte Bittergurken sind weicher und schmecken nicht ganz so bitter.

700 g Bittergurke	1 ½ EL gehackter Knoblauch
200 g frische milde Chilischoten	250 ml Hühnerbrühe
1 ½ EL Erdnußöl	2 EL helle Sojasauce
Salz	2 TL Zucker

Die Bittergurke waschen, längs halbieren und die Kerne mit einem Löffel herausnehmen. Das Fruchtfleisch in dünne Scheiben schneiden und 2 Minuten in kochendem Wasser blanchieren. Mit einem Schaumlöffel herausnehmen und auf Küchenkrepp gut abtropfen lassen.

Die gewaschenen Chillies längs aufschneiden und entkernen. Anschließend in feine Streifen schneiden.

Einen Wok oder eine große Pfanne stark erhitzen und das Öl hineingießen. Salz und Chillies dazugeben und 10 Sekunden unter Rühren braten. Dann Bittergurke, Knoblauch, Hühnerbrühe, Sojasauce und Zucker hinzufügen, die Hitze reduzieren und die Mischung 3 Minuten köcheln lassen. Auf einer Platte anrichten und servieren.

Für 5–6 Personen als Teil eines chinesischen Menüs oder für 3 Personen als Beilage zu einem Hauptgericht.

Rote Chilischoten auf dem Markt in Peking

LENG OING GUA

Gurkensalat mit gebräuntem Knoblauch

Die Lockerung der staatlichen Kontrolle Mitte der achtziger Jahre in China hatte zur Folge, daß zahlreiche private Familienbetriebe, darunter auch viele neue Restaurants, wie Pilze aus dem Boden schossen. Ein wohlunterrichteter Freund führte uns eines Tages in Shanghai zu einem solchen Lokal, das trotz seiner einfachen Küche bei den Gästen zunehmend beliebter wurde. Hier wurde uns der nun folgende Gurkensalat serviert, eine herrlich erfrischende und delikate Vorspeise, genau das richtige für einen schwülen Sommerabend. Ich habe das Rezept etwas abgewandelt, weil der rohe Knoblauch meiner Ansicht nach in der Originalzubereitung zu stark herausschmeckte. Der Salat ist delikater, wenn der Knoblauch kurz im Wok angeröstet wird.

450 g Gurken	1 EL weißer Reisessig
2 TL Salz	1 ½ EL Erdnußöl
2 TL Zucker	1 EL grobgehackter Knoblauch

Die Gurken längs halbieren und die Kerne mit einem Löffel herausnehmen. Die Gurkenhälften in 7 × 1 cm große Streifen schneiden.

Die Gurkenstreifen mit Salz vermischen, in ein Sieb geben und 10 Minuten ziehen lassen. Dann kalt abspülen, trockentupfen und mit Zucker und Essig vermischen.

Einen Wok erhitzen und das Öl und den Knoblauch hineingeben. 15 Sekunden unter Rühren braten, bis der Knoblauch leicht gebräunt ist. Diesen dann unter den Gurkensalat mischen und servieren.

Für 4 Personen als Teil eines chinesischen Menüs oder für 2 Personen als Beilage zu einem Hauptgericht.

9.
Kapitel

KULINARISCHES STRASSENLEBEN

In China sieht man oft sogenannte »Straßenküchen«, wohin der Arbeiter nach hartem Tagwerk gerne geht, ein gutes Stück Fleisch mitnimmt und den Koch sogleich anweist, es nach seinem Gusto zuzubereiten.

Gedanken eines chinesischen Feinschmeckers, F. T. Cheng

Zwischenmahlzeiten sind ein wichtiger Teil der chinesischen Küche. Soweit sich die Geschichte archäologisch verfolgen läßt, gab es in China schon immer drei große Kategorien von Lebensmitteln: *fan* (Körner, wie beispielsweise Reis und Getreideprodukte), *cai* (Fleisch-, Fisch- und Gemüsegerichte) und *xiao chi* (kleine Mahlzeiten). Im Südosten und Westen Chinas, wo ein Großteil der Bevölkerung lebt, sind zwei Mahlzeiten am Tag die Regel (mittags und abends), doch es kommen noch drei *xiao chi* hinzu, so daß es insgesamt fünf Mahlzeiten pro Tag sind. In Nordchina ißt die dörfliche Bevölkerung während der langen Tage (vom Spätfrühling bis zum Frühherbst) drei große Mahlzeiten am Tag, während der restlichen Zeit zwei. Während des ganzen Jahres jedoch sind tagsüber Kleinigkeiten und abends auch ein kräftiger Imbiß die Regel. Dies liegt unter anderem daran, daß viele Chinesen nur ein kleines Frühstück zu sich nehmen und deshalb lange vor dem Mittagessen wieder hungrig sind.

Meiner eigenen Erfahrung zufolge gehörte das, was man in den Imbißläden, an Eßständen auf der Straße und Lebensmittelkarren essen kann, zum Besten, was China außerhalb der Familienküchen zu bieten hat. Viele Chinesen, mit denen ich darüber sprach, stimmten mir zu und meinten, das Essen, das ihnen abgesehen von zu Hause am besten schmeckt, seien die *xiao chi.* Die Straßen und Gassen in Chinas Städten und Dörfern sind erfüllt vom appetitanregenden Duft, der über den zahlreichen die Straßen säumenden Verkaufsständen schwebt. Auf vielen Märkten, die ich besuchte, wimmelte es von diesen Straßenverkäufern. Deren Kunden aßen ihren kleinen Imbiß beim Einkaufen oder nahmen ihn mit als zusätzliches Gericht für ihr Essen zu Hause, vielleicht auch für ihre Kinder, damit sie während der Essenszubereitung still sind. Nudelsuppen, eine zwar recht prosaische, doch sättigende Mahlzeit, erfreuen sich als Imbiß in China größter Beliebtheit. Für die Verkäufer sind sie leicht zuzubereiten, und an Nachfrage mangelt es bei ihnen nie.

Von den vielen weitverbreiteten kleinen Zwischenmahlzeiten gehören die *jiaozi,* eine Art Klöße oder Teigtaschen, zu den beliebtesten in ganz China. Dieser leckere Imbiß wird gekocht, gebraten, seltener auch gedämpft angeboten. Sie werden mit Fleisch, Gemüsen, Knoblauch oder Frühlingszwiebeln gefüllt, jede Region hat ihre eigenen Varianten und Spezialitäten. Es ist wirklich eine kleine ausgewogene Mahlzeit für sich,

Seite 150: *Eine süße und klebrige Leckerei*

ich habe unzählige davon gegessen, und ein *jiaozi* hat so gut wie der andere geschmeckt.

In Hangzhou aß ich auch dicke Nudeln in einer gehaltvollen Suppe, leichte, seidig glänzende Reisnudeln gab es an einem Straßenimbiß in Kanton und ein pikantes Nudelgericht an einem winzigen Imbißkarren in Chengdu. Alle waren schnell und einfach zubereitet, und alle schmeckten köstlich. Sie werden gekocht, pfannengerührt oder gedämpft. Es gibt darüber hinaus auch Variationen von Zwischenmahlzeiten, die ich bisher für rein südchinesische Spezialitäten gehalten hatte. So aß ich zum Beispiel in einigen Marktflecken Sichuans Reisbrei mit frischem Mais, der mit einer Chilisauce gereicht wurde; *wontans,* ebenfalls eine Art Klöße, in dünne Nudeln eingewickelt, gibt es in zahlreichen örtlichen Variationen. Es gab auch blanchierte Nudeln und *wontans* mit einer Füllung aus gehacktem Schweinefleisch, die mit einer herzhaften Brühe gegessen werden; auch der berühmte *congee*-Reisbrei aus Südchina, den es an vielen Straßenecken Chinas gibt, hat mir gut geschmeckt.

Die Tradition solch gehaltvoller Zwischenmahlzeiten mag vielleicht daher kommen, daß jahrhundertelang Beamte und Arbeiter in den Städten abends so lange arbeiteten, daß sich die Restaurants darauf einstellten und Straßenverkäufer bis tief in die Nacht, manchmal sogar bis in den frühen Morgen, ihre Waren anpriesen. In Chroniken aus der Nördlichen Song-Dynastie (960–1127) ist zu lesen: »Seit genau dieser Zeit gab es manche, die Krüge voll Tee mitbrachten, den sie verkauften ... auch in den Wintermonaten, bei starkem Wind, Schnee und Regen.«

In »Baihu Ting«, einem Schauspiel aus dem 13. Jahrhundert, kommt ein Obstverkäufer vor, der seine Köstlichkeiten aus fünf Provinzen anpreist. Da gibt es »saftige, süße, duftige, süß riechende, rote, fruchtige, frisch geschälte, rundäugige Litschis aus Fuzhou; aus Piguang saure Obsttörtchen, süße gelbe Orangen und grüne Tangerinen mit grünen Blättern dran und ganz weiche, ganz weiße, zuckersüße, gepreßte, kandierte Dattelpflaumen aus Songyang«. Aus dem Text geht hervor, daß die Zuschauer an dieser Aufzählung von Köstlichkeiten durchaus nichts Außergewöhnliches fanden. Auch heute werden überall in China getrocknete, kandierte und eingelegte Früchte als kleine Leckerei zwischendurch gegessen. Auf meinen Reisen in China achtete ich darauf, immer eine kleine Reserve dieser wunderbaren getrockneten Pflaumen mitzunehmen, wenn ich meine Tagesausflüge machte. Frisches Obst war immer schon teuer, früher konnten es sich nur die privilegierten Menschen der Oberschicht leisten. Heute ist das anders, und Früchte der Saison sind als kleine Zwischenmahlzeit oder Dessert für jedermann ein erschwinglicher Genuß.

Während der Song-Dynastie (960–1279) gab es Weinschenken und sogenannte Nudelküchen, in denen häufig und gern eingekehrt wurde. Einige waren in festen Gebäuden untergebracht, andere waren mobil und nur wenig mehr als gedeckte Verschläge. Die beiden beliebtesten »Snacks« waren allem Anschein nach zum einen *you bing,* ein gesüßtes und gedämpftes Ölgebäck, gefüllt mit Bohnenpaste, und *hu bing,* das gleiche Gebäck, nur fritiert. Diese beiden Gebäcksorten gibt es heute noch in verschiedenen Arten, einige davon in ganz China. Während der Song-Dynastie waren auch die *man tou* beliebt, das sind kleine gedämpfte Brotkuchen, sowie gekochtes Schweinefleisch, eingelegtes

Getrocknete Nudeln auf einem Straßenmarkt

Fleisch und konservierter Fisch, gesüßte Früchte sowie dicke Scheiben verschiedener Süßigkeiten.

Imbißbuden und Eßstände waren oft die Produktionsstätten und Großhändler für die Straßenverkäufer, die es in allen größeren Städten während der Song-Dynastie gab. Vor 1000 Jahren war der Anblick eines solchen Straßenhändlers nichts Außergewöhnliches. Schriftlichen Überlieferungen zufolge genoß dieses Essen auf der Straße damals schon einen hervorragenden Ruf und wurde mit Genuß verzehrt. In der Zeit der Qing-Dynastie (1644–1911), schon vor mehr als 100 Jahren also, gab es ein richtiges System von Verkaufsstellen für Essen im Straßenverkauf. Restaurants oder deren damit beauftragte Konzessionäre, die alle einen Stand in der Nähe des Restaurants hatten, führten Bestellungen für Imbiß- und Zwischenmahlzeiten aus. In der Nähe gab es immer auch andere Imbißstände, die sich auf kleinere Gerichte wie gesalzenes und eingelegtes Gemüse mit Reis, Süßigkeiten aus Erdnüssen und Zucker, Gebäck sowie ein-

»Baozi«, die beliebten Klöße mit Fleischfüllung

fachen oder phantasievoll angerichteten Reisbrei spezialisierten. Für diejenigen, die selbst kochen wollten, wurde heißes Wasser verkauft.

Drucke und Gemälde, die beinahe 400 Jahre alt sind, zeugen davon, daß damals schon Stände und Buden aller Art den »kleinen Hunger« der unzähligen Menschen in Peking stillten. Zum Teil waren sie recht gut ausgestattet und boten feine Sachen an – sie waren mobile Restaurants. Meist jedoch handelte es sich um bescheidene Einrichtungen, die ein oder zwei beliebte Spezialitäten der Saison verkauften. Das könnten beispielsweise Frühlingskuchen oder grüne Klöße (wahrscheinlich aus frischem Kohl oder Schnittlauch) im späten Frühling gewesen sein, Sommerweine, Kammuscheln, Senfgemüse und gesalzene Eier im Frühsommer, dicke Klöße und Teigtaschen zum Drachenbootfest im Sommer und Wassermelonen zur Zeit der Wintersonnenwende. Es hat bestimmt auch Klebreisklöße mit einer süßen Füllung aus roten Bohnen zum Herdopferfest gegeben, Flußkrebse im Spätherbst oder im frühen Winter, wenn der Rogen am besten schmeckt, sowie alle möglichen Köstlichkeiten zum Neujahrsfest. Sich in die Wünsche und den Geschmack der Kunden hineinzudenken (oftmals war der Geschmack von Kunde und Verkäufer derselbe), war mehr als nur eine schlichte Dienstleistung, es war ein schöner Beruf.

Diese Tradition des kulinarischen Straßenlebens wurde gepflegt bis 1949, als die Volksrepublik ausgerufen wurde. Es erging ein Erlaß, daß private geschäftliche Unternehmungen zu »bürgerlich« oder individualistisch seien und nicht weiter ausgeübt werden dürften. Eßstände, Straßenverkäufer und sogar die meisten Restaurants verschwanden. Die politischen Reformen der letzten zehn Jahre haben eine Wiederbelebung dieser wertvollen Einrichtungen zugelassen. Viele von ihnen haben schon wieder das Niveau der einstigen gastronomischen Fertigkeiten erreicht. Unter stabilen gesellschaftlichen Verhältnissen werden sie, so glaube ich, mit der Zeit wieder einen wichtigen Platz im kulinarischen Leben Chinas einnehmen.

In Westchina besuchte ich die sogenannten Nachtmärkte. Sie sind bis in die frühen Morgenstunden geöffnet, ihre Kundschaft besteht vor allem aus Arbeitern, die von der Nachtschicht heimkommen, und denen, die ganz einfach so spät noch Hunger haben. Eine besondere Spezialität dort sind Gerichte mit köstlichem geräuchertem Fleisch von buchstäblich jedem Teil des Schweins. Die Weinschenken bieten einen sogenannten Weißwein an, der aber ein ziemlich starkes Getränk ist, eher wie Wodka, und aus einer Art Hirse hergestellt wird. Gern schaute ich zu, wie die Leute aus der Gegend auf einen kurzen Trunk hereinschauten und andere mit Gläsern und Flaschen kamen, um sich für zu Hause etwas abfüllen zu lassen. Zweifelsohne schätzt jedermann diese nächtliche Einrichtung sehr.

In Peking, das schon seit jeher für seine »kleinen Speisen« bekannt ist, schießen die Nachtmärkte und die Imbißstände wie Pilze aus dem Boden, seit die Regierung das über sie verhängte Verbot wieder aufgehoben hat. Ich war sehr überrascht, welch karnevalsähnliche Stimmung auf den Straßen herrscht, auf denen sich die Menschen drängen und lokale und regionale Spezialitäten genießen. Es ist offensichtlich, daß diese Vielfalt von Märkten und Eßgelegenheiten ein seit langem schlummerndes kulinarisches und soziales Bedürfnis befriedigt. Daß man an den Eßständen auf den Gehwegen Besseres zu essen bekommt als in den meisten edleren Touristenrestaurants, ist eine oft geäußerte Ansicht, der ich nur beipflichten kann. Frische lange Nudeln werden gekocht und sofort serviert, genau wie die hausgemachten *jiaozi* (Teigtaschen mit einer Füllung aus Hackfleisch, Kohl, Schalotten, Ingwer, Pfeffer und Salz), Peking-Würstchen, kalte Nudeln nach Sichuan-Art, Teigtaschen aus Tianjin, Lanzhou-Nudeln, Fischklößchensuppe nach Wanzhou-Art und gegrillter Xinjiang-Hammel – all dies probierte ich auf der Wangfujing-Straße in Peking.

Weit weg von Peking, in Chengdu in der Provinz Sichuan, gibt es ganz andere Snacks. Ein Freund nahm mich dort zu einem Straßenhändler mit, der sich auf die typischen Zwischenmahlzeiten in Sichuan spezialisiert hat, wie zum Beispiel *dan dan mian,* das sind pikante Nudeln mit Chili und gehacktem Schweinefleisch, die ich in ein paar Minuten zwischendurch mitten im Verkehrsgewühl verzehrte. Dann probierten wir auch »Perlenbällchen«, ein süßes Klebreisgebäck, sowie die bekannten *chengdu huntuns,* eine Art Teigtaschen, die im Westen als *won-tans* bekannt sind und die mit einer wunderbaren würzigen Sauce und einer ordentlichen Prise gerösteten und gemahlenem Sichuan-Pfeffer serviert werden. Ich kostete auch von einer Art leichtem Crêpe mit einer Füllung aus verschiedenen Fleischarten und gedämpften Schweinefleischklößen – all das gab es in einem Imbißlokal mit dem höchst treffenden Namen »Long Chao Shou« (Futterstelle des Drachens), wo es feuriges und gutes Essen gab.

Die besten und bekanntesten kleinen Zwischenmahlzeiten und Snacks gibt es im Süden Chinas in der Gegend von Kanton, wo, wie E. N. Anderson treffend meinte, »die chinesische Vorliebe für kleine Mahlzeiten ihre Apotheose erfährt«. Von hier kommen auch die *dim-sum*-Gerichte (wörtlich übersetzt bedeutet dies »des Herzens Freude« oder »das Herz berühren«), die über Chinas Grenzen hinaus bekannt sind, da sie von den kantonesischen Auswanderern auf der ganzen Welt verbreitet wurden. In dieser Gegend findet man auch das Paradies der Snacks: die Teehäuser,

Kantonesisches Süßgebäck

in denen nur *dim-sum*-Gerichte und verschiedene Tees serviert werden. *Dim sum* gibt es vom frühen Morgen bis zum späten Nachmittag. Ein deftiges Frühstück aus Reisbrei mit Erdnüssen, Fleisch, Fisch und Saucen wird ebenfalls angeboten. Kanton ist relativ wohlhabend, das Klima ist angenehm subtropisch, mit langen Sommertagen und lauen Nächten, und dies schafft eine gesellige Atmosphäre. Die Menschen in Kanton glauben zu Recht, daß ihre Küche die beste in China ist; und dies stellen sie so oft wie möglich unter Beweis.

Nudelsuppen gibt es hier wie anderswo in China, doch in Kanton wird zu Nudeln meist Fleisch gereicht. In Suppen gibt es oft eine Einlage aus Teigtaschen. Die Portionen sind so reichlich wie bei einer kompletten kleinen Mahlzeit. Essen aus dem Ausland, vor allem westliche Backwaren wie Brot, Brötchen und süßes Gebäck, bereichern neuerdings die Auswahl an kantonesischen Gerichten. In Kanton sind die *dim-sum*-Gerichte

»Baozi«-Stand auf einem Markt in Yunnan

mehr als nur ein kleiner Imbiß; sie sind oft ein gehaltvolles spätes Frühstück oder ein komplettes Mittagessen. In anderen Regionen Chinas bedeutet *dim sum* nur »kleine Zwischenmahlzeit«.

Die Auswahl dieser typisch kantonesischen Zwischenmahlzeiten ist unbeschreiblich groß. Ein Teehaus bot abwechselnd insgesamt mehr als 2000 *dim-sum*-Gerichte an, darunter Köstliches wie gedämpfte Teigtaschen mit Schweinehackfleisch und Garnelen, Hühnersuppe mit Teigtaschen, gedämpfte Reismehlgerichte mit verschiedenen Fleischsorten, fritierten und mit Schweinefleisch und Garnelen gefüllten Tofu sowie Rinderleber in Scheiben mit gedämpften Garnelenteigtaschen. Das gleichfalls beeindruckende Angebot an Süßem wartet mit knusprigem und klebrig-süßem Kuchen auf, der mit Mandeln bestreut wird. Es gibt Kuchen mit Bohnenfüllung, Sesambällchen in Sirup, Eiercremetörtchen und eine Suppe aus süßer roter Bohnenpaste. In Nordchina kennt man diese Appetithappen unter dem Namen *dian xin,* einer Mandarin-Variante der *dim sum,* wobei mit *dian xin* eher süße Desserts als deftige kleine Zwischenmahlzeiten gemeint sind.

Üblicherweise trinkt man zu *dim sum* Tee. Es ist ein besonderes Vergnügen, den Menschen in den Teehäusern zuzusehen, wo eine fröhlich lärmende und entspannte Atmosphäre herrscht. Dort sitzt man mit Freunden beisammen, und der Kellner bringt den gewünschten Tee. Dieser wird nicht nur aufs Geratewohl ausgewählt. Die fünftausendjährige Erfahrung mit Tee hat bei den Chinesen zu einem geradezu ehrfurchtsvollen Umgang mit diesem Getränk geführt. »Tee besänftigt den Geist, beruhigt und sorgt für ein ausgeglichenes Gemüt, er regt die Gedanken an und hilft gegen Apathie, stärkt und erfrischt den Körper und schärft die Sinne«, schrieb ein großer Teekenner, Luk Yuk, schon vor 1000 Jahren. Ob »Eiserne Göttin der Gnade«, »Drachenquell«, »Weiße Pfingstrose«

Im Teehaus – man verweilt, plaudert, raucht und trinkt Tee

oder irgendeine andere der zahlreichen, in Duft, Geschmack und Stärke unterschiedlichen Teesorten – der Tee wird immer mit Bedacht ausgewählt.

Nachdem man sich für einen Tee entschieden hat, kann die Eßzeremonie beginnen. Die Servierwagen mit den verschiedenen *dim-sum*-Delikatessen werden umhergefahren, die Kellner rufen die verschiedenen Gerichte aus, worauf die Gäste auf die gewünschten Speisen deuten, die man ihnen dann sofort serviert. So zu essen ist eine unterhaltsame und entspannte Angelegenheit. Niemand ist in Eile, oft wird im Teehaus Persönliches oder Geschäftliches besprochen, und dem Lärm nach scheint die Unterhaltung dort mit größtmöglicher Lautstärke geführt zu werden. Ganz am Schluß werden alle Gerichte und Getränke zusammengerechnet, die Kellner erinnern sich mit scheinbar unfehlbarem Gedächtnis an alles, was sie serviert haben. Das Geheimnis ihrer an Zauberei grenzenden Rechenkunst liegt darin, daß sie die leeren Teller und Schalen auf den einzelnen Tischen zählen und dabei genau aufpassen, daß niemand etwas auf dem Nachbartisch abstellt.

Es gibt viele echte Teehäuser in China. Dort wird kein *dim sum* serviert, sondern nur Tee und dessen treue Begleiter, Gebäck und Süßes. In Hangzhou hatte ich Gelegenheit, die Atmosphäre solcher Teehäuser zu genießen, dort probierte ich auch den berühmten Drachenquell-Tee, der frisch in Suzhou gepflückt wurde, wo ich schon Tee und das regionale Gebäck gekostet hatte. Einer meiner interessantesten Eindrücke war das Teehaus *Chengdu Chengbei Shenxi Chashe* in Sichuan. Fast täglich, besonders aber sonntags und feiertags, kommen viele ältere Männer dorthin, um sich zu entspannen. Die meisten Tische stehen draußen im Freien unter schattenspendenden Bäumen. Das Teehaus liegt direkt neben dem *Hu Chen He* Stadtgraben, dessen kühles Wasser die warmen und schwülen Sommermonate erträglicher macht. Das Lokal schenkt Teesorten aus der Gegend aus und ist ein sehr beliebter Ort. Amüsiert schaute ich Gästen zu, die ihre Singvögel in einem Käfig mit sich herumtrugen. Die Männer rauchten, spielten Karten und Schach, lasen Zeitung; manche ließen sich sogar rasieren oder die Haare schneiden, unterhielten sich dabei angeregt und tranken ihren Tee.

In vielen Teehäusern wird auch für Kurzweil gesorgt, Musikanten, Sänger oder Erzähler treten auf. An einem langen, heißen und drückenden Nachmittag saß ich im schattigen Garten eines Teehauses in Huangzhou und hörte einem Erzähler zu, der alte Märchen und Geschichten vortrug. Die Gäste zahlten einen kleinen Betrag für einen Sitzplatz und eine Tasse

Chinesische Wasserpfeife in einem Teehaus in Yunnan

Im Teehaus wird gern Schach gespielt (Sichuan)

Tee, und es wurde beliebig oft nachgeschenkt. Teehäuser sind vielleicht mit Klubs vergleichbar, es treffen sich traditionell nur Männer dort, auf meiner letzten Reise jedoch habe ich auch schon einige Frauen im Teehaus gesehen.

Einer meiner schönsten Ausflüge in China war ein Abstecher nach Shaoxing, der Heimat des berühmten gelben Reisweins. Hier spielen Weinlokale immer noch eine sehr wichtige Rolle im sozialen Leben. Sie sind vergleichbar mit den Cafés und Bars im Westen, bieten bisweilen auch eine Kleinigkeit zu essen an. Es herrscht eine legere Atmosphäre, die anregend auf die Unterhaltung der Gäste wirkt, deren Zungen durch einen Schluck des Lieblingsgetränks gelöst werden. Man trinkt dort Weine, die, wie man in China sagt, »sich gern zu kleinen Leckerbissen trinken lassen«.

Weine und Biere stammen, ähnlich wie Tee, oft aus regionaler Produktion, doch manche haben einen Ruf, der über die lokalen Grenzen hinausgeht. Den »gelben Wein aus Shaoxing«, ein schon seit Jahrhunderten in Geschichten und Gedichten vielgepriesenes Getränk, kennt man überall in China, und man verwendet ihn auch für die feine chinesische Küche. Bis vor kurzem war der Shaoxing-Wein in den Weinschenken nicht erhältlich, da fast die gesamte Produktion exportiert wurde. Heute bleibt zumindest ein Teil davon im Land, und die Weinschenken, die immer ein wichtiger Teil des gesellschaftlichen Lebens in China waren, können ihn wieder ihren Kunden anbieten.

Dan Dan Mian
Pikante Eiernudeln

Nudelgerichte, sogenannte »xiao chi« oder »kleine Snacks«, werden in China an jeder Straßenecke und in jedem noch so winzigen Lokal angeboten. Sie sind typisch für die Provinz Sichuan und mittlerweile in ganz China, speziell aber im Norden des Landes, weit verbreitet.

Diese Nudelgerichte gibt es in zahlreichen Versionen, die allesamt einfach in der Zubereitung, köstlich im Geschmack und sättigend sind. Ganz ausgezeichnet ist das nun folgende Gericht mit Schweinefleisch und einer Sauce mit pikantem Knoblauch-Ingwer-Aroma. Ich habe es in einem winzigen Straßenrestaurant in Chengdu probiert.

Dan Dan Mian
Pikante Eiernudeln

250 g Schweinefleisch, feingehackt
1 EL dunkle Sojasauce
1 TL Salz
250 ml Erdnußöl
3 EL feingehackter Knoblauch
2 EL feingehackter frischer Ingwer
5 EL feingehackte Frühlingszwiebeln
2 EL Sesampaste oder Erdnußbutter
2 EL dunkle Sojasauce
2 EL Chili-Öl
2 TL Salz
250 ml Hühnerbrühe
350 g frische oder getrocknete chinesische Eiernudeln
1 EL gerösteter, gemahlener Sichuan-Pfeffer

Das Hackfleisch mit Sojasauce und Salz in einer kleinen Schüssel vermischen. Einen Wok oder eine große Pfanne erhitzen und das Öl hineingießen. Das Hackfleisch in das heiße Öl geben und fritieren, dabei mit dem Wok-Spatel ständig rühren und die Masse zerbröckeln. Nach etwa 4 Minuten die knusprig-braunen Fleischbröckchen mit einem Schaumlöffel herausnehmen und auf Küchenkrepp abtropfen lassen.

Das Fritieröl bis auf 2 Eßlöffel abgießen. Den Wok oder die Pfanne wieder erhitzen, Knoblauch, Ingwer und Frühlingszwiebeln dazugeben und 30 Sekunden unter Rühren braten. Dann Sesampaste oder Erdnußbutter, Sojasauce, Chili-Öl, Salz und Hühnerbrühe hinzufügen und 4 Minuten auf kleiner Flamme kochen.

Frische Nudeln 3 Minuten, getrocknete Nudeln 5 Minuten in Salzwasser kochen und anschließend in einem Durchschlag gut abtropfen lassen. Die Nudeln auf kleine Schalen verteilen oder in eine Schüssel geben. Die Sauce darübergießen, mit dem fritierten Hackfleisch und dem Pfeffer garnieren und servieren.

Für 4 Personen als Teil eines chinesischen Menüs oder für 2 Personen als Hauptgericht.

Wangfujing Leng Mian
Nudelsalat mit Gurken und Bohnensprossen

Kulinarische Leckerbissen von ganz besonderer Art findet man in Peking auf Märkten, die bis spät in die Nacht geöffnet haben. Diese Märkte wurden erst kürzlich von Privatunternehmern ins Leben gerufen. Sie bestehen aus einer Reihe von Imbißständen und haben ihren Standort in den Geschäftsvierteln der Stadt. Das Essen, das dort angeboten wird, ist einfach, aber wohlschmeckend und repräsentiert die ganze Vielfalt der chinesischen Küche. Die Märkte haben eine gewisse Ähnlichkeit mit unseren Straßencafés, nur daß hier die Tische und Stühle fehlen. Die Leute essen im Stehen und Gehen, und es macht ihnen offensichtlich Spaß, von Stand zu Stand zu ziehen und all die köstlichen Leckereien durchzuprobieren. Ich behaupte sogar, daß man auf diesen Märkten weitaus besser essen kann als in den staatlichen Restaurants. Einer meiner Lieblingsmärkte liegt un-

Nudelimbiß vor einem Straßenrestaurant in Karamay (Provinz Xinjiang)

weit des Wangfujing-Viertels (es wurde nach dem gleichnamigen Brunnen aus dem 15. Jahrhundert benannt), dem größten Einkaufszentrum der Hauptstadt. Von dort stammt auch das folgende Rezept, ein köstlicher Nudelsalat mit frischen Gurken und Bohnensprossen, der möglicherweise von der Sichuan-Küche inspiriert ist. Dieser Salat läßt sich einfach und schnell zubereiten.

450 g frische oder getrocknete chinesische Eiernudeln
1 EL Sesamöl
450 g Gurken
175 g frische Bohnensprossen

SAUCE

1 EL feingehackter Knoblauch
1 EL feingehackter frischer Ingwer
2 TL helle Sojasauce
1 EL dunkle Sojasauce
1 EL Zucker
2 ½ EL Sesampaste oder Erdnußbutter
1 EL Sesamöl
1 EL weißer Reisessig
2 TL Chili-Öl
2 EL Kristallzucker

Frische Eiernudeln 3 Minuten, getrocknete Nudeln nach Packungshinweis (etwa 5 Minuten) kochen, gründlich abtropfen lassen, kalt abspülen und sofort mit dem Sesamöl vermischen.

Die Gurken schälen, längs halbieren und mit einem Löffel die Kerne herausnehmen. Die Gurkenhälften in feine, lange Streifen schneiden. Die Bohnensprossen kalt abspülen und gut abtropfen lassen.

Die Zutaten für die Sauce in einer Schüssel oder im Mixer verrühren. Kurz vor dem Servieren die Nudeln mit der Sauce, den Gurkenstreifen und den Sprossen vermischen und mit Zucker bestreuen. Auf einer Servierplatte anrichten und auftragen.

Für 4 Personen als Teil eines chinesischen Menüs oder für 2 Personen als Hauptgericht.

Chengdu Huntun

Teigtaschen mit Hackfleischfüllung

»Huntuns« sind einfache Teigtaschen, die man hierzulande besser unter ihrer kantonesischen Bezeichnung »Won-tans« kennt. Die (in der Regel aus Weizenmehl hergestellten) Teighüllen werden mit einer Masse aus Fleisch, Fisch oder Gemüse und einer würzigen Sauce gefüllt. Sie fallen unter die Kategorie »Xiao Chi« (kleine Snacks), sind aber auch oft Teil eines chinesischen Menüs. Füllmasse und Sauce sind regional verschieden und saisonabhängig.

Die nun folgende Variante entdeckte ich in einem reizvollen Geschäft in Chengdu (Provinz Sichuan), dessen Spezialität gefüllte Teigtaschen sind. Nach Originalrezept zubereitet, sind diese köstlichen Teigtaschen würzig-scharf. Wer es lieber etwas milder mag, der reduziert die angegebene Menge Chili-Öl.

1 Paket *won-tan*-Hüllen (etwa 30–35 Teigquadrate)

FÜLLUNG

350 g Schweinefleisch, feingehackt
1 Ei, verquirlt
1 EL Sesamöl
2 TL Salz
½ TL frisch gemahlener schwarzer Pfeffer
1 EL feingehackter Knoblauch
4 EL feingehackte Frühlingszwiebeln
3 EL dunkle Sojasauce
1 EL Zucker
1 EL Chili-Öl
2 TL schwarzer Reisessig
¼ TL frisch gemahlener schwarzer Pfeffer

ZUM GARNIEREN

1 EL gerösteter, gemahlener Sichuan-Pfeffer

Das Hackfleisch mit Ei, Sesamöl, Salz und Pfeffer in einer großen Schüssel vermischen.

Die Teigblätter auf der Arbeitsplatte auslegen und je 1 Teelöffel Füllung in die Mitte jedes Teigquadrates setzen. Die Teigränder mit Wasser befeuchten und über der Füllung zusammendrücken, so daß kleine Säckchen entstehen.

Knoblauch, Sojasauce, Zucker, Chili-Öl, Essig und Pfeffer in eine große Servierschüssel geben und gut vermischen.

In einem großen Topf Wasser zum Kochen bringen. Die *won-tans* hineingeben und 4 Minuten bei schwacher Hitze ziehen lassen. Mit einem Schaumlöffel herausnehmen und in die Schüssel mit der Würzsauce geben.

Die Teigtaschen vorsichtig mit der Sauce vermischen, mit Pfeffer bestreuen und servieren.

Für 4 Personen als Teil eines chinesischen Menüs oder für 2 Personen als Hauptgericht.

Chao Liangyu Zhusun Mian

Nudelsuppe mit Wels und Bambussprossen

In der traditionellen chinesischen Ernährung wird der Bedarf an tierischem Eiweiß zum großen Teil durch Fisch gedeckt. Wann immer es möglich ist, unterhält eine Familie oder eine Volkskommune ihren eigenen Fischteich. In solchen Teichen werden die unterschiedlichsten Fischarten gezüchtet, unter anderem auch der sehr beliebte Wels.

In Hangzhou hatte ich einmal Gelegenheit, diesen wohlschmeckenden Fisch zu probieren. Serviert wurde er in einer köstlichen Suppe mit Nudeln, und als Beigericht gab es Bambussprossen in pikanter Sauce. Diese schnell zubereitete Mahlzeit gehört zu den Standardgerichten eines jeden chinesischen Imbißstandes. Dort steht die fertige Hühnerbrühe schon bereit, die Nudeln brauchen nur noch kurz überbrüht zu werden, und auch der Fisch ist schnell gebraten. So entsteht in Minutenschnelle eine sättigende und trotzdem leichte Zwischenmahlzeit, ganz nach dem Geschmack der Chinesen.

Welsfleisch ist angenehm zart. Es eignet sich am besten zum Pfannenrühren und Schmoren. Wenn man es kocht, wird das Fleisch leicht flockig. Falls Wels nicht erhältlich ist, kann man auch Filet von anderen weißfleischigen Fischen verwenden. Mit Reis, Gemüse oder Salat wird diese Fischsuppe zu einer kompletten Mahlzeit.

- 450 g frisches Fischfilet vom Wels oder anderen weißfleischigen Fischen (zum Beispiel Kabeljau, Heilbutt, Schellfisch, Roter Schnapper oder Scholle)
- 2 TL Salz
- 1 Ei, verquirlt
- 2 TL Maisstärke
- 25 g chinesische Trockenpilze
- 450 g frische oder getrocknete chinesische Nudeln
- 850 ml Hühnerbrühe
- 3 EL Erdnußöl
- 1 ½ EL Erdnußöl
- 2 EL feingehackte Frühlingszwiebeln
- 1 EL feingehackter frischer Ingwer
- 125 g Bambussprossen, in feine Streifen geschnitten
- 2 EL Reiswein oder trockener Sherry
- 1 EL dunkle Sojasauce
- 2 TL Zucker
- 1 TL Salz
- 1 EL Sesamöl

Das Fischfilet in 7 cm lange und 2 cm breite Streifen schneiden und mit dem Salz und dem verquirlten Ei vermischen. Die Fischstücke mit dem Stärkemehl bestäuben und beiseite stellen.

Die Trockenpilze 30 Minuten in warmem Wasser einweichen oder bis sie gequollen sind. Dann kalt abspülen, um Sandrückstände herauszuspülen, und abtropfen lassen. Mit einem scharfen Messer die Stiele abschneiden und wegwerfen, die Pilzhüte in feine Streifen schneiden.

Die Nudeln 3 Minuten (getrocknete nach Packungshinweis) kochen, dann gründlich abtropfen lassen und beiseite stellen.

Die Hühnerbrühe in einem großen Topf zum Kochen bringen.

Einen Wok oder eine große Pfanne erhitzen und das Öl hineingießen. Die Fischstreifen in das heiße Öl geben und goldbraun braten. Mit einem Schaumlöffel herausnehmen und auf Küchenkrepp abtropfen lassen. Das Öl abgießen, den Wok auswischen und wieder erhitzen. Das restliche Erdnußöl, die Frühlingszwiebeln und den Ingwer hineingeben und 15 Sekunden unter Rühren braten. Dann Pilze, Bambussprossen, Reiswein oder Sherry, Sojasauce, Zucker und Salz dazugeben, alles gut vermischen und 1 Minute pfannenrühren. Die gebratenen Fischstreifen vorsichtig unterheben.

Die Nudeln in eine große Schüssel geben, mit der Brühe begießen und den Fisch dazugeben. Das Sesamöl darüberträufeln und servieren.

Für 4 Personen als Teil eines chinesischen Menüs oder für 2 Personen als Hauptgericht.

Zong Bao

Fritierte Klebreiskuchen

Die Chinesen verstehen es wie kaum ein anderes Volk, aus jeder eßbaren Zutat in Minutenschnelle eine kleine Mahlzeit zu zaubern. Solche Snacks sind von Region zu Region verschieden, richten sich nach den Vorlieben der Bewohner und sind nicht zuletzt saisonabhängig. Doch ganz gleich, wohin man in China auch kommt, überall werden diese köstlichen Appetithappen angeboten. Ob beim Einkaufen, Arbeiten oder Bummeln, überall gerät man in Versuchung, von den herrlich duftenden Leckereien zu naschen.

Als ich einmal die faszinierenden Marktstände in dem abgelegenen Dorf Yi Liang Gou Jie erkundete, stieß ich auf eine ältere Frau, die Klebreiskuchen verkaufte. Sie umwickelte die Reiskuchen zunächst mit Bambusblättern und kochte sie dann. Sobald ein Kunde eine Bestellung aufgab, wickelte sie einen Reiskuchen aus und tauchte ihn in heißes Öl, wo er sich alsbald aufblähte und eine goldbraune, knusprige Hülle bekam. Dann wurde der Reiskuchen herausgenommen, nach kurzem Abtropfen mit Zucker bestreut und dem Kunden überreicht.

Klebreis ist – wie der Name schon sagt – klebrig und läßt sich deshalb gut formen. Da Bambusblätter hierzulande kaum erhältlich sind, habe ich die Zubereitung der Reiskuchen etwas abgewandelt. Ich koche den Reis zunächst im Topf vor, fülle ihn dann in eine Kuchenform und stürze

Zong Bao
Fritierte Klebreiskuchen

ihn nach dem Erkalten. Die fertigen Reiskuchen kann man zwischen den Mahlzeiten naschen oder als Dessert reichen.

450 g Kleb- oder Milchreis
450 ml Wasser
1 EL Erdnußöl
450 ml Erdnußöl
Zucker zum Dippen

Den Reis in eine große Schüssel geben und so viel kaltes Wasser zugießen, daß das Wasser mindestens 5 cm über dem Reis steht. Den Reis etwa 8 Stunden, besser noch über Nacht, einweichen und anschließend gut abtropfen lassen.

Reis und Wasser in einem mittelgroßen Topf aufsetzen. Sobald das Wasser kocht, die Hitze reduzieren und den Reis zugedeckt 40 Minuten garen.

Ein Stück Küchenkrepp mit Öl tränken und eine quadratische Kuchenform von 20 cm Seitenlänge damit einfetten. Den gekochten Reis in die Form geben und fest zusammenpressen. Mit Alufolie bedecken und an den Rändern gut andrücken. Dann den Reis in der Form erkalten lassen.

Den erkalteten Reiskuchen auf ein Hackbrett stürzen – er sollte in einem Stück aus der Form gleiten – und in 7 × 4 cm große Stücke schneiden.

Einen Wok oder eine große Pfanne erhitzen und das Fritieröl hineingießen. Die Reiskuchenstücke in das heiße Öl gleiten lassen und in kleinen Partien goldbraun und knusprig ausbacken. Die fritierten Reiskuchen gründlich auf Küchenkrepp abtropfen lassen und warm servieren. Dazu eine Schale mit Zucker zum Dippen reichen, damit jeder am Tisch seinen Reiskuchen nach Lust und Laune süßen kann.

Für 6 Personen als Zwischenmahlzeit oder als Dessert.

CHAO MANLI XIAREN MIAN

Aal mit Garnelen in Nudelsuppe

Nudelsuppen werden in China grundsätzlich nur mit frischen Zutaten zubereitet, und dieser Wunsch nach Frische löst hierzulande manchmal Befremdung aus. So werden zum Beispiel an den Imbißständen lebende Aale – in den nahegelegenen Flüssen gefangen – vorrätig gehalten und erst bei Bedarf getötet. Die protein- und fettreichen Fische sind relativ preiswert und machen aus der einfachsten Nudelsuppe eine erlesene Delikatesse.

Nachfolgend möchte ich ein Gericht vorstellen, das ich in etwas abgewandelter Form im Gui-Yuan-Guan-Restaurant gegessen habe. Falls frischer Aal nicht erhältlich ist, kann auch Filet von weißfleischigen Fischen verwendet werden.

250 g frisches Aalfilet oder Filet von weißfleischigen Fischen (zum Beispiel Kabeljau, Heilbutt, Schellfisch, Roter Schnapper oder Scholle)
1 TL Salz
1 TL Sesamöl
1 TL Maisstärke
250 g geschälte rohe Garnelen
450 g frische oder getrocknete chinesische Nudeln
850 ml Hühnerbrühe
1 ½ EL Erdnußöl
2 EL feingehackte Frühlingszwiebeln
1 EL feingehackter frischer Ingwer
2 EL Reiswein oder trockener Sherry
2 TL helle Sojasauce
2 TL Zucker
1 TL Salz
1 TL Maisstärke, angerührt mit 2 TL Wasser
1 EL Sesamöl

Nudeln, ein zu jeder Tageszeit beliebter Imbiß

Das Fischfilet in 7 cm lange und 0,5 cm dünne Streifen schneiden, mit Salz, Sesamöl und Maisstärke vermischen und beiseite stellen.

Die Garnelen 45 Sekunden in kochendem Wasser blanchieren, abtropfen lassen und beiseite stellen.

Die frischen Nudeln 3 Minuten (getrocknete nach Packungshinweis) kochen, gründlich abtropfen lassen und beiseite stellen.

Die Hühnerbrühe in einem großen Topf zum Kochen bringen.

Einen Wok oder eine große Pfanne erhitzen und das Öl hineingießen. Die Zwiebeln und den Ingwer zugeben und 15 Sekunden unter Rühren braten. Dann die Fischstreifen und die Garnelen dazugeben und 2 Minuten pfannenrühren. Reiswein oder Sherry und Sojasauce zugießen, Salz und Zucker unterrühren und eine weitere Minute pfannenrühren. Die Flüssigkeit mit dem angerührten Stärkemehl binden und den Wok vom Herd nehmen.

Die Nudeln in eine große Schüssel geben und mit der Brühe auffüllen. Die Fisch-Garnelen-Mischung dazugeben und Sesamöl darüberträufeln. Auf einer Platte anrichten und servieren.

Für 4 Personen als Teil eines chinesischen Menüs oder für 2 Personen als Hauptgericht.

HUNTUN MIAN

Won-tans in Nudelsuppe

Es sind immer wieder die einfachsten Gerichte, durch die sich die chinesische Eßkultur offenbart, und am deutlichsten wird dies bei Nahrungsmitteln, die – wie im nachstehenden Rezept – in einer gehaltvollen Hühnerbrühe gegessen werden. Teigtaschen und Nudeln zeigen sich hier von ihrer besten Seite und ergeben eine herzhafte und recht sättigende Mahlzeit, die einfach und schnell zubereitet ist. Kein Wunder, daß diese Nudelsuppe zu den Standardgerichten eines jeden chinesischen Imbißstandes in Südchina zählt und dort zu jeder Tages- und Nachtzeit verzehrt wird.

Vermutlich gibt es von dem Grundrezept ebenso viele Varianten wie Köche. Nudelsuppen außerhalb von Guangdong sind in der Regel deftiger und gehaltvoller als diese kantonesische Version, die mit einer leichteren, klaren Hühnerbrühe zubereitet wird. Die dünnen Weizennudeln sorgen für einen festen, fast kernigen Biß.

FÜLLUNG

125 g fettes Schweinefleisch, feingehackt
125 g geschälte rohe Garnelen, gesäubert und grobgehackt
1 TL Reiswein oder trockener Sherry
2 TL helle Sojasauce
½ TL Salz
Frisch gemahlener schwarzer Pfeffer
1 TL Sesamöl
1 Paket dünne quadratische *won-tan*-Blätter (25 Stück)
250 g frische dünne Weizen- oder Eiernudeln
850 ml Hühnerbrühe
Salz

ZUM GARNIEREN

3 EL feingehackte Frühlingszwiebeln

Huntun Mian
»Won-tans« in Nudelsuppe

Die Zutaten für die Füllung in einer Schüssel vermischen. 2 Teelöffel Füllung in die Mitte jedes Teigquadrates geben. Die Teigränder über der Füllung zusammendrücken. Das Anfeuchten der Teigränder mit Wasser entfällt, da die Füllung feucht genug sein dürfte.

Einen großen Topf mit Wasser zum Kochen bringen, die Teigtaschen hineingeben und 3 Minuten blanchieren. Gründlich abtropfen lassen und beiseite stellen. Anschließend die Nudeln 3–5 Minuten blanchieren und gut abtropfen lassen.

Die Hühnerbrühe zum Kochen bringen, gegebenenfalls nachsalzen, Teigtaschen und Nudeln dazugeben und 1 Minute in der leicht kochenden Brühe ziehen lassen. Mit den gehackten Frühlingszwiebeln garnieren und servieren.

Für 4 Personen als Teil eines chinesischen Menüs oder für 2 Personen als Hauptgericht.

HUA JI FAN
Reistopf mit Huhn

Als ich mit meiner Mutter Kaiping, das Dorf unserer Vorfahren, besuchte, hörten wir zu unserem Erstaunen, daß Tan Songfa, der vierundzwanzigjährige Sohn meines Vetters, zusammen mit zwei anderen jungen Leuten einen gut gehenden Imbiß in der Stadt betrieb. Das Geschäft florierte, und nach einem Besuch bei ihnen wußte ich auch weshalb. Das Lokal war bescheiden und nur mit wenigen Tischen und Stühlen ausgestattet. Aber man hatte von hier einen herrlichen Blick auf den Fluß, die Luft war angenehm kühl, und das Essen war preiswert und gut.

Die Speisekarte beschränkte sich auf einige wenige Gerichte, darunter Schälrippchen oder Aal mit Reis, beides in Tontöpfen auf einem Holzkohlefeuer gegart. Frisch aus dem mit einem Gasbrenner beheizten Wok servierten die jungen Köche außerdem noch Wachtelsuppe, Hühnersuppe, pfannengerührtes eingelegtes Gemüse und geschmorte Schweineschwänzchen. Alles in allem eine einfache, doch sehr wohlschmeckende Kost. Am meisten beeindruckte mich ihr Reistopf mit Hühnerfleisch, den ich Ihnen hier vorstellen möchte.

250 g weißer Langkornreis
250 g Hühnerfleisch vom Schenkel, enthäutet
1 EL helle Sojasauce
2 TL dunkle Sojasauce
2 TL Reiswein oder trockener Sherry
1 TL Salz
2 TL Sesamöl
1 TL Maisstärke
1 ½ EL Erdnußöl
2 TL feingehackter frischer Ingwer

ZUM GARNIEREN
1 EL dunkle Sojasauce
2 EL feingehackte Frühlingszwiebeln

Den Reis in einen mittelgroßen Tontopf geben und so viel Wasser zugießen, daß der Reis etwa zwei Fingerbreit bedeckt ist. Den Reis zum Kochen bringen, die Hitze etwas reduzieren und weitergaren, bis die Flüssigkeit verdampft ist. Anschließend den Reis auf kleinster Flamme zugedeckt ausquellen lassen.

Hua Ji Fan
Reistopf mit Huhn

Das Hühnerfleisch grobhacken und mit Sojasauce, Reiswein oder Sherry, Salz, Sesamöl und Stärkemehl vermischen.

Einen Wok oder eine große Pfanne erhitzen. Das Öl und den Ingwer hineingeben und 10 Sekunden unter Rühren braten. Dann das Hühnerfleisch dazugeben und 2 Minuten pfannenrühren.

Diese Mischung über den Reis geben und zugedeckt weitere 10 Minuten bei geringer Hitze garen.

Kurz vor dem Servieren das Hühnerfleisch und den Reis mit der Sojasauce beträufeln und die feingehackten Frühlingszwiebeln darüberstreuen.

Für 4 Personen als Teil eines chinesischen Menüs oder für 2 Personen als Hauptgericht.

ROUSI CHUAN MIAN

Schweinefleisch mit eingelegtem Gemüse in Nudelsuppe

Jede chinesische Region behauptet von sich, die beste Nudelsuppe mit Schweinefleisch und Gemüse zuzubereiten. In der Provinz Sichuan bevorzugt man eingelegtes Gemüse mit Chillies, im Norden schwört man auf Rot-im-Schnee-Gemüse, das ebenfalls eingelegt wird. In welcher Variante auch immer, dieses beliebte Gericht wird an vielen Imbißständen angeboten. Das zuvor pfannengerührte Schweinefleisch und Gemüse wird auf den blanchierten Nudeln verteilt und das Ganze schließlich mit klarer Brühe übergossen.

Aus der Vielzahl der Zubereitungsarten bevorzuge ich die Nudelsuppe aus Sichuan, denn sie ist schnell gemacht und genau das richtige für ein köstliches Mittagsmahl oder ein leichtes Abendessen.

450 g Schweinefleisch, feingehackt
2 TL Reiswein oder trockener Sherry
2 TL helle Sojasauce
2 TL dunkle Sojasauce
1 TL Sesamöl
125 g eingelegtes Sichuan-Gemüse
450 g frische chinesische Nudeln
1 l Hühnerbrühe
1 ½ EL Erdnußöl
2 EL feingehackter Knoblauch
1 EL feingehackter frischer Ingwer
2 TL Chili-Bohnen-Sauce
Chilipulver
1 TL Zucker

ZUM GARNIEREN

2 EL feingehackte Frühlingszwiebeln

Das Hackfleisch mit Reiswein oder Sherry, Sojasauce und Sesamöl in einer mittelgroßen Schüssel vermischen und beiseite stellen.

Das eingelegte Gemüse kalt spülen und feinhacken.

Die Nudeln in einem großen Topf mit kochendem Wasser 3–5 Minuten blanchieren, abtropfen lassen und beiseite stellen.

Die Hühnerbrühe in einem großen Topf zum Kochen bringen.

Einen Wok oder eine große Pfanne erhitzen. Öl, Knoblauch und Ingwer hineingeben und 10 Sekunden unter Rühren braten.

Dann das Hackfleisch und das Gemüse dazugeben und 3 Minuten pfannenrühren. Zuletzt die Chili-Bohnen-Sauce, das Chilipulver und den Zukker unterrühren und weitere 2 Minuten garen.

Die Nudeln in eine große Schüssel geben oder auf Portionsschalen verteilen. Die pfannengerührten Zutaten über die Nudeln geben und mit der Suppe auffüllen.

Mit den Frühlingszwiebeln garnieren und servieren.

Für 4 Personen als Teil eines chinesischen Menüs oder für 2 Personen als Hauptgericht.

Kleine Nudelgerichte werden zu jeder Tageszeit gern gegessen

Shuijiao

Teigtaschen in Hühnerbrühe

Dieser beliebte Imbiß besteht aus Teigtaschen, die in einer glasklaren Brühe schwimmen. Ich habe diese Teigtaschen überall in China gegessen, aber am allerbesten schmeckten sie mir an den Imbißständen in Kanton, denn dort werden sie immer meisterhaft zubereitet. Dazu gehört neben hauchdünnen Teighüllen und einer delikaten Füllung auch eine nahrhafte, klare Hühnerbrühe. Für diese Teigtaschen sollten möglichst dünne, runde Teigblätter verwendet werden. Dieses Gericht eignet sich als Vorsuppe und Zwischenmahlzeit.

FÜLLUNG

25 g chinesische Trockenpilze
250 g fette Schweineschulter, feingehackt
250 g geschälte rohe Garnelen, gesäubert und grobgehackt
2 EL feingehackte Frühlingszwiebeln
2 TL Reiswein oder trockener Sherry
1 TL helle Sojasauce
1 ½ TL Zucker
½ TL Salz
Frisch gemahlener schwarzer Pfeffer
1 TL Sesamöl
1 Paket runde oder quadratische *won-tan*-Blätter
1 l Hühnerbrühe
Salz

ZUM GARNIEREN

3 feingehackte Frühlingszwiebeln

Die Trockenpilze 20 Minuten in warmem Wasser quellen lassen. Unter fließendem kaltem Wasser spülen, um Sandrückstände zu entfernen. Mit einem scharfen Messer die Stiele abschneiden und wegwerfen. Die Pilzhüte feinhacken.

Die gehackten Pilze in eine Schüssel geben und mit den restlichen Zutaten für die Füllung vermischen.

Jeweils 2 Teelöffel Füllung in die Mitte eines Teigblatts geben, runde Teigblätter zu einem Halbmond zusammenfalten, Teigquadrate diagonal zu einem kleinen Dreieck zusammenlegen. Die Ränder leicht andrücken.

Einen großen Topf mit Wasser zum Kochen bringen und die Teigtaschen darin 3 Minuten garen. Mit einem Schaumlöffel herausnehmen, gut abtropfen lassen und beiseite stellen.

Die Hühnerbrühe aufkochen, gegebenenfalls nachsalzen und die Hitze reduzieren.

Shuijiao
Teigtaschen in Hühnerbrühe

Die Teigtaschen in die kochendheiße Brühe geben und 1 Minute ziehen lassen. Mit den Zwiebeln garnieren und servieren.

Für 6 Personen als Teil eines chinesischen Menüs oder für 3 Personen als Zwischenmahlzeit.
Ergibt etwa 30 Teigtaschen.

10. Kapitel

ESSEN FÜR LEIB UND SEELE: MEDIZINISCHE UND VEGETARISCHE KOST

Wenn man drei Tage kein Gemüse ißt, fangen die Augen Feuer.

Volksweisheit aus Yangzhou

Eine Weisung wie: »Iß dies, das ist gesund!«, gibt es in jeder Kultur. Und es gibt in der Küche jedes Landes für jede Art von Unwohlsein Speisen und Getränke, die dagegen helfen sollen: »Fühlst du dich nicht wohl? Iß ein wenig Hühnersuppe oder trink einen Tee mit Zitrone; oder heiße Milch mit Honig; oder iß trockenen Zwieback!« – die Heilmittel sind so zahlreich wie die Krankheiten. Was die chinesische Heilkunde auf diesem Gebiet so bemerkenswert macht, ist die Tatsache, daß sie im Lauf der Zeit die Beschäftigung mit den heilenden und medizinischen Eigenschaften des Essens zu einer Wissenschaft und einer Kunst erhoben hat. Schon als Kind war mir bewußt, daß es gegen bestimmte Beschwerden spezielle Speisen gibt. Wenn ich eine Erkältung hatte, bekam ich nicht etwa automatisch ein gängiges Medikament verschrieben, sondern ich wurde zuerst mit Heilkost behandelt. Besonders oft gab es in diesen Fällen bei uns *bok choy* oder andere Kohlgerichte, chinesischen Broccoli, Bittergurke oder verschiedene Fleischgerichte und Saucen. Es waren auch sehr exotische Kräuter und Wurzeln darunter, deren Namen ich nicht kannte. Alle Speisen wurden genau nach Bedarf verwendet, je nachdem, ob mir kalt oder heiß war; ob ich Appetit hatte oder nicht; ob ich Magenbeschwerden oder Kopfweh hatte; ob ich apathisch oder hyperaktiv war. Für jegliche Beschwerden gab es ein passendes Hausmittel. Anstelle eines Rezepts vom Arzt verabreichte man mir ein speziell für jeden Fall zubereitetes wohlschmeckendes Gericht.

Diese Kost hat mir stets geholfen, und sei es nur deshalb, weil mir meine Mutter vorher erzählt hatte, daß sie helfen würde. Darüber hinaus habe ich zeit meines Lebens immer viel davon gehalten, daß die Chinesen auf die medizinischen Eigenschaften des Essens genauso achten wie auf Nahrhaftigkeit und Genuß. Es ist mir auch zur Gewohnheit geworden, wie es in China üblich ist, nicht allzuviel Fleisch zu essen, da *fan* (Essen aus Körnern und Getreide) und *cai* (Gemüse, Fisch und Fleisch) die wichtigsten Bestandteile einer gesunden und wertvollen Ernährung darstellen. Ich halte es auch für sinnvoll, Essen als etwas Heilendes für Körper und Seele zu betrachten, wie dies bei Buddhisten und anderen religiösen Vegetariern der Fall ist.

Essen als Medizin

Bemerkenswert ist, daß die erste wissenschaftliche Abhandlung über die heilenden Eigenschaften der verschiedenen Nahrungsmittel im ersten Jahrhundert v. Chr. in China abgefaßt wurde. Über dieses Buch, »Das klassische Werk der inneren Medizin des Gelben Herrschers«, dessen Autor bis heute nicht bekannt ist, schrieb der chinesische Wissenschaftler Cai Jingfeng: »Die Grundlagen der Ätiologie, Pathologie, Pathogenese, Therapie und Prävention von Krankheiten sind hier dargelegt sowie die Basis einer diätetischen Behandlung.« Die Chinesen waren demnach unter den

Seite 166: *Getrocknete Hülsenfrüchte*

Das rote Tuch preist die Kenntnisse dieses Mannes, der sich auf die Verordnung von Kräutern und Mischungen gegen jedes Gebrechen versteht (Yunnan)

ersten, die Ernährung und Gesundheit miteinander in Beziehung gebracht haben: Man ist, was man ißt. Früher schon, während der Zhou-Dynastie (1030–256 v. Chr.), gehörten Ernährungsexperten zeitweise zum Kreis der höchsten medizinischen Fachleute am Hof. Ein wegweisendes Modell für die Behandlung von Krankheiten entstand zu dieser Zeit: Gutes und richtiges Essen und Trinken sind Grundlagen für die Heilung von Krankheiten.

Der Chinaexperte und Wissenschaftler Frederick W. Mote schrieb: »Es sollte uns nicht erstaunen, daß in einer Gesellschaft, in der das Essen eine vorrangige Rolle spielt und in der eine bisher einzigartige Vielfalt von Lebensmitteln und Garmethoden existiert, versucht wird, die heilenden Eigenschaften der Ernährung zu erforschen. Alle materiellen Dinge betrachtete man dort als Teil eines organischen Kosmos, dessen Bestandteile alle der gleichen Dynamik verhaftet sind, zu ihr gehören, auf sie reagieren und untereinander in Beziehung stehen ... Unter diesem Gesichtspunkt wird alles, was der Mensch ißt, als Medizin betrachtet.« So gesehen entwickelten die chinesischen Wissenschaftler und Gelehrten die theoretischen und praktischen Grundlagen der Ernährungsheilkunde. Mote fährt fort: »Man findet im Reich der Mitte kaum ein Gericht, dem nicht das Rezept eines weisen Gelehrten zugrunde liegt, der schon vor Jahrhunderten lebte und bei der Zusammenstellung der Zutaten einen gesundheitlichen Zweck im Auge hatte.« Dies scheint mir etwas übertrieben, wahr ist jedoch, daß die chinesische Küche keine genaue Unterscheidung kennt zwischen Heilkost und anderem Essen.

Es gibt unzählige Nahrungsmittel und Gerichte in der chinesischen Küche, die in bestimmten Fällen als therapeutisches Mittel verabreicht werden. Dies bedeutet, daß vieles, was täglich gegessen wird, bei Bedarf auch als Medizin dienen kann, und umgekehrt spezifisch Medizinisches oft alltägliche Lebensmittel sind. Solche Lebensmittel mit doppelter Natur sind zum Beispiel (einige sind den meisten Chinesen vertraut) Ingwer, Zimt, Blätter und Rinde des chinesischen Gelbholzbaums, chinesische Zwiebeln, Knoblauch, chinesische Jamswurzel, Essig, Eier, Sesam, Mungobohnen und Reis. Wein ist ebenfalls Getränk und medizinischer Wirkstoff zugleich, was auch früher schon der Fall war, denn die Wörter »Wein« und »Medizin« haben im Chinesischen die gleiche Herkunft und wurden einst durch das gleiche Schriftzeichen dargestellt. Wir »modernen« Menschen heutzutage sind begreiflicherweise von der naturwissenschaftlichen Medizin und deren Therapien eingenommen und beeindruckt von den modernen Theorien über Krankheiten und deren Behandlung. Doch zwischen Essen und Medizin wurde vor dem 20. Jahrhundert überall auf der Welt kein großer Unterschied gemacht. Die Chinesen unterschieden sich hier aber dahingehend von den meisten anderen Kulturen, daß sie die Ernährung als grundlegend für die Gesundheit erkannt hatten. Sie hatten auch erkannt, daß Mangel, Maßlosigkeit und falsche Wahl beim Essen zu Krankheiten führen.

Es dauerte viele Generationen, bis eine streng medizinische Kost als solche definiert, kategorisiert und bei ganz bestimmten Krankheiten verordnet wurde. Vieles ähnelt sich immer noch in Küche und Krankenzimmer. Daher erhält man heute zum Beispiel chinesische Datteln, Pfeffer, Kristallzucker und Hiobssamen sowohl im Lebensmittelgeschäft als auch beim Kräuterhändler und kann diese Zutaten zum Kochen oder als Medizin verwenden.

Als wichtigstes Ziel bei der Verwendung des Essens als Heilmittel soll ein harmonisches Gleichgewicht zwischen dem Körper und dessen Bedarf an Nahrung hergestellt und beibehalten werden. Schon immer wurden dabei die »vier natürlichen Eigenschaften« des Körpers und der Speisen beachtet: kalt, heiß, kühl und warm. Diese werden mit Bedacht durch die »fünf Geschmacksarten« salzig, sauer, süß, scharf und bitter ergänzt. Chinesische Ärzte (die auch Ernährungsfachleute sind) haben schon immer versucht, krankhafte Unausgewogenheiten des Patienten wieder ins Gleichgewicht zu rücken. Daher wird bei Fieber »kühle« Kost verabreicht, bei Kältegefühlen Warmes und Heißes. Mit den vier Eigenschaften müssen die Geschmacksarten harmonisch zusammenwirken, so wirkt Salziges zum Beispiel abschwellend bei Beulen, Bitteres ist gut gegen Feuchtigkeit, Saures hilft bei Durchfall und so weiter. In jedem Fall wird die Zusammenstellung der Zutaten sorgfältig vorgenommen, die Dosie-

Verschiedene getrocknete Waren für medizinische und kulinarische Zwecke

rung ist von größter Wichtigkeit; das zu erreichende Ziel bleibt stets die harmonisierende Wirkung der verabreichten Medizin. Gute »medizinische« Köche, zu denen ich auch meine Mutter zähle, bereiten Heilkost so zu, daß sie dem Gaumen schmeichelt und leicht verdaulich, gesund und nahrhaft ist. Weder soll der Patient merken noch soll es ihn stören, daß er gerade Medizin verabreicht bekommt.

Im modernen Sprachgebrauch nennt man die Behandlung von Krankheiten mit der alltäglichen Nahrung Ernährungstherapie. Fachleute berücksichtigen bei ihrer Anwendung das Alter, das Geschlecht und die persönlichen Lebensumstände des Patienten. Jahrhundertelang wurde über geeignete Zutaten und Rezepte für bestimmte Gebrechen Buch geführt und über sie beraten; von Heilkundigen und verständigen Laien wurden sie stets beachtet. Es gibt genaue Vorschriften für die Zubereitung von Heilmitteln für Krankheiten wie Erkältung, Grippe, Bronchitis, ansteckende Gelbsucht, Schlaflosigkeit und Mumps. Diese Aufstellung umfaßt alle bekannten Gebrechen bis zur ungenügenden Milchsekretion bei Wöchnerinnen. Die Chinesen hatten schon immer die Fähigkeit, eine sichere Diagnose stellen zu können.

Wir sollten nicht allzu leichtfertig und gönnerhaft die sonderbar anmutende Verbindung belächeln, welche die Chinesen zwischen Essen und Gesundheit sehen. Im Westen ist man nämlich gerade dabei, genau diesen Zusammenhang in stärker werdendem Maß zu erkennen. Auch wenn die chinesischen Lehren in dieser Hinsicht vielen wenig überzeugend erscheinen, sollte man nicht außer acht lassen, daß die Menge der gesammelten empirischen Daten, auf welchen die praktischen Schritte und Verhaltensweisen beruhen, beeindruckend groß und auch für uns heute wertvoll ist. Die chinesische Ernährungslehre hat eine lange Geschichte und wurde sogfältig entwickelt.

Auslage mit verschiedenen Lebensmitteln und Süßigkeiten (Provinz Yunnan)

Die große Vielfalt an Gerichten mit heilender Wirkung ist auch dem westlichen Auge durchaus vertraut. Da gibt es Brei und Eintöpfe mit Fleisch, Fisch oder Eiern, Fleischbrühe, die beruhigt und Schmerz lindert, milde Kräutertees, Säfte, schwach alkoholische Getränke, süßes Gebäck, Pfannkuchen, süße oder salzige gedämpfte gefüllte Klöße und Teigtaschen. Bitteres oder Unansehnliches wird selten verschrieben. Wie man sieht, ist die Nahrhaftigkeit der Speisen der wichtigste Teil der Ernährungstherapie. Es sind keine Wundermittel, und doch vollbringen diese Gerichte, von einer fürsorglichen Mutter als Medizin gereicht, wahre Wunder.

Wie stark die hiermit verbundenen Traditionen sind, kann man heute im modernen China sehen. China ist im wesentlichen eine bäuerliche Nation (dies ist eine Feststellung, die durchaus nicht despektierlich gemeint ist); es liegt daher die Vermutung nahe, daß Traditionen dort dauerhaft sind und keinem schnellen Wandel unterliegen. Tatsächlich hat die Lokkerung der zentralen Kontrolle über die Produktion den Markt der medizinischen Kräuter wieder aufblühen lassen. In manchen Gegenden macht der Kräuteranbau sogar ein Fünftel der gesamten Anbaufläche aus. Bei diesen speziellen Produkten liegen die Gewinne höher als bei Weizen oder Hirse, und bei entsprechender Nachfrage genügt schon ein kleines Stück Land für ein gutes Auskommen. Die traditionelle chinesische Medizin erfreut sich nach wie vor ungeschmälerter Wertschätzung. In Nanjing wird zur Zeit eine Sammlung von mehr als 100 000 medizinischen Rezepten zusammengestellt, die größte, die je in dieser Art in einem Band veröffentlicht wurde. In der Provinz Jiangsu hat sich in den letzten fünf Jahren die Zahl der Krankenhäuser, die mit traditioneller Kräutermedizin, Akupunktur und Akupressur arbeiten, verdoppelt. Eine Ausbildungsstätte für Ärzte und Schwestern in diesem Bereich wurde 1984 eröffnet.

Auf meinen Chinareisen begegnete ich in Geschäften und an Eßständen immer wieder dem Nebeneinander von Ernährung und Medizin. Sichuan, das ganz im Westen Chinas liegt, ist seit jeher für seine Heilkost bekannt, ohne Zweifel wegen der überwältigenden Fülle seiner Pflanzen-

und Kräuterflora. Ich besuchte *Chengdu Henhua Chi Zhongyaocai Schichang,* den größten Kräuter- und Gewürzmarkt in Chengdu, der Hauptstadt der Provinz Sichuan. Dieser 1984 neueröffnete Markt ist aus mehreren kleineren Märkten entstanden. Doch die große überdachte Fläche ist auch so immer noch zu klein; manche Händler weichen schon auf die umliegenden Gehwege und Gassen aus. Die Düfte auf diesem Markt sind ausgesprochen kräftig und wohlriechend. Dort findet man in groben Leinensäcken riesige Mengen von Kräutern, Wurzeln, Rinden, getrockneten Pilzen, Samen aller Art, getrockneten Früchten und anderen ausgefallenen Waren; die Behälter und Warentheken quellen über von all den Gewürzen und Kräutern.

Auf den ersten Blick schien es sich nur um einen riesigen Kräuter- und Gewürzmarkt zu handeln, doch bei näherem Hinsehen lag der Schwerpunkt vor allem bei den Heilpflanzen und -produkten. Am Tag meines Besuchs dort war der Markt gedrängt voll und machte fast den Eindruck eines Basars. Das Innere war schummrig beleuchtet, was für China heutzutage so typisch ist, und es herrschte eine geradezu exotische Atmosphäre. Ich schaute den Verkäufern zu, den Groß- und Einzelhändlern, wie sie inmitten von getrockneten Schlangenhäuten sowie Affen-, Rinder- und Ziegenknochen und -skeletten die Preise aushandelten. Überall türmten sich Berge von getrockneten Zitrusfrüchten, Wespennestern, getrockneten Seesternen und Seegurken, getrockneten Krabben und Kammuscheln. Ich versuchte die vielen verschiedenen Haufen und Berge von Pflanzen, Wurzeln und Kräutern zu zählen – bei 200 hörte ich auf.

An einem anderen Tag nahm ich an einem Festessen teil, das im Heilkostrestaurant von Tongrentang gegeben wurde und bei dem es typische medizinische Speisen gab. Ich trank bitteren Wolfsbeerenlikör, der gegen Störungen der Nierenfunktion hilft, und Geißblatt-Tee; ich nahm ein bißchen vom Hasen mit schwarzen Sesamsamen, probierte Ginseng-Suppe, schwarze Hühnerbrühe und noch viele andere der insgesamt 20 Gänge des Menüs. Jedes Gericht hat bei einem bestimmten Leiden heilende Wirkung. Für mich war es eher ein faszinierendes als ein kulinarisches Ereignis, doch als ich das Lokal verließ, fühlte ich mich sehr gesund.

Bei einer anderen Gelegenheit sprach ich mit Song Rongcan, einem gebildeten jungen Mann und Inhaber eines hochangesehenen Gourmet- und Heilkostrestaurants mit Namen »Bai Cao Yuan« (Haus der hundert Kräuter) in Chengdu. Er erzählte mir von seiner Familie, die sich seit drei Generationen mit dem Anbau von medizinischen Kräutern und der Zubereitung von Heilkost beschäftigt. Er ist erst 28 Jahre alt und schon Leiter einer Produktionseinrichtung für medizinische Kräuter, nachdem er zwei Jahre lang Geschäftsführer des Gesundheitskost-Restaurants in Tongrentang gewesen war. Den Speisen seines Restaurants werden kein Glutamat, Salz oder andere Zusätze beigegeben. Bei richtiger Dosierung umfassen seine Kräuter genau die erwähnten »fünf Geschmacksarten« und ergänzen die »vier natürlichen Eigenschaften«.

Herr Song ließ für mich vier Gerichte auftragen und klärte mich über deren spezifische medizinische Eigenschaften auf. *Long ma tongzi ji* ist ein Gericht aus jungem Hahn, der mit getrockneten Seesternen vier Stunden doppelt gedämpft wird, dann noch einmal 40 Minuten gedämpft und anschließend in einer pikanten kräftigen Brühe serviert wird. Es unter-

Getrocknete Fische

stützt die Nierenfunktion und soll auch dem Sexualleben sehr zuträglich sein. *Zi kou niurou* ist eine kalte Vorspeise aus Rindfleisch, das mit zwei verschiedenen Kräutern geschmort wird, was den Rindfleischscheiben einen unverwechselbaren Geschmack verleiht. Dieses Gericht soll wohltuend für die Haut und die Magenschleimhaut sein; es schmeckte überdies sehr gut. Als nächstes versuchte ich *fu ling baozi,* eine Art mit Hackfleisch gefülltes Brötchen. Bei diesem Gericht nimmt man zum Gehenlassen des Teigs statt Hefe einen anderen speziellen Pilz. Dieser Pilz wächst in der Nähe von Nadelbäumen und wird als Verjüngungsmittel oder als Mittel gegen das Altern empfohlen. Song Rongcan meinte, gehacktes Schlangen- und Schildkrötenfleisch hätte die gleichen Eigenschaften. Die Brötchen schmeckten wie die leckeren *baozi,* den Pilz schmeckte man kaum heraus. Zum Schluß probierte ich auch etwas *du zhong yoahua,* ein pfannengerührtes Gericht aus Schweinenieren und einer bestimmten Baumrinde. Es ist, so sagt man, besonders »gut für die Nieren«, jenes menschliche Organ, das in der chinesischen Ernährungsheilkunde »Tor

Verkauf von Kohlsaat in der Provinz Yunnan

zum Leben« genannt wird. Es ist jener Teil des Körpers, der bei mangelhaftem oder sehr üppigem Essen und Trinken leidet und daher besonders geschützt und gepflegt werden muß. Das Rezept für dieses Gericht ist 2000 Jahre alt und wurde von Zhang Zhongjing, einem berühmten Arzt der Han-Dynastie, zusammengestellt. Insgesamt betrachtet, waren meine Erfahrungen mit der chinesischen Ernährungsheilkunde und der medizinischen Kost faszinierend. Welche gesundheitlichen Auswirkungen es auch haben mag, in den meisten Fällen war es ein Vergnügen, den Anordnungen des Arztes Folge zu leisten.

Vegetarische Küche

Die ausschließlich vegetabilisch, also an pflanzlicher Kost ausgerichtete Küche ist so alt wie die chinesische Kultur, mindestens 4000 Jahre alt. Die unerschöpfliche Vielfalt an Kulturpflanzen in China hatte zur Folge, daß Gemüse und Getreide zum wichtigsten und bekanntesten Teil des Essens der Chinesen wurden. Ein Großteil der angesehenen Küche aus Sichuan, einer Gegend mit einer außergewöhnlichen Vegetation, hat stark vegetarischen Charakter, ist jedoch nicht buddhistisch. Es bedurfte keiner Regierungserlasse oder religiöser Verbote, um die Menschen zum Verzehr der vielen Gemüsesorten anzuregen. Fleisch wurde nur selten verwendet, oft auch nur für die Zubereitung von Fleischbrühen.

Rein vegetarisches Essen hingegen ist in China relativ neu. Erst mit dem sich verbreitenden Buddhismus in den ersten sechs Jahrhunderten n. Chr. kam diese Art des Kochens langsam auf; sie wird heute lediglich von einer Minderheit praktiziert, und nur relativ wenige Chinesen folgen den Leitlinien des Vegetarismus. Die Zahl der Buddhisten wird zusammen mit den Taoisten auf nur ungefähr 20 Millionen geschätzt, das sind kaum zwei Prozent der Gesamtbevölkerung. Die in der buddhistischen Religion verankerte Achtung jeglichen Lebens hat sich in China mit der

Einführung neuer Zutaten, Rezepte und Stilelemente beim Kochen bemerkbar gemacht, die das kulinarische Erbe aller Chinesen bereicherte. Es war nicht der Buddhismus, der rein pflanzliche Proteinquellen in die chinesische Küche einführte; die Chinesen verwendeten beispielsweise schon immer Hülsenfrüchte, vor allem Soja- und Mungobohnen. Der Buddhismus hat aber diesen Speisen zu noch größerer Bedeutung verholfen, und seine Glaubensanhänger bereiteten sie in einer so neuen und verlockenden Weise zu, daß viele Chinesen fortan auf Fleisch in ihrem Essen weitgehend verzichteten.

Buddhistische Köche schaffen in vielen Gerichten die Illusion des deftigen Geschmacks von Schweine-, Rind-, Hühner- und Entenfleisch. Ihre Gerichte, die den Eindruck von Fleisch vortäuschen, sind so verführerisch, daß mancher beim Essen schon vergessen hat, daß er nicht wirklich Rindfleisch, Schweinefleisch, Huhn, Abalonen oder ähnliches ißt. Allerdings ist mir zu Ohren gekommen, daß einige buddhistische Restaurants ein wenig mogeln und bei manchen Rezepten Hühnerfond verwenden.

Kohl liegt zum Trocknen in der Sonne

Einem alten Märchen zufolge war einst ein Taoist bei Leuten zum Essen eingeladen, die, so stellte sich später heraus, Alchimisten waren. Der Taoist brach in helles Entsetzen aus, als er sah, daß die beiden Hauptgerichte des Essens scheinbar ein Hund ohne Fell und ein kleiner Kinderkörper waren, die in klarer Brühe schwammen. Seine Gastgeber ermunterten ihn, doch wenigstens ein wenig von den »Spezialgemüsen«, wie sie die beiden Gerichte nannten, zu kosten. Der Taoist als streng vegetarisch lebender Mensch lehnte dies natürlich ab. Später erst, als alles aufgegessen war, verrieten ihm seine Gastgeber, daß die beiden abscheulichen Körper die etwas eigenartig aussehenden Wurzeln einer Heilpflanze waren. Hätte er am Essen teilgenommen, so wäre ihm ewige Jugend und Unsterblichkeit beschieden gewesen. Die Moral dieser schokkierenden Geschichte liegt darin, daß vegetarische Kost dem Fleisch so täuschend ähnlich sein kann, daß gute vegetarische Kost mit keinerlei Einschränkung verbunden ist und darüber hinaus noch Gesundheit und Wohlergehen beschert.

Kein Märchen, sondern Tatsache ist, daß durch den Buddhismus eine Vielzahl von Ersatzstoffen für Fleisch aus Hülsenfrüchten, Gluten und vor allem Sojabohnen entwickelt wurde. Weizengluten, ein Stoff, der reich an Protein und bestens formbar ist, wird bei der Zubereitung einer Reihe von Gerichten verwendet, die wie Fleisch schmecken. Der wahrscheinlich wichtigste buddhistische Fleischersatzstoff aber ist Tofu, der aus Sojabohnen hergestellt wird. Lange bevor der Buddhismus in China Fuß faßte, waren Sojabohnen schon ein elementarer Bestandteil der chinesischen Küche; der Buddhismus hat aber zweifelsohne deren Verbreitung in ganz China beschleunigt.

Buddhistische Variationen des chinesischen Brauchs, Feiertage mit ganz speziellen Gerichten zu begehen, führten ebenfalls zur Verbreitung vegetarischer Eßgewohnheiten. Eines dieser Festtagsessen war schon zu Zeiten der Song-Dynastie bekannt, der Reisbrei der »Sieben Kostbarkeiten und fünf Geschmacksrichtungen«, den man am elften Tag des zwölften Monats aß. Bald wurde dies bei allen Chinesen, gleich welcher Konfession, ein beliebtes Gericht. Buddhismus und die Armut der Bevölkerung sind die Hauptgründe für die geringe Bedeutung und Verbreitung von Rindfleisch in der chinesischen Küche. Heute sind in China vegetarische Kost und vegetarische Restaurants immer noch anzutreffen. Ich habe buddhistische Gerichte an verschiedenen Orten probiert und dabei sehr unterschiedliche Erfahrungen gemacht. Der Tofu, den ich im Lingyin-Si-Tempel in Hangzhou aß, war nicht frisch und schwamm in einer undefinierbaren bräunlichen Sauce. Am anderen Ende der Stadt hingegen, auf dem Long-Xiang-Qiao-Markt wurden an den Eßständen zwölf verschiedene Tofugerichte angeboten, und jedes war gut zubereitet und schmeckte ausgezeichnet.

In Shanghai und anderen großen Städten waren in einigen Restaurants die vegetarischen Menüs recht gut, besonders die mit Weizengluten und Tofu phantasievoll zubereiteten Gerichte. Doch obwohl die chinesische Kochkunst Gemüse in unzählbaren Variationen verwendet, bleibt die streng vegetarische Küche in China eher die Ausnahme als die Regel.

Knoblauch und Chillies gehören in der Sichuan-Küche zusammen

FEICUI JI PIAN

Smaragdfarbenes »Hühnerfleisch«

Weizengluten, auch »Weizenfleisch« genannt, ist ein Produkt aus Vollweizen, das in China seit vielen hundert Jahren durch Auswaschen der Stärke gewonnen wird und in der vegetarischen Küche vielseitige Verwendung als Fleischersatz findet. Der buddhistische Einfluß ist auch hier unverkennbar. Weizengluten ist ein proteinhaltiges Nahrungsmittel mit der Konsistenz eines festen Schwamms, das sich auf vielerlei Arten zubereiten läßt. Weizenfleisch, von Natur aus zart und delikat, nimmt das Aroma von Saucen und Würzmitteln gut auf. Das nachfolgende Gericht habe ich im Restaurant Gongdelin in Shanghai gegessen. Die smaragdgrüne Farbe kommt durch die milden grünen Chillies zustande. Weizengluten kann man auch selber herstellen, doch dies ist sehr zeitaufwendig. In China ist es stets frisch erhältlich, doch das hierzulande in Gläsern angebotene Fertigprodukt »Seitan« ist ein vollwertiger Ersatz.

250 g frisches Weizengluten oder fertiger *seitan* aus dem Glas
250 g milde grüne Chillies oder grüne Paprikaschoten
1 ½ EL Erdnußöl
1 ½ EL feingehackter Knoblauch
½ TL Salz
¼ TL frisch gemahlener weißer Pfeffer
125 ml Hühnerbrühe oder Wasser
1 ½ EL Reiswein oder trockener Sherry
2 EL helle Sojasauce
½ TL Maisstärke, angerührt mit 1 TL Wasser
1 EL Sesamöl

Das Weizengluten in kaltem Wasser einweichen, dabei das Wasser mehrmals wechseln. Das Weizenfleisch in runde Scheiben schneiden und beiseite stellen.

Die Chillies oder Paprikaschoten waschen und entkernen und in gleich große Stücke schneiden.

Einen Wok oder eine große Pfanne erhitzen und Öl, Knoblauch, Salz und Pfeffer hineingeben. Die kleingeschnittenen Chillies oder Paprikaschoten dazugeben und 30 Sekunden unter Rühren braten. Weizengluten hinzufügen und eine weitere Minute pfannenrühren. Mit Hühnerbrühe oder Wasser, Reiswein oder Sherry und Sojasauce aufgießen und 3 Minuten leise köcheln lassen. Die Flüssigkeit mit dem angerührten Stärkemehl binden. Die Mischung mit Sesamöl beträufeln und noch einmal gut durchrühren. Auf einer Platte anrichten und servieren.

Für 4 Personen als Teil eines chinesischen Menüs oder für 2 Personen als Hauptgericht.

YUXIANG GESONG

Gewürfelter Chili-»Fisch«

Bei dem nachfolgenden Rezept handelt es sich um die Imitation eines bekannten chinesischen Fischgerichts, von dem ich im ersten Moment getäuscht wurde. Das Weizenfleisch wird zu einem Fisch geformt und mit getrockneten Pilzen, Pinienkernen und der traditionellen Chilisauce serviert, so daß es in Aussehen und Geschmack einem echten Fischgericht verblüffend ähnlich wird.

250 g frisches Weizengluten oder *seitan* aus dem Glas
25 g chinesische Trockenpilze, eingeweicht, die Stiele entfernt
1 ½ EL Erdnußöl
2 EL feingehackter Knoblauch
3 EL feingehackte Frühlingszwiebeln
1 EL feingehackter frischer Ingwer
3 EL Pinienkerne
2 EL helle Sojasauce
2 TL weißer chinesischer Reisessig
2 TL Zucker
2 TL Chili-Bohnen-Sauce
½ TL Salz
½ TL frisch gemahlener schwarzer Pfeffer
6 EL Wasser
½ TL Maisstärke, angerührt mit 1 TL Wasser

Das Weizenfleisch mehrmals mit kaltem Wasser abspülen, abtropfen lassen und in kleine Würfel schneiden. Die Pilzhüte hacken und beiseite stellen.

Einen Wok oder eine große Pfanne erhitzen. Das Öl, den Knoblauch, die Zwiebeln und den Ingwer hineingeben und 30 Sekunden unter Rühren braten. Das gewürfelte Weizenfleisch mit den Pilzen und den Pinienkernen dazugeben. 1 Minute pfannenrühren, dann die restlichen Zutaten bis auf das Stärkemehl hinzufügen und 1 Minute weitergaren. Die Sauce mit der angerührten Stärke binden. Die Mischung auf einer vorgewärmten Platte anrichten und servieren.

Für 4 Personen als Teil eines chinesischen Menüs oder für 2 Personen als Zwischenmahlzeit.

Seite 175: *Chinas größter Heilkräutermarkt heißt »Chengdu Hehua Chi Zhongyaocai Sichang« und findet regelmäßig in Chengdu in der Provinz Sichuan statt; der Name bedeutet »Lotusteich von Chengdu«*

JIN GU YIN LIU

Bohnensprossen mit Lilienknospen

Lilienknospen, auch »Goldnadeln« genannt, sind nahrhaft und delikat und dazu noch recht preiswert. Sie kommen getrocknet in den Handel und müssen vor der Verwendung eingeweicht werden. Pfannengerührt entfalten sie ein feines, moschusartiges Aroma. Zusammen mit den knakkigen Bohnensprossen wird daraus ein einfaches, aber wohlschmeckendes Gericht. Ich habe es im vegetarischen Restaurant Gongdelin in Shanghai gekostet.

50 g getrocknete Lilienknospen
450 g frische Bohnensprossen
1 ½ EL Erdnußöl
Frisch gemahlener schwarzer Pfeffer
½ TL Salz
3 EL Reiswein oder Sherry
1 EL helle Sojasauce
2 TL Sesamöl

Die Lilienknospen etwa 30 Minuten in warmem Wasser quellen lassen. Gut abtropfen lassen und die harten Enden abschneiden.

Von den Bohnensprossen nach Belieben das Wurzelende und die Samenschale entfernen.

Einen Wok oder eine große Pfanne erhitzen. Öl und Salz hineingeben, dann die Lilienknospen und den Pfeffer hinzufügen und unter Rühren braten. Nach 30 Sekunden die Bohnenkeimlinge dazugeben und 1 Minute pfannenrühren.

Reiswein oder Sherry und Sojasauce dazugeben und nochmals 3 Minuten unter Rühren braten.

Zum Schluß das Sesamöl unterrühren. Das fertige Gericht auf eine Platte geben und servieren.

Für 4 Personen als Teil eines chinesischen Menüs oder für 2 Personen als leichte Mahlzeit.

Erntezeit in Qingdao

Huangyou Xie Fen

Vegetarisches Krebsfleisch

Im Restaurant Gongdelin stand ein weiteres vegetarisches Gericht auf der Speisekarte, das tierisches Eiweiß vortäuschte, jedoch mit gewürfelten Kartoffeln und Möhren zubereitet war. Die verquirlten und gestockten Eier hatten die Farbe von Krebsfleisch, daher der Name dieses Gerichts. Es ist sehr schmackhaft und schnell zubereitet.

250 g Kartoffeln, geschält und feingewürfelt
250 g Möhren, geschält und feingewürfelt
2 EL Erdnußöl
2 EL feingehackter Knoblauch
1 EL feingehackter frischer Ingwer
1 TL Salz
½ TL frisch gemahlener weißer Pfeffer
6 Eier, verquirlt
1 EL Sesamöl

Kartoffeln und Möhren 2 Minuten in kochendem Salzwasser blanchieren und gut abtropfen lassen.

Eine große Pfanne erhitzen und das Öl mit Knoblauch, Ingwer, Salz und Pfeffer hineingeben. 30 Sekunden unter Rühren braten, Kartoffeln und Möhren dazugeben und 1 Minute pfannenrühren.

Das Sesamöl mit den verquirlten Eiern vermischen, die Eimasse über das Gemüse geben und kurz unterrühren. Dann das Ganze wie ein Omelett stocken lassen. Wenn die Unterseite goldbraun gebacken ist, das omelettähnliche Gebilde wenden und auf der anderen Seite bräunen. Das vegetarische Krebsfleisch auf eine vorgewärmte Platte gleiten lassen und servieren.

Für 4 Personen als Teil eines chinesischen Menüs oder für 2 Personen als Zwischenmahlzeit.

Bu Xue Yang Yan Tang

Kraftsuppe für Blut und Haut

In der chinesischen Naturheilkunde gilt diese Suppe als starkes Tonikum für den Kreislauf und die Haut – den Spiegel der inneren Gesundheit. Die verwendeten Zutaten unterstreichen die alte chinesische Theorie, daß Rindfleisch, von Natur aus kraftspendend und »warm«, den Blutkreislauf stärkt und die Funktion von Milz und Magen unterstützt. Es heißt weiter, daß die kräftigende Wirkung von Rindfleisch in dieser Suppe durch die Zugabe von Erdnüssen noch gesteigert wird. Die Suppe enthält außerdem Jujuben, die dattelähnlichen Früchte eines weitgehend frost- und hitzebeständigen Baumes. In China werden diese Steinfrüchte seit alters her als Tonikum und in Verbindung mit anderen Substanzen als inneres »Reinigungsmittel« verwendet. Jujuben sollen Kraft bringen, den Kreislauf stärken und das Leben verlängern. Da sie zudem von Natur aus süß sind und der Suppe ein feines Honigaroma verleihen, wird diese »Medizin« von allen gern eingenommen. Durch die Erdnüsse bekommt die Suppe eine milchig-weiße Farbe, und die Zitrusschale sorgt für einen angenehm säuerlichen Beigeschmack.

125 g ungeröstete Erdnüsse
Getrocknete Schale von 2 Tangerinen oder Orangen
12 getrocknete Jujuben
1,7 l Wasser
4 Scheiben frischer Ingwer
1 kg Rinderhachse
Salz

Die Erdnüsse im Mixer oder in der Küchenmaschine grob zerkleinern und beiseite stellen. Die Zitrusschale 20 Minuten in heißem Wasser einweichen und anschließend gut ausdrücken. Die Jujuben 20 Minuten in warmem Wasser einweichen, abtropfen lassen und beiseite stellen.

Das Wasser in einem großen Topf zum Kochen bringen. Die gemahlenen Erdnüsse, die gequollene Zitrusschale, die Ingwerscheiben und die Jujuben hineingeben. Das Rindfleisch dazugeben und die Flüssigkeit wieder zum Kochen bringen, den sich an der Oberfläche bildenden Schaum immer wieder abschöpfen. Die Hitze reduzieren und die Suppe zugedeckt 3 Stunden leise köcheln lassen, bis das Fleisch zart ist. Das Fleisch herausnehmen, in feine Streifen schneiden und wieder in den Topf geben. Die Suppe nach Geschmack salzen und servieren.

Für 8 Personen als Teil eines chinesischen Menüs oder für 4 Personen als Vorsuppe.

Huo Zhong Dun Ji Tang

Hühner-Eintopf mit geräucherter Pökelhachse

Auch das folgende Rezept zeigt, wie gut sich nahrhafte, heilkräftige und wohlschmeckende Nahrungsmittel in der chinesischen Küche kombinieren lassen. Sowohl dem Eisbein als auch dem Huhn werden wohltuende Wirkungen auf das Blut und den Kreislauf nachgesagt. Da sie angeblich auch heilende Eigenschaften besitzen, werden sie oft Wöchnerinnen verordnet. Meiner Ansicht nach hilft dieser wärmende Eintopf bei Beschwerden aller Art, Hunger eingeschlossen. Aufgewärmt schmeckt er noch mal so gut, deshalb kann man ihn ohne weiteres im voraus zubereiten.

700 g geräucherte Pökelhachse
4 Scheiben frischer Ingwer
4 Frühlingszwiebeln
2 EL Reiswein oder trockener Sherry
1 TL Salz
2 l Wasser
1 großes Huhn (etwa 1,6–1,8 kg)
450 g Chinakohl
4 Scheiben frischer Ingwer
4 Frühlingszwiebeln (ohne das grüne Laub)
3 EL Reiswein oder trockener Sherry
1 TL Salz
Frisch gemahlener schwarzer Pfeffer

Die geräucherte Pökelhachse vom Metzger in vier Teile hacken lassen. Die einzelnen Stücke unter fließendem kaltem Wasser gründlich abspü-

len. Das Eisbein in eine Schüssel legen, mit kaltem Wasser bedecken und 8 Stunden – besser noch über Nacht – einweichen. Die Hachsenstücke abtropfen lassen und 5 Minuten in kochendem Wasser blanchieren, mit einem Schaumlöffel herausnehmen und gut abtropfen lassen. Das Kochwasser weggießen und den Topf gründlich reinigen. Das Fleisch mit Ingwer, Frühlingszwiebeln, Reiswein oder Sherry, Salz und Wasser in den Topf geben und die Flüssigkeit zum Kochen bringen. Die Hitze reduzieren und das Fleisch zugedeckt 1 Stunde in der Würzflüssigkeit leise köcheln lassen.

Das Huhn in vier Teile zerlegen und 5 Minuten in kochendem Wasser blanchieren. Abtropfen lassen und beiseite stellen.

Den Chinakohl in 2 cm breite Streifen schneiden. Sobald die Hachse gar ist, das zerteilte Huhn und den Kohl in den Topf geben und die zweite Partie Ingwer, Frühlingszwiebeln, Reiswein oder Sherry und Salz dazugeben. Diese Mischung zugedeckt bei schwacher Hitze eine weitere Stunde leise köcheln lassen. Fett von der Oberfläche abschöpfen und Ingwer und Frühlingszwiebeln herausnehmen. Die Suppe mit Salz und Pfeffer abschmecken, in eine große Suppenterrine umfüllen und heiß servieren.

Für 10 Personen als Teil eines chinesischen Menüs.

QIGUO JI
Yunnan-Huhn

Diese Hühnersuppe wurde vom Küchenchef Wen Hongchun in seinem Restaurant Kang Le Xiao Wu zubereitet. In meinem Rezept fehlen die weißen chinesischen Pilze, da sie hierzulande kaum erhältlich sind. In China wird das Huhn für diese Suppe in einem speziellen Dämpfeinsatz aus Keramik – dem Yunnan-Topf – zubereitet. Dieses runde, gedrungene Kochgefäß hat einen gut schließenden Deckel und einen kegelförmigen Kamin, so daß der Dampf im Topf gut zirkulieren, aber nicht entweichen kann. Fast ebensogut gelingt das Huhn, wenn es zugedeckt in einem großen Topf gedämpft wird. Das Fleisch kommt mit der Brühe überhaupt nicht in Berührung, sondern wird von dem aromatisierenden Dampf eingehüllt und durchdrungen. Auf diese Weise bleibt die Brühe klar und wird zusätzlich mit dem Saft des Geflügels verfeinert. Hühnerfleisch und Dip-Saucen getrennt zur Suppe reichen.

1 Huhn (etwa 1,8 kg), in mundgerechte Stücke zerlegt
1 TL Salz
6 Scheiben frischer Ingwer
2 Frühlingszwiebeln, in 5 cm lange Stücke geschnitten
700 ml Hühnerbrühe
2 EL Reiswein oder trockener Sherry

ZUM DIPPEN
Helle Sojasauce
Chili-Bohnen-Sauce
2 Frühlingszwiebeln, feingehackt

Keramikdämpftopf aus Yunnan

Die Geflügelteile 3 Minuten in einem großen Topf mit kochendem Wasser blanchieren, herausnehmen und kalt abspülen. Die Fleischstücke in den Yunnan-Topf legen oder auf einem anderen Dämpfeinsatz in einem großen Topf verteilen, mit Salz bestreuen und den Ingwer und die kleingeschnittenen Frühlingszwiebeln darübergeben. Die Hühnerbrühe und den Reiswein oder Sherry einfüllen. Den Dämpftopf mit einem Deckel gut verschließen und das zerteilte Huhn 2 Stunden im Dampf garen, gegebenenfalls heißes Wasser nachfüllen.

Den Ingwer und die Frühlingszwiebeln herausnehmen. Das Fett von der Oberfläche mit einem Löffel abschöpfen.

Die Suppe in eine Terrine füllen und das Hühnerfleisch mit den Dip-Saucen getrennt dazu reichen.

Für 8 Personen als Teil eines chinesischen Menüs oder für 4 Personen als Hauptgericht.

ZHU JIAO JIANG CU

Würzige Schweinsfüße mit Ingwer

Ich erinnere mich noch gut an die Zeit, als wir in Chicago lebten und sich einmal die Freundinnen meiner Mutter in unserem Wohnzimmer versammelten, um die Geburt eines Kindes zu feiern. Zu essen gab es auf einer solchen Feier immer gekochte und rot eingefärbte Eier, dazu einen Kräutertrunk auf der Basis von Reiswein und die in Ingwer und Reiswein gekochten Schweinsfüße. Ich war damals noch ein kleiner Junge, und Schweinsfüße, so erfuhr ich, unterstützten die Milchbildung. Deshalb war dieses pikante Gericht auch in besonderem Maße für Frauen geeignet, die gerade entbunden hatten, aber nichtsdestotrotz ließen es sich auch die anderen Frauen gut schmecken.

Ungeachtet seiner kräftigenden Eigenschaften ergibt dieses Gericht eine köstliche Vorspeise. Liebhaber von Schweinsfüßen werden die Vorzüge sogleich erkennen, und jene, die sie zum erstenmal probieren, werden überrascht feststellen, wie schmackhaft diese preiswerten Stücke vom Schwein sein können. Es ist der Ingwer, der dem Essig ein mildes Aroma verleiht. Kaufen sollte man möglichst die Hinterfüße vom Schwein, denn sie sind fleischiger. Das Gericht schmeckt heiß und lauwarm und kann 1–2 Tage im voraus zubereitet werden.

1,4 kg Schweinsfüße (möglichst Hinterfüße)
850 ml roter oder schwarzer chinesischer Reisessig
6 Scheiben frischer Ingwer
6 EL Zucker

Die Schweinsfüße 30 Minuten kochen, herausnehmen und gut abtropfen lassen. Essig, Ingwer und Zucker in einem mittelgroßen Topf zum Kochen bringen, dann die Schweinsfüße hineingeben. Die Hitze reduzieren und die Füße zugedeckt etwa 2 Stunden leise köcheln lassen, bis das Fleisch gar ist. Heiß oder lauwarm servieren.

Für 4–6 Personen als Vorspeise.

HUAQI SHEN DUN RUGE

Taubensuppe mit Ginseng

Die Ginsengwurzel genießt bei den Chinesen höchstes Ansehen. Das Heilkraut mit der jahrtausendealten Geschichte wird als Stärkungsmittel und vorbeugend gegen Krankheiten verwendet. Nach Rücksprache mit zahlreichen Kräuterdoktoren und Spezialisten in China bin ich zu dem Schluß gekommen, daß die Ginsengwurzel ein wahres Allheilmittel sein muß; nur eines vermag sie nicht: Tote wieder zum Leben erwecken. Keine andere Pflanze besitzt die der Ginsengwurzel nachgesagten Heilkräfte. Sie gibt Kraft, unterstützt die Selbstheilungskräfte des Körpers, erhöht die Leistungsfähigkeit und wirkt nicht zuletzt beruhigend auf die Psyche. Aus diesem Grund wird sie oft Menschen verordnet, die aus dem seelischen Gleichgewicht geraten sind.

Wie sich der Preis für Ginseng zusammensetzt, werde ich wohl nie erfahren. Manche Wurzeln kosten nur ein paar Dollar, während man für andere, die fast genauso aussehen und bestimmt auch die gleiche chemische Zusammensetzung aufweisen, Tausende von Dollar zahlen muß. Mit Sicherheit spielt aber das Anbaugebiet eine Rolle, denn Ginseng aus Nordchina und aus Korea steht besonders hoch im Kurs. Es sind zahlreiche Geschichten im Umlauf, in denen von Menschen berichtet wird, die auf dem Sterbebett einen Sud von der Ginsengwurzel aus dem Norden (oder aus Korea) tranken. Sie sollen sich auf der Stelle erholt haben und noch viele Jahre gesund und munter gewesen sein.

Wie dem auch sei, dieses süß-aromatische Araliengewächs gibt jedem Gericht das gewisse Etwas, insbesondere wenn es sich, wie bei dem nachfolgenden Gericht, um eine recht deftige Zusammenstellung handelt. Ungeachtet der heilkräftigen Eigenschaften ist dies eine köstliche Taubensuppe nach alter chinesischer Tradition.

2 küchenfertige Jungtauben (je 350–450 g)
1,5 l Hühnerbrühe
2 Scheiben frischer Ingwer
4 Frühlingszwiebeln (ohne das grüne Laub)
25 g Ginsengwurzel
2 EL Reiswein oder trockener Sherry
2 TL Salz
Frisch gemahlener weißer Pfeffer
2 TL Sesamöl

Das Geflügel 3 Minuten in kochendem Wasser blanchieren. Die Hühnerbrühe mit dem Geflügel, dem Ingwer und den Zwiebeln in einem großen Topf zum Kochen bringen. Die Hitze reduzieren und das Geflügel zugedeckt 2 Stunden in der Brühe leise köcheln lassen. Die Ginsengwurzel dazugeben und 1 Stunde bei schwacher Hitze weiterkochen.

Den Ingwer und die Zwiebeln herausnehmen und das Fett von der Oberfläche abschöpfen. Den Reiswein oder den Sherry zugießen, mit Salz und Pfeffer abschmecken und mit Sesamöl beträufeln. Die Suppe kurz umrühren und servieren.

Für 6 Personen als Teil eines chinesischen Menüs oder für 4 Personen als Hauptgericht.

DONGGU CHAO CAI

Pfannengerührter Chinakohl mit Pilzen

Buddhistische Mönche haben stark dazu beigetragen, daß die vegetarische Kost auch in China ihre Anhänger fand. Dennoch war das religiöse Element allein nicht ausschlaggebend, denn die Chinesen kennen eigentlich keine Tabus, wenn es ums Essen geht. Daß sich die buddhistische Küchentradition durchsetzte, lag wohl eher daran, daß es die chinesischen Köche vortrefflich verstanden, köstliche und sättigende Speisen und ganze Menüs – völlig ohne Fleisch – phantasievoll zusammenzustellen. Die Tempel-Restaurants wurden immer beliebter bei den Gästen, und so dauerte es nicht lange, bis auch die nichtbuddhistischen Restaurants nachzogen. Auf diese Weise entstand in China eine vegetarische Küche von höchster Vollkommenheit, die sich bis heute behaupten konnte.

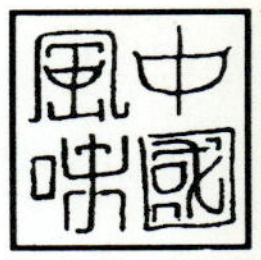

Vorbereitungsarbeiten für ein Gemüsegericht

Das nun folgende köstliche Gericht habe ich im Lao Fandian Restaurant in Shanghai gegessen. Die Zusammenstellung der Zutaten entspricht alter buddhistischer Tradition. Es ist schnell und einfach zubereitet und ergibt eine sättigende Mahlzeit oder eine köstliche Beilage zu Fleischgerichten.

25 g chinesische Trockenpilze
450 g Chinakohl
125 g Bambussprossen
1 ½ EL Erdnußöl
1 EL feingehackter frischer Ingwer
2 TL Reiswein oder trockener Sherry
2 TL helle Sojasauce
1 TL dunkle Sojasauce
½ TL Salz
Wasser
2 TL Sesamöl

Die Trockenpilze 20 Minuten in warmem Wasser einweichen, bis sie gequollen sind, dann kalt abspülen, um Sandrückstände zu entfernen. Die Stiele abschneiden und wegwerfen. Die Pilzhüte in feine Streifen schneiden und beiseite stellen.

Den Kohl in lange Streifen von 0,5 cm Breite schneiden.

Die Bambussprossen kalt abspülen und zuerst in Scheiben, dann in feine Streifen schneiden.

Einen Wok oder eine große Pfanne erhitzen. Das Öl und den Ingwer hineingeben und 20 Sekunden unter Rühren braten. Dann Pilze und Bambussprossen dazugeben und 1 Minute pfannenrühren. Reiswein oder Sherry, Sojasauce und Salz hinzufügen und weitere 3 Minuten unter Rühren braten, bis der Kohl gar ist. Gegebenenfalls 1 Eßlöffel Wasser zugießen, falls die Mischung zu trocken wird.

Das fertige Gemüse auf einer vorgewärmten Platte anrichten, mit Sesamöl beträufeln und servieren.

Für 4 Personen als Teil eines chinesischen Menüs oder für 2 Personen als Hauptgericht.

11. Kapitel

EIN NACHWORT

Welch kunstvolle Wandlungen sich im Innern des Kochgeschirrs vollziehen, kann man weder beschreiben noch begreifen.

Lu Shi Chuan Qiao, Qin-Dynastie (221–207 v. Chr.)

Während der letzten Jahrzehnte war es traurige Wahrheit, daß man die wirklich gute und echte chinesische Küche in China selbst zumeist vergeblich suchte. Als ich in den siebziger Jahren des öfteren Hongkong besuchte, waren die Berichte aus China über das Essen dort unverändert düster. In dieser Zeit wurden die Traditionen und der Erfahrungsschatz chinesischer Kochkunst außerhalb der Volksrepublik gepflegt, vor allem in Hongkong, Taiwan, zunehmend auch in chinesischen Restaurants in London, New York, Melbourne und San Francisco.

Die Bauern in der Volksrepublik mußten genügend tägliche Nahrung für eine Milliarde Chinesen produzieren, was ihnen auch gelang. In Anbetracht der Tatsache, daß China in der Vergangenheit immer wieder von Hungersnöten heimgesucht wurde und sich die Bevölkerung dort in der Zeit von 1950 bis 1975 verdoppelte, ist diese Leistung erstaunlich. Doch was man darüber hinaus erfuhr, war eher niederschmetternd. Touristen und Geschäftsleute, die China besuchten, berichteten übereinstimmend von Restaurants mit erbärmlichem, schlecht zubereitetem Essen, für dessen Zubereitung man minderwertige Lebensmittel verwendete, und von der nachlässigen Art, mit der man im Restaurant bedient wurde. Während dieser düsteren Periode setzten die Roten Garden der Kulturrevolution einen Prozeß fort, der schon in den fünfziger Jahren begonnen hatte: Gastronomische und kulinarische Einrichtungen verschwanden, Kochschulen wurden geschlossen und Meisterköche flohen in andere, politisch unverfänglichere und eher tolerierte Berufe oder wurden hierzu gezwungen. Die Infrastruktur, die einst die große Kochtradition getragen hatte, wurde zerstört, auf bestimmte Bereiche spezialisierte Bauernhöfe und Gärten, Bäckereien und Küchen, unzählige Restaurants und Eßstände mußten aufgeben oder wurden durch die Planwirtschaft in ihren Möglichkeiten radikal beschränkt.

Während dieser Zeit gab es für die Gäste der staatlichen Restaurants ein, wenn man es vorsichtig formulieren möchte, »zweckmäßiges« Essen. Die Belegschaft eines Lokals war fortan in ihrem Status Fabrikarbeitern gleichgestellt. Nachweise oder Bewertungen für Befähigungen und Fertigkeiten waren weder notwendig noch erlaubt, eine Regelung, die der feinen Küche kaum zuträglich war. Man mag diese Einstellung vielleicht für elitär halten, aber manche Menschen kochen aufgrund ihrer Fähigkeiten ganz einfach besser als andere. Mehr noch, die meisten Restaurants schlossen um sieben Uhr abends, die beliebten Festessen bis tief in die Nacht gehörten fortan der Vergangenheit an. Da die Restaurants darüber

Seite 182: *Seitdem die Bauern Waren nach Erfüllung der staatlichen Quoten auch privat verkaufen dürfen, geht es ihnen finanziell besser*

hinaus allen ihren Angestellten den gleichen Lohn zahlten und die Preise der Gerichte staatlich festgesetzt wurden, bestand auch kein Anreiz, Hervorragendes in der Küche zu leisten. Essen diente der Ernährung und war kein Ausdruck einer bestimmten Lebensart, geschweige denn eine Kunst.

Ich habe es vermieden, China in dieser Zeit zu bereisen, obwohl es in Sichtweite von Hongkongs Umgebung, den New Territories, liegt; denn ich wußte, es würde mich abstoßen. Der Tod des Vorsitzenden Mao 1976 brachte aber in vielen Bereichen der chinesischen Gesellschaft eine Neubewertung in Kunst, Erziehung und Bildung, vor allem auch im Bereich der Wirtschaft, was dazu führte, daß in China eine beschleunigte Modernisierung stattfand, in einem Land, das so lange dem Einfluß der Welt widerstanden hatte. Man besann sich unter anderem wieder auf die Vorzüge und das wirtschaftliche Potential der traditionellen chinesischen Küche. In den späten achtziger Jahren galt dann Kulinarisches oder gar eine auf Genuß ausgerichtete Lebenseinstellung nicht mehr als konterrevolutionär. In der Volksrepublik wurde eine geplante und offiziell sanktionierte Wiederbelebung der alten chinesischen Kochtradition durchgeführt.

Bei einem Besuch in Shanghai sprach ich hierüber mit Zhao Qiren, dem Leiter der führenden Kochschule der Stadt. In der Zeit vor 1949, erzählte er mir, wurde zum Beispiel, wie dies die Tradition verlangte, mit gutem Fond aus Huhn und Schinken gekocht. Während der »schwierigen Jahre« hingegen, als Lebensmittel, vor allem frische Ware, immer knapper wurden, begann man, allen Speisen Glutamat hinzuzufügen. Ständig bat ich auf meinen zahlreichen jüngsten Chinareisen: *»Bu yao weijing!«* (Bitte kein Glutamat!) Zharo Qiren beklagte auch den Niedergang der regionalen und lokalen Küchen in diesen 30 Jahren. Dies war beabsichtigt und Teil der offiziellen Politik, die Unterschiedliches und Uneinheitliches, das Denken der Menschen vereinheitlichen wollte. Dies hatte geradezu tragische Folgen für Chinas kulinarische Tradition, die so stolz auf ihre typischen regionalen Spezialitäten war, auch wenn diese sich ihrerseits wieder aus verschiedenen Stilelementen zusammensetzten. Der Bedarf des chinesischen Staates an harter Währung spielte ebenfalls eine Rolle. Während der siebziger Jahre waren hochwertige chinesische Lebensmittel im Land selbst oft nicht erhältlich, sie wurden statt dessen in Hongkong verkauft, um dringend benötigte Devisen ins Land zu bringen.

Private Gärten und Anbaugebiete liefern heute wieder reichlich Obst und Gemüse, private Restaurants und Imbißstände gehören langsam wieder zum alltäglichen Bild, kulinarische Einrichtungen und Kochschulen erleben eine Blüte. Lange Zeit wurde das Bedürfnis nach gutem Essen und frischen Zutaten unterdrückt, es wird erst jetzt allmählich befriedigt.

In den achtziger Jahren waren die Bestrebungen, die authentische chinesische Küche wiederzubeleben, in vollem Gange. Seit dieser Zeit habe ich insgesamt einige Monate in China verbracht und bin dabei Tausende von Kilometern durch dieses riesige und vielgestaltige Land gereist. Hunderte von Gerichten aus praktisch allen Regionen Chinas habe ich probiert. Ich bereiste die Küstengegend von Shanghai und Kanton, das Landesinnere in der Provinz Sichuan, den Südwesten um Kunming in der Provinz Yunnan und das nördliche China einschließlich der Hauptstadt Peking. Die Qualität des Essens reichte dabei von hervorragend, vergleichbar mit dem Besten, was Hongkong zu bieten hat, bis zu schlicht grauenhaft.

Unübersehbar war die Tatsache, daß die staatlichen Lebensmittelgeschäfte fast immer leer waren und die Kunden sich an die freien Märkte hielten. Chinesische Bauern machten von der Möglichkeit, über die Erfüllung der staatlichen Quoten hinaus Obst und Gemüse anbauen zu können oder Viehzucht zu betreiben, regen Gebrauch. Familienbetriebe und private Einzelunternehmen florierten, auch wegen des steigenden verfügbaren Einkommens vieler Chinesen. In den städtischen Gebieten hat die spürbare Steigerung der Konsumgüternachfrage dazu geführt, daß auch private Restaurants eine Renaissance erfahren, die mehr am Bedarf des Marktes orientiert ist als an staatlichen Verordnungen.

Am Beispiel eines in Shanghai sehr beliebten Fettgebäcks, das bis in die fünfziger Jahre dort überall erhältlich war, läßt sich gut zeigen, wie die Zeiten sich ändern. Als die Regierung einen Endverkaufspreis für es festlegte, war es plötzlich nicht mehr erhältlich, ganz einfach deshalb, weil niemand es zu diesem Preis herstellen konnte. Heute bestimmt der Markt seinen Preis, und es ist wieder überall zu haben.

Es soll aber nicht der Eindruck entstehen, als bekäme man überall in China immer gutes Essen. Ohne persönliche Kontakte und Beziehungen, *guanxi,* wie es die Chinesen nennen, ist dies nicht möglich. Leider, vielleicht auch zwangsläufig, serviert man den Touristen keine allzu exotischen Gerichte; und darüber hinaus sind die Speisen geschmacklich schwächer als echte chinesische Kost. Mit Hilfe meiner Verwandten und vieler chinesischer Freunde kam ich in zahlreiche verschiedene Restaurants in ganz China, und das Essen in einigen Lokalen war ausgezeichnet.

In Chengdu beispielsweise besuchte ich ein Restaurant, das einem dreiköpfigen Kollektiv gehörte; es war drei Jahre zuvor eröffnet worden. Die Belegschaft hat sich der Pflege der authentischen Sichuan-Küche verschrieben, und sie führt dies so meisterlich aus, daß ich dort ein zweites Mal einkehrte. Hier gab es die beste teegeräucherte Ente, die ich je gegessen habe, ein ungewöhnlich schmeckendes Gericht aus Bittergurke mit frischem Chili sowie ein köstlich duftendes, scharfes und würziges Huhn mit Spargelsalat (nicht zu verwechseln mit Spargel; es handelt sich um eine Variante des Kopfsalates, dessen Strünke und Blätter roh oder gekocht verzehrt werden). In Kanton, wo man gern spätabends ißt, kehrte ich zusammen mit Freunden aus der Stadt zu einem ausgezeichneten Abendessen in einem *dai pai dong* ein, was im kantonesischen Dialekt Straßenrestaurant bedeutet. Im ganzen Lokal hingen zur Dekoration Käfige mit lebenden Tieren, die alle zum Verzehr bestimmt waren. Etwas zögernd suchte ich mir eine Taube aus, die schon fertig gegart zum Trocknen in der drückenden Abendhitze hing. Nur kurze Zeit darauf lag sie dann vor uns auf dem Teller, fritiert und mit knuspriger Haut, begleitet

Seite 184/185: *Im Gespräch mit Bauern auf einem Kohlgroßmarkt in der Provinz Yunnan*

von frischen Gemüsen der Saison und einem wohlschmeckenden Tofugericht mit einer vorzüglichen Sauce. Es war ein einfaches und gutes Essen, wie ich es nirgendwo köstlicher erlebte.

Bei einem Besuch in Kunming ging es etwas exotischer zu. Freunde führten mich in ein privates Restaurant aus, wo sie geschmorte Bärentatzen und Elefantenrüssel bestellten. Als ich meine Portion mit gemischten Gefühlen verzehrte, dachte ich daran, wie entsetzt meine Freunde, die sich für den Artenschutz engagieren, wohl sein würden. Das Essen war ordentlich zubereitet, schmeckte aber fad und war geleeartig, die Sauce war das einzige, was schmeckte.

Am nächsten Tag jedoch erlebte ich eine wahre *tour de force,* ein Essen, dessen Vorbereitung zwei Tage gedauert hatte. Insgesamt waren es 54 Gerichte, und alle von einer einzigen Ziege. Es gab 27 kalte Gerichte, darunter einige, für die auch die Augen, der Schwanz, die Leber und andere Innereien des Tieres verwendet wurden, sowie 27 warme Gerichte mit den geschmorten und pfannengerührten Fleischstücken derselben Ziege. Ein außergewöhnliches und beeindruckendes Werk, und darüber hinaus zu meinem Erstaunen auch recht delikat. Am nächsten Tag gab es etwas Bodenständiges aus der Region Kunming: im Wok gebackenen Ziegenkäse – ein Gericht, das mit Sicherheit mongolischer oder moslemischer Herkunft ist. Bedauerlich war, daß es zu diesem Zeitpunkt die Spezialität der Gegend, geröstete Heuschrecken, nicht gab, die ich bis heute noch nicht probiert habe.

Die beste Nachricht bezüglich der wiederauflebenden Kochkunst in China ist jedoch die Tatsache, daß bei den Familien zu Hause gut und bisweilen sogar hervorragend gekocht wird. Bei einer Familie in Peking gab es eine der besten Mahlzeiten, die ich je in China gegessen habe. Es war ein geradezu klassisch einfaches und delikates Essen, und ich hatte Gelegenheit, bei der Vorbereitung dabeizusein. Unter anderem gab es *jiaozi,* diese köstlichen fleischgefüllten Teigtaschen, die auf zwei verschiedene Arten zubereitet wurden, gebraten und gedämpft, dazu feingehacktes Schweinefleisch als Füllung zwischen Auberginenscheiben, die in Fritierteig gewendet und dann ausgebacken wurden, sowie gebratene Frühlingsrollen mit Kohlfüllung. Als Beilage zu diesen Speisen gab es kalten Gurkensalat und frische Tomatenscheiben, mit einer Garnitur aus »tausendjährigen Eiern« (eingelegte Eier mit käseähnlichem Geschmack). Es war ein einfaches Essen, doch ein wunderbares und vollendetes kulinarisches Erlebnis. Im Haus meiner Vorfahren in der Nähe von Kanton kam ich in den Genuß eines Essens mit frisch geschlachtetem und gedämpftem Huhn, gebratener Gans und gartenfrischen Gemüsen. Das heimatliche Gefühl dort wärmte mir Herz und Magen.

Chinesische Küche, wie sie zu Hause zubereitet wird, gibt es jetzt auch in vielen Städten auf den Nachtmärkten. Viele inspirierte und tatkräftige Köche bieten dort auf den Straßen nach Familienrezepten hergestellte hausgemachte Nudeln an, Teigtaschen in Suppen, süßes Gebäck, würzige kalte und heiße Nudelgerichte, geschmorten Aal mit Knoblauch und pfannengerührte Froschgerichte – alles ist sehr schmackhaft und wird zu erschwinglichen Preisen angeboten.

Nach all diesen vielfältigen kulinarischen Eindrücken und Erfahrungen in China glaube ich, daß sich die chinesische Küche wie auch die anderen Künste und die Wissenschaften – die chinesische Kultur insgesamt – langsam, aber stetig weiterentwickeln wird. Ich bin sicher, daß die kulinarische Kunst nach so vielen Jahren in der Wüste des proletarischen Funktionalismus mehr und mehr dazugewinnen wird. Nicht zuletzt ist die chinesische Küche einer der Glanzpunkte Chinas und ein wertvoller Beitrag zur Weltkultur.

DANKSAGUNG

Vielen Menschen schulde ich großen Dank für ihre Hilfe und freundliche Unterstützung an diesem aufwendigen Werk. Zuallererst möchte ich meinen Freunden in China danken: Luo Kaiye, Huang Shitian, Shen Jianqing, Wang Zhigao, Xu Hairong, Hu Mageng, Zou Zongwen, Wen Hongchun, David Xu, Guan Yang, Nobby Choi, Alan Kung, Herbert G. Sossna, Liang Jin, Washington Tam, Zhao Qiren, Li Weiyi, Chen Yaqu, Hu Biyuan, Hu Hairong, Li Yoayun, Wang Yulin, Herrn und Frau Qu Shoukang und der ganzen Familie Qu in Peking, Du Shunhua, Li Li, Dailin Liu, Dr. Stefan Simons, Feng Cunli, Albert A. P. Leung, Chang Jie. Durch sie lernte ich das echte China kennen, das es trotz widriger Umstände noch gibt.

Aufrichtigen Dank auch an Gerry Cavanaugh, Gordon Wing, Mimi Luebbermann und Scott Ewing, die mir zusammen mit Martha Casselman bei der Ausarbeitung des Buches geholfen haben.

Dank schulde ich Lynn Pan für Rat und Hilfe im Umgang mit der Pinyin-Transkription sowie Jenny Lo, die mir bei den Recherchen in China behilflich war. Sie waren mir eine große seelische Unterstützung.

Ich danke meinem Verleger Colin Webb, der mich mit seinen Ideen und seiner Begeisterung inspiriert hat und ohne den dieses Buch nicht zustande gekommen wäre, sowie den anderen Mitarbeitern der Pavilion Books in Redaktion, Layout und Marketing, vor allem Gillian Young.

Ein liebes Dankeschön gilt Erika Maurer für ihre Hilfe am Manuskript. Ihre Kenntnisse über China und ihre Liebe zu diesem Land waren mir eine unendlich große Hilfe, sowie Susie Maurer, die meine Reisen nach China mit all meinen besonderen Wünschen arrangiert hat.

Ich möchte auch dem Hotel The Regent in Hongkong für die freundliche Aufnahme danken, insbesondere Rudolf Greiner und Lynn Grebstad.

Die Arbeit mit dem mir freundschaftlich verbundenen Photographen Leong Ka Tai und seinem Assistenten Eric Cheng hat mir sehr viel Freude gemacht. Ich konnte Neues lernen und fühlte mich menschlich wie kreativ sehr mit ihnen verbunden.

Wenn ich Fragen hatte, stand mir meine Familie immer helfend zur Seite: Guan Shimin, Tan Qiaoyun, Tan Rongbai, Guan Meixiao, Tan Songfa, Zhou Lishan. Ganz herzlich danke ich vor allem meiner Tante Fang Jiongxiao und meiner lieben Mutter Fang Jiongying.

Auch den Freunden in China schulde ich Dank: Guan Huoling, Sun Rongcan, Lu Jiayun, Su Mingxiang, He Shufen, Gong Shouhua, Guan Ming, Zhou Ling, Duan Nafen, Yang Duoxiang, Sun Zhanguo, Qi Qin, Zhang Xi, Zhang Deshan, Guan Yang, Lin Deqiong, Wang Daqing, Chen Bo, Hu Zhiyun, Huang Haijia, Ge Wenfeng, Huang Sufeng, Huang Sujiong, Huang Kangze, Huang Ying, Huang Yingmei, Huang Shibing, Lan Shiping, Liu Dezhi, Zhang Ying, Liu Baoyu, Yan Meiyi, Xu Yiping und Ding Shuiling.

Dank auch an das Peninsula Hotel in Hongkong und meine Freunde dort: Eric Waldburger, Edwin Chan, Erich Schaeli und Sian Griffiths, sowie an das Pacific World Hotel in Hongkong, das mich mit meinen Sonderwünschen immer bestens aufgenommen hat, vor allem an Sophia Cheong, Jacques Arnoux und Albert Ho.

Herzlicher Dank geht an T. C. Lai in Hongkong, der die literarischen Zitate und Sinnsprüche zusammengestellt hat und ganz besonders danke ich den Menschen in China, deren Wärme und Großzügigkeit mich mit Hoffnung in die Zukunft Chinas blicken lassen.

Ken Hom

REGISTER

Die Namen der Rezepte sind *kursiv* gesetzt,
kursive Ziffern beziehen sich auf Abbildungen.

BEZUGSQUELLENVERZEICHNIS

Das Angebot an fernöstlichen Lebensmitteln und Gewürzen hat sich in den letzten Jahren erfreulich erweitert. Außer Kaufhäusern, Supermärkten und Delikatessenläden, die ein vielseitiges Sortiment anbieten, hat sich eine ganze Reihe von Asienläden etabliert, die häufig von Ostasiaten geführt werden.

Nachfolgende Liste enthält die Anschriften und Telefonnummern von Geschäften, die ostasiatische Zutaten anbieten; die mit * gekennzeichneten Geschäfte senden die gewünschte Ware auch zu. Natürlich kann die Liste nicht vollständig sein, sondern lediglich eine Auswahl des aktuellen Standes. Weitere Adressen können unter folgender Anschrift bezogen werden:
Franz Hönekopp KG, Import, Schnellbergstr. 24, Neuß,
Tel. 02101/177011.

Aachen

Kaufhof, Adalbertstr. 20–30,
Tel. 0241/39551*

Berlin

Asia-Kauf, Warenhandels-GmbH, Rheinstr. 24, Tel. 030/8592924
Insulinde südostasiatische Spezialitäten, Marie-Elisabeth-Lüders-Str. 4,
Tel. 030/3428017
KaDeWe, Lebensmittelabteilung, Tauentzienstr. 21–24,
Tel. 030/2132455*

Bonn

Asien-Shop, Thomas-Mann-Str. 33, Tel. 0228/639033

Braunschweig

Horten, Bohlweg 72, Tel. 0531/47140
Real-Kauf, Otto-von-Guericke-Str. 2, Tel. 0531/895014

Bremen

Continent-Hypermarkt, Hans-Bredow-Str., Weserpark
Tel. 0421/422037

Duisburg

Massa-Einkaufszentrum, Berliner Str. 90, Tel. 0203/429030

Düsseldorf

Asia-Kauf GmbH, Bismarckstr. 71, Tel. 0211/363855
Karstadt, Schadow-Str. 93, Tel. 0211/3686490

Frankfurt/Main

Asia-Kauf Warenhandels-GmbH, Hohenstaufenstr. 11,
Tel. 069/751500*
China-Waren Import- u. Export-GmbH, Adickesallee 65,
Tel. 069/5975091
Gewürz- und Teehaus Schnoor, Neue Kräme 28,
Tel. 069/284717*

Hamburg

Asia-Shop im Einkaufszentrum Hamburger Straße, Hamburger Str. 43
Tel. 040/2991118
Asia Shop, Lilienstr. 24, Tel. 040/324431

Hannover

Kaufhof, Bahnhofstr. 9–11, Tel. 0511/36010*
Real-Kauf, Junkersstr. 1, Tel. 0511/635094

Heidelberg

Java, Bahnhofstr. 23, Tel. 06221/166535

Kassel

Karstadt, Am Königsplatz 2, Tel. 0561/7895490
Kaufhof, Obere Königinstr. 31, Tel. 0561/789632*

Karlsruhe

Asia Markt, Sophienstr. 59a, Tel. 0721/21955
Kim's Laden, Zehrlinger Str. 49, Tel. 0721/377229*

Kiel

Citti-Markt, Arfrade 28–36, Tel. 0431/68930
Hertie, Sophienblatt 2, Tel. 0431/62525*
Karstadt, Holstenstr. 1–3, Tel. 0431/989490

Köln

Continent-Hypermarkt, Gremberger Str. 200,
Tel. 0221/832004

Mainz

Hertie, Ludwigstr. 12, Tel. 06131/221006*
Massa, Essenheimer Str. 222, Tel. 06131/3600

Mannheim

China-Emporium, E2, 10–11, Tel. 0621/20575

München

A. Dallmayer, Dienerstr. 15, Tel. 089/2136-0*
Feinkost Käfer, Prinzregentenstr. 73, Tel. 089/4168-0*
Mai Ling, Westenriederstr. 8a, Tel. 089/294011
Taiping Shop, Gabelsbergerstr. 17, Tel. 089/282323*

Münster

Hit Jedermann, Geringhoffstr. 44, Tel. 0251/78135
Karstadt, Salzstr. 47/50, Tel. 0251/502491*

Nürnberg

Hertie, Pfannenschmiedgasse 22, Tel. 0911/204021
Karstadt an der Lorenzkirche, Königstr. 14, Tel. 0911/213490

Saarbrücken

Karstadt, Bahnhofstr. 15, Tel. 0681/33970*
Kaufhof, Bahnhofstr. 82/100, Tel. 0681/30350*

Stuttgart

Asian Food Dong-A GmbH, Bebelstr. 54–56, Tel. 0711/632089
Asia Shop, Rotenwaldstr. 15, Tel. 0711/653066
Bambussprosse, Marienstr. 11, Tel. 0711/6491298*